Śmierć Dulgath

Michael J. Sullivan

ŚMIERĆ DULGATH

Tom trzeci
Kronik Riyrii

Przełożyła Małgorzata Strzelec

Wydawnictwo MAG
Warszawa 2018

Tytuł oryginału: *The Death of Dulgath*

Redakcja: Urszula Okrzeja
Korekta: Magdalena Górnicka
Ilustracja na okładce: Dominik Broniek
Opracowanie graficzne okładki: Dark Crayon
Projekt typograficzny, skład i łamanie: Tomek Laisar Fruń

Wydawca: Wydawnictwo MAG
ul. Krypska 21 m. 63, 04-082 Warszawa
tel./fax 228 134 743
www.mag.com.pl

Wydanie I
ISBN 978-83-66065-01-7
Warszawa 2018

Wyłączny dystrybutor: Firma Księgarska Olesiejuk
Spółka z ograniczoną odpowiedzialnością S.K.A.
ul. Poznańska 91, 05-850 Ożarów Maz.
tel. 227 213 000
www.olesiejuk.pl

Druk i oprawa: Opolgraf S.A.

Tysiącu ośmiuset siedemdziesięciu sześciu hojnym sponsorom
i jednej niewiarygodnie wspierającej kobiecie.
Bez Was nie dałbym rady.

Od autora

Siedziałem zamknięty w pokoju przez ponad dwa i pół roku, a jedynym światłem, jakie widziałem, był słaby blask monitora komputerowego. W każdym razie tak to zapamiętałem. Po ukończeniu „Hollow Word" zacząłem pracować nad czymś, co miało być trylogią pod tytułem „The First Empire". Trzy książki zamieniły się w pięć, a mi gdzieś umknęło dwa i pół roku.

Czytelnicy „Kronik Riyrii" zaczęli się domagać trzeciego tomu zaraz po wydaniu „Róży i Ciernia" we wrześniu 2013 roku. „Kroniki" – które miały okazać się klapą, bo powieści poprzedzające cykl są w świecie wydawniczym niebezpieczne jak trzecia szyna – poradziły sobie zaskakująco dobrze. Przepraszam wszystkich, którzy niecierpliwie czekali na tę książkę, ale przynajmniej teraz to oczekiwanie dobiegło końca!

Jeśli nie zetknęliście się jeszcze z historiami o Riyrii, to z pewnością możecie zacząć od tej książki. Pierwsze dwa tomy „Kronik Riyrii" opowiadają, w jaki sposób Royce i Hadrian się poznali. Kiedy to już zostało wyjaśnione, w tej książce mogłem przedstawić wam samodzielną przygodę. Jeśli chcecie poznać inne powieści o Riyrii, to powinniście wiedzieć, że można do tej sagi zabrać się na dwa sposoby.

Kolejność publikacji: Królewska krew. Wieża elfów • Nowe imperium. Szmaragdowy sztorm • Zdradziecki plan • Pradawna stolica • Wieża Koronna • Róża i Cierń • Śmierć Dulgath.

Kolejność chronologiczna: Wieża Koronna • Róża i Cierń • Śmierć Dulgath • Królewska krew. Wieża elfów • Nowe imperium. Szmaragdowy sztorm • Zdradziecki plan • Pradawna stolica.

Osobiście wolę kolejność wydawniczą, ale słyszałem o ludziach, którzy wybrali kolejność chronologiczną i byli równie zadowoleni.

Jeśli zastanawiacie się, czy będą następne opowieści o Roysie i Hadrianie, to odpowiedź brzmi: nie wiem. Jak już wspomniałem przy innej okazji, chcę chronić ten duet i wolę, żeby zeszli ze sceny za wcześnie niż za późno. Z tego powodu nigdy nie wiem, czy pojawi się coś jeszcze po wydaniu „Kronik". Jeśli uważacie, że powinno ukazać się coś więcej, koniecznie napiszcie do mnie e-mail. A jeżeli nie, to i tak możecie się odezwać, zawsze chętnie czytam Wasze uwagi. Oto mój adres: michael.sullivan.dc@gmail.com.

Jest jeszcze coś, o czym powinienem wspomnieć. Jeśli chcecie dowiedzieć się czegoś więcej o procesie tworzenia powieści, to przygotowałem e-book pod tytułem „The Making of Death of Dulgath". Jest darmowy, wystarczy więc, że napiszecie na powyższy adres e-mailowy. Dla niektórych to może okazać się ciekawa lektura.

A teraz obróćcie stronę, puknijcie w ekranik albo pogłośnijcie odtwarzacz. Starzy przyjaciele czekają, by zabrać Was na nową przygodę.

Dziękuję za niesamowite wsparcie.

Michael J. Sullivan

październik 2015

Rozdział 1

Nowy szyld

Gdyby ktoś zapytał Royce'a Melborna, czego w tym momencie najbardziej nienawidzi na świecie, powiedziałby, że psów. Psy i krasnoludy znajdowały się na szczycie jego listy; obu stworzeń nie cierpiał, ponieważ łączyło je wiele cech wspólnych: nikczemny wzrost, zajadłość i nadmierne, niczym nieuzasadnione owłosienie. Jego pogarda dla nich wzrosła na przestrzeni lat z tego samego powodu – przysporzyły mu nieopisanie wiele bólu i przykrości.

Tej nocy zepsuł mu krew pies.

Początkowo myślał, że kudłate stworzenie na materacu w sypialni na drugim piętrze to gryzoń. To ciemne zwierzę o zakręconym ogonie i płaskim nosie było akurat rozmiarów wypasionego szczura wędrownego. Kiedy Royce zachodził w głowę, skąd wziął się szczur w takim eleganckim miejscu jak posiadłość Hemleyów, stworzenie wstało. Popatrzyli na siebie – Royce w pelerynie z kapturem, trzymając pamiętnik, a kundel na czterech mikrych łapach. Jedna sekunda na wstrzymanym oddechu wystarczyła, żeby Royce zrozumiał swój błąd. Skrzywił się, wiedząc, co zaraz się wydarzy – co zawsze się potem wydarza – i mały potwór go nie rozczarował.

Kundel zaczął ujadać. Nie było to godne szacunku warczenie ani gardłowe szczekanie, ale przenikliwy, piskliwy jazgot.

To z całą pewnością nie jest szczur, pomyślał Royce. Dlaczego to nie mógł być szczur? Ze szczurami nigdy nie mam problemów.

Sięgnął po sztylet, ale pies wielkości szczura odskoczył, ślizgając się pazurkami na drewnianej podłodze. Royce miał nadzieję, że kundel czmychnie. Nawet jeśli mały potwór obudzi swojego pana, to nie będzie mógł mu powiedzieć o zakapturzonym nieznajomym, który wtargnął do buduaru lady Martel. Wyrwany z rozkosznego snu pewnie rzuci czymś w kundla, żeby się przymknął. Niestety to był pies, a psy, jak krasnoludy, nigdy nie robią tego, czego się od nich oczekuje. Pies zachował więc bezpieczną odległość i ujadał na całe gardło szerokości zapałki.

Jak coś tak małego może narobić tyle hałasu?

Dźwięk poniósł się echem wśród marmurów i mahoniu, narastając i zmieniając się w przenikliwy alarm.

Royce zrobił jedyną rzecz, jaka mu została – wyskoczył przez okno. Nie w taki sposób planował opuścić pomieszczenie, nie rozważał tej możliwości nawet w trzeciej kolejności, ale topola rosła w odległości skoku od okna. Złapał się solidnej gałęzi i ucieszył, że nie złamała się pod jego ciężarem. Drzewo jednakże zadrżało i liście zaszumiały głośno na cichym, ciemnym dziedzińcu. Kiedy więc jego stopy uderzyły o ziemię, nie zdziwił się, słysząc:

– Stój, ani kroku dalej! – Chropawy głos doskonale nadawał się do swojej roboty.

Royce zamarł. Idący ku niemu mężczyzna trzymał kuszę napiętą, załadowaną i wycelowaną w jego pierś. Strażnik wyglądał na nieprzyjemnie kompetentnego; nawet jego mundur prezentował się schludnie. Miał wszystkie guziki i każdy błyszczał w świetle księżyca. Każdy kant był ostry jak brzytwa. Ten jegomość musiał być przesadnie ambitny. Albo gorzej: był zawodowym żołnierzem zdegradowanym do funkcji wartownika.

– Trzymaj ręce tak, żebym je widział.

Nie, to w żadnym razie nie jest idiota, pomyślał Royce.

Za pierwszym strażnikiem pojawił się drugi. Nadbiegł ciężkim krokiem, pobrzękując paskami i metalową kolczugą. Był wyższy od pierwszego i nie tak dobrze odziany. Rękawy kurtki miał przykrótkie, brak guzików burzył symetrię dwóch mosiężnych rzędów, ciemna plama szpeciła kołnierz. W przeciwieństwie do pierwszego strażnika drugi nie miał kuszy. Zamiast tego niósł trzy miecze: krótki u lewego biodra, nieco dłuższy u prawego i ogromny espadon na plecach. To nie była broń strażników z posiadłości Hemleyów, ale mężczyzna celujący w Royce'a nie zerknął nawet na nadbiegającego strażnika.

Drugi wartownik wyciągnął najkrótszy miecz, ale bynajmniej nie skierował go w stronę Royce'a. Zamiast tego przysunął czubek do szyi pierwszego strażnika.

– Odłóż kuszę – powiedział Hadrian.

Mężczyzna wahał się tylko chwilę, zanim wypuścił kuszę. Uderzenie uruchomiło spust i bełt śmignął między źdźbłami wypielęgnowanego trawnika. Za ich plecami pies rozmiarów szczura nadal ujadał, chociaż ściany rezydencji tłumiły nieco dźwięk. Teraz, kiedy partner panował nad sytuacją, Royce wsunął książkę za pas i zerknął w stronę domu. Żadnych świateł. Właściciele mieli mocny sen.

Odwrócił się i zobaczył, że Hadrian nadal trzyma pedantycznego strażnika w szachu.

– Zabij go i zmywajmy się stąd.

Strażnik zesztywniał.

– Nie – odparł Hadrian z oburzeniem, jakiego Royce spodziewałby się, gdyby zaproponował towarzyszowi wyrzucenie dobrej butelki wina.

Royce westchnął.

– Tylko nie znowu to. Czy zawsze musimy się o to spierać?

Niedoszły kusznik zgarbił się, zacisnął ręce w pięści, nadal spodziewając się ciosu, który zakończy jego życie.

– W porządku. Nie podniosę alarmu.

Royce widział już tę minę wiele razy i uznał, że gość nieźle się trzyma. Nie paplał, nie krzyczał, nie błagał. Royce nienawidził, kiedy ofiary padały na kolana i skamlały, chociaż musiał przyznać, że to ułatwiało zabicie ich.

– Zamknij się – warknął, a potem zerknął na Hadriana. – Zabij go i zmywajmy się. Nie mamy czasu na debaty.

– Wypuścił kuszę – zwrócił mu uwagę Hadrian. – Nie ma potrzeby go zabijać.

Royce pokręcił głową. Znowu to słowo „potrzeba". Hadrian często go używał, jakby zabijanie wymagało jakiegoś uzasadnienia.

– Widział mnie.

– I co z tego? Jesteś gościem w ciemnym kapturze. Istnieją setki facetów w kapturach.

– Mogę coś wtrącić? – zapytał strażnik.

– Nie – warknął Royce.

– Tak – odpowiedział Hadrian.

– Mam żonę. – Strażnikowi zadrżał głos.

– Facet ma żonę. – Hadrian skinął współczująco głową, nadal trzymając miecz przy szyi mężczyzny.

– I dzieci. Troje.

– Na brodę Maribora, ma trójkę dzieci! – powiedział stanowczym tonem Hadrian i zabrał miecz.

Strażnik odetchnął. Z jakiegoś powodu on i Hadrian uznali, że zdolność do rozmnażania się ma w tej sytuacji jakieś znaczenie. A nie miała.

– A ja mam konia – orzekł Royce z tym samym przekonaniem o swojej słuszności, co Hadrian. – Na którym odjadę, kiedy tylko zabijesz tego biednego sukinsyna. Przestań to odwlekać. To ty jesteś teraz okrutny, nie ja. Skończ z tym wreszcie.

– Nie zabiję go.

Strażnik wytrzeszczył oczy z nadzieją. Drobniutki uśmieszek pojawił się w kącikach jego ust. Spojrzał na Royce'a, szukając potwierdzenia, sygnału, że rzeczywiście ujrzy jeszcze jeden wschód słońca.

Royce usłyszał, że ktoś otwiera z impetem drzwi i woła:

– Ralph?!

W domu zapaliły się światła. W siedmiu oknach na czterech kondygnacjach płonęły świece.

Może aż tyle czasu było trzeba, by je zapalić, pomyślał Royce.

– Tutaj! – krzyknął Ralph. – Intruzi! Wezwijcie pomoc!

Nie, pewnie, że nie podniesie alarmu, gdzieżby.

To wystarczyło. Royce sięgnął po sztylet.

Zanim dotknął rękojeści, Hadrian ogłuszył Ralpha głowicą miecza. Strażnik runął na trawę obok swojej kuszy. Nie sposób orzec, czy Hadrian uderzył go, bo krzyknął, czy też dlatego, że Royce sięgnął po sztylet. Royce chciał wierzyć, że z pierwszego powodu, ale podejrzewał, że chodziło o drugi.

– Wynośmy się stąd – powiedział Hadrian, przestępując nad Ralphem i ciągnąc Royce'a za ramię.

To nie przeze mnie zasiedzieliśmy się tutaj, pomyślał Royce, ale nie zawracał sobie głowy sporami. Gdzie znalazła się jedna kusza, mogły pojawić się też inne. Kusze nie były ani niskie, ani włochate, ale i tak powinny widnieć na jego liście. Pobiegł z Hadrianem wzdłuż cienia pod murem, omijając kwitnące krzewy różane, chociaż Royce nie wiedział, czemu zawracają sobie tym głowę. W swoim stroju strażnika Hadrian pobrzękiwał jak koń u powozu w pełnej uprzęży.

Prowincja Galilin w Melengarze była spokojnym, rolniczym regionem, gdzie rzadko dochodziło do kradzieży, a posiadłość lorda Hemleya cierpiała z powodu wręcz żałośnie nieskutecznej ochrony. Chociaż Royce wypatrzył podczas kilku wypraw zwiadowczych aż sześciu strażników, tej nocy było tam tylko trzech: wartownik przy bramie, Ralph i pies.

– Ralph! – zawołał ktoś znowu.

Głos dobiegał z oddali, ale niósł się nad rozległymi trawnikami.

Za ich plecami w ciemności kołysało się pięć latarni. Poruszały się w przypadkowy sposób, jak latarnie oszołomionej ekipy poszukiwawczej albo zastęp pijanych świetlików.

– Aaronie, obudź wszystkich!

– Wypuść Pana Hipple'a – rozległ się mściwy, kobiecy głos. – Już on ich znajdzie.

Ponad okrzykami niosło się ujadanie psa wielkości szczura, niewątpliwie Pana Hipple'a.

Przy frontowej bramie nikogo nie było. Wartownik, który tam czuwał, musiał pobiec Ralphowi na pomoc, gdy usłyszał jego krzyk. Kiedy opuszczali posiadłość bez najmniejszego kłopotu, Royce zdumiewał się nad szczęściem, jakie sprzyja Hadrianowi. Ten facet był chodzącą króliczą łapką. Trzy lata w Szkole Pragmatyzmu Royce'a ledwie zarysowały idealistyczną emalię jego partnera. Gdyby Pan Hipple był większym i bardziej agresywnym zwierzęciem, ucieczka mogłaby okazać się nie tak łatwa. I chociaż Hadrian z łatwością zdołałby zabić każdego psa, to Royce miał wątpliwości, czyby się na to zgodził.

„Przecież on ma szczeniaki, Royce! Aż trzy!".

Znaleźli się w bezpiecznej gęstwinie, gdzie zostawili konie. Hadrian nazwał swojego Tancerką, ale Royce nie widział powodu, żeby nadawać imię swojemu. Schował pamiętnik w sakwie przy siodle i zapytał:

– Ile lat byłeś żołnierzem?

– W Avrynie czy Calisie?

– Łącznie.

– Pięć, ale ostatnie dwa były... ehm, były mniej formalne.

– Pięć lat? Walczyłeś w wojsku przez całe pięć lat? Widziałeś bitwy, nie?

– Pewnie, widziałem okrutne walki.

– Yhm.

– Jesteś zły, bo nie zabiłem Ralpha, tak?

Royce przystanął na chwilę i nasłuchiwał. Nie było słychać pościgu, żadne światła nie pojawiły się wśród drzew, nie rozlegało się nawet wściekłe jazgotanie psa-gryzonia. Przerzucił nogę przez siodło i wsunął stopę w strzemię.

– Tak myślisz?

– Słuchaj, chciałem odwalić chociaż jedną nędzną robótkę bez zabijania kogokolwiek. – Hadrian zdjął kamizelkę od munduru i włożył wełnianą koszulę oraz skórzaną kurtkę wyjętą z sakwy.

– Dlaczego?

Hadrian pokręcił głową.

– Mniejsza z tym.

– Zachowujesz się idiotycznie. Wykonaliśmy mnóstwo zleceń, nikogo nie zabijając. Poza tym nie ma sprawy. – Royce złapał wodze, które zwykle wiązał w supeł.

– Co takiego? Coś ty powiedział?

– W porządku. Nie ma sprawy.

– Nie ma sprawy? – Hadrian uniósł brew.

Royce skinął głową.

– Ogłuchłeś?

– Po prostu... – Hadrian patrzył na niego zdumiony. A potem się skrzywił. – Wrócisz tu później, co?

Złodziej nie odpowiedział.

– Dlaczego?

Royce zawrócił na koniu.

– Po prostu jestem skrupulatny.

Hadrian dosiadł konia.

– Jesteś palantem. Nie masz powodu. Ralph nigdy nie będzie dla nas zagrożeniem.

Royce wzruszył ramionami.

– Nie możesz mieć takiej pewności. Nie rozumiesz znaczenia słowa „skrupulatny"?

Hadrian się nachmurzył.

– A ty rozumiesz znaczenie słowa „palant"? Nie masz potrzeby zabijać Ralpha.

Znowu to słowa – „potrzeba".

– Pokłócimy się na ten temat później. Nie zabiję go tej nocy.

– Dobrze.

Hadrian się naburmuszył i razem wyjechali z gęstwiny na ścieżkę, która prowadziła do drogi.

***

Jechali drogą ramię w ramię. Zaczęło padać, nim dotarli do Traktu Króla. Słońce zdążyło już wstać, chociaż trudno było to zauważyć, bo przez ciężkie chmury świat wyglądał jak grafitowa plama. Na szczęście Hadrian milczał. W każdej oberży, bez względu na to, czy kogoś znał, czy też nie, partner Royce'a zagajał rozmowę. Rozmawiał z nieznajomymi z taką łatwością, jakby to byli jego dawni przyjaciele. Poklepywał ich po plecach, stawiał im napitki i wysłuchiwał równie porywających opowieści, jak historyjka o kozie, która regularnie włazi sąsiadowi w szkodę.

Kiedy jechali tylko we dwóch, Hadrian komentował drzewa, krowy, wzgórza, chmury, dzielił się odczuciami na temat skwaru lub chłodu i stanu wszystkiego, począwszy od butów – w których należało wymienić podeszwy – a skończywszy na mieczu – któremu przydałby się lepszy oplot na rękojeści. Nie było rzeczy tak błahej, by nie uzasadniała komentarza. Nadmiar trzmieli tudzież ich brak mógł sprawić, że Hadrian rozprawiał przez bite dwadzieścia minut. Royce nigdy się wtedy nie odzywał, nie chciał zachęcać partnera do rozmowy, ale Hadrian dalej nawijał na temat pszczółek, kwiatków i błota – to był kolejny ulubiony temat jego monologów.

Mimo niezmordowanego uporu, z jakim uprawiał paplaninę do siebie, zawsze milkł, gdy padało. Może deszcz wprawiał go w zły nastrój, może plusk sprawiał, że źle siebie słyszał. Bez względu na powód Hadrian Blackwater cichł w czasie deszczu, zatem Royce uwielbiał deszczowe dni. Szczęście sprzyjało mu przez niemal całą drogę powrotną. W Melengarze trafiła się jedna z najbardziej deszczowych wiosen w ostatnich czasach.

Royce rozglądał się podczas jazdy. Hadrian jechał ze spuszczoną głową, z kapturem oklapniętym i zwieszającym się pod ciężarem wody.

– Dlaczego nigdy się nie odzywasz, gdy pada? – spytał w końcu Royce.

Hadrian zaczepił kciukiem o brzeg kaptura i uniósł go nieco, żeby zerknąć.

– Co masz na myśli?

– Gadasz przez cały czas, chyba że pada. Dlaczego?

Hadrian wzruszył ramionami.

– Nie wiedziałem, że to ci przeszkadza.

– Nie przeszkadza. Przeszkadza mi, kiedy nieustannie ględzisz.

Hadrian zerknął i uśmiechnął się odrobinę w cieniu przemoczonego kaptura.

– Lubisz, gdy mówię, co?

– Nie będę więcej powtarzał...

– Pewnie, ale nie zapytałbyś, gdybyś naprawdę lubił ciszę.

– Zaufaj mi. Naprawdę lubię ciszę.

– Aha.

– Co miało znaczyć to „aha"?

Hadrian wyszczerzył zęby.

– Całymi miesiącami jeździliśmy razem i tylko ja mówiłem. Ty nigdy nie odezwałeś się słowem, a niektóre z tematów były naprawdę ciekawe. Nie wtrąciłeś nawet jednego słowa, a kiedy zamilkłem, proszę, tobie się gęba nie zamyka.

– Jedno pytanie to jeszcze nie gadanie.

– Ale wyraziłeś zainteresowanie. To już coś!

Royce pokręcił głową.

– Pomyślałem tylko, że może coś jest z tobą nie tak. I ewidentnie miałem rację.

Hadrian nadal szczerzył zęby w szerokim uśmiechu z nadmiernie przyjacielską miną, zadowolony z siebie, jakby zdobył punkt w jakichś wyimaginowanych zawodach. Royce spuścił kaptur, odcinając się od niego.

Konie brnęły przez błoto i czasem żwir, strząsając deszcz z łbów i pobrzękując uzdami.

– Nieźle leje, co? – zagadnął go Hadrian.

– Zamknij się.

– Żona farmera w Olmsted powiedziała, że to najbardziej deszczowa wiosna w ostatniej dekadzie.

– Poderżnę ci gardło, gdy zaśniesz. Naprawdę.

– Podawała zupę w kubkach, bo jej mąż i Jacob, jej wylegujący się całymi dniami i pijący całymi nocami szwagier, potłukli wszystkie porządne gliniane miski.

Royce pognał konia i oddalił się kłusem.

***

Royce i Hadrian znaleźli się znowu na ulicy Przekornej w Dzielnicy Dolnej w Medfordzie. Wiosna prawie się kończyła. W innych częściach świata kwitnące drzewka pracowicie wymieniały różowe płatki na zielone liście, ciepły wietrzyk niósł zapach ziemi, a farmerzy śpieszyli się, żeby skończyć sadzenie. Na Przekornej koniec wiosny oznaczał, że cztery dni nieprzerwanego deszczu z rzędu znowu zamieniły zagłębienie u wylotu ulicy w błotnistą sadzawkę. I jak zwykle poziom wody sięgał do otwartego ścieku, który ciągnął się wzdłuż budynków. Rynsztok, eufemistycznie ochrzczony mianem „Mostów", przelewał się do coraz większej sadzawki, więc cała okolica cuchnęła ludzkimi i zwierzęcymi odchodami.

Nadal padało, gdy Royce, Gwen i Hadrian stali na drewnianej werandzie Domu Medford i patrzyli ponad błotnistą sadzawką na nowy szyld nad drzwiami gospody. Piękna lakierowana tabliczka zwieszała się z klamry z kutego żelaza. Przedstawiała jaskrawoszkarłatny kwiat na wygiętej łodydze z jednym, ostrym cierniem. Kwiat okalały wypisane eleganckimi literami słowa „Róża i Cierń".

Szyld zupełnie nie pasował do obskurnej oberży o zapadającym się dachu z niepasujących do siebie dachówek i sfatygowanych belek. Mimo opłakanego stanu karczma z wyszynkiem prezentowała się znacznie lepiej niż kiedyś. Jeszcze rok temu gospoda „Ohydny Łeb" nie potrzebowała szyldu, żeby przedstawić się swojej niepiśmiennej klienteli. Brudne okna i obryzgane gnojem ściany mówiły wszystko, co było trzeba. Odkąd Gwen przejęła kontrolę nad gospodą, uprzątnęła bród i gnój, ale największe zmiany zaszły w środku. Nowy szyld był pierwszą zmianą widoczną od zewnątrz.

– Piękny – powiedział Hadrian.

– Lepiej będzie wyglądał w słońcu. – Gwen skrzyżowała ręce, patrząc krytycznie. – Kwiat wyszedł idealnie. Emma go narysowała, a Dixon pomógł przy malowaniu. Myślę, że spodobałby się Rose. – Gwen spojrzała na ciemne chmury. – Mam nadzieję, że w jakiś sposób to widzi. Widzi swoją różę wiszącą nad starymi drzwiami Grue.

– Na pewno to widzi – zapewnił ją Royce.

Hadrian spojrzał na niego.

– No co? – warknął Royce.

– Od kiedy wierzysz w życie pozagrobowe? – zapytał Hadrian.

– Nie wierzę.

– To dlaczego powiedziałeś...

Royce uderzył ręką w poręcz werandy, która była dość mokra, żeby zdołał rozbryzgać wodę.

– Widzisz? – odezwał się do Gwen. – Oto co muszę znosić. Ciągle upomina mnie za moje zachowanie. „Dlaczego nie możesz się uśmiechnąć?", mówi. „Dlaczego nie pomachałeś do tego dzieciaka? Zabiłoby cię, gdybyś był uprzejmy dla tej starszej kobiety? Dlaczego nigdy nie powiesz niczego miłego?". A teraz, kiedy staram się okazać odrobinę taktu, co dostaję? – Wyciągnął obie ręce, jakby po raz pierwszy przedstawiał jej Hadriana.

Hadrian nadal wpatrywał się w niego, ale teraz z zaciśniętymi ustami, jakby chciał powiedzieć „Doprawdy?". Zamiast tego jednak rzucił:

– Jesteś miły tylko przez wzgląd na nią.

– Na mnie? – zdumiała się Gwen. Stała między nimi, więc obracała głowę, patrząc to na jednego, to na drugiego, niewinna i czysta jak kropla rosy. – A co ja mam do tego wszystkiego?

Hadrian przewrócił oczami i ze śmiechem odrzucił głowę w tył.

– Ależ z was para! Kiedy tylko przebywacie razem, to czuję się tak, jakbym się znalazł w towarzystwie obcych ludzi. Nie, nie obcych, po prostu z waszymi przeciwieństwami. On zamienia się w dżentelmena, a ty udajesz, że nie znasz mężczyzn.

Royce i Gwen popatrzyli na niego, jakby nie pojmowali ani słowa.

Hadrian zarechotał.

– Dobrze. Niech od tej chwili dzisiejszy dzień znany będzie jako Dzień Na Opak. I w związku z tym zamierzam pokonać Morze Wonności, żeby napić się w Pałacu Wspaniałego Jadła i Czystej Pościeli.

– Ej! – warknęła Gwen, opierając ręce na biodrach i nie posiadając się z oburzenia.

– Właśnie! – poparł ją Royce. – Kto tu teraz jest niegrzeczny?

– Przestań. Przerażasz mnie. – Hadrian odszedł, zostawiając ich samych.

– Tęskniłam – powiedziała Gwen, kiedy Hadrian wszedł do środka. Wpatrywała się w deszcz uderzający w ogromną kałużę.

– Nie było mnie kilka dni.

– Wiem. Mimo to tęskniłam. Jak zawsze. Czasem się boję... Martwię się, że stanie się coś złego.

– Martwisz?

Wzruszyła ramionami.

– Możesz zginąć, zostać aresztowany albo spotkasz piękną kobietę i nigdy nie wrócisz.

– Jak możesz się martwić? Przecież znasz przyszłość, prawda? – zażartował. – Hadrian mówi, że czytałaś mu raz z dłoni.

Gwen się nie roześmiała. Zamiast tego powiedziała:

– Czytałam z wielu dłoni. – Spojrzała na szyld z samotną różą i na jej twarzy odmalował się smutek.

Royce miał ochotę dźgnąć się sztyletem.

– Przepraszam... Nie chciałem...

– W porządku.

Dla niego to nie było w porządku. Napiął wszystkie mięśnie. Zacisnął dłonie w pięści. Cieszył się, że Gwen na niego nie patrzy. Potrafiła przejrzeć jego obrony. Dla wszystkich innych był nieprzeniknionym murem, wysokim na pięćdziesiąt stóp, z ostrymi jak brzytwy kolcami na górze i fosą u podnóża, ale dla Gwen był oknem bez zasłon z zepsutą zasuwką.

– Mimo to się martwię. W końcu nie jesteś szewcem albo murarzem.

– Nie powinnaś. Ostatnimi czasy nie robię niczego, co wymagałoby martwienia się. Hadrian na to nie pozwoli. Ugrzęzłem przy odzyskiwaniu zagubionych rzeczy, zażegnywaniu sporów... Wiedziałaś, że pomagaliśmy farmerowi zaorać pole?

– Albert załatwił wam pracę w polu?

– Nie, Hadrian. Farmer zachorował i jego żona była zdesperowana. Mieli długi.

– I ty orałeś pole?

Royce uśmiechnął się do niej znacząco.

– Ach, czyli Hadrian orał, a ty patrzyłeś.

– Mówię ci, czego on nie wyprawia! – Royce westchnął. – Czasem nie ma w tym za grosz sensu.

Gwen uśmiechnęła się do niego. Najpewniej poprze Hadriana; większość ludzi tak robiła. Wszyscy myśleli, że dobre uczynki to świetna sprawa, przynajmniej oficjalnie. Jej twarz wyrażała cierpliwe zrozumienie, jakby Gwen była zbyt uprzejma, żeby to powiedzieć na głos. To nie miało znaczenia. Uśmiechała się do niego i na chwilę deszcz ustał. Przez tę jedną chwilę świeciło słońce, on nigdy nie był płatnym zabójcą, a ona nigdy nie była prostytutką.

Wyciągnął ręce, rozpaczliwie pragnąc jej dotknąć, przez chwilę potrzymać w objęciach, pocałować ten uśmiech i uczynić z niego coś więcej niż tylko ulotny blask, który w przeciwnym wypadku zapamięta jako umierającą iskierkę. Jednakże się powstrzymał.

Gwen spojrzała na jego opadające ręce, a potem na twarz.

– Co się stało?

Czy to rozczarowanie zabrzmiało w jej głosie?

– Mamy towarzystwo – powiedział, kiwając głową w stronę ulicy, gdzie trzy nieszczęsne postaci poruszały się w cieniach w pobliżu drzwi kuchennych. – Musisz porozmawiać na ten temat ze swoim barmanem. Dixon wyrzuca resztki za drzwi i przyciąga muchy.

Gwen spojrzała we wskazanym kierunku.

– Muchy?

– Elfy. Grzebią w twoich śmieciach.

Gwen zmrużyła oczy.

– Och, nawet ich nie zauważyłam. – Machnęła ręką. – Nie szkodzi. Powiedziałam Dixonowi, żeby oddawał im wszystkie resztki. Mam tylko nadzieję, że nie wyrzuca ich wprost na błoto. Muszę wystawić tam beczkę albo jakiś stolik.

Royce skrzywił się, patrząc na nieszczęsne stworzenia. Łachmany, które okrywały ich ciała, były ledwie podartymi skrawkami udającymi ubrania. Przemoczone na deszczu elfy wyglądały jak szkielety obleczone skórą. Karmienie ich było przykładem okrucieństwa poprzez dobroć. Gwen dawała im złudną nadzieję. Lepiej dać im umrzeć. Lepiej dla nich, lepiej dla wszystkich.

Spojrzał na nią.

– Zdajesz sobie sprawę, że będą tu wracać. Nigdy się ich nie pozbędziesz.

Gwen szturchnęła go i wskazała ulicę Przekorną.

– Albert przyszedł.

Przybył pieszo. Przesłonięty mglistą zasłoną deszczu podszedł z niesmakiem do budzącej postrach sadzawki. Przemókł do suchej nitki. Nowy kapelusz bez ronda przylegał mu płasko do głowy i zsuwał się nieco na bok. Peleryna lepiła się do jego ciała.

Wicehrabia Albert Winslow popatrzył na mroczne jezioro, a potem na stojących po drugiej stronie Royce'a i Gwen.

– Skoro zawsze tak ma być – zawołał ponad sadzawką – to czy nie mogłabyś zbudować mostu nad tą fosą, Gwen?!

– Nie mam praw do zarządzania ulicą! – odkrzyknęła. – Ani rynsztokiem, skoro już o tym mowa. Musisz zwrócić się z tą kwestią do króla albo przynajmniej gildii kupieckiej w Dzielnicy Dolnej.

Albert spojrzał na wzburzoną wodę i z grymasem ruszył przez kałużę.

– Chcę konia! – krzyknął w chmury, kiedy woda sięgnęła mu do połowy łydek. – Na miłość Maribora, jestem wicehrabią! Nie powinienem być zmuszany do brnięcia przez ścieki, żeby się odmeldować.

– Nie stać nas na trzy konie – odpowiedział Royce. – Ledwie dajemy radę wyżywić dwa.

– Teraz już nas stać. – Albert odchylił pelerynę, ukazując sakiewkę. Potrząsnął nią. – Zapłacono nam.

***

Sześć błyszczących złotych monet z sokołem Melengaru i dwadzieścia srebrnych z takim samym wizerunkiem leżało na stole w Ciemnym Pokoju. Jako jedyne pomieszczenie bez ani jednego okna służył kiedyś za spiżarnię i schowek na wszelkiej maści sprzęt kuchenny. Gwen zamieniła go w kwaterę główną Riyrii, gdzie Royce i Hadrian prowadzili interesy jako rzezimieszki do wynajęcia. Dostawiła kominek, żeby grzał i oświetlał pokój, oraz stół, na który Albert opróżnił sakiewkę.

Royce przyniósł świecę. Każde królestwo i miasto-państwo biło własne monety, ale tenent był walutą międzynarodową i powinien zawsze ważyć tyle samo, mniej więcej tyle, co zwykle jajko rudzika. Srebrny tenent ważył tyle samo co złoty, ale moneta była większa i grubsza, bo metal był lżejszy. Tak wyglądała teoria i zwykle tak właśnie było w rzeczywistości. Przyniesione monety nie sprawiały wrażenie fałszywych.

– Nawiasem mówiąc, upiekło wam się. – Albert stanął obok ognia i zdjął przemoczony kapelusz. – Lady Martel albo nie wie, że zabrano jej pamiętnik, albo jest zbyt zakłopotana, żeby to zgłosić. Domyślam się, że raczej to drugie.

Zaczął wyżymać kapelusz na podłogę.

– Nie, nie, nie! – krzyknęła na niego Gwen. – Daj mi to, proszę. Ach, i wyskakuj z pozostałych rzeczy. Trzeba je uprać. Dixon, możesz, proszę, przynieść koc?

Albert uniósł brwi, kiedy Gwen stanęła wyczekująco z wyciągniętymi rękami. Zerknął pytająco na Royce'a i Hadriana. Żaden nie odezwał się słowem. Obaj odpowiedzieli szerokimi uśmiechami.

– Albercie, naprawdę myślisz, że masz coś, czego nie widziałam już wcześniej? – zapytała Gwen.

Wicehrabia zmarszczył brwi, odgarnął mokre włosy z twarzy i zaczął rozpinać dublet.

– W każdym razie, jak już mówiłem, lord Hemley nie zarządził nawet przeszukania. Według naszej zleceniodawczyni, lady Constantine, lady Martel zgłosiła tylko, że okropnie przestraszyła się nocą, ale okazało się, że to nie było nic takiego.

– Nic takiego? – spytał Royce.

– Wątpię, żeby Ralph albo Pan Hipple zgodzili się z jej zdaniem – wtrącił Hadrian.

– A powiedziała, czego właściwie się przestraszyła? – zapytał Royce.

Albert zdjął przemoczony brokat i Gwen wzięła go od niego. Zwalisty barman przyszedł z kocem, a Gwen oddała mu za to rzeczy Alberta.

– Możesz to, proszę, dać Emmie i poprosić, żeby zrobiła, co w jej mocy?

– Powiedz, żeby uważała – wtrącił Albert. – To bardzo drogie rzeczy.

– Wiemy – przypomniał mu Royce.

– Emma miała już do czynienia z brokatem – zapewniła go Gwen po wyjściu Dixona. – A teraz daj mi pończochy i spodnie.

– Mogę usiąść?

– Jak już zdejmiesz spodnie.

– To o czym właściwie wspomniała lady Martel? Co przytrafiło jej się w nocy? – zapytał znowu Royce.

– Ach! – Albert zarechotał, rolując pończochy. – Powiedziała, że szop wlazł przez okno sypialni i dlatego pies zaczął szczekać. Słysząc hałasy, jeden ze strażników przybiegł i z powodu ciemności przywalił głową w konar topoli. Krzyknął, myśląc, że go zaatakowano.

– Myśląc, że go zaatakowano? – dopytywał się Royce.

– On obstawał, że do domu włamało się dwóch gości i chciało go zabić. Lady Martel powiedziała, że coś mu się uroiło.

Royce usiadł naprzeciwko ognia i złożył razem dłonie, pukając o siebie palcami. Zastanawiał się, co było w pamiętniku lady Martel, że chciała uniknąć jakiegokolwiek dochodzenia.

Hadrian się tylko roześmiał.

– Co znowu? – zapytał Albert, wręczając drugą pończochę, którą Gwen wzięła z wyrazem niesmaku na twarzy.

– Lady Martel właśnie uratowała Ralphowi życie – odpowiedział Hadrian.

– Naprawdę? A kto to jest Ralph?

– Pewien strażnik z urojeniami. Royce czekał, aż przestanie padać, żeby wpaść z odwiedzinami do starego Ralpha.

Albert klasnął w dłonie.

– Zatem wszyscy mamy dziś powód do świętowania, prawda?

– Jak już zdejmiesz spodnie – zbeształa go Gwen.

– Wszystkich swoich klientów traktujesz w taki sposób? – zapytał Albert.

– Nie jesteś klientem.

– Nie, jestem wicehrabią.

Po krótkiej pauzie wszyscy wybuchli śmiechem.

– Dobrze, już dobrze, proszę, oto moje spodnie! Weź je. Po cóż mi spodnie? I tak już straciłem całą godność osobistą.

– A po co komu godność, kiedy ma pieniądze? – Royce rzucił mu stosik srebra zwieńczony złotem.

Albert złapał monety jak wprawny żongler. Stał nago przed ogniem i oglądał monety z uśmiechem.

– Znowu jestem arystokratą!

– Owiń się tym. – Gwen podała mu koc. – Dość już się napatrzyliśmy na arystokrację jak na jeden dzień.

Zebrała resztę rzeczy i wyszła.

Albert owinął się miękką wełną i usiadł na krześle tak blisko kominka, jak tylko mógł, nie obawiając się zajęcia ogniem. Pocierając monety w palcach, powiedział:

– Srebro i złoto są takie ładne. Szkoda je wydawać.

– A nie starczą na długo. – Royce westchnął i spojrzał na Alberta. – Przy tempie, z jakim bierzemy zlecenia, i tak małych sakiewkach sytuacja staje się napięta. Potrzebujemy czegoś za wyższą cenę.

– Właściwie to mam dla was nową robotę. To coś sporego: dwadzieścia złotych tenentów oraz pokrycie wydatków, wyobrażasz sobie? I całe szczęście, bo robota jest w południowym Maranonie.

Royce i Hadrian usiedli prosto.

– Szybko to poszło – zauważył Hadrian. – Zwykle nie pracujesz tak ciężko.

– Racja, ale to zlecenie po prostu wpadło nam do rąk. – Kropelka wody ześlizgnęła się Albertowi po twarzy. Urwał, żeby otrzeć wodę z włosów rogiem koca. – I robi wrażenie niewiarygodnie prostego.

– Nie możesz tego ocenić, bo nie masz kwalifikacji – powiedział Royce.

– Ale ta robota taka jest. Nie chcą nawet, żebyście cokolwiek robili.

Royce pochylił się, wbijając wzrok w wicehrabiego.

– Kto płaci dwadzieścia sztuk złota za nic? Co to za robota?

– Wygląda na to, że ktoś próbuje zabić lady Nysę Dulgath.

– Nie jesteśmy ochroniarzami do wynajęcia.

– Och, ona już ma straże. Lady Dulgath jest hrabiną i niedługo zostanie władczynią maleńkiej prowincji w południowo-zachodnim zakątku Maranonu, gdy już złoży hołd lenny królowi Vincentowi. Najwyraźniej jej ojciec, hrabia Beadle Dulgath zmarł niedawno, a ona jest jego jedynym dzieckiem.

– Został zamordowany? – zapytał Royce.

– Nie. Zmarł ze starości. Facet był potwornie stary, dobiegał sześćdziesiątki. Niestety ktoś uwziął się na jego córkę. Z tego, co mi powiedziano, wynika, że w ciągu ostatniego miesiąca doszło do trzech prób zamachu na jej życie. Po tych porażkach zatrudnią zawodowca. I tu wkraczasz ty. – Albert spojrzał na Royce'a.

– Nie powiedziałbym, że zabicie hrabiny to nic. Poza tym wiesz, jaki on ma stosunek do takich zleceń. – Royce wskazał Hadriana.

Albert machnął ręką.

– Nie, źle mnie zrozumiałeś. Nie chodzi o to, żebyście wy ją zabili. Wieść niesie, że już kogoś wynajęto.

Royce pokręcił głową.

– O ile nie postanowili załatwić tego tanim kosztem, to najęty gość jest skrytobójcą z Czarnego Diamentu. Zawarłem z Diamentem porozumienie i zgodnie z nim nie wchodzimy sobie w paradę.

– Pamiętam – powiedział Albert. – Ale oni nie chcą, żebyś złapał zabójcę. Twoim zadaniem jest ocenić sytuację i poinformować szeryfa Knoxa, jak ty zabrałbyś się do zabicia lady Dulgath, żeby mógł przygotować plan, który zapobiegnie zamachowi.

– Dlaczego ja?

Albert się uśmiechnął.

– Wygadałem się, że pracowałeś jako zabójca dla Czarnego Diamentu.

Royce spiorunował go wzrokiem.

– Nikogo w Maranonie nie interesuje, czym zajmowałeś się gdzie indziej. Mówimy tu o arystokracji. Szlachetnie urodzeni stosują ruchomą skalę do oceny moralnej. Ekscytuje ich możliwość zatrudnienia kogoś z doświadczeniem.

– To brzmi... – zaczął Hadrian i zamyślił się, szukając właściwego słowa.

– Podejrzanie – podsunął mu Royce.

– Chciałem powiedzieć „dziwnie" – sprostował Hadrian – ale masz rację. To szemrana sprawa. Czy to możliwe, że właśnie szeryf chce jej śmierci?

– Mało. Nie jestem nawet pewien, czy wie o tym planie. Nie on nas zatrudnił. A wątpię, żeby nasz klient miał zwyczaj mordować władców prowincji.

– A kto to taki? Znaczy kto nas zatrudnił?

Albert wahał się chwilę, a potem odpowiedział:

– Kościół Nyphrona.

Rozdział 2

Artysta

Sherwood Stow trzymał pędzel bez najmniejszego świadomego wysiłku, patrząc na lady Nysę Dulgath. Stała dziesięć stóp dalej z jedną ręką na brzuchu, a z drugą przy boku; ściskała w niej parę rękawiczek do jazdy konnej, jakby zaraz miała wybiec na polowanie. Stała cudownie prosto, z uniesionym podbródkiem, dzięki czemu długie kolczyki z pereł zwieszały się idealnie. Włosy miała upięte wysoko, zaplecione w warkocze i zwinięte, tak że opasywały jej głowę niczym królewski diadem. Była ubrana w nadzwyczajną suknię ze złotego brokatu o szerokich rękawach, a na jej ramionach spoczywała etola z lisa, który uśmiechał się, jakby był zachwycony, mogąc znajdować się tak blisko tej olśniewającej kobiety. Chociaż jej spojrzenie było królewskie, gdy wpatrywała się w dal, to Sherwood żałował, że nie patrzy na niego. Tak naprawdę to spoglądała ponad jego głową na żyrandol wiszący pośrodku jej prywatnego gabinetu.

Pokój był mały jak na standardy zamku Dulgathów. Intymny, lubił myśleć o nim Sherwood, jak garderoba albo salonik, w którym spotykają się zakochani. A nawet bardziej, ponieważ w takim saloniku roi się od przyzwoitek, a oni przebywali w gabinecie tylko we dwoje.

– Dlaczego nie spojrzy pani na mnie? – zapytał Sherwood.

– To konieczne? – odpowiedziała lady, wpatrując się w żyrandol.

Usta wygięła w obojętnym półuśmieszku, jej twarz przybrała obowiązkowy oficjalny wyraz. Zwykle doceniał modeli, którzy potrafią zachować posągowy wygląd podczas pozowania, ale ona wypełniła jego prośbę z przesadną skrupulatnością. Nysa nie pozowała tak po prostu. Ona się ukrywała.

– Powiedzmy, że to prośba.

– Wobec tego odmawiam. – Jej słowa były równie słodko neutralne jak usta. Nie były ani na tyle ciepłe, by zdradzać bliskość, ani tak zimne, żeby sugerować niezadowolenie.

Nie potrafię nawet dostrzec, czy ona oddycha, pomyślał.

Nysa była za sztywna. Oczywiście taki wizerunek chciała uwiecznić, ale Sherwood Stow nie był zainteresowany sportretowaniem przyszłej hrabiny Dulgath. Interesowała go kobieta. I chociaż nigdy nie wypowiadał tego imienia publicznie, to zawsze myślał o niej jako o Nysie. Nigdy jako o lady Dulgath.

Ród Dulgathów był gmachem, monumentem, zakurzoną sławną dynastią. Nysa była kobietą niewiele po dwudziestce. Nie wiedział, jak niewiele, trudno to było ocenić, ponieważ jej ciało miało w sobie wigor młodości, ale oczy wydawały się niezmiernie wiekowe. Piękna i tajemnicza istota pełna światła, ale jej ruchy zdradzały farsę. Zbyt wdzięczne. Sherwood znał wiele kobiet – dam, księżniczek, nawet królowych – ale żadna nie miała ułamka jej wytworności i elegancji. Nysa była jak wirujący liść na wietrze i gdyby wylądowała na powierzchni nieruchomego jeziora, nie wywołałaby nawet najmniejszej zmarszczki.

– Panie Stow, czy zwyczajowo w trakcie malowania nie dotyka się pędzlem płótna? – Nysa skierowała pytanie do żyrandola. – Stoi pan tam od dwudziestu minut, mieszając farby, i trzyma uniesiony ten najeżony patyk, ale ani razu się pan nim nie posłużył.

– Skąd pani wie, skoro patrzy pani na żyrandol?

– Patrzenie i widzenie to czynności od siebie niezależne. Ze wszystkich ludzi pan właśnie powinien najlepiej to rozumieć.

Sherwood skinął głową i raz jeszcze dodał oleju orzechowego do gęstniejącej umbry. Jego dawny mistrz Yardley bez wątpienia wzdychał w grobie. Yardley zawsze upierał się przy temperach mieszanych z jajkiem, ale Sherwood wolał farby olejne. Nie dość, że pozwalały mu uzyskać w portretach przejrzystą głębię, to jeszcze powolne wysychanie dawało mu czas na... cóż... na wszystko.

– Owszem, a skoro tak dobrze zdaje sobie pani z tego sprawę, to musi pani rozumieć konieczność zwłoki i to, jak ważna jest powolność w mojej pracy.

– „Powolny" to nie jest słowo, które stosownie pana opisuje, panie Stow. Kropla miodu zimą jest powolna. Przelewa się jakby niechętnie, ale jednak się przelewa. A pan, panie Stow, nie jest ciurkającym miodem. Pan jest skałą.

– Szkoda. Tak bardzo lubię miód. Może zechce pani przemyśleć swoją ocenę?

– Skała, powiadam. Ogromny blok granitu nieruchomy i stanowczo odmawiający poruszenia się.

– Doprawdy?

– Jak inaczej wyjaśni pan dwa miesiące codziennych godzinnych sesji? To sześćdziesiąt godzin. Słyszałam, że dobrzy artyści potrafią skończyć portret w tydzień.

– Prawda, prawda. – Popukał się palcem w brodę, brudząc ją farbą. – Chyba jedynym wyjaśnieniem będzie stwierdzenie, że nie jestem dobrym artystą.

Sherwood zakorkował butelkę oleju i odstawił na półkę pod sztalugami obok poplamionych szmatek i fiolek z pigmentami, z których niektóre były zaskakująco drogie. Błękit zamorski, czyli ultramaryna, był najkosztowniejszy, ponieważ kamień, z którego wyrabiano ten ciemnoniebieski barwnik, musiał przebyć morze i pochodził z tego samego legendarnego lądu, z którego sprowadzano niezrównane wino Montemorcey. Farba kosztowała dwudziestokrotność swojej wagi w złocie. Na szczęście niewielu ludzi niebędących malarzami wiedziało o tym, bo inaczej na jego kolegów po fachu regularnie by napadano i ich okradano.

– Zatem przyznaje pan?

– Oczywiście z pewnością nie jestem dobrym malarzem. – Posłużył się szmatką, którą zrobił z ostatniej przyzwoitej koszuli, żeby otrzeć olej, który skapnął mu na ręce z trzonka pędzla. Bez względu na to, jak bardzo uważał, jego dłonie działały na farbę i olej jak magnes. – Jestem najlepszym malarzem.

Sapnęła w sposób nietypowy dla siebie, co brzmiało prawie jak parsknięcie śmiechem, i uniosła sceptycznie brew.

– Jest pan aroganckim człowiekiem.

Wreszcie jakaś reakcja.

– Nie, jestem pewny siebie, a to różnica. Arogancja to nieuzasadniona wiara w siebie. Pewność siebie wynika po prostu z rozumienia własnych możliwości. Nie przechwalam się, że jestem wspaniałym kochankiem, chociaż możliwe, że tak jest. W tym temacie akurat zwyczajnie nie znajduję się w pozycji, która umożliwiałaby mi precyzyjny osąd. Ocenę zostawiam kobietom, które zabawiam.

Tym razem uniosła obie brwi i na jej czole pojawiła się ledwie widoczna zmarszczka.

– Rozmawialiśmy jednak o sztuce, a w tym temacie jestem ekspertem. Może więc mi pani zaufać, kiedy mówię, że nie ma większego artysty ode mnie, a mówię tak, ponieważ nie ma lepszego ode mnie sędziego wartości artystycznej.

– Panie Stow, wątpię, czy mogę zaufać pańskiej ocenie w kwestii sztuki czy czegokolwiek innego. Jak bym mogła, skoro nie pozwala mi pan spojrzeć na pańskie dzieło? Odmawiał pan przez dwa miesiące wszystkim, którzy chcieli zerknąć na pańskie arcydzieło.

– Prawdy nie da się stworzyć, trzymając się harmonogramu.

– Prawdy? Zatem to prawdę pan maluje? Myślałam, że mnie.

– Maluję panią, a przynajmniej próbuję, ale odmawiając współpracy, powoduje pani opóźnienia.

– Co ma pan na myśli?

– Ukrywa się pani przede mną.

– C-co...? – Omal na niego nie spojrzała. Widział, jak walczy ze sobą, by nie poruszyć źrenicami. Zagryzła dolną wargę i z podwójnym zacięciem wbiła wzrok w żyrandol. Uniosła nieco podbródek jakby w akcie protestu. – Przecież jestem tutaj.

– Nie, nieprawda. Hrabina Dulgath w całym swoim arystokratycznym splendorze i pysznym stroju stoi przede mną, ale nie pani. Nie to, kim jest pani naprawdę. Chcę dostrzec osobę wewnątrz. Osobę, którą ukrywa pani przed wszystkimi w obawie, że mogliby ją dostrzec...

Popatrzyła na niego. Nie zerknęła. Nie spojrzała. Spiorunowała go ognistym wzrokiem. Przelotnie tylko, ale w tej jednej chwili dostrzegł więcej, niż widział przez dwa miesiące. Coś potężnego. Gwałtownego. Burza zakorkowana w kobiecym ciele i powleczona smutkiem żałoby i żalu. Dostrzegł ją. Ten widok wstrząsnął nim tak, że cofnął się o krok.

– To było na tyle – oznajmiła lady Dulgath, przestając pozować i zrzucając z ramion lisa. – Nie widzę powodu, by przeciągać ten absurd. Zgodziłam się na portret tylko dlatego, że chciał tego mój ojciec. On nie żyje, więc obraz przestał być potrzebny.

Obróciła się na lewym obcasie i ruszyła do wyjścia.

– W takim razie zobaczymy się jutro! – zawołał za nią Sherwood.

– Nie, nie zobaczymy.

– Będę tu jutro.

– A ja nie.

Zatrzasnęła dębowe drzwi, wychodząc, i zostawiła Sherwooda samego w gabinecie, słuchającego echa jej oddalających się kroków.

Spojrzał na drzwi, które aż odskoczyły od futryny i teraz stały szeroko otwarte, więc widział jej złocistą suknię, kiedy odchodziła korytarzem.

Fascynująca, pomyślał.

W okamgnieniu Sherwood podniósł pędzel i szmatkę, które upuścił, nawet nie zdając sobie z tego sprawy, i spojrzał na obraz. Pędzel poruszał się jakby z własnej woli, wędrował od palety do płótna z oślepiającą gwałtownością. Skupienie Sherwooda było tak wielkie, że nie zauważył, że do gabinetu wszedł młody mężczyzna, dopóki ten się nie odezwał.

– Jakieś kłopoty?

Sherwood rozpoznał dublet z niebieskiej satyny, zanim dostrzegł kozią bródkę, i natychmiast zakrył obraz. Przymocował materiał do blejtramu, żeby móc szybko zasłonić pracę. Zasłanianie powstającego obrazu dla ochrony mokrej farby przed komarami, kurzem i włosami nie było niczym nietypowym, teraz jednak Sherwood miał znacznie poważniejszy powód.

– Lord Fawkes. Przepraszam, nie zauważyłem pana. Co pan mówił?

– Pytałem, czy pojawił się jakiś kłopot – powiedział Fawkes, rozglądając się po gabinecie z typową dla siebie mieszanką zdumionej niewinności i złowieszczej podejrzliwości. – Usłyszałem huk i zobaczyłem hrabinę wybiegającą z pokoju. Czy mogę służyć pomocą?

– Nie ma potrzeby, to była wyjątkowo udana sesja, ale już się skończyła. Zbiorę swoje rzeczy. Poczyniliśmy dzisiaj znaczne postępy.

Fawkes obszedł sztalugi i zmarszczył brwi, patrząc na zakryty portret.

– Mam nadzieję, że to nie jest kawałek pościeli.

– To moja koszula nocna, a właściwie to, co z niej zostało.

– To w czym pan śpi?

– Teraz? W niczym. Nie stać mnie na strój nocny.

– Dzięki niech będą Novronowi, że zbliża się lato. – Lord Fawkes podniósł buteleczkę ultramaryny i zaczął ją przerzucać z ręki do ręki. To, że wybrał sobie do zabawy właśnie ten barwnik, wydawało się zbyt dużym zbiegiem okoliczności. W przeciwieństwie do innych ludzi jego pokroju lord Christopher Fawkes musiał znać się na sztuce malarskiej. – Co pan jeszcze tu robi, Sherwood?

Malarz wskazał zakryty obraz i się uśmiechnął. Wskazanie było łatwe, uśmiech okazał się większym wyzwaniem, kiedy patrzył, jak Fawkes bawi się niebieską buteleczką.

Lord zerknął przez ramię i pociągnął lekceważąco nosem.

– Malował pan moją ciotkę Mobi zeszłego lata w jej willi w Swanwick.

– Tak, pamiętam. Piękne miejsce. A lady Swanwick była nadzwyczaj łaskawa i hojna.

– Właściwie to dość często się panu zdarza.

Fawkes przerwał żonglerkę, żeby wskazać kciukiem zakryty portret.

– Wszystkim aż zaparło dech, kiedy odsłonił pan portret.

– To także dość często mi się przydarza.

– Ciotka Mobi rozpłakała się, kiedy zobaczyła, co pan zrobił. Dziesięć minut minęło, zanim mogła odezwać się słowem. Wuj Karl był przekonany, że ją pan obraził.

Sherwood skinął głową.

– Hrabia Swanwick wezwał straże.

– Słyszałem, że złapali pana za nadgarstki i zaczęli wywlekać z pokoju, kiedy ciotka Mobi wreszcie odzyskała głos i ich powstrzymała. „To ja", powiedziała. „Oto jaka naprawdę jestem. Nikt dotąd mnie tak nie widział".

– To też często mi się przytrafia.

– Spał pan z nią?

Lord Fawkes podrzucił buteleczkę wyżej niż dotąd.

– Słucham?

– To dzięki temu tak jej pan zaimponował? To dlatego okazała się aż tak hojna?

– Widział pan obraz?

Fawkes zarechotał.

– Nie. Jedynie słyszałem opowieści. Ciotka Mobi trzyma go pod kluczem w swojej sypialni, gdzie, jestem pewien, śni o młodym malarzu, który tak doskonale ją uchwycił. Zastanawiam się, dlaczego kobiecie, która poślubiła hrabiego, tak zaimponowałby malarz bez grosza przy duszy.

– Czy ta opowieść dokądś zmierza?

Fawkes uśmiechnął się znacząco.

– Zmierzam do tego, że ten portret, który tak doskonale uchwycił naturę ciotki Mobi, że być może wymagał jej zdrady małżeńskiej, powstał w pięć dni. Dlatego pytam ponownie: co pan jeszcze tu robi, panie Sherwood?

– Niektóre portrety są trudniejsze od innych.

– A niektóre kobiety trudniej uwieść niż inne.

Sherwood złapał buteleczkę w locie.

– Pigmenty to nie zabawka.

– Lady Dulgath także nie jest zabawką. – Fawkes patrzył przez chwilę na buteleczkę w ręku Sherwooda, a potem się odwrócił. –

Do tej pory zakładałem, że po prostu pasożytuje pan, wykorzystuje dobrą wolę pracodawcy. Może zwlekał pan, nie mając innych zleceń. Teraz myślę, że jest pan naiwny.

Spojrzał znowu na zakryty portret, jakby to była twarz za welonem, która ich obserwuje.

– Życie wędrownego malarza musi być meczące i niebezpieczne. Podejrzewam, że mieszkanie w zamku, gdzie ma się własne łóżko i pracownię, to znacząca poprawa warunków. Zapomniał pan jednak o jednej rzeczy. Ona jest arystokratką, a pan nie. Prawo zakazuje takich rzeczy.

– Nieprawda. – Sherwood odstawił fiolkę z niebieskim pigmentem na półeczkę pod sztalugami i stanął między nimi a lordem.

Fawkes spiorunował go wzrokiem.

– A powinno.

– Gdybyśmy rozmawiali o tym, co być powinno, to pan urodziłby się jako hodowca krów w Kelsey, a nie jako kuzyn króla Vincenta. Chociaż to byłoby straszliwie niesprawiedliwe wobec krów i jestem przekonany, że właśnie o tym myślał Maribor, kiedy uczynił pana lordem bez ziemi.

Sherwood ogromnie się cieszył, że lord Fawkes nie trzyma już jego bezcennej buteleczki błękitu zamorskiego. Maranoński lord bez ziemi sapnął z wściekłości. Ramiona uniosły mu się jak sierść na grzbiecie psa. Zanim zdążył otworzyć usta, żeby cisnąć jakimś plugawym epitetem, Sherwood wszedł mu w słowo.

– A co pan jeszcze tu robi? Pogrzeb odbył się chyba z miesiąc temu.

To zadziałało jak wylanie zimnej wody na płomień. Fawkes zamrugał trzy razy, a potem zadowolił się posłaniem mu morderczego spojrzenia.

– Być może tak się skupiłeś na tym, żeby wskoczyć do łóżka jaśnie pani hrabiny, że umknął ci fakt, iż ktoś próbuje ją zabić.

– A co to ma do rzeczy?

– Zostałem, by ją chronić.

– Doprawdy? – Sherwood powiedział to bardziej sarkastycznie, niż zamierzał, ale lord zirytował go więcej niż tylko trochę. –

Może umknął pana uwagi fakt, że od tego hrabina ma zastęp doskonale wyszkolonych strażników. Czy też może wierzy pan, że jedynym, co stoi między lady Dulgath a śmiercią, jest strach, jaki zabójca odczuwa przed dalekim krewniakiem króla?

Ten komentarz w żaden sposób nie złagodził spojrzenia Fawkesa, ale teraz przesunęło się ono na sztalugi.

Sherwood wiedział, co lord sobie myśli, zrobił więc jeszcze jeden krok naprzód. Nie łudził się marzeniami o pokonaniu Fawkesa w walce. Prawo rzeczywiście zabraniało atakowania arystokratów, nawet wyjątkowo nikczemnych. Sherwood blefował, robiąc ten krok, ale starał się wypaść tak przekonująco, jak to tylko możliwe. Wyprostował się na całą długość – a był o cal wyższy od Fawkesa – i odwzajemnił się jadowitym spojrzeniem, zaciskając zęby i unosząc ręce.

I bez względu na to, czy dostrzegł blef, Fawkes zadowolił się jedynie splunięciem na but malarza i opuszczeniem gabinetu.

On także zatrzasnął za sobą drzwi, ale tym razem pozostały zamknięte.

Rozdział 3

Maranon

Pogoda nie poprawiła się przez całą drogę do Mehanu. Jeśli chmury ich nie śledziły, jak wyobrażał sobie Hadrian, i w całym północnym Avrynie lało tak samo, to sadzawka na Przekornej musiała zamienić się w jezioro po trzech kolejnych dniach nieustannej ulewy, która moczyła ich podczas jazdy na południe. Rankiem czwartego dnia niebo obudziło się czyste i błękitne, a ogromne południowe słońce oświetlało krainę cudnych, pofałdowanych wzgórz.

Większość zleceń, jakie przyjmowali jako Riyria, dotyczyły samego Medfordu i jego okolic, nie wypuszczali się dalej na południe niż do Warric. Chociaż Hadrian dorastał niecałe pięćdziesiąt mil od granicy, to była jego pierwsza podróż do Maranonu. Gdyby półwysep Delgos był rękawicą z jednym palcem, to Maranon byłby właśnie kciukiem, i to w dodatku zielonym. Kraina w kolorze głębokiej, intensywnej jak aksamit zieleni lasu oświetlonego przez księżyc rozciągała się we wszystkie strony urozmaicona czasem małymi zagajnikami drzew liściastych. Maranon słynął ze swoich koni, najwspanialszych wierzchowców na świecie. Początkowo Hadrian myślał, że widzi łanie pasące się na łąkach, ale łanie nie poruszają się stadami po piętnaście sztuk albo i więcej. Ani nie pędzą przez pola z hukiem grzmotu, nie krążą i nie zmieniają kierunku jak kołujące stado szpaków.

– Należą do kogoś? Czy można po prostu złapać sobie jednego? – zapytał Royce'a Hadrian, gdy jechali na swoich parchatych koniach z północy, które przynajmniej były czyste dzięki trzem dniom deszczu.

Royce, który odrzucił kaptur i suszył pelerynę na sobie, zerknął na konie pędzące po odległych wzgórzach.

– Tak i nie. To tak jak z jeleniami na północy. A właściwie tak jak wszędzie. Nie ma niczego, co by do kogoś nie należało. Te konie są dzikie, ale wszystko tutaj należy do króla Vincenta.

Hadrian nie wątpił w wiedzę Royce'a. Chociaż jego partner nie potrafił konwersować, Hadrian wiedział, że wiele podróżował, przynajmniej po Avrynie. Najlepiej orientował się w gęsto zaludnionych rejonach wokół dużych miast jak Colnora albo Ratibor, gdzie złodziej i były zabójca najszybciej znajdzie sobie zajęcie. Dla Hadriana wyprawa do Maranonu była jak wakacje. Zmiana pogody tylko pogłębiła wrażenie, że wreszcie odpoczywają.

Uniósł się w strzemionach i rozejrzał po okolicy. Pomijając drogę, którą jechali, i góry w oddali, nie dostrzegł niczego – ani jednej żywej duszy, żadnego miasta czy wioski.

– To co mnie powstrzymuje przed złapaniem jednego i zabraniem do domu?

– Znaczy poza samym koniem? – spytał Royce.

– Aha.

– Właściwie nic. Chyba że cię złapią i wtedy zawiśniesz.

Hadrian uśmiechnął się znacząco, ale Royce na niego nie patrzył.

– Jeśli nas złapią, to i tak zawiśniemy za większość tego, czego się dopuszczamy.

– No i?

– No i nic, po prostu tu jest ładniej. Znaczy... – Hadrian zapatrzył się na puszyste białe obłoki, których cienie przesuwały się po wzgórzach. – To miejsce jest niesamowite. Jakbyśmy wypełzli z rynsztoka i zawędrowali do raju. Nigdy w życiu nie widziałem tylu odcieni zieleni. – Spojrzał w dół. – Jakby trawa w naszym Medfordzie była chora albo coś w tym guście. Skoro musimy kraść, to czemu nie zaczniemy kraść koni? To musi być łatwiejsze od wspinania się po treliażach i wieżach.

– Serio? A próbowałeś kiedyś złapać dzikiego konia?

– Nie. A ty?

– Nie, ale wyjaśnij mi, jak jeździec ma złapać biegającego wolno konia? I to jeszcze maranona. W krainie niekończących się pagórków nie ma gdzie zagnać ich w pułapkę. A gdybyś nawet jakiegoś złapał, to co wtedy? Istnieje różnica między dzikim koniem a nieujeżdżonym. Chyba zdajesz sobie z tego sprawę, co?

W jakimś mrocznym zakamarku umysłu Hadrian przypominał sobie, że słyszał coś na ten temat, ale nie pamiętał o tym, dopóki Royce mu nie przypomniał. Konie hodowane na farmach wychowywały się wśród ludzi. Nie zostały wytresowane i nie przywykły do tego, że ludzie wskakują im na grzbiety tak samo jak przeciętny pies, ale były względnie łagodne.

– Masz mniej więcej takie same szanse z dzikim koniem, jak gdybyś próbował osiodłać jelenia.

– To tylko luźny pomysł, bo w końcu jak długo będziemy to robić?

– Co takiego?

– Kraść.

Royce się roześmiał.

– Odkąd pracuję z tobą, prawie w ogóle nie kradnę. To naprawdę denerwujące. W porządnej kradzieży kryje się pewne piękno. Stęskniłem się za tym.

– Ukradliśmy pamiętnik.

Royce odwrócił się i spojrzał na Hadriana litościwie, kręcąc ze smutkiem głową.

– To żadna kradzież. To drobne złodziejstwo. A teraz jeszcze to. Pomysł, żeby uniemożliwić komuś dokonanie zabójstwa, wydaje się...

– Szemrany?

Kolejne spojrzenie, tym razem zdumione.

– Nie. Wydaje się niewłaściwy, jak chodzenie wstecz. W teorii brzmi to względnie łatwo, ale to niezręczne, dziwaczne. Nie bardzo nawet wiem, czego ode mnie oczekują. Mam porozmawiać z tą kobietą, z tym chodzącym celem? Zwykle nie gawędzę z potencjalnymi truposzami.

W ciągu trzech lat Royce nigdy nie rozgadał się tak bardzo podczas jazdy. Rozgniewany ton wszystko wyjaśniał. Royce nie oddalił się tak bardzo od bezpiecznych miejsc od czasu fiaska z Wieżą Koronną. Mistrz sztuki złodziejskiej rzadko dawał się wyprowadzić z równowagi, ale kiedy już się to zdarzało, robił się rozmowny.

– To arystokratka – ciągnął Royce. – Nie lubię arystokratów. Zawsze są tacy zarozumiali.

– To kwestia wychowania – odpowiedział Hadrian, jakby to on był światowcem.

Hadrian znał paru arystokratów, ale wszyscy pochodzili z Calisu. To tak, jakby powiedział, że zna gryzonie, bo karmił parę wiewiórek. Caliscy arystokraci w niczym nie przypominali tych z Avrynu. Byli swobodniejsi, bardziej praktyczni, mniej napuszeni i zdecydowanie bardziej niebezpieczni. Hadrian podejrzewał, że Royce wręcz polubiłby większość arystokratów z Calisu, a przynajmniej dopóki nie spróbowaliby go objąć. Hadrian dość szybko odkrył, że Royce Melborn nie jest amatorem uścisków.

– Właśnie. – Royce skinął głową. – A to jeszcze na dodatek kobieta. Kobieta z Maranonu.

– A czym tak się wyróżniają tutejsze kobiety?

– Pamiętasz tę burzę na Wyżynie w okolicy Fallon Mire? Tam gdzie wiatry znad Chadwick zderzają się z wiatrami zza grzbietu?

– A, pewnie. – Hadrian pokiwał głową, przypominając sobie noc, podczas której żaden z nich nie zmrużył oka.

– Takie są właśnie tutejsze kobiety. – Royce machnął lekceważąco ręką na bujną, piękną krainę, która rozciągała się gdzie okiem sięgnąć. – Spójrz na to. Czy ludzie tutaj ciężko pracują? Czy motyki pospólstwa tępią się na kamieniach w ziemi? Czy tutejsi ludzie kładą się spać głodni trzy razy w tygodniu? Chłopi pańszczyźniani w majątkach ziemskich żyją tu lepiej niż Gwen. A teraz wyobraź sobie, jacy są tutejsi arystokraci. Wiedziałeś, że prowincja Dulgath to najstarsze lenno w Avrynie?

– A skąd niby miałbym to wiedzieć? – Hadrian uśmiechnął się do niego rozbawiony rozmownością Royce'a.

– To teraz wiesz – odpowiedział poirytowany Royce, jakby Hadrian mu zaprzeczył. – Jeśli można zaufać wiedzy Alberta na temat historii różnych arystokratycznych rodzin, to ród Dulgathów wyłonił się mniej więcej w tym samym czasie co imperium novrońskie. Rodzina, która tu rządzi, jest równie stara jak początki pierwszego imperium. Większość arystokratów przyjmuje jako nazwisko nazwę regionu, który dostaje we władanie, ale tu jest na odwrót. Prowincję Dulgath nazwano od nazwiska ludzi, którzy ją stworzyli. W związku z tym, jak myślisz, jak głęboko zakorzenione jest przekonanie o własnej nadzwyczajności u lady Dulgath? Jej ród istnieje od kilkuset pokoleń. A ja mam ją uratować?

– Teoretycznie to chyba zleceniodawcy chcą, żebyś się zorientował, w jaki sposób można ją zamordować.

Royce rzucił Hadrianowi szelmowski uśmiech.

– Myślę, że najtrudniejszą częścią zadania będzie oparcie się pokusie, żeby tego nie zrobić. Chociaż raz może przydać się na coś twoje szeptanie mi do ucha, żebym nie zabijał. – Royce spojrzał na rozciągające się wszędzie idealne niebo. – Nie ma mowy, żebym wyjechał stąd niesplamiony błękitną krwią.

***

Droga się rozwidlała. Zakręt w lewo prowadził na południe, a ich ścieżka ciągnęła się dalej, aż do miejsca, gdzie zielona zmarszczka gór oznaczała koniec wzgórz.

Royce przystanął na dłuższą chwilę i wpatrywał się w lewą odnogę, więc Hadrian też zaczął jej się przyglądać. Droga była prosta, równa i ciągnęła się obrzeżami zielonego grzbietu ku większym skalistym górom zabarwionym błękitem w słońcu późnego popołudnia. Mijały minuty, a Royce nadal się wpatrywał i Hadrian nabrał przekonania, że jego partner zgubił drogę, co było więcej niż tylko trochę dziwne. Przez trzy lata Hadrian nigdy nie widział, żeby Royce się zgubił, gdy kierował się swoim wewnętrznym kompasem w gęstych lasach, pośród mgły nieprzenikliwej jak wełniany koc, w czasie bezgwiezdnych nocy, a nawet oślepiającej śnieżycy. A jednak złodziej nadal siedział na koniu i wpatrywał się w długą drogę na południe.

– Tędy mamy jechać? – zapytał wreszcie Hadrian.

Royce podniósł wzrok, jakby się obudził.

– Co?

– Tędy prowadzi droga do Dulgath?

– Tędy? – Royce pokręcił głową. – Nie, nie tędy. Ta droga donikąd nie prowadzi.

Hadrian spojrzał na szeroki, wydeptany szlak pobliźniony koleinami od kół wozów i półksiężycami końskich kopyt.

– Nieźle wydeptana jak na ślepą uliczkę.

Royce uśmiechnął się znacząco, jakby Hadrian opowiedział sprośny dowcip.

– Rzeczywiście, bez wątpienia.

Ruszał ich drogą, ponaglając konia, ale nadal oglądał się na bardziej uczęszczany szlak, jakby mu nie ufał. Cokolwiek go prześladowało, nie powiedział o tym ani słowa, a Hadrian nie zapytał. Kiedy zaczęli razem pracować, łącząc swoje specyficzne umiejętności dla wspólnej korzyści, Hadrian próbował przy różnych okazjach podważyć wieko szkatułki z historią Royce'a, ale bez powodzenia. Tylko otarcie się o śmierć albo – na co wydawała się wskazywać obecna sytuacja – przewidywane spotkanie z arystokratami z Maranonu – było w stanie poluzować to wieko. Dokądkolwiek ta południowa droga prowadziła, Hadrian nie dowie się niczego na ten temat od Royce'a. Dwie rzeczy były jednak pewne: że Royce jechał już kiedyś tamtą drogą i że dokądś prowadziła.

Droga, którą teraz jechali, też gdzieś prowadziła. Pod górę.

Po kilku godzinach jazdy w ciszy droga zwężiła się i zamieniła w ciąg zakosów wspinających się na wąską przełęcz, za którą rozciągał się widok na inny świat. Ten był jeszcze piękniejszy od tego, który opuszczali. Łąki z dzikimi kwiatami i liściaste lasy rozciągały się nad morzem, rozległe przestworza wody wcinały się w postrzępione małe i większe zatoki wśród potężnych klifów. Hadrian domyślił się, że dotarli do zachodniego krańca Maranonu i początków Morza Sharon. Widział je po raz pierwszy, ale z oddali nie różniło się od wschodnich mórz. Owo „zaplecze" Maranonu, gdzie drogi były węższe i niewiele różniły się od trawiastych drożyn, miało więcej drzew, więcej strumieni i więcej wodospadów.

Na nie szerszej niż dziesięć mil przestrzeni między górami a morzem zmieściła się cienista dolina, przytulna i miła. Zanurzyła palce stóp w rozległym błękicie, który pienił się, rozbijając o skalny półwysep. Zamek Dulgathów wznosił się na samotnym skalistym cyplu, wyginającym się na południe jak zakrzywiony palec. Zbudowany ze skały urwiska zlewał się z nią i wyróżniały go tylko proste krawędzie wież i chorągwie łopoczące błękitem i bielą.

– Ładnie – powiedział Hadrian.

Royce się naburmuszył. Wskazał czerwone jagody rosnące wzdłuż szlaku.

– One też są ładne, ale nie radziłbym ich jeść.

Droga w dół była szybka i odbyła się w milczeniu. Royce naciągnął kaptur, kiedy zbliżyli się do dna doliny i zaczęły pojawiać się farmy i podróżni. Tutejsze domy budowano z polnych kamieni i schludnie kryto strzechami. Budynki często były piętrowe i zawsze malownicze. Tubylcy mieli oliwkową cerę, czarne włosy i ciemne oczy. Byli dobrze odżywieni i zdrowi, chętnie nosili kolorowe ubrania – zielone, pomarańczowe i żółte, co jaskrawo kontrastowało z ludnością Melengaru. Tam biedacy nosili rzeczy z wełny zawsze ufarbowanej w odcienie ziemi i brudnej szarości. Błoto było barwnikiem północy, a południe rozkoszowało się kolorami.

Kiedy Royce i Hadrian przejeżdżali, ludzie odwracali ku nim głowy i unosili przyjazne twarze. Royce nigdy się nie zatrzymywał, nie zwalniał. Raz ponaglił konia, by przeszedł w kłus, gdy jakiś mężczyzna powiedział „dzień dobry" z wyrazistym marańskim akcentem. Hadrian zaś uśmiechał się i machał w odpowiedzi ręką, zwłaszcza do ładnych, młodych kobiet.

– Powinniśmy się tu przeprowadzić – orzekł.

– Na północy mamy znajomości. Lepiej się tam orientuję. Mamy tam niezbędne zaplecze i reputację. Tutaj zaczynalibyśmy od zera i działali na oślep. Nie znamy nawet tutejszego prawa.

– Ale ładnie tu.

Royce się obejrzał.

– Już to mówiłeś.

Hadrian dostrzegł kolejną młodą kobietę. Ta miała umalowane oczy. Uśmiechnęła się do niego.

– I robi się coraz ładniej.

Jechali w dół drogą pokrytą cętkami cienia przy akompaniamencie kumkania rzekotek. Wkrótce, gdy dotarli do grupki budynków, skrzypienie kół wozu i odgłosy rozmów zastąpiły żabie nawoływania. Pokonali zakręt i wjechali do wioski z warsztatami świeczarzy i szewców. Domy miały dachy kryte dachówką, szyby w oknach, okiennice. Mech porastał stare fundamenty, gęsty bluszcz wspinał się po kominach i oplatał okna. Trawiasty szlak zamienił się w kamienną drogę, która przecinała wioskę, chociaż trudno było ją dostrzec z powodu tłumu, jaki się na niej zebrał.

Mężczyźni i kobiety zgromadzili się na rynku wioski – był to zarazem plac targowy, gdzie kupcy i handlarze rozstawiali kramy z guzikami, miedzianymi czajnikami i złowionymi tego dnia rybami. Tłum jednak zebrał się wokół wielkiego dymiącego gara podwieszonego nad ogniem. W pierwszej chwili Hadrian myślał, że przypadkiem natrafili na jakieś święto. Wyobraził sobie, że zostaną zaproszeni na wioskowy piknik, ale nie wyczuwał zapachu żadnego jedzenia. Zamiast tego czuł dławiący smród gotującej się smoły. Pośrodku tłumu wieśniaków tuzin rozgniewanych mężczyzn trzymał starszego jegomościa, który miał związane z tyłu ręce. Prowadzono go wśród zawartości czterech worków pierza ku saganowi z bulgocącą smołą.

– Powinniśmy coś zrobić – powiedział Hadrian.

Royce odsunął kaptur tyle tylko, żeby dobrze go widzieć.

– Dlaczego?

– Roztopiona smoła może zabić tego staruszka.

– No i?

– Jeśli nic nie zrobimy, oni go zabiją.

– A dlaczego to nasz problem?

– Bo się tu znaleźliśmy.

– Naprawdę? Na tym się opiera cała twoja argumentacja? „Bo tu jesteśmy"? Nie wygrałeś zbyt wielu debat, co? – Royce się rozejrzał. – Zauważyłeś chyba, że nie jesteśmy sami. Cała wioska to obserwuje. Ten biedny sukinsyn to pewnie przestępca. Może truciciel dzieci, kat kobiet albo nawet kanibal.

– Kanibal? – Hadrian pokręcił głową. – Naprawdę ścieżki twojego rozumowania są...

– Praktyczne? Rozsądne?

– Sadystyczne. Royce, spójrz na jego sutannę. – Hadrian wyciągnął rękę. – To kapłan.

Royce się skrzywił.

– Najgorszy rodzaj kryminalisty.

Ludzie odwrócili się ku nim. Wskazywali dwóch nieznajomych, którzy obserwowali ich z końskich grzbietów. Hadrian z trzema mieczami zwracał najwięcej uwagi. Tłum ucichł i czterech większych mężczyzny z pierwszego szeregu podeszło i stanęło śmiało przed nimi.

– Kim jesteście? – zapytał największy.

Długie do ramion włosy nie zdołały ukryć potężnej szyi, która była niemal tak szeroka jak jego głowa. Potężna żuchwa, szeroki nos, oczy schowane głęboko pod ciężkimi łukami brwiowymi. Zmrużył oczy, piorunując ich zaczepnie wzrokiem, i strzelił kostkami obu dłoni.

Hadrian uśmiechnął się szeroko i wyjawił swoje imię.

Royce się skrzywił.

– Nie ma powodu zachowywać się nieprzyjaźnie – powiedział Hadrian, zsiadając z konia. Potem ciszej dodał do Royce'a: – Co to zmieni? Nie robimy niczego niezgodnego z prawem.

– Na razie – odszepnął Royce.

Hadrian podszedł i wyciągnął rękę do czterech mężczyzn. Żaden jej nie uścisnął.

– Jesteś rycerzem? – zapytał mężczyzna o szerokim karku.

– Ja? – Hadrian zarechotał. – Nie.

– Pewnie kolejny lord-włóczęga, który został tu po pogrzebie pasożytować. – To powiedział nieco niższy mężczyzna, stojący na prawo od Byczego Karku. Pomarańczowa tunika niweczyła jego wysiłki, żeby wyglądać groźnie. Następny z czwórki, który lubił nosić krótkie włosy, ale nie miał pojęcia o ich obcinaniu, skinął głową.

– Może są z Kościoła? Sereci i wartownicy uważają wszystkich, którzy nie klękają przed ołtarzem Novrona, za heretyków – powiedział mężczyzna stojący z tyłu.

– Cóż, kimkolwiek jesteście – odezwał się Byczy Kark – powinniście byli zabrać ze sobą więcej ludzi, jeśli zamierzacie powstrzymać nas przed wytarzaniem w smole i pierzu pastora Payne'a.

Hadrian opuścił ramiona.

– Właściwie to nie...

– ...potrzebujemy więcej ludzi – wszedł mu w słowo Royce.

Hadrian spojrzał na niego.

– Nie?

– Nie – potwierdził Royce. – Za to oni owszem.

Uniósł się w strzemionach i pomachał do pozostałych mężczyzn, którzy trzymali pastora Payne'a, żeby podeszli.

– Chodźcie tutaj. Wasi przyjaciele będą potrzebowali pomocy.

– Ehm, Royce? – mruknął Hadrian, gdy kolejnych pięciu mężczyzn przepchnęło się przez tłum.

Nie wszyscy wyglądali na drabów i żaden nie był tak wysoki jak jegomość o szerokim karku i jego towarzysz w pomarańczowej tunice. Dwóch było starszych, już posiwiałych. Trzech było młodych, wysokich i tykowatych. Mieli ładne twarze bez blizn. W dodatku żaden z nich nie trzymał niczego więcej niż kij.

– To jak, chcecie wiedzieć, dlaczego ten tu Hadrian nosi trzy miecze? – zapytał Royce. Parę osób skinęło głowami, a on wskazał towarzysza z szerokim uśmiechem. – Powiedz im.

Robili to już wcześniej. Nie zawsze to działało.

Hadrian przykleił przyjazny uśmiech do ust i spojrzał na tłum, w szczególności skupiając się na murze osiłków przed sobą.

– Podczas podróży odkryłem, że większość ludzi nie ma ochoty walczyć z kimś, kto dzierży miecz, o ile sami nie mają własnego. Większość dobrych ludzi, takich jak wy, nie ma broni. Dlatego wożę dodatkową, na wypadek gdyby miała okazać się potrzebna. Dzięki temu mogę oddać dwa miecze, żeby ludzie nie czuli, że znaleźli się w niekorzystnej dla siebie sytuacji podczas walki.

Hadrian dobył oba miecze wiszące u bioder płynnym, eleganckim ruchem. Tłum cofnął się ze stłumionym okrzykiem.

– Macie więc wybór. – Obrócił krótszy miecz w dłoni. – To krótki miecz, odpowiednik konia pociągowego w walce, bardzo stary i solidny projekt. Świetny w walce wręcz. Często używa się go razem z tarczą. Albo... – Zakręcił dłuższą klingą w drugiej ręce. – To jest miecz półtoraręczny zwany też bastardem. Pewnie dlatego, że nikt nie zna jego pochodzenia. – Zarechotał.

Nikt mu nie zawtórował.

Hadrian westchnął.

– Jak się spojrzy na rękojeść, to widać, że jest tu dość miejsca na dwie ręce, ale miecz jest na tyle lekki, że można wymachiwać nim, trzymając go w jednej ręce. To naprawdę świetna, uniwersalna broń. – Hadrian schował oba miecze do pochew z łatwością wskazującą na wieloletnią praktykę. Potem sięgnął nad ramię i wyciągnął wielki miecz, który nosił na plecach.

Ludziom znowu wyrwał się zduszony okrzyk i cofnęli się kolejny krok, kiedy Hadrian zamachnął się potężną bronią.

– A to jest espadon. – Hadrian trzymał go w jednej ręce poziomo, wskazując tłum. – Jak widzicie, to duży miecz. Można by rzec trzyipółręczny.

Wyszczerzył zęby w uśmiechu, ale tłum reagował chłodno. Wszyscy wpatrywali się w czubek miecza, jakby to była głowa węża.

– To ewidentnie jest broń dwuręczna i nie dla ludzi słabego serca. Moglibyście uznać, że to dobry wybór ze względu na duży zasięg, ale większość z trudem się nim zamachnie, już nie mówiąc o trzymaniu go w taki sposób, w jaki ja robię to teraz. – Hadrian zakreślił kilka potężnych łuków wielgachnym mieczem, aż klinga zaśpiewała, tnąc powietrze. Potem wypuścił go i złapał w drugą rękę. – I kiedy będziecie usiłować go unieść, ja was dźgnę krótszym mieczem.

– Widziałem, jak to robi – skłamał Royce. – Zwykle trafia biednego sukinsyna w brzuch. Jedno szybkie pchnięcie. Bolesne. – Pokręcił głową i zmarszczył brwi. – Jeden szczególnie smutny przypadek krzyczał i jęczał tak długo, że własna matka chciała go udusić poduszką.

Twarze pobladły. Royce był przekonującym kłamcą.

Byczy Kark zmarszczył potężne brwi, a jego niezłomny towarzysz w pomarańczowej tunice cofnął się odrobinę, depcząc po stopie kobiety, która za nim stała. Krzyknęła i odepchnęła go obiema rękami.

– A jeśli myślicie, żeby rzucić się na niego... – Royce zarechotał. Nie zabrzmiało to ani trochę wesoło. Hadrian nigdy nie słyszał, żeby Royce śmiał się z radości. Kiedy on się śmiał, dzieci płakały. – Powinienem wspomnieć, że może ściąć dziesiątki ludzi swoim potężnym mieczem z mniejszym wysiłkiem, niż wy kosicie pszenicę. Oczywiście w jego wykonaniu koszenie jest głośniejsze i krwawsze. Pszenica nie krwawi, siano nie krzyczy.

Oczy, nadal wpatrujące się w espadon, rozszerzyły się nieco. Hadrian wiedział, że wieśniacy wyobrażają sobie, jak ostrze tnie tłum jak dojrzałe zboże.

Royce pochylił się w siodle. Napięta skóra zatrzeszczała pod nim. Śmiech ucichł, a wszelki pozór uśmiechu stopił się w ponure zacięcie ust.

– A teraz, kiedy już poznaliście Hadriana, pozwólcie, że ja się przedstawię. Ja jestem tym, którego nie chcecie poznawać. – Umilkł, żeby słowa dotarły do ludzi. – Wypuśćcie kapłana, bo będę musiał pokazać wam, dlaczego Hadrian jest mniejszym złem z nas dwóch.

Mur osiłków cofnął się, zmuszając też gawiedź za sobą do odsunięcia się. Potem wszyscy się rozbiegli i zniknęli w drzwiach albo w bocznych uliczkach. Tłum rozpierzchł się tak szybko, że nikt nawet nie rozwiązał pastora Payne'a. Zostawili go po prostu stojącego w obrzydliwym dymie ze skwierczącego gara.

Kapłan podszedł od nich, szurając stopami i kaszląc.

– Dziękuję... dziękuję... – Zadławił się i złożył wpół.

Walczył, żeby odetchnąć świeżym powietrzem. Nosił okrągłe pilśniowe nakrycie głowy. Dwie kępki białych włosów wystawały z obu stron. Worki luźnej skóry wisiały pod smutnymi oczami. Na krawędzi żuchwy i podbródka jeżyła się siwa broda, ale policzki i górną wargę miał gładko ogolone. Sutanna w rdzawo czerwonawym odcieniu była zapięta pod szyją i sięgała tak blisko ziemi, że zakrywała stopy.

Hadrian rozciął linę na nadgarstkach kapłana, a potem schował espadon.

– O co tu poszło?

Pastor uniósł uwolnione ręce, żeby w nie zakaszleć. Potem otarł usta i oczy. Pokręcił z niesmakiem głową, patrząc za wycofującymi się wieśniakami.

– To zacofani ludzie, poganie i bluźniercy. Czas zapomniał o tym zakątku świata, a ci, którzy tu mieszkają, pogrążyli się w barbarzyństwie.

– To nie jest odpowiedź na pytanie.

Royce zeskoczył na ziemię.

– Nie odpowiada im moja obecność. Nie, źle to ująłem. Nie podoba im się Kościół Nyphrona, który zbyt długo zwlekał z przyłączeniem ich do trzódki Novrona. Uwikłali się w przeszłość, a moim zadaniem jest wprowadzić ich w przyszłość.

Hadrian odwrócił się do Royce'a.

– Myślałem, że to nie jest nasz problem.

Royce wzruszył ramionami.

– Okazuje się, że jednak jest.

Hadrian przyjrzał się opustoszałym ulicom, które – jak teraz zauważył –schludnie wybrukowano. Nadal słyszeli huk zatrzaskiwanych drzwi i ciche pomruki.

– Zyskaliśmy właśnie mnóstwo wrogów. Dlaczego?

Royce złapał wodze konia i wskazał Payne'a.

– Bo martwy klient nie płaci. A pastor Payne jest naszym zleceniodawcą.

***

– Nawiasem mówiąc, „Payne" pisze się przez „y" i „e" na końcu, nie „i" – poinformował ich kapłan, zatrzymując się przed rozchwierutaną chałupą z pokrzywionych desek i popękanych kamieni. Był to chyba jedyny budynek we wsi nieporośnięty bluszczem. Kapłan odwrócił się i przyjrzał im się ostrożnie, a potem westchnął. – To chyba nie ma znaczenia. Pewnie żaden z was nie jest piśmienny, mam rację?

– Nie masz – odpowiedział Royce.

– Naprawdę? – Pastor Payne wysunął dolną wargę. – Tutaj na południu tylko duchowni znają pismo. Zakładałem, że... wasz rodzaj... raczej go nie zna.

– Nasz rodzaj? – zapytał Royce.

– Płatni zabójcy – wyjaśnił Payne. – Bo tym jesteście, prawda? Poinformowano mnie, że przynajmniej jeden z was pracował w tym charakterze dla gildii złodziejskiej Czarny Diament. To prawda?

– I z tego powodu zakładasz, że jesteśmy ignorantami? – zapytał Royce.

Kapłan entuzjastycznie pokiwał głową.

– Ludzie, którzy przelewają krew za pieniądze, zawsze są ignorantami. – Znowu spojrzał na nich dwóch. – W każdym razie prawie zawsze.

– Ignorancja nie ma uprzedzeń, gdy wybiera swoje ofiary – odrzekł Royce.

Payne patrzył na niego przez chwilę zdziwiony, a potem uśmiechnął się i skinął głową, przez co Royce uniósł brew i spojrzał na Hadriana, który wzruszył ramionami.

– Witajcie w moim kościele – powiedział pastor, wskazując przekrzywioną chałupę, która ciężko wspierała się na pokrzywionym pniu oliwkowego drzewa.

– To jest kościół? – zdumiał się Hadrian. – Kościół w Medfordzie jest... większy.

– W Medfordzie nie ma kościoła – odpowiedział stary pastor. – To miasto cieszy się katedrą. My tu dopiero zaczynamy. Zapewniam was, że będzie to wyglądało zupełnie inaczej, kiedy znowu odwiedzicie to miejsce. Wchodźcie. Zrobię wam coś do jedzenia.

Pozbawiony okien – jakichkolwiek, nawet takich bez szyb – kościół był oświetlony pasmami światła słonecznego wpadającymi przez szpary między deskami w ścianach. Gęste chmury kurzu unosiły się, kiedy kapłan kręcił się po maleńkim pomieszczeniu. Zaglądał do dużych glinianych garnków stojących na podłodze i do mniejszych na półkach, aż wreszcie znalazł to, czego szukał.

– Aha! – Wyszczerzył zęby w uśmiechu, wyjmując owinięty w materiał krążek sera. – Gdybym jeszcze znalazł... Przysięgam, że miałem tu gdzieś jeżyny. Sam je zbierałem. Przepraszam, ale nie mam nic więcej do zaproponowania.

Hadrian rozejrzał się za czymś do siedzenia, ale nie znalazł niczego, co do czego miałby pewność, że utrzyma jego ciężar. Royce nie chciał wejść głębiej niż jeden krok za próg i stał z rękami schowanymi pod peleryną.

– Mam was! – Payne zdjął koszyczek jeżyn z ciemnej półki i wyszczerzył zęby, jakby odkrył złoto w strumieniu. – Częstujcie się. Wiem, gdzie rośnie ich więcej. – Wrzucił dwie do ust i przeżuł, pomrukując z zachwytu. – Jedzenie jest cudowne, prawda? Zima będzie wyzwaniem tego roku.

– Tu nie jest cieplej?

– Pewnie, pewnie, ale ludzie są jak z lodu. Latem przynajmniej jestem w stanie sam sobie poradzić. Zimą nie będę mógł liczyć na szczodrość swoich parafian, żeby przetrwać ten czas. – Dorzucił jeszcze dwie jeżyny, a potem ostruganym z kory patykiem odkroił kawałek sera.

– Ewidentnie widać, że cię nie lubią – powiedział Royce.

– Mnisi podburzyli ich przeciwko Kościołowi.

– Mnisi?

Payne skinął w odpowiedzi głową, przeżuwając kęs, a potem przełknął. Wskazał na zachodnią ścianę.

– Na górze stoi stary klasztor. Istnieje od czasów imperium. Nazwano go na cześć idiotycznego kawałka szmaty. – Znowu przełknął. Widząc brak zrozumienia na twarzach gości, machnął ręką. – Nieważne. Moje kłopoty z mnichami to nie wasze zmartwienie. Kościół się tym zajmie. Wy przyjechaliście, żeby zapobiec morderstwu.

– Nie – odpowiedział Royce. – Żeby udzielić fachowej porady.

– Tak, tak, oczywiście. W tej chwili nie ma sensu jechać do zamku. Niedługo będzie się zmierzchać. Możecie zostać tu na noc, a rano przedstawię was Knoxowi. Hugh jest głównym szeryfem prowincji. To z nim będziecie współpracować. Przedstawię was także lordowi Christopherowi Fawkesowi. Ostatnio służył wielką pomocą Kościołowi i lady Dulgath. Cudowny młody człowiek. Kuzyn króla Vincenta. To on zasugerował, żeby porozmawiać z wicehrabią Albertem Wind-coś tam. Jegomościem, który was polecił.

– Albertem Winslowem.

– Właśnie. – Pastor Payne usiadł na zrolowanej wiązce słomy, a Hadrian zaczął się zastanawiać, czy nie lepiej spać na zewnątrz. – Przyjaźni się z biskupem Parnellem na północy. Biskup podrzucił mnie tutaj, kiedy przyjechał udzielić ostatniego namaszczenia zmarłemu hrabiemu. Potem wyjechał na wiosenne konklawe w Ervanonie. Spotkał się z wicehrabią Winslowem, a on skierował was tutaj.

– Co możesz nam powiedzieć o lady Dulgath? – spytał Royce.

Payne otarł usta.

– Jest jedyną córką... jedynym dzieckiem lorda Beadle Dulgatha, byłego hrabiego Dulgath. Jest młoda, ma chyba dwadzieścia dwa lata. Bardzo ładna. Odziedziczyła urodę po matce, która zmarła w połogu. Beadle nigdy nie ożenił się ponownie. Był sentymentalnym człowiekiem. Uczuciowym. Słabym, jak twierdzi biskup Parnell. Pozwolił na bezprawie w prowincji, czemu dowodzi dzisiejsza mała demonstracja. Wyobrażacie sobie, co by się stało, gdyby chłopi w Medfordzie wywlekli kapłana na główny rynek, żeby wytarzać go w smole i pierzu? Król Amrath nabiłby ich głowy na piki wzdłuż Traktu Króla.

– Sporo wiesz o Medfordzie – zauważył Hadrian.

– Studiowałem na uniwersytecie w Sheridanie. Zwykle spędzaliśmy wolne dni w Medfordzie.

– Mały świat. Znamy profesora Arcadiusa z Sheridanu. To...

– Możemy wrócić do lady Dulgath? – upierał się Royce.

– A, tak. Pomyślmy... – Kapłan popukał się w brodę. – Jest lubiana. Niektórzy mogliby powiedzieć, że wręcz kochana przez... właściwie wszystkich.

– Najwyraźniej nie wszystkich. – Royce już miał się oprzeć o framugę, ale musiał uznać, że to nie jest najlepszy pomysł, i wyprostował się ponownie. – Kiedy zaczęły się ataki?

– Chyba parę tygodni po pogrzebie Beadle'a, przynajmniej tak słyszałem.

– Chyba?

– Trudno dokładnie powiedzieć. Wiemy tylko o próbach, które zauważono, ale Knox powie wam więcej na ten temat.

Royce patrzył skwaszony. Zwykle to Albert rozmawiał z klientem, który chciał, żeby coś skradziono. Potem Hadrian i Royce obserwowali miejsce przez parę dni, orientując się, kto je odwiedza i czy są tam jacyś strażnicy, a jeśli tak, to ilu, kiedy się gasi światła i w których oknach. Tylko czasem jego partner sprawdzał wnętrze. Jeśli potrzebowali planu budynku lub innych szczegółów dotyczących budynku, wysyłali Alberta z wizytą. Hadrian wiedział, że Royce rzadko z kimś rozmawia, a w szczególności unikał kapłanów, arystokratów i na pewno głównych szeryfów. Ostatniego przedstawiciela prawa, z jakim Royce rozmawiał, odnaleziono później groteskowo zmasakrowanego, a jego szczątki zdobiły fontannę na placu Szlacheckim w Medfordzie. Hadrian wątpił, czy pastor Payne wiedział o udziale Royce'a w tamtej sprawie, bo w przeciwnym wypadku nie wyrywałby się tak z przedstawianiem go różnym ludziom.

Rozdział 4

Błękit zamorski

Następnego ranka Sherwood wszedł jak zwykle do gabinetu. Służba zamkowa przestała zawracać mu głowę po trzecim tygodniu. Zresztą i wcześniej nie bardzo wiedziała, co z nim zrobić. Malarz był osobliwością na zamku, nawet na dużym. W Dulgath był najprawdziwszą enigmą.

Chociaż nie prowokował celowo plotek, to był zachwycony szeptami, jakie wywoływały związane z jego osobą sprzeczności. Zadawał się z arystokratami, ale ubierał się jak służący. Jako przyjazny człowiek rozmawiał życzliwie i swobodnie z każdym bez śladu wyniosłości w tonie, ale opowiadał także o intrygach na dworach najprawdziwszych królów.

W ładne dni zostawał w swoim pokoju. W ranki po nocnym deszczu wybierał się na długie spacery zwykle wzdłuż wybrzeża. Służba na zamku nie wiedziała, że szuka ochry, która bardziej wyróżnia się na ścianach klifu, gdy jest mokra, i że po deszczu pojawia się mnóstwo ślimaków, z których wyrabia się królewską purpurę. Służba uważała go pewnie za głupka. O dziwo jego ekscentryczność sprawiła, że na swój sposób go zaakceptowano.

Zanim opuścił Mehan, żeby wybrać się do Dulgath, wszyscy ostrzegali go, że ludzie, których tu pozna, będą nieco specyficzni. W efekcie doskonale tu pasował i szybko stał się częścią „zamkowej rodziny". A ponieważ nie miał tytułu przed nazwiskiem i nie wymagał nadzwyczajnego traktowania, stał się prawie meblem dla ludzi, którzy tu pracowali. Dla wszystkich, z wyjątkiem jednej osoby – pokojówki Nysy, Rissy Lyn. Znał jej imię dzięki wielokrotnym przypadkom, kiedy jej pani wołała ją w trakcie sesji.

„Risso Lyn, dopilnuj, żeby wyłożono moją niebieską suknię na popołudnie".

„Risso Lyn, przygotuj dla mnie gorącą kąpiel, gdy już skończę pozować".

„Nie, Risso Lyn, nie zasłaniaj okien. On potrzebuje światła".

Przez dwa miesiące Sherwood nie słyszał, żeby Ryssa Lyn odpowiedziała czymkolwiek więcej niż słowami: „Tak jest, proszę pani". Ale zawsze nasłuchiwała. Obserwowała swoją jaśnie panią, obserwowała Sherwooda. Znowu zerkała na niego tego ranka, kiedy zawlekł do gabinetu sztalugi. Stała pod schodami. Zaczerwieniła się, kiedy obejrzał się na nią, i czmychnęła.

Ustawił sztalugi tam gdzie zawsze. Na podłodze zaznaczono węglem położenie każdej z trzech nóżek. Dzięki temu widok nie zmieniał się pomiędzy poszczególnymi dniami. Utrzymanie takiego samego oświetlenia stanowiło większy problem i dlatego sesje odbywały się codziennie o tej samej porze. Podszedł do okien, rozsunął zasłony i je związał. Miał szczęście – niebo było bezchmurne. Jednakże zmiana pory roku wszystko niszczyła. Powinien był z tego powodu poprosić lady, żeby przychodziła nieco wcześniej. A teraz możliwe, że w ogóle się nie pojawi.

Nie widział Nysy od poprzedniego dnia, kiedy wyszła, trzaskając drzwiami. To nie było nietypowe. Rzadko widywał ją poza sesjami i zawsze przychodził pierwszy.

Zdjął kurtkę i powiesił na sztalugach. Podwinął rękawy i wyjął paletę, by rozmieszać farby z olejem. Nie zmywał jej, żeby nie marnować pigmentów, ale przez noc farby gęstniały. Lubił, gdy miały konsystencję kremu. Otarł trzonki pędzli i ułożył w schludnych rzędach od największego do najmniejszego. Ulubiony wymagał wymiany włosia. Rozczapierzył się już od używania, zbyt wiele warstw farby odłożyło się przy oprawce. Sherwood był zmorą dla dobrych pędzli. Yardley zawsze to powtarzał.

Sherwood zaczął się uczyć malarstwa, kiedy miał dziesięć lat, dlatego Yardley stał się dla niego więcej niż tylko nauczycielem sztuki. Ten stary perfekcjonista o irytującym śmiechu i obrzydliwym nawyku spluwania co kilka minut był dla Sherwooda rodzicem bardziej niż kopacz cyny i jego żona, która go urodziła.

Oprócz portretowania, znajdowania i przygotowywania pigmentów oraz pielęgnacji pędzli Yardley nauczył go łowić ryby, gwizdać, tańczyć, radzić sobie na dworach i bronić się pięściami oraz klingą. Gdzie Yardley nauczył się walki, można było tylko zgadywać, ale wiedział, co robi, i dobrze wyszkolił Sherwooda. Artysta wędrujący samotnie drogami był dla wielu zbyt kuszącym celem i nie raz waleczność Sherwooda została poddana próbie.

Kiedy zakończył przygotowania, przyciągnął stołek i usiadł.

W pokoju panowała cisza, przez okno wpadał tylko stłumiony i łagodny szum morza, odgłosy niekończącej się wojny między falą a skałą. Mewa krzyknęła dwa razy, a potem ucichła. Wiatr wydymał zasłony i kołysał pergaminami zwiniętymi na biurku, za którym zwykle stała Nysa.

Światło słoneczne poruszało się wydłużonym prostokątem po podłodze, dzieląc biurko i przelewając się na boazerię na ścianie. Sherwood wiedział, która jest godzina, widząc, jak przesuwa się światło, ponieważ codziennie rano śledził je oczami malarza. Pracował nad tłem obrazu tylko pod nieobecność lady Dulgath, ale już wiele tygodni temu skończył wszystko, co nie było Nysą.

Kiedy światło dotarło do krawędzi kamiennego kominka, wiedział, że Nysa się spóźnia.

Dotknął nogi stołka i poklepał ją, jakby dziękował za dobrze wykonaną robotę. Chociaż to nie była zasługa taboretu, nadal tam stał. Lady nie kazała go usunąć.

To już coś, pomyślał Sherwood. Prawda?

Kiedy światło przesunęło się po pierwszym kamieniu kominka – z oddaniem jego koloru bardzo się zmagał, ponieważ brakowało mu hematytu – Sherwood zaczął godzić się z faktem, że lady Dulgath dotrzyma danego słowa. Nie uwierzył jej wcześniej. To była tylko drobna kłótnia, ledwie sprzeczka. Ludzie nie...

Jego serce zgubiło rytm i Sherwood poczuł ucisk w piersi, który sprawił, że nie mógł złapać oddechu.

Jestem tylko malarzem. Nic dla niej nie znaczę.

Próbował przełknąć ślinę i omal się nią nie zadławił. Nigdy do tej pory nie straciłem modela, naszła go głupia myśl, bo przecież to nie miałoby znaczenia, gdyby coś podobnego już kiedyś mu się przydarzyło. Zawsze do tej pory wywiązywałem się ze zlecenia.

Spojrzał w pustą przestrzeń przed biurkiem na ślady, które zaznaczył na podłodze, żeby Nysa wiedziała, gdzie postawić stopy. Jakby nie żyła. Ta myśl nim wstrząsnęła. A jeśli ona nie żyje?

Pokręcił głową. Nie, na zamku rozpętałby się chaos. Ona po prostu nie przychodzi. Jej nieobecność nie wynika z...

Znajomy szelest brokatowej sukni zapowiedział jej nadejście. Lady Dulgath weszła, jakby w ogóle nie dostrzegła obecności Sherwooda. Obróciła się w wyznaczonym miejscu na lewej pięcie. Zarzuciła lisa na ramiona i wzięła do ręki rękawiczki jeździeckie. Skierowała wzrok na żyrandol.

– Brodę odrobinę w górę – poprosił cicho.

Uniosła twarz bez słowa.

Za drzwiami gabinetu, które Nysa zostawiła otwarte, słychać było, jak szambelan Wells mówi:

– Jest w tej chwili zajęta, ale... Cóż, pójdę i zapytam. Może jednak zobaczy się z panami. Proszę tu zaczekać.

To był sposób Wellsa na powiedzenie „Lady właśnie marnuje czas z tym przeklętym malarzem, jak to robi każdego ranka". Sherwood nie miał na pieńku z Wellsem, i dobrze, bo ten człowiek zawiadywał zamkiem i mógłby uczynić życie malarza nieznośnym, gdyby tylko zechciał. Niestety szambelan miał takie same poglądy jak wiele innych osób o jego pozycji i uważał, że czas poświęcony malarzowi jest czasem zmarnowanym.

Lady Dulgath pozwoliła sobie zerknąć na Sherwooda. Uśmiechnął się. Ona odpowiedziała uśmiechem. Jego serce przeskoczyło płotek, zmuszając go do wzięcia głębszego oddechu. Prawie opuściła go przytomność umysłu i w ostatniej chwili przypomniał sobie, żeby zasłonić portret przed wejściem Thorberta Wellsa.

– Moja pani – powiedział, przystając w progu i się kłaniając.

Thorbert Wells był pulchnym mężczyzną. Przepadał za drogimi pasami, których ani on, ani nikt inny, kto przed nim stał, nigdy nie widział. Brzuch szambelana przesłaniał mu także jego buty – a tego ranka były to piękne trzewiki o cholewce z miękkiej skórki. Wells rzadko wkładał dwa razy tę samą parę w tygodniu.

Miał tyle butów, że Sherwood zapytał raz jego służącego, czy kiedykolwiek włożył mu buty nie od pary, żeby przekonać się, czy to zauważy. Ten żart zapewnił Sherwoodowi dostęp do kuchni nocą i łyk z ukrytego pod podłogowymi deskami dzbana z jęczmienną whisky.

– Szeryf Knox przyprowadził pewnych dżentelmenów na spotkanie z panią – powiedział Wells.

– Dżentelmenów? – spytała Nysa.

– Ehm... owszem. W związku z ostatnimi nieprzyjemnościami. – Wells miał kłopot z wypowiedzeniem słów typu „zabójstwo", „morderstwo" czy „zamach". Nawet kiedy w grę wchodziło zabicie przepiórek na posiłek, to był zdolny powiedzieć tylko: „Ptactwo zostanie przybrane na kolację", jakby przepiórki tak samo jak on miały słabość do pasów i butów i zamierzały zasiąść do stołu.

Lady znowu skupiła się na Sherwoodzie i był pewien, że szukała... może nie tyle jego pozwolenia, ile raczej zrozumienia. Sherwoodowi serce podeszło do gardła, jakby szukało miejsca z lepszym widokiem na tę nadzwyczajną chwilę.

– Dobrze więc, wprowadź ich, proszę – powiedziała lady Dulgath z odpowiednią dawką irytacji w głosie, by dać do zrozumienia, że przeszkadzanie jej w tej chwili sprawia jej pewien zawód.

Wells znowu się ukłonił i gestem zaprosił mężczyzn.

Sherwood rozpoznał szeryfa Knoxa, chociaż nigdy nie miał powodu, żeby z nim rozmawiać. Mimo to widywał go, a Hugh Knox nie należał do osób, które można przegapić. Przeciwnie, był jedną z tych, na których widok przechodzi się na drugą stronę ulicy, byle ich uniknąć. Był srogi, lubił piorunować wzrokiem, nosił blond włosy związane z tyłu i czerwoną szarfę przerzuconą przez pierś i owiniętą w pasie. Była obrębiona złotem i oznaczała jego urząd. Nie pochodził z Dulgath. Kolor jego włosów i zarostu zdradzał jego pochodzenie. Nawykowe mrużenie oczu i szydercze skrzywienie ust opowiadało resztę jego historii. To nie był wytworny mężczyzna. Nosił dwie szable i stalowe naramienniki na grubej trzyćwierciowej przeszywanicy. Tego dnia sprawiał wrażenie zmęczonego, co było zrozumiałe, zważywszy niedawne

„nieprzyjemności". Mężczyzna, który miał tu strzec prawa i zapewnić bezpieczeństwo hrabinie, nie mógł dobrze sypiać.

Dwaj towarzyszący mu mężczyźni także nie pochodzili z Maranonu.

Jeden był wysoki, miał przyjazny uśmiech i swobodną postawę. Zachowywał się, jakby miał spotkać się ze znajomym karczmarzem, a nie hrabiną. Odziewał się w znoszone skóry i miał zmatowiałe klamry przy trzech pasach, których Thorbert Wells nigdy w życiu by nie założył, nawet gdyby od tego zależały losy jego spodni. Długą pelerynę przerzucił zawadiacko przez ramię. Przebijał Knoxa, bo nosił aż trzy miecze. Ten, który dźwigał na plecach, wyglądał na dostatecznie wielki, żeby ściąć nim drzewo. Drugi mężczyzna był kilka cali niższy i z punktu widzenia Sherwooda równie dobrze mógłby być kobietą. Skrywał się pod ciemną peleryną z kapturem, ręce schował w fałdach okrycia. Tylko ostry nos, wąskie usta i blady podbródek były widoczne.

– Jaśnie pani. – Knox przyklęknął na jednym kolanie. Wstał i wskazał towarzyszy. – To Royce Melborn i Hadrian Blackwater z Melengaru. Zostali gorąco poleceni przez wicehrabiego Winslowa z Colnory i biskupa Parnella.

– Gorąco poleceni jako kto? – zapytała, przechylając głowę i przyglądając się dwójce.

Knox się zawahał i zerknął na Wellsa i Sherwooda.

– Może moglibyśmy porozmawiać na osobności?

– To tajemnica?

– W pewnym sensie tak, jaśnie pani.

– Przybyli, żeby mnie chronić, zgadza się?

– Nie – odpowiedział przybysz w kapturze. Jego wypowiedź była pozbawiona wszelkiej uprzejmości, nie wspominając o słowach „jaśnie pani".

Hrabina uniosła głowę, żeby spojrzeć na niego z góry i nie próbowała ukryć irytacji.

– To co tu robicie?

– Wynajęto nas, żebyśmy znaleźli najlepszy sposób zabicia pani.

Sherwood upuścił ulubiony pędzel, pogarszając tylko stan jego włosia. Wells zasłonił pulchną dłonią usta, policzki mu się wydęły i poczerwieniały. Knox zamknął oczy i odchylił głowę ku sufitowi, otwierając usta, ale nic nie mówiąc.

Lady Dulgath skrzyżowała ręce pod głową lisa i uniosła elegancką brew.

– Doprawdy? A ile za to dostaniecie? Hadrian, tak?

Kaptur się poruszył.

– Nazywam się Royce, a ta informacja pozostanie między mną i moim zleceniodawcą.

Tym razem nawet Knox uniósł rękę do twarzy.

– Proszę o wybaczenie – wtrącił się wyższy przybysz z trzema mieczami – moja pani, to ja nazywam się Hadrian. – Ukłonił się uprzejmie. – Mam nadzieję, że wybaczy pani mojemu partnerowi. Nie przywykł do rozmów z... ludźmi... ludźmi takimi jak pani. Widzi pani, poproszono nas, abyśmy ocenili środki ochrony i zorientowali się, czy można w jakiś sposób je poprawić. Royce jest ekspertem w wynajdywaniu niedoskonałości, zwłaszcza gdy w grę wchodzi groźba zamachu.

Szambelan skrzywił się, gdy padło słowo na „z".

– Zatem wierzycie, że mojemu życiu coś zagraża? Dlatego tu jesteście?

– A pani nie uważa, że coś jej grozi? – zapytał Royce.

– Nieszczególnie. – Sapnęła i obróciła się na lewej pięcie, odwracając się do gości plecami. Trzema krokami podeszła do okna, zatrzymała się, obróciła na tej samej pięcie i znowu spojrzała im w twarze. – Gdybym tak myślała, to czy pozwoliłabym, żeby mężczyzna z trzema mieczami i drugi, z kapturem na głowie, weszli do mojego prywatnego gabinetu?

Royce wzruszył ramionami.

– Pomyślałem tylko, że jest pani gł...

– Royce! – warknął Hadrian i łagodniejszym tonem kontynuował. – Mój przyjaciel jest bardzo zmęczony po długiej podróży. Jeśli nikt pani nie zagraża, to nie ma powodu, żebyśmy tu zostawali. Skoro jednak przejechaliśmy taki kawał świata, oczekując zapłaty, to mam nadzieję, że nie odmówi nam pani chociaż możliwości obejrzenia okolicy. Żaden z nas dotąd nie był w Maranonie. Ten zakątek jest szczególnie piękny.

Lady Dulgath nadal wpatrywała się w Royce'a.

– Niech pan zdejmie kaptur – rozkazała.

Hadrian położył rękę na ramieniu partnera i szepnął coś do niego.

– To jakiś problem? – zapytała dama.

– Jestem tu, żeby wykonać robotę – odpowiedział Royce. – A nie żeby panią zabawiać.

– Przybyliście do mojego zamku nieproszeni i nie okazaliście cienia przyzwoitości czy dobrego wychowania. Wolałby pan raczej bawić mnie, siedząc w moich lochach?

Royce uśmiechnął szyderczo.

– Wolałaby pani, żebym...

Sherwood nie wiedział, czemu to zrobił. Chyba głównie dlatego, że nie zniósłby słów, które zakończyłyby to zdanie. Złapał pierwszą buteleczkę pigmentu z brzegu i cisnął nią w mężczyznę. Stał z boku i nieco za przybyszami, kiedy buteleczka pofrunęła w powietrzu. Z powodu kaptura Sherwood nie widział oczu przybysza i wiedział, że tamten nie mógł widzieć jego. Fiolka była mała, ale ciężka z powodu grubego szkła. Idealna do rzutu jak rzeczny otoczak. Wycelował perfekcyjnie. Buteleczka powinna rozbić się na głowie zakapturzonego, ale tak się nie stało. Smukła dłoń wynurzyła się spomiędzy fałd peleryny i złapała ją w locie. A potem kaptur się obrócił i Sherwood poczuł się jak mysz, która właśnie zwróciła na siebie uwagę jastrzębia.

Wyższy mężczyzna znowu się wtrącił.

– Może spróbujemy spotkać się w lepszej porze.

Twarz Wellsa była tak czerwona, że prawie fioletowa.

– Myślę, że ma pan rację. Nie powinien był zgodzić się na to teraz. Panowie, pozwolicie?

Wyprowadził ich, a szerokie rękawy aż mu łopotały, gdy wymachiwał rękami.

Lady Dulgath nie odezwała się słowem, tylko wpatrywała się w zakapturzonego, kiedy wychodził z pozostałymi.

Dopiero wtedy Sherwood spojrzał na półkę pod sztalugami. Zrobiło mu się niedobrze, gdy zdał sobie sprawę, że rzucił buteleczką błękitu zamorskiego.

Rozdział 5

Zamek Dulgathów

Zamek Dulgathów składał się z trzech nieozdobnych kwadratowych wież, które przycupnęły na skalnym urwisku. Niski kamienny mur odgradzał je od frontu, a tyłów strzegło pionowe, śmiercionośne urwisko schodzące do samego morza. Niedostępne dla wszystkich poza mewami wzniesienie nie zostawiało miejsca na luksusy. Fundamenty zamku zajmowały większość wąskiego cypla, zostawiając niewiele miejsca na dziedziniec, który niemądrze oddano we władanie krzewom azalii. Nikt nad nimi nie panował. Zaskakująco wybujały wzdłuż kamiennych murów. I tam, wśród różowych kwiatów, Royce, Hadrian, Knox zastali czekającego pastora Payne'a.

– Jak poszło?

– Niedobrze – odpowiedział Hadrian.

– Można było się tego spodziewać – dodał Royce, potrząsając pięścią, w której nadal trzymał buteleczkę pigmentu. Nikomu nie wygrażał, po prostu był poirytowany.

Pastor cofnął się pomiędzy krzewy, wytrzeszczając oczy okrągłe jak spodki.

– Może powinieneś był pójść z nami – rzekł szeryf Knox. – Czemu nie poszedłeś?

– Nie nazwałbym lady Dulgath zwolenniczką Kościoła Nyphrona. Odkąd przybyłem, starałem się zachować między nami bezpieczną odległość. Pojawił się jakiś kłopot?

– Nie ma się czym martwić – zapewnił go szeryf Knox.

Był spokojny, ale miał skwaszoną minę. Odwrócił się do Royce'a i zapytał:

– Nie potrzebujecie, żeby z wami współpracowała, prawda?

Royce prawie się roześmiał, ale nie był w nastroju do śmiechu nawet w obliczu takiego absurdu.

– Mógłby się pan zdziwić, szeryfie, słysząc, że nigdy nie potrzebowałem pomocy ze strony tych, których zamierzałem zabić.

Wszyscy wpatrywali się w niego w ciszy, która wydawała się wręcz namacalna. Nawet Hadrian uniósł brwi.

Royce przewrócił oczami.

– Och, nie miałem na myśli... Mniejsza z tym. – Odwrócił się do Payne'a. – Słuchaj, zapłacisz mi więcej, żebym ją naprawdę zabił?

Pastor cofnął się kolejny krok w krzaki i kwiaty zaczęły go zasłaniać.

– N-nie... Oczywiście, że nie!

Royce spojrzał na pozostałych.

– Sami widzicie.

Przypominając sobie, jak młoda kobieta piorunowała go wzrokiem, gdy groziła, że go uwięzi, zerknął raz jeszcze na kapłana.

– Na pewno?

– Jesteś tu, żeby chronić hrabinę Dulgath! – napomniał go Knox, obryzgując Royce'a śliną przy słowie „chronić".

– Szkoda, że jej tego nie powiedziałeś. – Royce pochylił się ku Hadrianowi i dodał: – Co ci mówiłem o rozpieszczonej arystokracji, a zwłaszcza o rozpuszczonych arystokratkach? Może powinniśmy darować sobie to zlecenie?

– Wtedy – wtrącił się Payne'a – Kościół na pewno każe wstrzymać wypłatę i nie pokryje także kosztów podróży. Ponieważ nie musicie zadawać się z hrabiną, może po prostu weźmiecie ze mnie przykład i zachowacie bezpieczną odległość? A skoro o tym mowa... – Pastor nerwowo zerknął na zamek. – Zrobiłem swoje i niewiele więcej tu zdziałam. Powinienem już iść.

Ukłonił się pośpiesznie i wycofał ze swoim typowym wyblakłym uśmiechem na ustach.

Kiedy pastor opuścił dziedziniec, Hadrian zwrócił się do Knoxa:

– Nie zaszkodziłoby, gdybyśmy trochę się rozejrzeli, co? – Stał bliżej Royce'a niż zwykle, z uśmiechem, który mówił „wszystko będzie dobrze". – Może powie pan, jak wyglądały poprzednie próby. Co dokładnie się stało? Dlaczego zaczął pan podejrzewać, że hrabinie grozi niebezpieczeństwo?

– Pokażę wam. – Knox machnął ręką, żeby szli za nim.

Szeryf poprowadził ich kamiennymi schodami na tylne mury. Royce rozejrzał się wzdłuż nich. Żadnych strażników, żadnych posterunków wartowniczych. Na dziedzińcu nie było ani jednej żywej duszy. Przechylił głowę i zauważył liczne okna, maleńkie czarne dziury w fasadach wznoszących się wież.

Mógłbym tu wejść w pochmurny dzień z zamiarem zabicia i nikt by mnie nawet nie zauważył.

– Tutaj. – Knox wskazał brakujący ząb w blankach.

Royce zauważył wyżłobienia i rysy w miejscu, gdzie ktoś posłużył się łomem. Wychylił się z murów i zobaczył biegnącą pod murem drogę. Jasny sześcienny kamień o boku dwóch stóp leżał na tle zielonej trawy tam, gdzie się odturlał po upadku.

– Ominął jaśnie panią o kilka cali – powiedział Knox.

Dał Royce'owi chwilę na dokładniejsze oględziny, a potem sprowadził ich na trawiaste błonia.

– O jakiej porze? – zapytał Royce.

– Słucham?

Royce przewrócił oczami.

– Jaka była pora dnia, kiedy wielki głaz omal nie zmiażdżył ślicznej pani?

– Och, środek dnia albo coś koło tego.

– I nikt niczego nie widział? – zapytał Hadrian.

Knox pokręcił głową i rozłożył ręce.

– Jak widzicie, zamek Dulgathów nie jest tętniącym życiem miejscem.

– Ani też dobrze chronionym – dodał Royce, patrząc znacząco.

– Zdobędziesz sobie dzisiaj mnóstwo nowych przyjaciół, co? – Szeryf oblizał usta. – Wiecie, powiedziałem biskupowi, że nie potrzebujemy tu obcych, żeby mi mówili, jak mam wykonywać swoją pracę. Dulgath to nie Colnora. Nie mamy tu takich ludzi jak wy. To spokojna prowincja.

– Serio? To co ja tu robię?

– Szczerze mówiąc, nie mam pojęcia.

– Wyobrażam sobie, że lista rzeczy, o których nie masz pojęcia, stała się już niewygodnie długa, co?

Knox wyciągnął rękę, żeby pchnąć Royce'a, który zrobił krok w tył i w bok, przez co szeryf padł na twarz.

– Tu sukinsynu...

Szeryf poderwał się z ziemi z wiele mówiącym spojrzeniem.

Hadrian z łatwością je odczytał i stanął mu na drodze. Miał do tego skłonność – włazić w paradę – ale czasem Royce to doceniał. Nie jechał przez cztery dni, nie pokonał stu dwudziestu pięciu mil, żeby zabić szeryfa prowincji. Royce nie był pewien, czy Hadrian zdoła ugasić ten ogień, więc przełożył butelkę z pigmentem do lewej ręki i sięgnął pod pelerynę po Alverstone'a, swój sztylet.

– Szeryfie Knox! – zawołał mężczyzna stojący we frontowych drzwiach zamku. Ruszył w ich kierunku szybkim krokiem. – Dlaczego nie przedstawi mnie pan swoim nowym przyjaciołom?

Knox raptownie otrzepał się z trawy, spoglądając wrogo na Royce'a.

– Hugh, proszę! – wołał mężczyzna, który teraz już biegł. – Nie bądź nieuprzejmy! Nie wypada mi przedstawiać się samemu.

Szeryf odetchnął raz, potem drugi.

– To lord Christopher Fawkes, kuzyn króla Vincenta.

– Witajcie, panowie! – zawołał wesoło lord.

Złożył ręce i potarł je żwawo, jak człowiek, który zamierza wziąć się do ważnej pracy.

– Pan musi być Royce Melborn. – Wyciągnął rękę i zaraz ją cofnął, unosząc jeden palec. – Ach, pan pewnie nie należy do tych, co lubią ściskać dłonie, prawda? W porządku. Artysta musi dbać o narzędzia swojej pracy.

Odwrócił się do Hadriana.

– Ale pan to całkiem inny typ. Pan Hadrian Blackwater, prawda? – Znowu wyciągnął rękę i kiedy została uściśnięta, lord Fawkes potrząsnął nią dwa razy, a potem poklepał Hadriana po ramieniu. – Piękny miecz! Espadon, prawda? Zabytkowa rzecz.

Nie widuje się ich już za często. Mój przyjaciel, sir Gilbert, rycerz mojego kuzyna Vincenta, nigdy się nim nie posługuje. Mówi, że wyszedł z mody wieki temu... kiedy jeszcze rycerze rzeczywiście walczyli na wojnach!

Zaśmiał się głośno z własnego żartu.

Nikt poza tym się nie roześmiał, ale lord albo tego nie zauważył, albo się tym nie przejmował.

– Och, Hugh, niezłe z nich dwa kawałki ostrego sera, co? Pozwól, proszę, że ich oprowadzę. Na pewno masz lepsze zajęcia, prawda? – Ostatniemu słowu zabrakło wesołości poprzednich i zostało wypowiedziane z naciskiem.

– Oczywiście, wasza lordowska mość. – Knox skrzywił się do Royce'a na pożegnanie.

Poprawił pas z szablami i ruszył w stronę frontowej bramy.

– Pobudliwy człowiek ten Hugh – powiedział Fawkes cichszym i spokojniejszym tonem. – Pochodzi z okolic Warric, o ile mnie pamięć nie myli. Na pewno ma krwawą przeszłość. Podejrzewam, że się tu ukrywa.

Royce powiódł wzrokiem za Knoxem, aż ten zniknął im z oczu.

– Zatem to was wybrał biskup Parnell, żebyście porządnie zaplanowali morderstwo lady Dulgath. – Fawkes wyszczerzył zęby w uśmiechu i mrugnął porozumiewawczo.

Royce nie był pewien, czy ten człowiek to głupiec, czy geniusz. Wykazywał oznaki jednego i drugiego. Żadna z tych ewentualności go nie niepokoiła, ale w ciągu całego życia czuł się swobodnie tylko w towarzystwie czterech osób i żadna z nich nie była elegancko ubranym arystokratą o donośnym głosie, który mruga porozumiewawczo. Nikt nigdy do niego nie mrugał. Fakt, że ten mężczyzna o czarnej koziej bródce i ekspresywnych rękach to zrobił, był osobliwością godną dokładniejszego zbadania.

– W porządku – powiedział Fawkes, rozkładając ręce i rozczapierzając palce. – Wiem, co jest grane. To naprawdę genialne posunięcie, jak w powiedzeniu, które wybija klin klinem. O ile dobrze słyszałem, potraficie panowie poradzić sobie w trudnych sytuacjach. – Przysunął się. Zniżył głos i dodał: – Wieści głoszą, że dość wysoko postawiony arystokrata został zamordowany na północy. Podejrzewam, że wiecie coś na ten temat.

– Plotkom nie można ufać – odpowiedział Royce.

– Nie, oczywiście, że nie. – Fawkes zerknął w stronę frontowej bramy. – Mimo to wątpię, żeby nasz dobry szeryf wiedział o tym incydencie albo zdawał sobie sprawę, że zawdzięcza mi życie. O ile dobrze pamiętam, zmarły arystokrata był najwyższym konstablem. Knox powinien bardziej uważać. Nie kupuje się trucizny, żeby dotykać jej bez rękawiczek. Doskonałe i niebezpieczne narzędzie wymaga szacunku. Nie uważa pan?

– W rzeczy samej. – Royce skinął głową. – A skoro już o tym mowa, coś sobie przypominam na ten temat. To się wydarzyło w Medfordzie, prawda?

– Ależ tak, myślę, że właśnie tam.

– Rozumiem, dlaczego martwi się pan o szeryfa, ale żebyśmy się dobrze zrozumieli... Mężczyzna, który zginął, nie był jedynie najwyższym konstablem. Był także kuzynem króla.

***

Lord Fawkes odprowadził ich do stajni zamkowych, które znajdowały się poza murami, kawałek w dół drogą, gdzie teren wypłaszczał się na tyle, żeby można było tam bezpiecznie trzymać konie. Wyglądały jak elegancki domek, miały dwanaście przeszklonych okien i ceglaną podłogę. Było tam czyściej niż na ulicy Przekątnej, czyściej nawet niż w gospodzie „Róża i Cierń" mimo ciężkiej pracy Gwen. Zupełnie nie pachniało tam jak w stajni. Nigdzie nie było śladu końskiego nawozu ani słomy. Żyrandole zwieszały się z wysokiego sufitu, nadproża zdobiła sztukateria. Konie stały w dębowych boksach z metalowymi furteczkami pomalowanymi na czarno. Każdy miał specjalnie uszytą derkę, przed każdym boksem stał wielki, pięknie wykonany kufer.

– Ładna stajnia – zauważył Hadrian, patrząc na sufit z belek połączonych na wpust i pióro.

– Wystarczająca – odparł Fawkes, wydymając dolną wargę i kiwając głową. – Dulgath nie ma zasobów, talentu ani skłonności, żeby na poważnie zająć się końmi. Rozumiem, że to miał być żart, ale w Maranonie, Hadrianie, to naprawdę nie jest nic imponującego.

Lord Fawkes przeszedł wzdłuż rzędu furtek do miejsca, gdzie stał koń otulony beżowym okryciem. Wielkie czarne oczy spostrzegły Fawkesa i biała głowa wysunęła się między prętami, które specjalnie tak rozmieszczono, żeby to było możliwe. Lord zagruchał i zacmokał, drapiąc konia po szyi.

– To Nieskalana. I jest moja. – Fawkes wyjął z małej sakiewki u pasa kostkę cukru. Koń zgarnął przysmak, głośno cmokając z zadowolenia.

– Co tu robimy? – zapytał Royce.

Rozdrażnienie pojawiło się przelotnie na twarzy Fawkesa, ale zaraz zastąpił je ciepły uśmiech.

– Nie jest pan wielbicielem koni, co?

– Wolę jeździć niż chodzić, ale do czułostek wolę kobiety.

– Ha! Dobrze powiedziane. Z drugiej strony dobry koń może być błogosławieństwem od Novrona. – Z czułością poklepał Nieskalaną po szyi. – Nikt nie rozumie naszej miłości, co? – szepnął dość głośno, żeby go słyszeli, a potem odwrócił się z szerokim uśmiechem.

Podszedł do następnego boksu, gdzie stał kary koń okryty śnieżnobiałą derką. Wierzchowce miały idealne umaszczenie, bez żadnych plamek. Royce nie zdziwiłby się, gdyby ci pretensjonalni ludzie farbowali zwierzęta. Nawet końskie kopyta były czarne jak smoła. Fawkes otworzył kufer. W środku leżało na stojaku siodło obok złożonego koca, uzdy i wodzy. Siodło było w dwóch odcieniach – zrobione z wytłaczanej skóry i zamszowego siedziska, miało błyszczące mosiężne mocowania. Zostało skonstruowane tak, żeby można było jeździć na nim po damsku, co pewnie tłumaczyło jego elegancję i luksusowość, ale Royce podejrzewał, że siodło lorda Fawkesa prezentuje się równie ostentacyjnie.

– To Derby, klacz lady Dulgath. A to... także należy do jaśnie pani.

Pokazał im siodło.

– Jest bardzo ładne – stwierdził Hadrian.

Fawkes zarechotał.

– Proszę spojrzeć na popręg.

Royce przechylił głowę i zerknął na zwieszający się materiałowy pas. W przeciwieństwie do siodeł Royce'a i Hadriana pas miał sprzączki, które chowały się pod tybinkami. Był wełniany i zupełnie biały.

– Znowu powtórzę: bardzo ładny – powiedział Hadrian.

– Nowy – zauważył Royce.

Lord uśmiechnął się szeroko.

– Jest pan spostrzegawczy.

Fawkes upuścił siodło, zamknął skrzynię i przeszedł na drugi koniec stajni, gdzie stała otwarta beczka. Sięgnął do środka i wyjął niemal identyczny popręg. Ten był poplamiony od potu i nie tak miękki jak nowy.

Royce wziął go od Fawkesa i przyjrzał się krawędziom – równiutkim i czystym do pewnego miejsca, a potem postrzępionym tam, gdzie wełniany pas zwyczajnie pękł. Hadrian spojrzał na niego wyczekująco.

– Ktoś przeciął popręg nieco więcej niż do połowy. Reszta pękła podczas jazdy.

Fawkes skinął głową.

– Lady Dulgath przechodziła do pełnego galopu, kiedy to się stało. To był paskudny upadek z konia. Na szczęście nie brała właśnie żadnej przeszkody, chociaż miała taki zamiar. Popręg pękł podczas ćwiczeń przed Różanymi Wyścigami z Przeszkodami w Dulgath.

Fawkes wyjął pasek z rąk Royce'a i wrzucił do beczki.

– To dwie próby – powiedział Hadrian. – W jaki sposób spróbowano zabić ją po raz trzeci?

– Trucizną – odpowiedział Royce.

Hadrian i Fawkes spojrzeli na niego zaskoczeni.

– Skąd pan wie? – zapytał lord.

– Nie wiedziałem, ale teraz uznałem to za prawdopodobne, widząc, ile azalii rośnie na dziedzińcu.

– Te różowe kwiaty są trujące? – zapytał Fawkes, jakby Royce pozbawił go dziecięcej wiary. – Są takie piękne.

– I toksyczne. Kiedy pracowałem dla Diamentu, zwykliśmy wysyłać bukiet azalii w czarnym wazonie jako ostrzeżenie dla innych gildii, że być może za bardzo się zapędziły.

– Powinniśmy natychmiast je usunąć!

– Proszę się nie kłopotać. Nie stanową żadnego prawdziwego zagrożenia dla nikogo poza psami i może dziećmi. Istnieje mnóstwo trujących kwiatów: chryzantemy, konwalie, hortensje, naparstnice, glicynie. Wystarczy zjeść któreś z nich, żeby się pochorować, ale raczej się od tego nie umrze. Żeby kogoś załatwić, potrzeba cykuty. Wystarczy osiem listków, żeby zabić. Tojad jest znakomity, bo wchłania się przez skórę i nie zostawia śladów. Wilcza jagoda też jest niezła; wystarczy listek albo z dziewięć jagód, żeby było po sprawie. Stara belladona to ulubiona broń kobiet, bo zawsze jest pod ręką. Potarcie listkami policzków ładnie je różowi. A potem można zaparzyć herbatkę z tych samych listków i pozbyć się kłopotliwego męża. Najlepszym wyborem jest, rzecz jasna, arszenik, ale znalezienie go jest niemal niemożliwe, a zrobienie ekstraktu trudne.

– Dlaczego pomyślał pan, że została otruta? – zapytał Fawkes.

– Ponieważ nie mamy do czynienia z zawodowcem. Zrzucenie kamienia i podcięcie popręgu to żałosne, prostackie metody. Wątpię, żeby zabójca był choćby nowicjuszem. Mamy do czynienia z idiotą, który wziął się do roboty po raz pierwszy. Mnóstwo ludzi słyszało, że azalie są trujące. Zatem jeśli jesteś kretynem, a szukasz sposobu pozbycia się kogoś, to trudno oprzeć się tym ładnym kwiatkom. Domyślam się, że hrabina pochorowała się niedawno?

Fawkes skinął głową.

– Jedliśmy śniadanie, a ona poskarżyła się, że czuje pieczenie w ustach. Jadła ciastko, nagle zaśliniła się trochę i zwymiotowała. Obrzydliwość.

– Teraz ktoś próbuje jej potraw? – zapytał Royce.

– Tak.

– A dlaczego myślicie, że ten nieudolny niedoszły zabójca poddał się i zatrudnił zawodowca?

– Głównie z powodu plotek. I ponieważ nic ostatnio się nie wydarzyło. Nie znam się na takich rzeczach, ale domyślam się, że potrzeba czasu na znalezienie właściwego człowieka, który tu dotrze i zaplanuje zamach. Dlatego cieszę się, że przyjechaliście. Zatem jak pan wziąłby się do zabicia hrabiny Dulgath?

Royce pokręcił głową.

– Nie wiem. Na razie. Ma pan rację, mówiąc, że to wymaga planu. Nie można się śpieszyć, jeśli ma to zostać porządnie załatwione.

– A kiedy będzie pan wiedział?

– Muszę zorientować się w tym miejscu, poobserwować zwyczaje lady Dulgath, poznać jej słabości. Dobry zabójca jest jak dobry krawiec, wszystko robi na miarę.

– Zatem to potrwa chwilę. – Fawkes sprawiał wrażenie rozczarowanego.

– Jak sam pan powiedział, gdyby tak nie było, ona już by nie żyła, a ja bym nie narzekał. A skoro biorę tu udział w wyścigu, to od razu wezmę się do roboty. – Odwrócił się do Hadriana. – Możesz załatwić nam pokój w wiosce albo jakieś inne lokum, póki ja będę się tu rozglądał?

– Możecie zatrzymać się na zamku – zaproponował Fawkes. – Mamy pokoje dla gości i na pewno zdołam przekonać Wellsa, że warto mieć was na miejscu.

Royce pokręcił głową.

– Wolę zachować niezależność i własną perspektywę. To jednak wiąże się kolejną kwestią. Potrzebujemy alibi, pretekstu, dla którego się tu znajdujemy.

Hadrian się rozejrzał.

– Co powiesz na handlarzy koni, treserów, czy coś w tym guście?

Fawkes pokręcił głową.

– W tych stronach konie to nasza religia. Laik nie zwiedzie żarliwego wyznawcy.

– Poza tym to musi dać nam pretekst do kręcenia się i zadawania różnych pytań bez szczególnego zwracania uwagi.

– Może Payne mógłby powiedzieć, że jesteście diakonami jego Kościoła?

– Większość wioski widziała, jak pokazywałem swoje miecze. Do tej pory druga połowa już o tym usłyszała. Jeden gość wziął nas za seretów, bo pomogliśmy Payne'owi. Może to jest karta, którą moglibyśmy zagrać?

– Miecze? Pomoc Payne'owi? O czym wy mówicie?

– Kiedy przyjechaliśmy, wieśniacy zamierzali wytarzać go w smole i pierzu. Ponieważ to nasz klient, uznałem, że lepiej temu zapobiec – wyjaśnił Royce.

Fawkes skinął głową.

– Ludzie w tej okolicy nie są zachwyceni Kościołem, ale to się zmieni teraz, kiedy biskup Parnell zaczął wysyłać tu duchowieństwo. Nie radziłbym podawać się za seretów. Zbrojne ramię Kościoła to fanatycy i lepiej z nimi nie zdzierać. To mi jednak podsunęło pewien pomysł. Co powiecie...

– Na co?

– Cóż, moglibyśmy wykorzystać ten incydent na naszą korzyść. Widzieliście, że kroi się przestępstwo, więc mu zapobiegliście. Zrobimy z was szeryfów.

– C-co? – zapytał Royce.

– Tak, oczywiście. Porozmawiam z Knoxem.

– Nie będę dla niego pracował – orzekł Royce.

– W pewnym sensie już pan pracuje – odpowiedział Fawkes. – Ale ma pan rację, ewidentnie nie przypadł mu pan do gustu. W porządku. Powiem wam, co zrobimy. Ogłoszę, że jesteście nadzwyczajnymi królewskimi konstablami, których król przysłał osobiście, żebyście zbadali próby zamachu na życie lady Dulgath. To ma sens. Vincent ma przybyć tu za kilka dni, żeby obejrzeć lenno, odebrać przysięgę od lady Dulgath i odnowić hołd. To rozsądne, że chce, by jego właśni ludzie upewnili się, że będzie tu bezpieczny, jeśli nie ona sama. Tak... – Fawkes wyszczerzył zęby w uśmiechu. – Dwaj królewscy konstable. Macie prawo chodzić, dokąd chcecie, i każdego wypytywać.

– Jak tego dowiedziemy?

– Poręczę za was i porozmawiam z Wellsem oraz Knoxem. Przekonam ich, że to pomoże chronić lady Dulgath, i będą musieli mnie poprzeć, gdyby ktoś zapytał. Potrafię być całkiem przekonujący, gdy zajdzie potrzeba. Znajdziemy jakieś oficjalnie wyglądające dokumenty z podpisem Vincenta. Prawie wszyscy tutaj są niepiśmienni, ale jeśli dokument będzie wyglądał urzędowo, a ja, Wells i Knox potwierdzimy waszą historię, to ludzie uwierzą.

– Konstable? – Royce mruknął bardziej do siebie niż do nich.

Odgrywał już różne role w przeszłości: sprzedawców, handlarzy, żołnierzy, poborców podatkowych. Raz nawet odegrał kata. Dobrze mu to wyszło. Nigdy nie wyobrażał sobie, że przyjdzie mu działać w charakterze naczelnego stróża prawa w królestwie. Pomysł wzbudził w nim niepokój, jakby kazano mu zjeść ludzkie mięso.

– I bardzo to stosowne – dodał Fawkes, rozkładając ręce i przypominając im, gdzie się znajdują. Kiedy na ich twarzach nie pojawiła się ani krztyna zrozumienia, wyjaśnił: – Słowo „konstabl" wywodzi się z czasów imperium od nazwy oficera odpowiedzialnego za opiekę nad końmi. To jak znak od samego Novrona.

Royce się zgodził. Nie był tylko pewien, co ten znak oznacza.

Rozdział 6

Dom i sypialnia

W drodze powrotnej do wioski Hadrian uznał, że coś jest nie tak z Doliną Brecken. Wyczuł to mimochodem, prawie nieświadomie, jak pierwszy pocałunek chłodu – to nie było nic konkretnego, nic, co potrafiłby wskazać, po prostu ogólne wrażenie, że coś tu nie gra. Widząc ładne jagody przy drodze, przypomniał sobie, że Royce powiedział, że są trujące. Miał na myśli coś konkretnego czy po prostu znowu zachowywał się w sposób typowy dla siebie? Przez ostatnie dwa lata Hadrian był świadkiem wielu chwili, kiedy Royce zachowywał się jak to Royce i doszedł do truizmu, że jego partner stworzył własną, unikalną markę paranoi i cynizmu. Propozycja pomocy była obelgą lub podstępem. Potrzeba pomocy była oszustwem lub podstępem. Na dobrą sprawę Royce podejrzewał, że wszystko jest jakimś podstępem, z wyjątkiem może przypadków otwartego wyzysku, który w przedziwny sposób utożsamiał z uczciwością.

Wiara w to, co najgorsze w ludziach oraz w świecie w ogóle, jest pułapką, w którą aż zbyt łatwo można wpaść. Hadrian walczył u boku żołnierzy, którzy nabrali podobnych przekonań. Uważali, że zło i cnota to koncepty dziecinne i naiwne. W ich umysłach nie było niczego takiego jak morderstwo, a zabijanie to tylko coś, co robi się w uzasadnionych okolicznościach.

To straszny sposób życia, pomyślał Hadrian. Na co komu taki świat? Jaki sens ma życie, jeśli hojność i życzliwość to tylko mity?

Royce, jak każdy, widział to, czego szukał i co spodziewał się zobaczyć. Hadrian szukał dobroci i wierzył, że lepiej na tym wychodzi.

Kto nie chce żyć w lepszym świecie?

Pojechał wzdłuż krótkiego muru, który raczej zdobił niż chronił jeden z kamiennych domów. Farmerzy zawsze budują z tego, co mają pod ręką, a ponieważ ziemia była tu wciśnięta między paluchy starych gór, pola stanowiły istną kopalnię kamieni. Jako syn kowala Hadrian nigdy nie musiał zmagać się z orką w Hintindarze, ale znał wielu, którzy musieli. Większość przychodziła do jego ojca z poniszczonymi pługami, poobijanymi motykami, udręczonymi twarzami. Kamienie były takim samym przekleństwem dla farmerów jak zła pogoda.

„Tylko dwóch rzeczy można być pewnym, że wyrosną – kamienie i chwasty". Chłopi pańszczyźniani z Hintindaru, wioski, w której się wychowywał, powtarzali to każdej wiosny, kiedy pojawiały się nowe masy jednego i drugiego. I z każdym rokiem mury wokół pól stawały się coraz wyższe i dłuższe. Był taki czas, kiedy zastanawiał się, czy te mury nie zamkną się wokół niego.

Widząc wysokość muru, koło którego jechał, nie mógł opędzić się od pytania, dlaczego jest taki krótki. Znowu ogarnęło go to wrażenie dziwności, podkreślone przez fakt, że wszystko w tej wiosce było wypaczone.

Nie, nie wypaczone, wszystko tu było... na opak.

Zbliżając się do dwóch dębów, które znaczyły południową granicę wioski, zauważył, że przypominają dwie kolumny werandy. Tyle że te dwie szerokie kolumny były odziane w ciemną korę i skrywały się pod koronami rzucającymi szeroki i głęboki cień. Kotlina, w której usadowiła się wioska – Dolina Brecken – była liściastym zagłębieniem u wylotu jaru, którym pojedyncza droga z zewnątrz schodziła do Doliny Dulgath.

Z zewnątrz. Hadrian już myślał w kategoriach „tutaj" i „poza", jakby pochodził z innego miejsca, z normalnego świata. Przy swojej drugiej wizycie w Dolinie Brecken pomyślał, że bluszcz nie jest jedynie ładną ozdobą, ale że to okrycie, które wszystko ukrywa. Stukot kopyt Tancerki na kamiennej drodze rozbrzmiewał echem w kotlinie.

Wszystko tu powraca echem, pomyślał. Hałasy odbijają się od jaru. Nawet dźwięk stąd nie ucieknie.

Kiedy dotarł do rozpadającej się rudery pastora Payne'a, staruszek pracował na zewnątrz, szarpiąc za luźne deski. Więcej niż tylko kilka oderwało się i teraz leżało na stercie obok niego.

– Hejże! – zawołał Hadrian. – Może pan polecić mi jakiś zajazd? Szukam pokoju dla siebie i Royce'a.

– Tu nie ma zajazdu. A w każdym razie niczego, co bym polecał. Najlepiej udać się do Fassbindera.

– A to kto?

– Fassbinder to mydlarz, ale jego dwóch synów zmarło w zeszłym roku. Tam zatrzymałem się na pierwszą noc, ale teraz biskup Parnell załatwił mi to... – wskazał ruderę – ...wspaniałe lokum. Zapewnił mnie, że nowy kościół będzie wzbudzał zazdrość w całym regionie.

Hadrian spróbował sobie wyobrazić Royce'a przy kolacji z Fassbinderem i jego żoną. Nie palił się do myśli o wieczorach wypełnionych niezręcznym milczeniem.

– A może jest tu coś bardziej publicznego? Może jakaś gospoda z pokojami?

– Jest Dom Caldwell, ale jak już wspomniałem, nie polecam.

– A dlaczego pan by tam nie poszedł? Mają tam robactwo, czy co?

– Gorzej. Stoi w dole rzeki w pobliżu rynku, gdzie się poznaliśmy. – Payne wyciągnął rękę, wskazując kościstym palcem w dół, ku centrum wioski, gdzie bluszcz i stare dęby rosły najgęściej. – To dom grzechu i rozpusty.

– Czyli sprzedają tam piwo?

Pastor prychnął poirytowany, co Hadrian uznał za potwierdzenie.

– Trzymam się z dala od rzeki. Na drugim brzegu króluje bezbożność, to złe miejsce.

– Co tam jest? – Hadrian uniósł głowę.

Obniżenie terenu ciągnęło się zakosami przez odległą część wioski. Domyślał się, że tamtędy płynie rzeka. Za dachami i mansardami widział tylko drzewa i wzgórze.

– Nic. Nic wartego uwagi.

Hadrian nie potrafił rozgryzać kapłanów. Zawsze sprawiali wrażenie oderwanych od świata, a jednak znających się na rzeczy, co zdecydowanie utrudniało ocenę ich wiarygodności.

– Do Fassbindera jedzie się tędy – poinformował Hadriana Payne, wskazując południe, gdzie znajdowała się większość świeżo obsadzonych pól.

– Dziękuję.

Hadrian zsiadł z konia, bo wolał przejść przez wioskę i uznał, że Tancerka doceni ten gest.

Słońce znajdowało się na środku nieba i grzało – kolejny piękny dzień w Maranonie – jednak niewielu ludzi przebywało na zewnątrz. Paru chłopców i pies ganiali owce na wysokiej łące w górnej części jaru, jakaś kobieta nabierała wody z wioskowej studni, ale nie zobaczył nikogo więcej. Dwoje drzwi zamknęło się, gdy się zbliżył, okiennice niemal wszystkich domów przy ulicy były zamknięte.

Miał nadzieję, że pastor nie patrzył, kiedy skręcił w dół ku rzece.

W wiosce był właśnie dzień targowy. Tutejsza wersja targu była mała, przestronna, z kramami i wozami, z których sprzedawano sól, przyprawy, wyroby skórzane, świece, miedziane garnki i mosiężne guziki. Dom Caldwell był łatwy do znalezienia. Budynek stał na rogu ulicy Tej i Tamtej – był to dość dezorientujący drogowskaz, zważywszy, że pięć ulic przecinało się w tym miejscu. Jednakże dwie z nich były raptem wąskimi ścieżkami. Jedna prowadziła do samotnego domu otoczonego przez drzewa, a druga do wejścia czegoś, co Hadrian uznał za Dom Caldwell, ponieważ spokojnie był to największy budynek w wiosce.

Zajazd był wysoki, miał całe trzy piętra, jeśli wliczyć lukarny i pięć mansard, które ze wszech miar wyglądały na późniejsze dobudówki. Wzniesiono go z polnych kamieni, jak inne domy we wsi, wspartych na grubych belkach. Jak wszystko inne i ten budynek był gęsto porośnięty bluszczem. To była żywa roślina z drzwiami i dwoma dymiącymi kominami.

Nie zawieszono żadnego szyldu pod okapem ani przy wejściu. Drzwi jednakże były otwarte i trzech mężczyzn stało na werandzie, paląc długie czarne fajki. Przyjrzeli mu się; żaden się nie uśmiechnął.

– Przepraszam, czy to zajazd? – Kiedy nikt nie odpowiedział, Hadrian dodał: – No wiecie: karczma, oberża, gospoda, austeria?

Puste spojrzenia.

– Miejsce, gdzie można wynająć pokój i się w nim przespać?

Grupka zakurzyła z fajek i weszła z powrotem do środka, zostawiając za sobą chmurę dymu.

Hadrian nie dał się łatwo zniechęcić, mając w perspektywie kufel dobrego piwa – albo chociaż rozsądnej imitacji takowego – więc przywiązał Tancerkę do kolumienki werandy. Poklepał klacz po szyi.

– Poczekaj no tutaj. Zobaczę, czy nie znajdę też czegoś dla ciebie.

Obszedł poręcz i wszedł schodami na werandę.

– Nie przejmuj się nimi – rozległ się głos.

Chwilę potem młoda kobieta wyszła z mrocznego wnętrza domu przez spowitą bluszczem dziurę.

Rude włosy, zatrzęsienie rudych włosów.

Rude pukle podzielone przedziałkiem na głowie opadały aż do pasa, po drodze rozsypując się na nagich ramionach. Kobieta była drobna i niebezpiecznie ładna. Nosiła sukienkę o eleganckim kroju, ale uszytą z nędznego materiału. Czarny filc ze skórzanymi sznurówkami tworzył głęboki dekolt, a rękawy były z szorstkiej wełny. Boczne wstawki – ukryte pod rękami – uszyto z zamszu, a mankiety i plisy składały się ze zszytych razem skrawków grubego płótna. Chociaż całości daleko było do wytworności, to stanowiła śmiałą próbę naśladowania garderoby lady z materiałów dostępnych bezdomnemu dziecku. Jednakże w przeciwieństwie do jakiegokolwiek stroju cnotliwej arystokratki ten patchwork z wełny i skóry ściskał ciało kobiety pożądliwie, napinając niedoskonałe szwy.

– Tak? – zapytał, zmuszając się siłą woli, by patrzeć jej w twarz. Nie był to najgorszy wybór, zważywszy na jej przyjazny uśmiech.

– Owszem. – Uniosła ręce, zebrała włosy i odrzuciła je za siebie jak sieć. – Ty jesteś jednym z tych, co nie dali wczoraj wieczorem wytarzać w smole i pierzu pastora, prawda? – Nie czekała na odpowiedź, bo najwyraźniej jej nie potrzebowała. – Niektórzy tutaj mają wam to za złe.

– Ale nie ty?

– Nie było mnie tam. Słyszałam tylko. Ludzie gadają w małej wiosce. Chce ci się pić?

– Tak, ale w tej chwili szukam pokoju i miejsca dla konia. Zatem to jest zajazd czy nie?

– Dom Caldwell jest właściwie wszystkim, czego potrzebujesz. – Mrugnęła porozumiewawczo.

Trudno było ocenić jej wiek. Sukienka wskazywała kogoś młodego, ale pewność tonu sprawiła, że Hadrian uznał ją za rok, może dwa lata od siebie starszą.

– Ty... pracujesz tutaj?

– Co? Jako dziwka czy coś w tym guście?

W jej tonie nie było urazy ani też nie położyła szczególnego nacisku na słowo „dziwka". Zadała to pytanie w rozkosznie zwyczajny sposób, jakby rozmawiali o lemoniadzie albo braku deszczu.

Zdecydowanie myślał o prostytutce, ale słysząc jej reakcję uznał, że bezpieczniej będzie się wycofać.

– Może jako kelnerka?

To także mogło ją urazić. Mogła jak Gwen być właścicielką tego lokalu.

– Jestem artystką. – Podskoczyła lekko, uniosła ręce i zawirowała zgrabnie, aż jej suknia się rozkloszowała. – Nazywam się Dodge. – Odgarnęła rude włosy. – Scarlett*. Dodge. Moja matka była równie pomysłowa jak ośmiolatek z łaciatym szczeniakiem.

Hadrian zarechotał.

– Miło cię poznać, Łaciatku. Jestem Hadrian.

– Cała przyjemność po mojej stronie. – Dygnęła równie elegancko. – Zatem przybywasz z północy?

– Ostatnio z Melengaru.

Oczy jej rozbłysły, a uśmiech stał się jeszcze bardziej nęcący.

* Scarlet (ang.) – szkarłat (przyp. tłum.).

– A to ci dopiero. Ja pochodzę z Warric, z Colnory, dokładnie rzecz mówiąc. Ale pewnie domyśliłeś się, że nie jestem miejscowa, słysząc, jak ładnie mówię. – Zaśmiała się. – I widząc moją cudną cerę... – wyciągnęła rękę i potarła piegowatą skórę – ...taką samą jak u martwej ryby na brzuchu w gorący dzień. – Znowu wykręciła piruet, odwracając się do Hadriana plecami, ale wyciągając za siebie rękę z wygiętym palcem. – Wejdź, proszę, Hadrianie z Melengaru. Pozwolę ci postawić mi kieliszek i będziemy mogli uraczyć się wzajemnie opowieściami o swoich przygodach w obcych ziemiach.

Hadrian zerknął na Tancerkę.

– To nie potrwa długo, obiecuję.

***

Wnętrze Domu Caldwell było tak przyjemne, jak Hadrian miał nadzieję. Pod sufitem biegły ciężkie nieheblowane belki i zwisał żyrandol z koła od wozu. Było tu pełno cynowych kubków, wędek, zapomnianych płaszczy, płóciennych worków, warkoczy czosnku i gdzieniegdzie trafiała się pajęczyna. Ktoś wyciął inicjały W.A. na środkowym słupie. Inne inicjały, słowa i bazgroły szpeciły sześć okrągłych stolików i podniszczony bar, za którym stał stojak z trzema beczkami opisanymi: PIWO, ALE oraz WHISKY. Na tablicy wypisano kredą słowa: RYBA JEST DOBRA, ALE GILL* JEST NAJLEPSZY.

Dziewięciu klientów siedziało w głównej sali. Trzech mężczyzn z ganku stało teraz przy barze, czterech innych siedziało przy stoliku pośrodku, dwóch stało w głębi z metalowymi kuflami w rękach. Jeden pomachał do Scarlett, która się uśmiechnęła.

– Ej, Brett, kiedy wróciłeś?

– Dziś rano – odpowiedział mężczyzna.

Rozmawiał z towarzyszem, który opierał się plecami o słup z inicjałami i stał na jednej nodze, a drugą stopę oparł o filarek.

---

* Gill (ang.) – skrzele (przyp. tłum.).

Scarlett podbiegła do Bretta i go uściskała. To był przyjazny gest, którego nie poprzedzał ani nie zakończył pocałunek. Brett miał typowe dla ludzi z Maranonu czarne włosy i ciemne oczy, więc nie był jej bratem. Nie robił jednakże też wrażenia męża albo kochanka. To dobrze. Hadrian rozpoznał czterech mężczyzn przy stoliku – to był Byczy Kark z kumplami. To źle. Siedzieli pochyleni nad napitkami, opierając łokcie na stole, z głowami blisko siebie. Na szczęście żaden go nie zauważył, a on też starał się na nich nie gapić. Jak porzucona łódź Hadrian podryfował w stronę baru, za którym stał mężczyzna z krótką brodą i podwiniętymi rękawami. W dłoniach trzymał ścierkę. On też robił wrażenie, jakby nie zauważył Hadriana, i patrzył, jak niemal wszyscy inni, na Scarlett.

– Napij się z nami – zagruchała do Bretta.

Mężczyzna, który nie był jej bratem, pokręcił głową.

– Mam wóz do rozładowania, skarbie.

Pchnęła go żartobliwie i nadąsała się.

– A ty, Larmandzie? – zapytała mężczyznę pod słupem.

– Wybacz, Dodge, ale Brett potrzebuje kogoś silnego. – Uniósł ugiętą rękę i napiął mięsień.

– To znaczy, że ty masz wolne, nie? – Jej uwaga sprawiła, że parę osób zarechotało. – Jak tam sobie wolisz.

Podeszła z powrotem do Hadriana, położyła mu rękę na ramieniu i zwróciła się do barmana:

– Wag, ten człowiek zamawia dwie żytnie whisky i dwa piwka.

– Tak? – zapytał barman.

– Pewnie – odpowiedział Hadrian. – Czemu nie?

– Gill! – zawołał mężczyzna ze ścierką i łukowatym przejściem wszedł chłopiec. – Przynieś Scarlett butelkę z piwnicy.

Hadrian wskazał zdumiony beczkę z whisky.

– Uznałam, że nie należysz do skner – odpowiedziała Scarlett, kiedy Gill zszedł schodami na lewo od nich i kluczem, który nosił na szyi, otworzył drzwiczki. – Wag wie, co lubię.

Kiedy Gill poszedł po butelkę, barman złapał w jedną rękę dwa cynowe kufle i podsunął je pod kurek opisany PIWO.

– Wagner Dayton – powiedział, wyciągając rękę, a w drugiej nadal trzymając kufle.

– Hadrian Blackwater. – Uścisnął podaną mu rękę i w nagrodę dostał piwo.

Tylko naprawdę wybaczająca albo zdesperowana kobieta uznałaby Wagnera za przystojnego. Twarz miał potwornie dziobatą i poznaczoną głębokimi zmarszczkami, które przecinały mu czoło i wzbogacały policzki o dodatkowy, niepotrzebny wymiar. Broda była pewnie próbą zasłonięcia twarzy. Przycinał ją krótko, ale i tak prezentowała się paskudnie, bo rosła łatami. Mężczyzna się uśmiechał.

To już coś, pomyślał Hadrian.

Scarlett przyciągnęła dwa drewniane stołki o wysokich oparciach.

– Daj odpocząć nogom. – Poklepała siedzenie, a potem wskoczyła na swój stołek i oparła stopy o podnóżek, który ciągnął się wzdłuż podstawy baru.

Hadrian zdjął espadon i oparł obok siebie. Usiadł i uniósł kufel.

– Za miłe spotkanie. – Scarlett stuknęła się z nim kuflem na tyle mocno, że pianka przelała się za krawędź.

Piwo było dobre – ciepłe, pełne, ani trochę nie zwietrzałe.

– Zatem czym się tu zajmujesz? – zapytał ją Hadrian, mając nadzieję dowiedzieć się czegoś więcej na temat kobiety, która swobodnie obejmuje mężczyzn, ubiera się jak patchworkowa księżniczka i żąda dla siebie najlepszej whisky.

– Mówiłam już, jestem artystką.

– Pokaż mu – zaproponował Wagner, wziął trzy małe kieliszki i rzucił je dziewczynie.

Scarlett złapała je z wprawą i zaczęła żonglować, podrzucając coraz wyżej i wyżej. Wstała, odsunęła się od baru i zaczęła łapać kieliszki za plecami. Nie przerywając żonglerki, kładła każdy na chwilę na czole, a potem – Hadrian nawet nie zauważył kiedy – zostały już tylko dwa kieliszki. Potem jeden. Kiedy usiadła z powrotem, ostatni kieliszek rozpłynął się w powietrzu.

– Imponujące – pochwalił Hadrian.

– Dziękuję. – Ukłoniła się i wskoczyła na stołek.

Gill wrócił z ciemną, zakorkowaną butelką, zdejmując z niej siano po drodze. Podał ją Wagnerowi.

– Kieliszki, kochanie. – Barman uśmiechnął się do Scarlett, która sięgnęła za ucho Hadriana i wyjęła kieliszek. Postawiła go na barze i sięgnęła po następny. Zanim wyjęła trzeci, Wagner nalał już dwie miarki bursztynowego płynu.

– To jedna z najlepszych żytnich whisky w Maranonie – powiedział Wagner, korkując z powrotem butelkę.

Scarlett uniosła swój kieliszek i powąchała. Przymknęła oczy z rozmarzonym wyrazem twarzy i kuszącym uśmiechem na ustach.

– Uwielbiam ten trunek.

– Dlatego muszę go trzymać pod kluczem w piwnicy. – Wagner wskazał ją i jednocześnie popukał się w nos.

– Za co napijemy się tym razem? – zapytała.

– Za kochające whisky żonglerki – odpowiedział Hadrian.

Uśmiechnęła się szeroko i znowu stuknęli się kieliszkami, ale tym razem ostrożniej. Wypiła całość jednym haustem.

Hadrian zrobił to samo.

– Muszę przyznać, że nie spodziewałem się tak miłego powitania po tym, jak pokrzyżowaliśmy wam plany z moim przyjacielem.

– A gdzie on jest?

– Niedługo przyjedzie. Wysłał mnie przodem, żebym załatwił pokój. A właśnie, Wagnerze?

– Tak, proszę pana? – Na brzydkie usta barmana wypłynął promienny uśmiech.

– Mogę dostać pokój z dwoma łóżkami i boks dla konia?

– Oczywiście. Koń czeka przy werandzie, tak?

– Aha.

– Gill! – wrzasnął Wagner. Chłopiec zjawił się w okamgnieniu, a Hadrian zaczął dostrzegać, dlaczego Gill jest najlepszy.

– Zajmij się koniem tego pana.

– Powiedz mi zatem, czy ja i mój partner jesteśmy jedynymi nowymi ludźmi w wiosce? Ktoś jeszcze odwiedzał was ostatnio? – zapytał Wagnera Hadrian.

– Mały ruch tu mamy. A co? Spodziewasz spotkać się tu z kimś?

– Ja? Nie. Tak tylko pytam. A skoro już rozmawiamy, to o co chodzi z pastorem Payne'em? Czym zasłużył sobie na tarzanie w smole?

Wagner pokręcił głową.

– Niczym. Nie chodzi o niego, ale o to, co próbuje sprzedać. Nie potrzebujemy tutaj Kościoła Nyphrona.

Scarlett uśmiechnęła się uprzejmie i skrzyżowała nogi.

– Dulgath kultywuje tradycje, które sięgają aż czasów imperium. Do tej pory Kościół nie zawracał sobie nami głowy. Wrzosowisko Brecken to miejsce, gdzie założono bractwo Mnichów Maribora.

– Chwileczkę – przerwał jej Hadrian, kiedy coś zaczęło mu się mieszać w głowie. Whisky podziała na niego mocniej, niż się spodziewał. – Myślałem, że to Dolina Brecken.

– Owszem – powiedział barman, wskazując ponad barem, jakby Hadrian orientował się, jaki kierunek wskazuje. A nie orientował się. Alkohol na pusty żołądek połączony z wirażami wiejskiej dróżki kompletnie mu zmąciły w głowie. – Wrzosowisko Brecken to stary klasztor na wzgórzu, kawałek za wioską.

– A, tak, Payne wspomniał o jakimś klasztorze, ale nie miał o nim najlepszego mniemania.

– Na północy obie sekty się tolerują, ale tutaj... – Scarlett pokręciła głową. – Jak powiedział Wag, nie kupujemy tego, co oni sprzedają.

– Mianowicie?

Machnęła lekceważąco ręką.

– Tych bzdur na temat Novrona i jego dziedziców. Gdyby postawili na swoim, to wróciłaby władza imperatora i wszyscy kłanialiby się jednemu człowiekowi. Podoba nam się tak, jak jest. Zwłaszcza teraz, kiedy lady Dulgath przejęła rządy. Nie zrozum mnie źle, hrabia był naprawdę dobrym człowiekiem, słowo daję, ale lady Dulgath to co innego. To nadzwyczajna kobieta.

Scarlett wyciągnęła kieliszek, a Wagner nalał jej kolejną miarkę.

– Wiele rzeczy się zmienia w Elanie poza naszym małym zakątkiem, ale odkryjesz, że tutejsi ludzie lubią nasze tradycje.

Słyszałam plotki, że w innych prowincjach Maranonu monarchistów wymienia się na imperialistów. Ostatnio doszło do tego w Swanwick.

Hadrian zauważył, że pomieszczenie wokół niego wiruje. Sprawdził piwo i odkrył, że większość nadal stoi w jego kuflu.

Chociaż rzeczywiście nie jadł od paru godzin, to nie miał aż tak słabej głowy, żeby po jednym kieliszku...

I na dodatek się pocę, pomyślał. Coś tu jest nie tak.

Rozejrzał się po sali i zauważył, że czwórka wstała od stolika. Dwójka, której tak się śpieszyło do rozładunku wozu, podeszła do drzwi, ale zapomniała wyjść. Nie patrzyli już na Scarlett. Wszyscy patrzyli na niego.

– Co dodałaś mi do kieliszka? – zapytał ją cicho.

– Nie martw się – odparła. – To cię nie zabije, ale my skończymy to, co zaczęliśmy. Tyle że tym razem wytarzają też ciebie razem z tym łajdakiem Payne'em. Kiedy spotkasz się z biskupem Parnellem, powiedz mu, że nie potrzebujemy tu Kościoła Nyphrona i każdy, kogo tu przyśle, zostanie tak samo potraktowany.

Hadrian wstał i dobył mieczy, ale pokój rozpłynął się jak zupa, ręce miał prawie bezwładne, dłonie odrętwiałe.

Pewnie nakarmiła mnie azaliami.

Byczy Kark rzucił się do ataku, a Hadrian machnął na oślep mieczem.

– Zostaw go – powiedziała Scarlett. – Zaraz straci przytomność.

Gniew w nim zapłonął, ale lata szkolenia pomogły mu nad nim zapanować. Musiał pomyśleć, niestety myśli wirowały mu w głowie jak pokój wokół niej, a czas uciekał. Zastanawiał się, czy nie pobiec do konia, ale Gill pewnie odprowadził Tancerkę do stajni. Dzieciak już wrócił, a Brett i Larmand strzegli drzwi.

Nie ma wyjścia.

Pole widzenia Hadriana zawężało się, w miarę jak trucizna rozlewała się po ciele. Chwiał się, ledwie trzymał się na nogach.

Co powie Royce, kiedy się dowie? Co zrobi?

Hadrian spojrzał współczująco na Scarlett. Tak naprawdę to nie chciała zrobić mu krzywdy. Chciała, żeby się stąd wyniósł. Jednakże Royce to co innego, nie miała pojęcia, do czego jest zdolny. Ta jedna otrzeźwiająca myśl pozwoliła mu przejrzeć na chwilę na oczy i wtedy znowu zauważył tablicę.

RYBA JEST DOBRA, ALE GILL JEST NAJLEPSZY.

Dzieciak stał blisko schodów do piwnicy, patrzył i czekał jak wszyscy, aż Hadrian padnie. Nie mogli mu teraz pomóc. Tylko Gill mógł.

Gill jest najlepszy.

Hadrian zatoczył się jak pijany i złapał dzieciaka. Ludzie za nim krzyknęli, ale on już ich nie słuchał. Skupił się tylko na jednym – na kluczu na szyi chłopaka.

Szarpnął – to musiało zaboleć – i łańcuszek pękł. Gill pewnie krzyknął, ale Hadrian nie mógł na niego zwracać uwagi. Już ledwie widział na oczy i prawie spadł ze schodów. Na szczęście chłopak zapomniał zamknąć drzwi na klucz. Hadrian sturlał się do małego pomieszczenia zapełnionego sianem, zatrzasnął za sobą drzwi i drżącymi rękami spróbował włożyć klucz do zamka. Gdyby tylko udało mu się je zamknąć...

RYBA JEST DOBRA, ALE GILL JEST LEPSZY. ODPOCZYNEK TERAZ BĘDZIE NAJLEPSZY.

Słowa wirowały bezmyślnie w jego głowie. A potem zaczęły się mieszać.

Ryba odpoczywa, a Gill... będzie lepszy, coś mi się pieprzy?

Hadrian, który był już wtedy zlany potem, ucieszył się, odnajdując zimne kamienie podłogi i kładąc na nich twarz.

Gill ryba... odpoczynek najlepszy... teraz... jak dobrze...

***

Royce badał tereny zamku Dulgathów. Nikt nie kwestionował jego obecności. Nikt nawet nie zauważył, że przygląda się bramie, oknom, murom. Braki w ochronie były porażające, a sam zamek nie prezentował się lepiej. Grubo ciosane kamienie ułożone razem bez zaprawy porosły mchem, bluszczem i porostami. Całość właściwie rzęziła ze starości. Wieża w południowym kącie zawaliła się i nikt nie zadał sobie trudu, żeby ją odbudować. Stos zwalonych kamieni leżał zapomniany już od dłuższego czasu, sądząc po grubości korzeni drzew, które na nich wyrosły.

Zrujnowane miejsce – ta myśl utknęła w głowie Royce'a, kiedy krążył po cyplu. Na swój sposób ładne.

Wyobrażał sobie, że niewielu ludzi podzielałoby jego opinię, a już na pewno nie Hadrian. Jednakże Royce dostrzegał piękno w owiewanej wiatrami skale, która toczyła nieustanną walkę z morzem. Odarte do żywego, ale nadal stojące wzniesienie stawiało żywiołom stanowczy odpór, co Royce doceniał. Dlaczego ktokolwiek wzniósłby tam zamek, tego nie pojmował. Pod względem strategicznym nie miało to sensu. Dulgath znajdowało się wiele mil od wszystkiego, co miało znaczenie, i zamek niczego nie bronił.

To prawda, że wzdłuż wybrzeża kwitł handel, ale zamek Dulgathów znajdował się za niesławnym Cyplem Manna, gdzie statki umierały. Nazwano go tak na pamiątkę kapitana Silasa Manna, który odkrył tamtejsze niebezpieczne rafy, gdy jego statek wpadł na nie i zatonął z całą załogą. Bardziej barwna i popularna opowieść wiązała nazwę tego miejsca z modlitwami tonących żeglarzy, którzy pytali Maribora o sens życia*. Zdradliwa przeszkoda zatrzymująca statki chroniła wybrzeże, więc zamek nie był potrzebny. Kolejny powód, dla którego lokalizacja fortecy nie miała żadnego sensu.

Skalisty szczyt, na którym przycupnął zamek, wypiętrzony kawał niemal pionowej bazaltowej skały, idealnie nadawał się pod budowę fortecy, ale zamek Dulgathów nieszczególnie to wykorzystał. Brama we frontowym murze prezentowała się równie imponująco jak ogrodowa furtka. Zbudowano ją ze zwykłego drewna okutego żelazem i miała niecałe dziesięć stóp wysokości. Zwykły dzieciak ze skrzynką owoców mógł się po niej wspiąć. Teoria ta nigdy nie zostanie sprawdzona, ponieważ brama zawsze stała otwarta.

---

* Nazwa Point of Mann (ang.) brzmi tak samo jak „point of man", co można odczytać jako „sens (życia) człowieka" (przyp. tłum.).

I mała to strata, bo żadnej z wież nie zbudowano z myślą o obronie, pomyślał Royce. Zamek Dulgathów nie miał okienek strzelniczych, barbakanu, kurtyny z bastionami ani nawet jednej machikuły. Nawet mury z blankami wzniesiono bardziej dla ozdoby niż do obrony. Albo budowniczy nie pomyślał o obronności – co było dziwne, zważywszy, w jak odizolowanym miejscu wzniesiono zamek – albo nie miał zielonego pojęcia na temat fortec.

Kiedy słońce zanurzyło się w morzu, Royce pokonał mur żwawym krokiem, wyobrażając sobie, że jest zabójcą, który ma zabić hrabinę. Pod wieloma względami chciał, żeby tak było. Robota byłaby szaleńczo łatwa. Poza tym, że nie było tu wartowni ani zamkniętej bramy, to jeszcze strażników było tylu, co kot napłakał. Maleńka posiadłość Hemleyów z Ralphem i Panem Hipple'em miała większą i bardziej fachową ochronę. Dziedziniec zamkowy pociemniał, gdy słońce zaszło. Nikt nawet nie pomyślał o zapaleniu latarni lub pochodni. I ten bluszcz! Stary, mocno zakorzeniony, rósł wszędzie, a grube jak konary pędy stanowiły doskonałą drabinę.

Bez najmniejszego problemu dotarł do wieży i przez otwarte okno – z trudem się nie roześmiał w głos – wszedł swobodnie do sypialni lady Dulgath. Pokój zdobiła zabarwiona na ciemno dębowa boazeria. Ustawiono tam mały kominek i luksusowe łoże z baldachimem z czerwonego aksamitu i jedwabną pościelą. Lady miała cztery szafy, toaletkę, umywalnię, trzy kufry z drewna i mosiądzu, tremo, które można było pochylić, stolik zasłany muszelkami, półki z książkami, portret starszego mężczyzny ubranego w czerń i zieleń, dwa krzesła – przed jednym stał wyściełany stołeczek – i komplet grubych świec, z których została już tylko jedna czwarta długości.

Nie było jej w pokoju. Nie spodziewał się jej zastać. Gdyby to była prawdziwa robota, to poczekałby do późna i zakradłby się, kiedy już by spała. Zasłoniłby jej usta dłonią – żeby ją unieruchomić i uciszyć – a potem poderżnąłby jej gardło. Czerwone okrycie pomogłoby zamaskować krew. Zostałaby ciemna plama, ale to równie dobrze mogłaby być rozlana woda. Otuliłby ją po szyję, żeby zasłonić ranę.

Royce wolał pracować schludnie, kiedy nie musiał dawać nikomu niczego do zrozumienia. Zmyłby z siebie krew w miednicy, o ile ubrudziłby się nią, co zdarzało mu się rzadko, ale jednak. Uporządkowawszy wszystko, wyszedłby przez okno po niepilnowanym bluszczu, przeszedłby po pustym murze i wyszedł przez zawsze otwartą bramę.

To cud, że ona nadal żyje, pomyślał.

Usłyszał kroki, więc wsunął się między dwie szafy. Drzwi do sypialni się otworzyły. Nysa Dulgath weszła, osłaniając płomień świecy dłonią. Odstawiła ją, zamknęła drzwi i przystanęła. Przeniosła ciężar na lewą stopę i obróciła się na pięcie jak dziecięcy bączek.

– Co pan tu robi? – zapytała, ale nie widziała go, tylko się za nim rozglądała.

Royce się zawahał. Był dobry w chowaniu się. Zawsze tak było. W ciemnościach nikt go nigdy nie dostrzegał. Jedynym źródłem światła w pokoju była pojedyncza świeca, nie dość, żeby go ujawnić. Zaskoczył go także ton hrabiny. Zbyt spokojny, zbyt swobodny. Gdyby naprawdę dostrzegła go ukrywającego się w jej prywatnych komnatach, gdyby naprawdę go wypatrzyła, jako rozpieszczona dziewczyna wydarłby się niemal tak samo jak Pan Hipple. Oczywiście jej pytanie nie było pozbawione emocji – nie ukrywała irytacji.

Minęła chwila ciszy. Prychnęła i skrzyżowała ręce na piersi, jakby to miało coś znaczyć. Przeniosła ciężar na lewe biodro, a potem na prawe.

– Zamierza mi pan odpowiedzieć czy nie?

Teraz patrzyła wprost na niego, krzywiąc usta w wyrazie oburzenia.

Jak ona może mnie widzieć?

Nie było sensu udawać, że go tam nie ma ani że go nie przyłapała.

– Wykonuję swoją pracę.

– Pańska praca polega na czajeniu się w mojej sypialni?

– Nie spodziewałem się tu pani.

– A gdzie indziej miałabym być nocą?

– Ja...
– I co w ogóle pan tu robi? Grzebał pan w moich rzeczach?
Znowu obróciła się na lewej pięcie, podeszła do szafy, otworzyła z impetem drzwi, zmuszając Royce'a do wycofania się.
– Dlaczego miałbym grzebać w pani rzeczach?
– Nie mam najmniejszego pojęcia, ale niewiele poza tym tu jest, więc w jakim innym celu miałby pan tu wchodzić?
– Wynajęto mnie, żebym ocenił, w jaki sposób zawodowiec mógłby panią zamordować.
– Myśli pan, że ukrywanie się w mojej szafie to dobry pomysł dla skrytobójcy, co?
– Nie wchodziłem do pani szafy.
– Mogę mieć tylko nadzieję, że to prawda. – Zatrzasnęła drzwi.
Co za dziwna dziewczyna, pomyślał Royce.
Wszyscy szlachetnie urodzeni ludzie tacy byli. Nie potrafili się zachować jak normalny człowiek. Przez pewien czas Royce żył w przekonaniu, że arystokraci to odrębny gatunek i że rzekoma „błękitna krew" naprawdę odróżnia ich od pozostałych ludzi, jak sami twierdzili. Chociaż uważali się za lepszych, Royce zawsze odkrywał, że w rzeczywistości jest dokładnie na odwrót. Arystokraci rodzili się bez instynktu samozachowawczego, który miały wszystkie inne istoty żywe. Uważali się za wyjątkowych, żyli nieświadomi zagrożeń i dawali się zaskoczyć, kiedy dochodziło do katastrofy. Lady Dulgath stanowiła tego doskonały przykład.
Przez chwilę myślał, że hrabina wykaże się odrobiną inteligencji, kiedy wzięła świecę. Spodziewał się, że ucieknie. Zamiast tego uniosła świecę i podeszła do niego.
– Niech pan zdejmie kaptur – powiedziała.
– Tylko nie znowu to. Proszę pozwolić, że od razu wyjaśnię: do pobytu w pani lochach naprawdę nie dojdzie.
Zmrużyła oczy i uśmiechnęła się, nie w przyjazny sposób, ale z rozbawieniem i zaciekawieniem.
– Taki pewny siebie. Pańskim problemem jest niemożność wyobrażenia sobie, że młoda kobieta może stanowić zagrożenie. – Opuściła świecę, akceptując, jak miał nadzieję Royce, że kaptur

pozostanie na swoim miejscu. – Znam ten rodzaj arogancji aż za dobrze. Przekonanie o własnej wyższości może być naprawdę niebezpieczne.

– Kiedy mnie zatrudniono, zastanawiałem się, czemu ktoś mógłby chcieć panią zabić. Już mi przeszło. Szczerze mówiąc, dziwi mnie, że nie ma kolejki chętnych.

Lady Dulgath roześmiała się, omal nie gasząc świecy. Podeszła do jednego ze stołów i ją odstawiła.

Royce mówił dalej:

– Nie żartuję. Dobra wiadomość jest taka, w każdym razie dla mnie, że nie jestem tu, żeby panią chronić, znaleźć zabójcę, czy choćby ustalić, kto go wynajął. To robota Knoxa. Jak widzę stan ochrony na zamku i, jak już wspomniałem, fakt, że za zamachem może stać dosłownie każdy, to nie zazdroszczę szeryfowi. Czeka go porażka. Jeśli nie przygotowała pani jeszcze testamentu, to radzę spisać go jak najszybciej. Dzięki temu nie zostawi pani bałaganu, który potem inni będą musieli sprzątać.

– Ciekawi mnie, kim są pańscy rodzice – powiedziała lady Dulgath, kompletnie zaskakując Royce'a.

– Co?

– Pańscy rodzice. Kim są?

– Nienawiść i rozczarowanie, a pani?

Uśmiechnęła się do niego tym samym nieporuszonym uśmiechem, jakby był przezabawny.

– Wie pani, większość młodych dam byłaby przerażona, zastając kogoś takiego jak ja w swojej sypialni.

– Wiesz, większość mężczyzn byłaby przerażona, gdyby przyłapano ich nieproszonych w sypialni hrabiny, ale z drugiej strony... – Zrobiła powoli krok w jego stronę. – Pan nie jest zwykłym mężczyzną, prawda?

Royce cofnął się krok. Nie bardzo wiedział dlaczego. Kobieta przed nim była drobna, szczupła, delikatna. I chociaż suknia z wysokim kołnierzem i długimi rękawami, którą miała na sobie, nie była prowokacyjna, to podkreślała jej kobiecą kruchość.

– Czy pański partner wie? – zapytała.

– O czym?

– Czym pan jest.

– A czym jestem?

Znowu się uśmiechnęła.

– To jakaś zabawa w zgadywanki? – zirytował się.

– Ja tylko... – Urwała i otworzyła szeroko oczy. – Pan nie wie. – Złożyła ręce przed sobą, dotykając koniuszkami palców szeroko uśmiechniętych ust. – Nie ma pan pojęcia, prawda? – Obrzuciła go spojrzeniem od stóp do głów i skinęła głową. – Dobrze się pan z tym kryje i nadal jest pan młody. Pierwsze stulecie, prawda?

– Jest pani bardzo dziwną dziewczyną.

– A Pan? – Zachichotała jak dziecko, co jakimś cudem zabrzmiało przerażająco. – Żaden człowiek nie złapałby buteleczki z farbą, którą rzucił Sherwood. Nawet jej pan nie widział. Usłyszał ją pan. A potem szybkość, z jaką pan zareagował, przewyższała ludzkie możliwości. – Odwróciła się i zgasiła świecę. – Ledwie pana widzę, ale pan mnie widzi doskonale. Blask gwiazd wpadający przez okno wystarcza, żeby pan widział kolor moich oczu.

To nie było pytanie. Mówiła z niezachwianym przekonaniem.

– Skwar i chłód nie przeszkadzają panu nawet w przybliżeniu tak bardzo, jak pańskiemu przyjacielowi, ale lód, śnieg i łodzie, och, statki! Nigdy pan nie pożegluje.

Royce cieszył się, że zgasiła świecę, ale nie był pewien, że go nie widzi. Sprawiała wrażenie, jakby widziała go aż zbyt wyraźnie, i nie rozumiał, jak to możliwe.

– Nie, panie Royce Melborn, pańscy rodzice to nie nienawiść i rozczarowanie – powiedziała. Jej blada twarz wydawała się biała, a światło gwiazd rzeczywiście ujawniało brąz oczu. – Przynajmniej jedno z pańskich rodziców było tym, co ludzie nazywają elfem. Myślę, że powinien pan...

Rozdział 7

Zabawa w Dziesięć Palców

Royce nigdy nie przestrzegał etykiety. Pojawienie się w sypialni hrabiny musiało znajdować się wysoko na liście wpadek towarzyskich u większości ludzi, a opuszczenie jej, kiedy hrabina właśnie coś do niego mówiła, pewnie uznano by za jeszcze większą gafę. Znajdował się w połowie drogi do Doliny Brecken, zanim przyszło mu do głowy pytanie, dlaczego właściwie to zrobił.

Wstrząsnęła nim.

To było jedyne wyjaśnienie, jakie znalazł. Zepsuta, młoda arystokratka wstrząsnęła nim tak bardzo, że uciekł.

Uciekł.

Uciekł przed młodą kobietą, która miała niepokojące spojrzenie na rzeczywistość. W drodze do wioski dwa słowa nieustannie przewijały się przez jego myśli: „to niemożliwe". Od czasu do czasu dorzucał barwny przymiotnik albo uwagę typu: „ta suka to wariatka". Najczęściej zgrzytał zębami i oddychał ciężko przez nos i ściskał wodze tak mocno w pięściach, że rzemień aż jęczał. Jedyną pociechą w związku z oświadczeniem lady Dulgath był fakt, że nie towarzyszył mu Hadrian, więc niczego nie usłyszał.

„Przynajmniej jedno z pańskich rodziców jest tym, co ludzie nazywają elfem".

Elfy były równie szanowane jak karaluchy, kożuch na wodzie i pleśń na chlebie. Kiedyś, bardzo dawno temu, były niewolnikami w pierwszym imperium. Gdy upadło, elfy uwolniono, ale nie miały dokąd odejść. Od tego czasu niewolnicy, którzy zamienili się w żebraków, gromadzili się w najgorszych częściach każdego miasta. Tępe jak robactwo garnęły się do ognisk obozowych i tłoczyły przy kloakach, wyciągając ręce i błagając o ochłapy. Każdego dnia całowały brudne stopy tych, którzy na nie pluli.

Royce mylił się tamtej nocy, kiedy rozważał, co jest gorsze: psy czy krasnoludy. Odpowiedź bez wątpienia powinna brzmieć: elfy. Znajdowały się po prostu tak nisko na liście, że zwykle całkowicie je pomijał.

„Ledwie pana widzę, ale pan mnie widzi doskonale. Blask gwiazd wpadający przez okno wystarcza, żeby pan widział kolor moich oczu".

Miała rację, chociaż nie mogła o tym wiedzieć. Budowniczy szczycą się tym, że znają najlepszy sposób niszczenia budynków, Royce szczycił się tym, że potrafił rozłożyć na czynniki pierwsze każdy fałsz. Dostrzegał oszustwo, pochlebstwo i sztuczne uśmiechy. Trzymał się logiki i kiedy coś się nie zgadzało, wiedział, że piasek kłamstwa leży u podnóża fundamentu. Jednakże tym razem wszystko układało się w sensowną całość, wszystko się zgadzało. Po prostu on nie chciał zaakceptować prawdy.

Royce nie znał swoich rodziców. Powiedziano mu, że porzucono go w błotnistym rynsztoku w mieście Ratibor, kiedy był niemowlęciem. Inne dzieci szydziły z niego, nazywając go „elfem". Był mały, dostatecznie chudy i z pewnością wyglądał wystarczająco nędznie. Wierzył im jako dzieciak. Kiedy podrósł, zdał sobie sprawę, że dzieci się myliły. Słowo „elf" było po prostu najbardziej obraźliwym określeniem, na jakie wpadły.

Na przestrzeni dziesięcioleci widział tyle nieludzkich rzeczy, że porzucenie go uznał za coś normalnego – to była jeszcze jedna klamra w spójnej konstrukcji. Pytanie nie brzmiało: „Jak matka mogła zostawić mnie w rynsztoku?", ale raczej: „Jakim cudem więcej dzieci nie ląduje w błocie?". Zwykły ślepy traf. Oparł swoją egzystencję na wierze w nieczuły świat, ale po ucieczce z sypialni lady Dulgath poczuł, że fundamenty tego przekonania się kruszą. Jeśli miała rację, to by bardzo wiele wyjaśniało. Royce nadal wierzył w bezduszność świata, ale może okrucieństwo, jakie go spotkało, nie było aż takim kaprysem losu. Nie został porzucony, bo świat jest bezlitosny; porzucono go, bo jest elfem.

***

Kiedy stanął przed drzwiami Payne'a, duchowny wyczuł nastrój złodzieja i nawet nie zawracał sobie głowy zapraszaniem go do środka. Wykierował go do Domu Caldwell, mówiąc, że próbował ostrzec Hadriana, ale widział, jak tamten pojechał w tym kierunku.

Royce pojechał tam, gdzie wykierował go Payne, ale nie znalazł żadnego szyldu, a jedynie porośniętą bluszczem werandę. Trzech mężczyzn stało w pobliżu otwartych drzwi i patrzyło, jak Royce przywiązuje konia.

– To jest Dom Caldwell?

Udali, że go nie słyszą.

Royce przeskoczył nad poręczą na werandę i mężczyźni się rozpierzchli.

– Nie przejmuj się nimi – powiedziała młoda kobieta, wychodząc z mrocznego wejścia do porośniętego bluszczem budynku.

Royce odwrócił się do niej i jej twarz pod kaskadą rudych włosów upiornie pobladła. Dziewczyna wytrzeszczyła oczy, rozdziawiła usta i zamachała rękami jak białymi flagami.

– Niech mnie wyryćkają! – krzyknęła.

– Nie skorzystam – odparł Royce. – Nie jestem w nastroju, a ty nie jesteś w moim typie.

Cofnęła się, potykając się o własne stopy, próbując uciec. Reakcja dziewczyny była dziwna, ale bezbrzeżne przerażenie w jej oczach podpowiedziało mu, że coś się kroi, i Royce zwolnił. Pamiętał ją z dawnych czasów w Czarnym Diamencie, chociaż ledwie kojarzył jej twarz. Przezywano ją Arkoza i była podrzędnym doliniarzem, szeregowym trepem w armii Diamentu. Pracowała w zespole w jednym z mniej atrakcyjnych zakątków Colnory. Przypominał sobie chyba, że współpracowała z gościem, który działał w gildii jako Brokat. Przyciągał tłum żonglerką i magicznymi sztuczkami. Prawdziwe sztuczki zręcznych rąk rozgrywały się za kulisami.

To, że się go przestraszyła, było rozsądną reakcją, zważywszy, że wypowiedział małą wojnę gildii kilka lat temu, ale na jej twarzy pojawił się żywszy strach. Zaskoczenie, wręcz zgroza – to byłoby do przewidzenia, ale Arkoza miała minę, jaką zwykle widywał u tych, którzy spodziewali się jego wizyty. Promieniowała poczuciem winy. Royce ruszył za nią, kiedy wycofała się do gospody.

Hadrian, pomyślał.

Rozejrzał się i zobaczył, że nigdzie go nie widać. Hadrian mógł wyjść do wynajętego dla nich pokoju, ale to wydawało się Royce'owi mało prawdopodobne, skoro gospoda miała bar. Hadrian siedziałby tutaj, pił i gawędził z ładną...

– Gdzie on jest? – zapytał Royce.

Arkoza nadal się cofała, ale powoli. Mądry wybór. Każdy wie, że nigdy nie należy uciekać przed drapieżnikiem, bo to tylko prowokuje atak.

Royce zliczył jeszcze osiem osób w gospodzie. Ta sama czwórka, która chciała wytarzać w smole pastora, siedziała przy stoliku. Starała się nie rzucać w oczy, ale cały czas zerkała z niepokojem w jego stronę. Dwóch innych gości opierało się o słupek i obserwowało rozwój sytuacji. Barman i dzieciak, który pewnie tu pracował, sprawiali wrażenie równie zaciekawionych.

– Nie wiedziałam, że to ty. Przysięgam na Maribora, nie miałam pojęcia. Gdybym wiedziała...

– Mów śmiało – zachęcił ją Royce, wchodząc za nią do sali. – Gdybyś wiedziała, to... co?

Zdała sobie sprawę, że popełniła błąd, i zamknęła usta.

– Dodge?! – zawołał jeden z mężczyzn spod słupka.

Dwóch innych wstało od stolika, szurając krzesłami o podłogę.

To nie tak miało wyglądać. Właśnie zdali sobie sprawę, że sztuka już nie przebiega zgodnie ze scenariuszem, zrozumiał Royce.

Rzucił się do przodu i złapał garść rudych włosów. Szarpnięciem pociągnął dziewczynę w tył i ją podciął.

Pozostali mężczyźni zerwali się od stolika, a dwójka spod słupka rzuciła się ku niemu.

– Stać! – rozkazał Royce, kładąc sztylet na szyi dziewczyny. – Wszyscy mają usiąść. Domyślam się, że nie ona jedna może mi powiedzieć to, czego chcę się dowiedzieć. Kiedy ona będzie próbowała oddychać przez nową dziurę w gardle, to wy zacznie-cie być bardziej skłonni do współpracy.

– Ty nędzny... – zaczął jeden z mężczyzn.

– Siadajcie! – wrzasnęła Arkoza. – On nie blefuje. On naprawdę to zrobi.

Wszyscy zamarli. Royce pierwszy się poruszył. Trzymając kobietę za włosy, powlekł ją po podłodze do otwartych drzwi, po czym je zatrzasnął. Przesunął zasuwkę.

– O, proszę – powiedział. – Nikt nie wyjdzie, dopóki nie pogadamy.

Nikt nie usiadł.

– Siadać na tyłkach, on nie będzie się powtarzał! – krzyknęła Arkoza.

Wszyscy znaleźli sobie krzesła.

– Dobrze więc. – Royce odchylił głowę dziewczyny tak, żeby spojrzeć jej w oczy. – Ponieważ wiem, że jesteś dumna ze swoich zręcznych rączek, zabawimy się w Dziesięć Palców.

Zaskamlała.

– Ach, pamiętasz, jak w to się gra. To dobrze. Nie zamierzałem wyjaśniać zasad. – Pociągnął ją do stołu. – Dawaj, nie należę do cierpliwych.

Arkoza położyła drżącą dłoń na stole.

– Rozłóż palce szeroko. Nie chciałabyś stracić dwóch naraz przez przypadek, co?

– Co jest, do dia... – zaczął pytać jegomość w pomarańczowej tunice.

– Zamknij się! – wrzasnęła kobieta. – Po prostu stul pysk! Nie ruszaj się. Na miłość Maribora, błagam, niech nikt się nie rusza.

Miała łzy w oczach, a stół, który nie stał na dostatecznie równej podłodze, zadygotał. Drewniane nogi zaklekotały niepokojąco i głucho.

Royce oparł czubek Alverstone'a między najmniejszym palcem a serdecznym u jej prawej ręki. W lustrzanym ostrzu odbił się pokój.

– Pierwsze pytanie: gdzie jest Hadrian?

– Tam, w piwnicy. – Znając zasady, wskazała kierunek głową.

Royce uniósł nóż i oparł go między serdecznym i środkowym palcem.

– Drugie: żyje?

– Tak, tylko śpi.

– Masz szczęście, duże szczęście, paniusiu. – Umieścił nóż między środkowym i wskazującym palcem, które tak potwornie się trzęsły, że omal sama się nie pokaleczyła o sztylet. To byłoby łatwe, bo Alverstone nie należał do ostrzy, które wybaczają błędy. – Trzecie: co robi w piwnicy?

– Zamknął się, kiedy zdał sobie sprawę, że go uśpiłam.

– Uśpiłaś?

Na chwilę wstrzymała powietrze. A kiedy wreszcie odzyskała oddech, był rwany.

– Czwarte: dlaczego nadal tam jest?

– Zabrał jedyny klucz, a ja byłam kieszonkowcem, nie włamywaczem. Nie potrafię otworzyć zamka. Pomyśleliśmy, że niedługo się pojawisz, a nie chcieliśmy, żebyś nas przyłapał na wyłamywaniu drzwi. Tyle że ja nie wiedziałam, że to będziesz ty.

– Piąte: kiedy cię wypuszczę, spróbujesz uciekać?

– Nie.

– Druga ręka – powiedział Royce i kobieta zabrała pierwszą. Na stole została plama z potu. Arkoza podsunęła ostrożnie lewą dłoń. Royce umieścił czubek Alverstone'a obok lewego małego palca i wbił odrobinę w blat. – Szóste: dlaczego nie?

– Nie ma miejsca, do którego mogłabym uciec, a które znajdowałoby się dostatecznie daleko.

– Dobra jesteś w te klocki. – Royce wyszczerzył zęby, a potem przeraził ją, błyskawicznie przeskakując ostrzem pomiędzy jej czterema palcami i wygrywając cichutki rytm jak na werblu. Arkoza zadygotała, szarpnęła nerwowo nogami i pisnęła z przerażeniem. Nie poruszyła jednak ręką na stole nawet o włos. – Siódme: czy Hadrian zdołał wynająć pokój, zanim go uśpiłaś?

– T-tak.

Oderwał ostrze od stołu.

– Wstawaj – rozkazał i poczekał, aż kobieta zdoła się podnieść. – Pójdę otworzyć drzwi, a ty w tym czasie wyjaśnisz swoim przyjaciołom, dlaczego mają być grzeczni.

Royce przeszedł przez salę bezszelestnie. Drzwi do piwnicy były zaopatrzone w prymitywny zamek z dwoma bolcami. Więcej czasu zajęło mu wyjmowanie wytrychów niż otworzenie zamka. W piwnicy zobaczył leżącego na podłodze Hadriana.

– Każ swoim zwalistym przyjaciołom zanieść go do pokoju.

Arkoza skinęła głową i machnęła w stronę Byczego Karku, żeby się ruszył.

– Daj spokój, Dodge – sprzeciwił się mężczyzna – ten facet jest chudy jak kurczak.

Odpowiedziała mu surowo:

– Rób, co ci kazał, Brook.

– Jest nas ośmiu. Nie rozumiem, dlaczego mamy robić, co nam każe.

Arkoza zerknęła na Royce'a.

– Przepraszam na chwilę – powiedziała.

Podeszła do baru i wzięła nóż do jarzyn. Wróciła do Brooka i bez słowa komentarza czy ostrzeżenia wbiła mu nóż w udo. Wrzasnął i złożył się wpół, łapiąc się za nogę. Potem upadł na podłogę, przesuwając z impetem jedno z krzeseł.

– A to rozumiesz?! – Pochyliła się nad nim, wskazując ostrze w udzie.

– Dlaczego to zrobiłaś? – zapytał barman.

– Ewidentnie go lubi – wyjaśnił Royce.

Arkoza złapała nóż, wstała i otarła łzy wierzchem dłoni.

– Zanieście Hadriana na górę. W tej chwili!

Krzesła się poprzewracały, kiedy mężczyźni się poderwali i ruszyli do piwnicy.

Royce obserwował uważnie, kiedy wynosili Hadriana.

– Tylko opatulcie go porządnie kołderką!

– Tak, na miłość Maribora, nie zróbcie mu krzywdy. – Arkoza odłożyła nóż na stół i uniosła ręce. – Zmiataczu, przysięgam, że nie wiedziałam. Nie było mnie tutaj, gdy przyjechaliście. Usłyszałam, że dwóch gości nie pozwoliło wytarzać w smole Payne'a, i pomyślałam, że Kościół przysłał jakichś mięśniaków, żeby go chronili. Słyszałam także plotki, że wynajęto zabójcę, ale nie wiedziałam, że ty...

– Moje gratulacje z powodu dobrze rozegranych Dziesięciu Palców. Jesteś w tym dobra. Nic dziwnego, że nadal masz komplet. – Royce patrzył na procesję z Hadrianem, wchodzącą po schodach bez żadnych incydentów. Wyglądali jak żałobnicy z trumną na pogrzebie.

– Hadrian ucieszy się, że uratował ci życie, zamykając się w piwnicy. Jest pod tym względem cokolwiek dziwny.

Rozdział 8

W oku cyklonu

Christopher Fawkes powiesił latarnię na mosiężnym haku tkwiącym w suficie stajni.

Muchy obudzone przez światło rywalizowały z ćmami o tytuł najgłupszych stworzeń na świecie. Uderzały o lampę sfrustrowane niemożnością spalenia się żywcem.

Knox sprzeciwił się wieszaniu latarni, ale Christopher nie zamierzał załatwiać interesów w ciemnej stajni. Nikt, kto zastałby szambelana, głównego szeryfa, pastora Payne'a i kuzyna króla gawędzących w oświetlonej stajni, nie uznałby tego za coś niezwykłego, nawet o tak późnej porze. Jednakże gdyby tych samych ludzi przyłapano po ciemku, wydałoby się to podejrzane bez względu na miejsce spotkania.

– No i? Co pan myśli? – zapytał szambelana Christopher.

Thorbert Wells stał ze skrzyżowanymi rękami, a jego pociągła twarz obwisła bardziej niż zwykle.

– Myślę, że nadal nie czuję się z tym dobrze.

– A jakiego jeszcze zapewnienia pan potrzebuje? – zapytał Payne. – Kościół nas popiera, a przed panem stoi kuzyn króla.

– To wszystko robi wrażenie... Sam nie wiem... Czegoś niewłaściwego – odparł Wells.

– Działania Kościoła zawsze są słuszne. My jesteśmy sędziami, którzy orzekają, co jest dobre, a co złe – zapewnił go pastor.

Wells spojrzał na Payne'a i czoło podzieliła mu zmarszczka zgorszenia.

– Nie powinien pan zakładać, że skoro pochodzę z Dulgath, to jestem głupcem.

– Tak, tak, oczywiście, ale...

– Nikt nie uważa pana za głupca – wtrącił się Christopher, zanim Payne narobiłby większych szkód. – Nie próbowalibyśmy pana zwerbować, gdybyśmy tak uważali. Pan jest ambitny. Skromny, zadowolony z życia człowiek nie awansowałby z syna rybaka na szambelana na zamku. Doceniamy pana osiągnięcia, ale brak błękitnej krwi sprawia, że osiągnął pan już wszystko, co mógł. Tu, w Dulgath, dotarł pan na szczyt. Nie może pan wyżej awansować w tym zaścianku. Nic się tu nie zmieniło od wieków i nie zmieni, jeśli ród Dulgathów nadal będzie tu rządził.

Nieustanne stukanie, bzyczenie i trzepotanie much rzucających się na latarnię wytracało Christophera z równowagi, przypominając mu o innych plugawych insektach. W wieku sześciu lat przeraziły go dwa trzmiele. Nie został użądlony, ale siedział uwięziony za różanym krzewem, bo bał się wyjść. Nadeszła noc, a Christopher nadal bał się ruszyć w obawie, że trzmiele czają się gdzieś w ciemności. Kiedy brat wreszcie zaciągnął go do domu, ojciec zbił go za tchórzostwo. Upokorzenie i późniejsze drwiny sprawiły, że Christopher nauczył się walczyć z mieczem i tarczą. Chociaż dobrze radził sobie na dworskich zawodach z prawdziwą bronią, to bzyczące pszczoły nadal sprawiały, że dreszcz przebiegał mu po kręgosłupie.

Zerknął nerwowo na latarnię. To tylko muchy, powiedział sobie, ale mimo to skrzyżował ręce, żeby ukryć ich drżenie.

Nie najlepszy sposób na zapoczątkowanie spuścizny po sobie, pomyślał.

Pocieszał się świadomością, że nikt nie zapamięta tego w taki sposób. Wiele ważnych wydarzeń w historii rozegrało się w mniej niż idealnych okolicznościach, ale potem skorygowano to we wspomnieniach. Czy Novron rzeczywiście stał na szczycie słynnego wzgórza, kiedy rzucił wyzwanie potędze latających bestii? Czy potem wygłosił wspaniałą i elokwentną przemowę o wolności i odwadze? Czy patriarcha objął Glenmorgana, a namiestnik stosownie uklęknął, zgadzając się na przyjęcie mniej ważnego tytułu? Christopher wątpił, by walka o władzę przebiegła w tak przyjaznej atmosferze.

Kiedy ludzie będą wspominać, jak Christopher Fawkes bez ziemi został hrabią Christopherem Fawkesem z Dulgath, nikt nie będzie pamiętał, że zaczęło się od spotkania w stajni. W przyszłości ta noc nigdy nie będzie miała miejsca.

– Byłem wierny Beadle'owi... hrabiemu Dulgath.

– Nie wątpię. Ale Beadle nie żyje. Naprawdę myśli pan, że Nysa Dulgath zdoła zająć miejsce ojca?

Wells westchnął.

– Nie słucha mnie, nie słucha nikogo. Uważa, że wie wszystko.

– Jeśli mnie pan wesprze – powiedział Christopher – razem przekształcimy Dulgath, uczynimy je potężniejszym. To miejsce obfituje w bogactwa, ale nikt ich nie wykorzystuje. Nałożę podatki, powołam ludzi do wojska, a Knox ich wyszkoli. Wzrosną wpływy Kościoła Nyphrona. To mi pomoże rozszerzyć granice Dulgath i będę potrzebował lojalnych lordów. Dostanie pan wtedy własny zamek.

– Nie zabiję jej – oznajmił Wells.

– Nikt pana o to nie prosi.

– Nie ma pan pojęcia, na co wpadną ci zabójcy. – Wells wytknął go pulchnym palcem. – A jeśli zasugerują, że trzeba przekupić szambelana, żeby zasztyletował dziewczynę? Z góry uprzedzam, że tego nie zrobię.

– Nie poprosimy pana.

Christopher podejrzewał, że niepokój szambelana wynika bardziej ze strachu przed przyłapaniem niż z niechęci do przelania krwi.

– Nie ufam im – wtrącił się Knox.

Stał ze skrzyżowanymi rękami, opierając się o boks.

Christopher miał ochotę go zadźgać. Zebrali się, by przekonać Wellsa do współpracy, a nie żeby wygłaszać swoje obiekcje.

Wszystkim muszę sam się zajmować.

– To naturalne. To typy spod ciemnej gwiazdy, zabójcy, złodzieje. Gdyby byli godni zaufania, to naprawdę mielibyśmy czym się martwić.

– Jeden z nich, ten duży, robi wrażenie znajomego – mówił dalej szeryf. – Już go widziałem. Nie pamiętam gdzie.

– No i?

Knox się skrzywił.

– No dobra, ile to im zajmie? – mówił z dezaprobatą i to samo wyrażała jego twarz, ale z drugiej strony Knox zwykle miał taką minę. To był zbir, jakiś żołnierz z północy. Hrabia zwerbował go, bo chciał mieć tu twardego i bezstronnego człowieka. Z pewnością trafił na kogoś, kto nie opowie się za żadną ze stron. Co innego, gdy w grę wchodziło wzięcie pieniędzy. Knox bardzo chętnie przyjmował złote tenenty.

– A skąd mam wiedzieć? – odpowiedział Christopher. – Myśli pan, że często zajmuję się takimi rzeczami?

– Niech mnie diabli, jeśli wiem, czym się pan zajmuje.

– O, widzi pan, tu się różnimy – odpowiedział Christopher. – Bo ja doskonale wiem, co pan robi, Knox. Absolutnie nic. Jako szeryf sprawdziłby się pan doskonale w roli zegara słonecznego.

Christopher nie do końca wiedział, co to znaczy, ale matka ciągle tak mówiła. „Tylko tyle dziś zrobiłeś, Chris? Jako nosiciel drewna sprawdziłbyś się doskonale w roli zegara słonecznego. Prosiłam, żebyś zapakował moje suknie; jako pokojowiec sprawdziłbyś się doskonale w roli zegara słonecznego".

Nigdy nie zrozumiał, co miała przeciwko zegarom słonecznym. Nigdy nikomu nie przeszkadzały, były ciche, trzymały się na uboczu i robiły, co im kazano przy wszelkiej pogodzie. Matka nie dostrzegała ich wartości. Jeśli idzie o ojca, to on nie miał nic przeciwko zegarom słonecznym, miał za to mnóstwo uwag na temat syna.

Christopher wątpił, żeby Knox lepiej rozumiał niedoskonałość zegarów słonecznych od niego samego, ale dał mu coś do zrozumienia. Mars Knoxa zamienił się w szyderczy uśmieszek. Mruknął jakąś obelgę pod nosem, za cicho, żeby dało się ją usłyszeć, ale jej sens pozostawał jasny.

Ten człowiek był skłonnym do przemocy brutalem. Nikt nie zostaje szeryfem, jeśli nie ma w sobie odrobiny furii. Knox go sprawdzał. Albo Christopher zmusi Knoxa do pogodzenia się z wędzidłem w zębach, ale nastąpi zmiana równowagi sił. Musiał pokazać Wellsowi, kto tu rządzi. Poza tym Knox zaczął się zbyt swobodnie czuć w obecności Christophera. Bez względu na to, jak bardzo był niebezpiecznym typem, należało przestrzegać pewnych granic. Na razie Christopher musiał współpracować z tym brutalem, ale później Knox może okazać się oportunistą, a ambitni ludzie często próbują czegoś głupiego, na przykład szantażu.

Daj wronie posmakować padliny, to będzie chciała więcej, pomyślał. Knox jest jak pszczoły i trzeba mu pokazać, gdzie jest jego miejsce.

Christopher zebrał się na odwagę. Zaśmiał się przyjaźnie i zaczął się odwracać, a potem szybkim ruchem pchnął szeryfa na furtkę do boksu, która aż zadźwięczała, płosząc Derby. Christopher dobył miecza.

Knox spojrzał z rozdziawionymi ustami, a Christopher przysunął czubek klingi do skórzanego kołnierza jego przeszywanicy.

– O ile nie zamierza pan wkrótce opuścić prowincji, to na pana miejscu zacząłbym gryźć się w język. Jestem kuzynem króla. Chociaż to może nie znaczyć bardzo dużo w Mehanie, pozwala mi zabić pana i nie przejmować się sprzątaniem późniejszego bałaganu. Rozumiemy się?

Knox się zawahał. Nie byłby tym, za kogo Christopher go wziął, gdyby zachował się jak człowiek bez charakteru, ale nie był też głupcem. Po kilku uderzeniach serca skinął głową.

– Dobrze. – Christopher zabrał ostrze i z zachwytem zauważył, że zostawił małe nacięcie w skórzanym kołnierzu.

Od tej pory będzie ono służyło jako przypomnienie dla nich obu.

Christopher schował miecz do pochwy, starając się robić wrażenie spokojnego, jakby serce wcale mu nie biło jak szalone. Właśnie ogromnie zaryzykował, stawiając wszytko na jedną kartę, i wygrał. Nie czas na ujawnianie niepokoju.

– Czy mogę zadać pytanie? – zapytał Wells.

Niepewność w głosie mężczyzny sprawiła przyjemność Christopherowi. Udało mu się dać im coś do zrozumienia i teraz traktowali go z należnym szacunkiem.

– Tak, oczywiście, szambelanie. Co chce pan wiedzieć?
– Co z malarzem?
– Sherwoodem Stowem? Co z nim?
– On i lady Dulgath widywali się każdego ranka od miesięcy, a on ma... pewną reputację, prawda? A co, jeśli ten Sherwood... ehm, no wie pan.
Wells zdumiewał Christophera. Jak na człowieka, który wywalczył sobie pozycję szambelana, był przeczulony na punkcie bardzo wielu rzeczy. Gdyby biskup Parnell nie nalegał, żeby go zwerbowali i zyskali własnego człowieka na zamku, który zatrze wszelkie ślady, to Christopher nigdy nie wziąłby go nawet pod uwagę.
– Nadal potrzeba dziewięciu miesięcy, żeby się urodziło dziecko, nawet jeśli on rzeczywiście „wie pan" z nią. Jestem cierpliwy, ale nie aż tak.
– Jednak kobiety, które spodziewają się dziecka, stają się większymi samotniczkami. – Wells załamywał ręce. – Nie wychodzą tak często. Przesiadują w komnatach w towarzystwie uwijających się przy nich akuszerek. To może uniemożliwić zabicie jej. Jeśli wynajęte przez pana zbiry poczują się tu dobrze, to mogą zacząć się ociągać. Pokrywa pan ich wydatki, prawda?
– Nie płacę im ani grosza – odparł z naciskiem Christopher. – Kiedy już powiedzą nam to, co chcemy wiedzieć, odeślę ich do Manzantu.
– Co? – zdumiał się Knox. – Czemu ich po prostu nie zabić?
Christopher uśmiechnął się cierpko.
– Zabijanie to okropne marnowanie zasobów. Ambrose Moor dobrze płaci za...
– Tyle że żywi mówią – przerwał mu szeryf.
– Właśnie – przeraził się Wells. – A jeśli król porozmawia z nimi...
– Naprawdę myśli pan, że Vincent wybierze się do kopalni soli, żeby pogawędzić z dwoma zabójcami? – Christopher zaczynał tracić cierpliwość i z trudem nie okazywał irytacji.
– Nie – przyznał Wells – ale może wysłać tam konstabli albo oni mogliby uciec.

– Nikt nie ucieka z Manzantu.

– A konstable? Nie jestem pewien, czy chcę tak ryzykować – mruknął z grymasem Wells.

– Jeśli będą martwi, to żaden z nich nic więcej nie powie – dorzucił Knox. – Nigdy.

– Posłuchajcie. – Christopher westchnął. Nie cierpiał ludzi powolnie myślących i strachliwych, oni nigdy nie pojmowali konieczności stawiania śmiałych kroków na drodze do wielkości. – Już wszystko załatwiłem.

Knox zesztywniał.

– To niech pan to odwoła. Potrzebujemy trupów, żeby mieć na kogo zrzucić winę za morderstwo, a nie żywych i gadających mężczyzn.

– A jak wyjaśni pan dwa trupy przed śmiercią Nysy? – zapytał Christopher. – Trochę trudno nieboszczykowi dokonać zamachu. Czy też mamy poczekać, aż ona zginie? To wiąże się z kolejnymi kłopotami. Po pierwsze, będą chcieli, żeby im zapłacić, gdy tylko zrobią swoje. A ja nie mam takich pieniędzy. Po drugie, nie zostaną tu potem. Trzeba będzie ich odnaleźć i modlić się, żeby nic nikomu nie powiedzieli, zanim ich pan wytropi. Zgodnie z moim planem będziemy mogli ich zgarnąć, kiedy tylko przekażą nam informację. Nikt nie musi wiedzieć, kiedy zostali wysłani do Manzantu. Ważne tylko, że zostali aresztowani i oddani sprawiedliwości, nim zacznie się oficjalne dochodzenie. Trupy zaś szybko się rozkładają, zawłaszcza w tym klimacie, więc trzeba by ich zabić po śmierci Nysy.

– Niech pan pozwoli, że ja będę się martwił, kiedy, gdzie i jak tych dwóch spotka koniec. Dopilnuję swojej części umowy – warknął Knox.

Wells kiwał głową.

– Obserwowałem Knoxa przez lata i ufam mu w takich kwestiach. Nie mam nic przeciwko panu, lordzie Fawkes, ale jeśli moje zdanie ma jakąś wartość, to czułbym się spokojniejszy, gdyby złodziei zabito, a nie zamknięto.

Christopher przesunął dłonią po twarzy i znowu westchnął.

– Dobrze, już dobrze. Zrobimy to po waszemu.

– A Sherwood? – zapytał Wells.

Christopher uniósł rękę, poklepując powietrze między nimi.

– Proszę mi zaufać, Stow nie zaskarbił sobie żadnych łask Nysy.

– Inne szlachetnie urodzone damy uległy...

– Nie chodzi o to, że ona jest arystokratką, a on nie. Rzecz w tym, że on jest człowiekiem, a ona... Novron jeden wie, czym ona jest. Jest zimna jak szron na zamarzniętym jeziorze. Rzecz w tym, że Stow nie czyni żadnych postępów i pewnie żadnych nie poczyni. Jeśli jednak to pana uspokoi, to mogę zaplanować niespodziankę dla Sherwooda od Niekończącego Obrazu i dopilnować, aby jego sprawa została załatwiona w najodpowiedniejszy sposób.

Szambelan nie odpowiedział. Odetchnął i oblizał usta, rozglądając się po twarzach towarzyszy.

Teraz nadszedł czas, żeby Christopher zarzucił haczyk.

– Widzi pan, już pan dowiódł swojej wartości, a ludzi, którzy mają taki potencjał, czekają wielkie rzeczy. Zatem co pan powie, szambelanie? Mamy uznać, że stoi pan po naszej stronie? Chce pan nadal awansować, poszerzać swoje horyzonty?

Wbił wzrok w Wellsa. Wszyscy zebrani zrobili to samo. Szambelan znowu zaczął zerkać nerwowo na boki.

Christopher oparł rękę na rękojeści miecza, żeby delikatnie przypomnieć Wellsowi, że już za daleko się zapędził. Oczywiście to nie było prawdą. W tej chwili to byłyby jego słowa przeciwko słowom pozostałych, ale pokaz z Knoxem zwrócił się z nawiązką.

– W porządku – odpowiedział Wells. – Co chcecie, żebym zrobił?

– W tej chwili nic. Poczekamy i zobaczymy, co powiedzą nasi doradcy.

– A Sherwood?

Christopher tylko się uśmiechnął.

***

Sherwood włożył sucharek do ust. Trzymając go w zębach, przełożył obraz do lewej ręki, a prawą otworzył drzwi do gabinetu. Kolejny cudny poranek w Maranonie rozlewał się snopami słońca na podłodze, biurku i ścianie. Było coś magicznego w świetle wczesnego poranka. I późnego wieczoru. Sherwood lubił zarówno świt, jak i zmierzch. Bajki mówiły, że ten czas pomiędzy, te chwile, które nie do końca są dniem i nie do końca nocą, to czas, kiedy otwierają się drzwi pomiędzy światem realnym i światem fantastycznym. To były zaczarowane minuty, kiedy wydarzały się rzeczy cudowne i straszne. Sherwood nie należał do ludzi przesądnych, przywiązanych do mitów albo legend, ale przyznawał, że „czas pomiędzy" jest czarujący. Światło zawsze jest bardziej złociste, pada pod kątem sprzyjającym bardziej dramatycznym cieniom i wszystko ożywa kolorami. Ten poranek powinien być cudowny, ale Sherwooda powitało coś strasznego.

Początkowo nie wiedział, co widzi. Coś dziwnego znajdowało się pośrodku pokoju, leżało na podłodze wykręcone w nienaturalny sposób.

Jak zwykle Sherwood przyszedł wcześniej. Lady Dulgath, chociaż zawsze punktualna, pojawi się dopiero za pół godziny. Zamierzał skończyć śniadanie, mieszając farby z olejem. Nie zostawił sobie zbyt wiele czasu na przygotowania. Zamarudził w łóżku, cierpiąc z powodu łagodnego ataku depresji. Ponure uczucia często go ogarniały. Zwykle były przelotne i łatwe do przetrwania. Czasem jednak uderzał niespodziewany huragan, świat mroczniał i deszcz spadał niewyobrażalnymi strugami.

W takich chwilach śmierć przez utonięcie była pewna i często mile widziana. To, co wcześniej było wspaniałym dniem, stawało się czymś nie do zniesienia; kiedy dopadał go huragan depresji, wszelkie wspomnienia szczęścia Sherwood odrzucał jako zwykle złudzenie. Był nic niewart, jego prace były potworne, życie okazywało się jedną wielką, porażką i Elan ewidentnie stałby się lepszy miejscem, gdyby on przestał marnować powietrze. Chociaż ataki nadchodziły bez ostrzeżenia czy wyraźnej przyczyny, to nie znaczyło, że nic nie może ich sprowokować. Zważywszy, że tego ranka już dopadł go kapuśniaczek, to widok tego, co leżało na podłodze prywatnego gabinetu, groził, że zaraz uderzą w niego gromy.

Przez krótką chwilę Sherwood myślał, że widzi osobę, straszliwie połamane i okaleczone ciało. Potem zdał sobie sprawę, że nie widzi ciała i kości, ale połamane drewno. Patrzył na sztalugi, potrzaskane na kształt rozczłonkowanej rzeźby bezsensownego zniszczenia. Jeszcze gorszy widok przedstawiały farby. Ktoś ciskał buteleczkami, zostawiając barwne rozbryzgi kolorów na ścianach i szklane odłamki na podłodze. Rozbryzg żółtej ochry wylądował obok okna i wyglądał jak drugie słońce. Plama cynobru sprawiła, że można było odnieść wrażenie, iż ściana krwawi. Wachlarz umbry rozlał się na drewnianej podłodze.

Sherwood zawsze zostawiał narzędzia swojej pracy w gabinecie. Nikt z tego pokoju nie korzystał i zawsze stał zamknięty. Nie było sensu nosić wszystkiego do swojego pokoju i potem codziennie rano z powrotem to dźwigać. Początkowo zostawiał też płótno, ale w miarę jak podobizna lady Dulgath nabierała kształtu, ogarniała go coraz większa paranoja. Nie mógł pozwolić, żeby ktoś zobaczył obraz przed jego ukończeniem. A kto wie, czy nawet potem pokaże go komukolwiek.

Zabrał obraz ze sobą poprzedniego wieczoru i spał, trzymając go obok łóżka, przez całą noc wdychając wyziewy oleju. To jedna z tych rzeczy, której uczepiła się jego rozpacz i nazywała głupotą. Już teraz tak nie myślał. Jego depresja całkowicie zlekceważyła takie okruchy, kiedy rozciągnęła się przed nią prawdziwa uczta.

Sztalugi należały do Yardleya, który odziedziczył je po swoim mistrzu, on zaś najpewniej dostał je od swojego. Nie sposób powiedzieć, jak bardzo stare były, spokojnie mogły mieć sto albo i więcej lat. Każdy ich cal był pomazany farbą, w niektórych miejscach nałożyło się wiele warstw, formując osad dziesięcioleci. Śruba, która trzymała poprzeczkę, dawno pękła, podobnie jak sama poprzeczka i tylna nóżka. Przez to blejtram zawsze się trząsł, a półeczka poniżej nie była dostatecznie pewna jak na gust Sherwooda, zwłaszcza gdy stała na niej fiolka ultramaryny. Przeklinał to ustrojstwo mnóstwo razy, rozważając sprawienie sobie nowych sztalug.

Jednakże ich widok na podłodze, połamanych na tuzin kawałków błyszczących jasnymi drzazgami, wywołał u niego mdłości. Na tych sztalugach uczył się malować. To było miejsce, z którego nauczył się we właściwy sposób dostrzegać świat. Zabierał je wszędzie, spał z nimi na statkach i w zimowych obozach w górach. Opierały się o ścianę, gdy sypiał z kobietami różnej pozycji i więcej niż raz zdradzał im szeptem swoje lęki, gdy wracał do domu pijany.

Niemal równie tragiczny obraz przedstawiały pigmenty. Siedemdziesiąt pięć, jeśli nie wręcz sto złotych tenentów zdobiło ściany gabinetu. Zabrakło jednak niebieskiego rozbryzgu – sam rzucił fiolką błękitu zamorskiego. Nadal miał nadzieję dorwać tego człowieka – Royce'a Melborna – i poprosić o jej zwrot. Gdyby Melborn miał chociaż krztynę rozumu, to zaprzeczyłby, że wie cokolwiek na temat pigmentu, ale laicy rzadko rozumieli wartość farb. Ta jedna fiolka była warta tyle co tuzin sztalug i wszystko, co widniało na ścianie.

Sherwood poczuł, jak huragan narasta, kiedy zobaczył pędzle. Je także zniszczono. Każdy złamano na pół, niektórym wyrwano włosie albo uderzono nimi z taką siłą, że popękały oprawki. Obraz był bezpieczny, ale jaki to miało sens teraz, kiedy nie miał szansy go dokończyć?

– Co się stało?

Sherwood odwrócił się i zobaczył lady Dulgath w progu.

Jak długo tu stałem?

Nie był w stanie się odezwać i tylko wskazał na katastrofę, kręcąc głową.

– Kto to zrobił? – Mówiła głośniej, a jej głos zdradzał niepokój. – Widział to pan? Był pan tutaj?

Znowu pokręcił głową. Zbierało mu się na płacz i bał się, że rzeczywiście się rozpłacze. Już czuł gorąco na twarzy i wzrok mu się zamglił. Zamrugał, żeby powstrzymać łzy.

– Ej, ty! Stephen! – zawołała z progu lady. – Pobiegnij po szeryfa. Powiedz wszystkim na zamku, żeby zebrali się w sali głównej. Rozumiesz? Wszyscy mają przyjść! – Głos miała zły, gniewny.

Sherwood podniósł mosiężną podstawkę pod świecę i pochylił się, żeby zebrać tyle pigmentu, ile się da.

– Nie rozumiem, dlaczego ktokolwiek chciał zrobić coś takiego. – Głos mu drżał, słowa brzmiały bełkotliwie. Miał to w nosie. – Kradzież jest zrozumiała, ale... W końcu to jest warte mnóstwo pieniędzy. Czemu to niszczyć? Co ja takiego zrobiłem?

– Każę wszystko odkupić – zapewniła go lady Dulgath.

– Nie zdoła pani. Czas, koszty, to... – Właściwie sam nie wiedział, ile to by kosztowało. Myślenie o łącznej wielkości strat było jak pytanie, jak wysoka jest wysokość.

– To nieważne. Jest pan moim gościem. Uważam to za swoją osobistą porażkę. Ponoszę odpowiedzialność i wszystko naprawię. – Zrobiła krok i szkło zazgrzytało pod jej stopą. Zamarła i rozejrzała się przerażona. – Obraz... czy... – Zobaczyła zakryty prostokąt płótna oparty o nogę biurka i rozluźniła się. – Nie tknęli go?

– Nie było go tutaj. Zabrałem go wieczorem do swojego pokoju.

Uśmiechnęła się.

– To już coś, prawda?

– Tak, to już coś.

Nadal wpatrywała się w obraz. Nie mógłby jej powstrzymać, gdyby zechciała go teraz obejrzeć. Wystarczyłoby, żeby zrobiła dwa kroki i uniosła zasłonę. Był przekonany, że to zrobi, ale chwilę później weszli szeryf Knox i szambelan Wells.

– Chcę wiedzieć, kto to zrobił – zażądała lady Dulgath.

Knox rozglądał się chwilę w zamyśleniu, a potem skupił się na drzwiach.

– To może okazać się trudne.

– Dlaczego?

– W drzwiach nie ma zamka. Każdy mógł tu wejść.

– W takim razie to mógł być ktokolwiek z zamku – powiedział Wells.

– Nie tylko zamku – poprawił go Knox. – Na dobrą sprawę każdy mógł tu przyjść tej nocy. Odesłałem Throma i Frewina z bramy, żeby strzegli drzwi do pani sypialni. Brakuje nam ludzi na murach. Naprawdę musi mi pani pozwolić zwerbować więcej strażników. Trzeba skończyć z chowaniem głowy w piasek. Pani życiu grozi niebezpieczeństwo.

– Ktokolwiek to zrobił, nie próbował mnie zabić.

– Ale ktoś inny próbuje.

– Dulgath nie potrzebuje stałej armii. To zwarta społeczność, a ja nie pozwolę, żeby pan, czy ktokolwiek inny, to zniszczył.

– Proszę tylko o paru dodatkowych strażników. Żeby pani strzec!

– Nie potrzebuję ochrony. Muszę wiedzieć, kto to zrobił. Proszę się dowiedzieć. Natychmiast! – Odwróciła się twarzą do szambelana. – Rozkaż, żeby zebrał się cały personel. Dopilnuj, żeby stawili się wszyscy. Porozmawiam z nimi krótko. Chcę poznać prawdę i chcę poznać ją dzisiaj.

– Jak sobie pani życzy, jaśnie pani.

Zamknęła drzwi po ich wyjściu i przeszła przez pokój do Sherwooda, który starał się zebrać tyle pigmentu, ile się da. Znalazła puste naczynie, ozdobny kufelek najwyższej jakości, i zaczęła mu pomagać.

– Ogromnie mi przykro z powodu tego, co się stało, Sherwood.

Zamarł i spojrzał na nią.

– Pani zna moje imię.

– Oczywiście, że znam.

– Ani razu go pani nie wypowiedziała.

Wzruszyła ramionami.

– A to ma jakieś znaczenie?

– Dla mnie tak.

Spojrzała na niego zaciekawiona, marszcząc czoło i ściągając eleganckie brwi. Znowu to dostrzegł, to coś w jej oczach – coś jak obraz za oknem, zamglony cień, jakby ktoś wyglądał przez oszronioną szybę.

Sherwood przez całe życie starał się przeniknąć zasłonę, za którą ludzie się skrywają. Wkładali kostiumy, żeby ukryć prawdę: brawurę tchórzy, pokorę odważnych, obojętność opiekunów, grzechy pobożnych. Zdrapywał pozór aż do kości. To owe ujawnione ukryte sekrety czyniły jego obrazy szczerymi. Rozumienie, zobaczenie tego, czego inni nie potrafili albo nie chcieli zobaczyć, pozwalało Sherwoodowi napełnić farbę szczerością, która czyniła jego portrety tak realistycznymi. Wszyscy mieli sekrety; większość była łatwa do dostrzeżenia.

Wells był na dobrą sprawę nagi. Ten człowiek był żarłokiem. Knox w głębi serca był zwierzęciem, nad którym ledwie dało się zapanować. Fawkes był czymś innym. Coś zimnego mieszkało w jego piersi i raczej dudniło, niż biło. Sherwood za nic nie zaufałby Fawkesowi.

Nysa Dulgath pod żadnym względem nie przypominała innych kobiet, które poznał. Z pewnością miała tajemnice, ale ukryte głębiej, niż myślał, że to możliwe, pod ziemią, pod żwirem, pod łupkiem i ciężką skałą. Widział tylko ulotne mgnienie cienia wyglądającego przez okna jej oczu, drobne złożone dłonie przyciśnięte do szyby, samotną duszę uwięzioną w pustym domu.

Widok troski, z jaką na niego patrzyła, sprawił, że chmury się rozeszły. Znalazł się w oku cyklonu. Świat wokół niego był czarny i straszny, ale jemu nic nie groziło. Znalazł się w pojedynczym snopie światła słonecznego i wszystko stało się idealne.

Ludzie religijni mówili o chwilach boskiej łaski, kiedy bogowie, których czcili, przerywali swoje codzienne czynności i wyciągali palec, by ich dotknąć. Życie się zmieniało, pojawiali się prorocy, odmieniały się losy narodów. Sherwood poczuł taki dotyk w tej chwili i to wstrząsnęło nim aż do szpiku kości i głębiej. Przez chwilę myślał, że zakochał się w Nysie Dulgath, ale słowo „miłość" nie było już dostatecznie wielkie, żeby pomieścić wszystko, co czuł. Matki kochały swoje dzieci. Mężowie swoje żony. A to, co czuł Sherwood, było bliższe religijnemu uwielbieniu. Prorok narodził się pośród potłuczonego szkła i rozsypanego pigmentu i chociaż narody nie zadrżały, to powinny.

Rozdział 9

Kradzież mieczy

Hadrian obudził się, słysząc ptasie trele i czując chłodny wiaterek. Okno było otwarte i tylko cieniutka zasłonka falująca na wietrzyku poruszała się w pokoju. Leżał na czymś miękkim, pod głową miał poduszkę. Gdzieś w oddali słyszał stłumiony brzęk szkła, głosy, śmiech, szuranie krzesłami o drewnianą podłogę.

To brzmi jak gospoda, pomyślał.

Ta myśl napłynęła wraz z delikatnym wiaterkiem oraz pogwizdywaniem i ćwierkaniem drozda. I wtedy sobie przypomniał.

Usiadł, spodziewając się paskudnego bólu głowy, czegoś podobnego do poranków po tym, jak spił się do nieprzytomności. Spodziewał się, że głowa będzie mu pękać, a oczy będą przesuszone i nieskore do ruchu. Jednakże, o dziwo, czuł się przyzwoicie, wręcz dobrze. W ustach miał taki niesmak, jakby zdechła mu tam wiewiórka, ale poza tym czuł się dobrze.

Nie miał pojęcia, gdzie się znajduje. Poza tym, że obawiał się fatalnego poranka, to spodziewał się, że gdy otworzy oczy, ujrzy inne otoczenie. O ile w ogóle jeszcze je otworzy.

Tymczasem znajdował się w łóżku, i to wygodnym – z grubym materacem, miękkim kocem, płócienną pościelą, poduszką z pierzem w czyściutkim obleczeniu. Reszta pokoju była równie czarująca. Solidne belki z ciemnego drewna podpierały sufit. Na podłodze leżał chodnik. Zasłony obrębiały pojedyncze okno, przez które wpadało światło i oświetlało stół i wyściełane krzesło. Na krześle siedział znajomy cień.

– Uśpili mnie – powiedział Hadrian. – Ona... Ona mnie uśpiła.

– Wiem – odpowiedział Royce.

Patrzył przez okno na dół.

Hadrian zaczął przegląd sytuacji od rąk – nic go nie bolało, nie miał żadnych rozcięć ani siniaków. Żadnej smoły ani pierza. Był we własnym ubraniu, nadal w butach, brakowało peleryny. Nie, nie brakowało. Leżała w nogach łóżka.

Spojrzał na ręce i przypomniał sobie, jak walczył z kluczem.

– Udało mi się... Udało mi się zamknąć drzwi na klucz?

– Owszem, udało ci się. – Royce położył nogę w bucie na stole. – Musiałem otworzyć zamek wytrychem.

Odrzucił kaptur, odsłaniając zdezorientowaną minę.

– Co?

Royce wzruszył ramionami.

– Jesteś pod wrażeniem, że to zrobiłem, co? Że pomyślałem o tym, żeby się zamknąć.

– Byłbym pod większym wrażeniem, gdybyś nie pozwolił, żeby ładna dziewczyna cię uśpiła.

– Ładna dziewczyna... Skąd wiesz? Jak mnie znalazłeś? – Hadrian wstał, dalej badając swój stan, ale bez problemu utrzymał równowagę. Cokolwiek mu podała, było to bardziej przyjazne od żytniej whisky.

Royce nie odpowiedział.

„Nie rozumiesz znaczenia słowa skrupulatny?".

Hadrianowi zacisnął się żołądek.

– Och, Royce, ty chyba nie...

Royce uniósł brew. Przez chwilę nic nie mówił. Zapatrzył się na podłogę. Znowu na jego twarzy odmalowała się dezorientacja. Pokręcił głową.

– Nie.

– Nawet jej?

– Znam ją. Jest z Diamentu, więc nie jest idiotką. Nie była na tyle głupia, żeby próbować się mścić, i okazała się należycie skora do współpracy.

– Naprawdę?

Hadrian zastanawiał się, czy nie śni. Albo czy nie umarł. Powinien leżeć na pustej drodze za wioską, z ciałem pokrytym smołą i pierzem, a nie obudzić się w przytulnym pokoiku.

Royce mnie uratował i nikogo nie zabił? Najwyraźniej świat zapomniał, jak działa życie.

Zauważył miednicę na komodzie, więc podszedł, opłukał twarz wodą i wysuszył ją złożonym ręcznikiem. Odwrócił się, łapiąc się pod boki.

– Gdzie moje miecze?

– Nie mam pojęcia. Gdzie je zostawiłeś?

– Jak to gdzie je zostawiłem? Przecież...

Upuściłem je. A wcześniej zdjąłem z pleców espadon. Wszystkie leżały koło baru.

– Nie zauważyłeś, że ich nie ma? – zapytał Hadrian.

Royce skinął głową.

– I nie pomyślałeś, żeby je odzyskać?

Royce się skrzywił.

– Nie rozumiem, dlaczego ja mam się wszystkim zajmować. Potrzebujesz też pomocy, żeby się odlać?

Hadrian rzucił w niego ręcznikiem. Royce pochylił głowę i ręcznik wyleciał przez okno.

– Bardzo już późno?

Hadrian podniósł pelerynę i przerzucił ją sobie przez ramię.

– Środek dnia. Porządnie sobie pospałeś. Przegapiliśmy śniadanie.

– Wybacz mi na chwilę, pójdę po swoje rzeczy.

Royce wstał.

– Nie, zostań tutaj. Teraz moja kolej. – Powstrzymał go Hadrian.

***

Schodząc po schodach, Hadrian zauważył, że sala z barem wygląda inaczej. Poranne światło wlewało się przez okna i drzwi, które otwarto, żeby wpuszczać świeże powietrze do nieco dusznego pomieszczenia. Gill był pierwszą osobą, jaką Hadrian zauważył. Dzieciak nosił poplamiony fartuch i pośpiesznie sprzątał ze stolików, gdzie niedawni klienci zostawili po śniadaniu kubki i talerze. Obawiał się, że ci, którzy zabrali jego broń, już dawno zniknęli, ucieszył się więc, widząc Byczego Karka i gościa ubranego na pomarańczowo przy tym samym stoliku, przy którym siedzieli poprzedniego wieczoru.

Wagner też nadal stał za barem, z tą samą ścierką przewieszoną przez ramię. Jak typowy bystrooki karczmarz pierwszy dostrzegł Hadriana. Troska pojawiła się na jego twarzy, kiedy zerknął w stronę stolika Byczego Karku, żeby sprawdzić, czy tamci też go zauważyli. Hadrian rozpoznał jeszcze dwie inne twarze przy drugim stoliku. To nie byli mężczyźni spod słupa – Brett i Larmand – ale byli w karczmie wczorajszego wieczoru. Brakowało tylko Scarlett.

Późna pobudka miała tę zaletę, że w gospodzie nie było tłoczno. Porządni ludzie przyszli i już dawno wyszli. Poza tymi, z którymi zamierzał porozmawiać, zauważył tylko jeden stolik z przypadkowymi gośćmi. Mała rodzinka siedziała w pobliżu drzwi i kończyła owsiankę. Chłopiec przysunął miskę do ust, a rodzice zbesztali go za brak manier. Dziewczynka z dwoma warkoczykami siedziała na za wysokim dla siebie krześle i machała nogami.

Hadrian minął Byczego Karka i jego towarzyszy w drodze do baru, gdzie Wagner udawał, że go nie widzi.

– Chcę z powrotem swoje miecze.

– Jakie miecze, przyjacielu? – Wagner się uśmiechnął i zdjął ścierkę z ramienia. Może po to, żeby wytrzeć ręce, a może, żeby owinąć ją wokół kostek dłoni.

Hadrian odpowiedział uśmiechem. Miał nadzieję, że tak to się ułoży. Chociaż zwykle nie był mściwy, to nie lubił, gdy traktowano go jak idiotę.

Poza tym walka się kończy, kiedy pierwsza osoba pada na podłogę, pomyślał.

Ta walka jeszcze się nie skończyła. Nawet się nie zaczęła, ale to zaraz się zmieni.

– Serio? – Hadrian odwrócił się od Wagnera i podszedł do rodziny. Wyjął srebrnego tenenta i położył na stoliku. – To śniadanie i następne ja stawiam.

Mężczyzna spojrzał na niego, a potem na żonę i dzieci i wreszcie zapytał:

– Dlaczego?

– Bo zaraz poproszę, żebyś zabrał swoją rodzinę i wyszedł. Natychmiast.

Mężczyzna zmrużył oczy i znowu zerknął na rodzinę.

– Jeszcze raz muszę zapytać dlaczego.

– Bo żadnego z was tu nie było wczorajszego wieczoru, kiedy mnie uśpiono i okradziono.

Mężczyzna nie sprawiał wrażenia tak zaszokowanego, jak Hadrian się spodziewał. Kiedy się pochylił i spojrzał na Byczego Karka, Hadrian zdał sobie sprawę, że nie jest tak niewinny, jak początkowo się wydawał. Hadrian powiedział to dostatecznie głośno, żeby wszyscy w sali usłyszeli. Byczy Kark i jego pomarańczowy kamrat szczerzyli zęby w uśmieszkach. Matka już wstała. Zabrała monetę i nie czekając na męża, wyprowadziła dzieci na zewnątrz.

Hadrian poczekał.

– Myślę, że zostanę – odpowiedział mu ojciec z rozbawieniem, niemal ochoczo. Podła wesołość błyszczała mu w oczach.

Hadrian skinął głową, a potem zamknął frontowe drzwi do Domu Caldwell na zasuwę. Odwrócił się z powrotem do sali i zobaczył, że Byczy Kark z kumplem już wstali.

– Ty, pomarańczowy – powiedział Hadrian – jak się nazywasz?

Tamten poprawił pas i poruszył ramionami, rozluźniając mięśnie tak, żeby wszyscy widzieli.

– Najczęściej nazywają mnie Zła Wieść dla Obcych.

Roześmiał się.

Byczy Kark zaśmiał się razem z nim. Pozostali się uśmiechnęli.

– Ale możesz wołać na mnie Clem. Mówię ci, żebyś wiedział, kto ci złoił skórę.

– Yhm... – Hadrian skinął głową. – Cóż, Clem, lepiej zdejmij tę tunikę, bo pomarańczowy gryzie się z czerwonym, a plamy z krwi źle się spierają.

Clem znowu się roześmiał. Bez wesołości, okrutnie.

– Nie martw się. Myślę, że uda mi się nie pobrudzić ubrania twoją krwią.

– Nie masz mieczy – powiedział Byczy Kark, uderzając pięścią w dłoń. – Ani upiornego kumpla. – Zerknął w stronę schodów, sprawdzając, czy to na pewno prawda. – I kobiety, która by cię uratowała.

Kobiety, która by mnie uratowała? A to nie ona mnie uśpiła? Hadrian nie był w stanie rozgryźć, co się wydarzyło, kiedy stracił przytomność. Byczy Kark wspomniał o „upiornym kumplu", ale gdyby Alverstone się tu zabawił, to polałoby się mnóstwo krwi i padło więcej niż kilka ciał.

– Wpakowałeś się w niezłe kłopoty, jużci! Ja ci to mówię! – Byczy Kark pokiwał głową. – Spierzemy cię na kwaśne jabłko, chłoptasiu. A jakże. Zmiażdżymy jak wesz. Rodzona matka cię nie pozna.

– Nie wyszlibyście z tym na zewnątrz? – zapytał Wagner.

– Z radością – odpowiedział Hadrian. – Oddaj mi tylko moje miecze, a wszyscy będziemy mogli zjeść śniadanie.

– Już po śniadaniu, jełopie – oznajmił Byczy Kark. Strzelił kostkami i uśmiechnął się tak szeroko, że było widać dziąsła.

Hadrian udał, że go nie słyszy, i tylko patrzył na Wagnera, oczekując odpowiedzi.

– Nic nie wiem na temat mieczy.

– Myślę, że coś zacznie ci się przypominać, gdy kilka tych ładnych stołów się połamie – orzekł Hadrian.

Przeszedł na środek sali, w najtrudniejsze do obrony miejsce, jakie tu widział. Nie cierpiał zaczynać bójek i miał nadzieję, że tym razem nie będzie musiał. Podsunięcie samego siebie jako łatwy cel było jak rzucenie steku wygłodniałym psom. Ci mężczyźni chcieli go zlać do nieprzytomności, odkąd tylko tu przyjechał.

Byczy Kark zaatakował pierwszy. Tak się do tego rwał, że aż odepchnął na bok Clema. Hadrian zamierzał dać mu to, czego tamten chciał, chociaż osobiście nic do niego nie miał. W swoim życiu spotkał mnóstwo takich Byczych Karków – wielkich, głośnych, uciążliwych mężczyzn, którzy domagali się szacunki z racji samych swoich rozmiarów. Tylko nieliczni potrafili walczyć, bo większość nigdy się tego nie nauczyła – zakładali, że ich wielkie rozmiary to wszystko, co jest potrzebne w walce.

Byczy Kark należał do tego drugiego rodzaju. Nie posługiwał się bronią, pewnie lubił walczyć pięściami i stosować różne chwyty. Hadrian zamierzał zrobić przykład z osiłka nie dlatego, że nie lubił takich wyrywających się z pięściami zbirów, ale ponieważ wyglądał na takiego, który przeżyje solidne lanie. Najlepszy sposób, żeby zmienić zdanie pozostałych, to zlać najpierw największego.

Byczy Kark zrobił trzy ciężkie kroki, biorąc potężny zamach do lewego sierpowego.

Mańkut.

Hadrian już wcześniej się zorientował, bo Byczy Kark stał z prawą nogą wysuniętą do przodu. Teraz wiedział już na pewno, bo zamach nie był prostym ciosem ani zmyłką. Osiłek włożył wszystko w ten sierpowy, spodziewając się, że od razu zakończy walkę.

Hadrian obrócił się w bok i zbił sierpowy lewą ręką. Złapał Byczego Karka za nadgarstek i obrócił lekko, żeby łokieć znalazł się w górze. A potem pomógł sobie prawą dłonią i złamał mu rękę w łokciu, wyginając ją w dół.

Trzask!

Hadrian usłyszał i poczuł, jak staw ustępuje.

Zaraz potem rozległ się potworny wrzask i Byczy Kark zatoczył się do przodu. Hadrian pozwolił, żeby pęd zrobił swoje, i osiłek wpadł na stolik z owsianką. Miski wyleciały w powietrze, drewniane nogi odpadły i stół zawalił się, gdy Byczy Kark na niego padł.

Clem zrobił krok w stronę Hadriana, który się cofnął.

– Czekaj! – Hadrian uniósł rękę i wskazał na szczątki stołu. – Może wolałbyś wziąć najpierw jedną z tych nóg? Będzie z niej niezła pałka, nie uważasz?

Clem się zawahał. Zerknął na podłogę, gdzie Byczy Kark tarzał się w rozlanej owsiance, jęcząc i trzymając się za wykręconą rękę. Hadrian miał nadzieję, że Clem zamyśli się chwilę nad cierpieniem przyjaciela i to wystarczy, żeby on – oraz pozostali – zastanowili się, co robią. Clem jednak wziął sobie do serca radę Hadriana i podniósł odłamaną nogę od stołu.

Pierwszy zamach był daleki od celu. Mimo to Hadrian się cofnął. Drugi – zza pleców – trafiłby, więc Hadrian zrobił unik i znowu się cofnął. Potem jeszcze raz. Zanim dotarli do słupa, pod którym Brett rozmawiał z przyjacielem poprzedniego wieczoru, Clem już się zmęczył. Wymachiwanie nogą od stołu z całej siły było trudne i czoło zrosił mu pot.

Hadrian poczekał na kolejny zamach, po czym zrobił krok w przód i złapał przeciwnika za rękę. Łatwo było się zorientować, że głośny trzask dotyczył ręki Clema, a nie nogi od stołu, która uderzyła w słup. Mężczyzna wypuścił prowizoryczną broń z krzykiem i przycisnął obolałą rękę do piersi. Zdarł sobie kostki o słup do żywego i kto wie, czy nie zrobił sobie czegoś jeszcze. Krew pobrudziła ładną tunikę, zostawiając dwa rozmazane ślady.

Hadrian myślał, że to zakończy walkę, ale ojciec, który został, otworzył drzwi i do środka wszedł Brett z dwoma innymi mężczyznami. Najwyraźniej żona tak samo jak mąż nie była niewinna.

Wszyscy trzej rzucili się na Hadriana z szeroko rozłożonymi rękami, zamierzając złapać go w pasie.

Hadrian zrobił krok i znalazł się za słupem, psując ich genialny plan. Ponadto podniósł nogę od stołu.

Brett skoczył w prawo, tatuś w lewo. Trzeci nie wiedział, co robić, więc zatrzymał się przed słupem. Nie widzieli, że Hadrian podniósł nogę. Brett nie zorientował się, nawet kiedy oberwał nią w czoło. Rozdziawił usta, gdy głowa odskoczyła mu do tyłu i nogi się pod nim ugięły. Tatuś dwójki dzieci zamierzał złapać Hadriana za ręce od tyłu, ale ten stał za blisko słupa, żeby dało się go łatwo złapać dwiema rękami. Nie miało to znaczenia. Hadrian uderzył nogą od stołu do tyłu, trafiając mężczyznę w brzuch jeżącym się drzazgami końcem. Drewno przebiło koszulę. Owsiankowy Tatko sapnął, złożył się wpół i padł.

Do tego czasu Wagner wyszedł już zza baru, żeby dołączyć do walki, a Clem otrząsnął się na tyle, by znowu zaatakować.

Hadrian uskoczył wokół słupka i przeszedł na środek sali, gdzie Byczy Kark wył na podłodze, leżąc na plecach z podkurczonymi kolanami, i kołysał się na boki. Hadrian podniósł z podłogi drugą stołową nogę.

Pozostali trzej mężczyźni – Gill nie pchał się do walki, tylko obserwował ją z okolicy schodów do piwniczki – zbliżyli się do Hadriana, ale tym razem wolniej. Rozeszli się, próbując go okrążyć. Wagner owinął kostki ręki ścierką i wszyscy zbliżali się powolutku, dźgając i wymachując rękami. Niektórzy mieli otwarte dłonie i rozczapierzone palce. Może chcieli go złapać. Hadrian nie był pewien, ale wyglądali idiotycznie, jak dzieci. Żaden z nich nie uczył się walki, już nie wspominając o jakimkolwiek doświadczeniu.

Uśpili mnie. Okradli. Mogli zabić.

To ostatnie było mało prawdopodobne, ale musiał coś sobie powiedzieć. Zaczynał się czuć tak, jakby bił dzieci. Walcząc z wyszkolonymi żołnierzami, potrafił przewidzieć ich ruchy. Ci ludzie zachowywali się tak nieobliczalnie i głupio, że nie dało się ich rozgryźć. Byli do tego stopnia nieudolni, że mógłby któregoś zabić niechcący. Całe szczęście, że nie miał swoich mieczy, bo ci imbecyle pewnie sami by się na nie nadziali.

Hadrian zdzielił Bretta w nadgarstek wyciągniętej ręki. Mężczyzna zawył i odskoczył. Myśląc, że to dla niego szansa, i nie wiedząc, że Hadrian ma teraz dwie stołowe nogi i że obiema rękami walczy równie dobrze, Clem rzucił się do ataku. Druga noga trafiła go w nos. Trysnęła krew. Hadrian zamachnął się wtedy na Wagnera, który zdołał odskoczyć, ale stracił przy tym równowagę i się przewrócił. Padł na stół, który runął z trzaskiem.

– Przestańcie! – W drzwiach stanęła Scarlett Dodge.

Miała na sobie tę samą sukienkę pozszywaną z kawałków materiału co wczoraj. W świetle poranka strój wyglądał zupełnie niestosownie. Na rękach trzymała trzy znajome miecze.

– Do diabła, Brett! Powiedziałam, żebyś grał na zwłokę, a nie walczył z nim.

Rzuciła miecze na podłogę. Uderzyły z brzękiem o kamień.

– Ejże! – wrzasnął Hadrian.

– Co? Ty rzuciłeś moimi przyjaciółmi o podłogę!

– Jego miecze są więcej warte – odpowiedział Royce. Wynurzył się z cieni u stóp schodów w kapturze i ze skrzyżowanymi rękami.

Nikt nie zauważył, kiedy zszedł. Wszyscy, którzy byli w stanie, odsunęli się.

– Royce, powiedziałem, żebyś poczekał na górze – powiedział Hadrian.

– Za długo to trwało, znudziłem się.

– Co robisz? – zapytał Scarlett Wagner, wstając z podłogi. – Mieliśmy „pozbawić kota pazurów", zapomniałaś?

– Aha, ale to było wczoraj wieczorem, zanim zorientowałam się, że kot nie potrzebuje pazurów, żeby was pozabijać.

– Prawie go załatwiliśmy, Dodge – powiedział Owsiankowy Tatko nadal zgięty wpół i masujący brzuch. – Już się męczył.

– Wyspał się lepiej od was wszystkich, uwierz mi.

– Wolałbym się upić i mieć kaca. Zechcesz wyjaśnić, co się wydarzyło wczoraj wieczorem? – zapytał Hadrian.

– Raczej nie.

– Obawiam się, że będę nalegał – odezwał się Royce i ruszył powoli przez zasypaną szczątkami stołów salę. – Panno Dodge, jak mniemam?

– Na Maribora, na pewno nie „pani".

– Licz się ze słowami, dziewczyno – warknął Wagner. – Nie ma powodu bluźnić i wzywać imienia pana nadaremno.

– Przepraszam, ale on wyzwala we mnie wszystko, co najgorsze.

– Myślę, że panna Dodge powinna udać się z nami na spacer – powiedział Royce.

– Nigdzie nie pójdzie z wami dwoma. – To powiedział Byczy Kark, który nadal leżał na podłodze, ściskając zranioną rękę.

– Obawiam się, że przeciwnie – odrzekł Royce. Wyjął złożony pergamin i uniósł go. – Potrafisz czytać?

Dziewczyna spojrzała na pergamin. Jego widok wyraźnie nią wstrząsnął.

– Jesteście... Jesteście...

Nie mogła wymówić tego słowa.

– Królewskimi konstablami – powiedział Royce. – Stróżami porządku.

– To niemożliwe. Na miłość Maribora, byłeś w Diamencie.

– Myślisz, że sfabrykowałem to wczorajszej nocy?

– Pewnie, a czemu by nie?

– Zapytaj szeryfa Knoxa albo szambelana Wellsa. Możesz nawet pogadać z lordem Fawkesem, to kuzyn króla. Powinien wiedzieć, czy to prawdziwy podpis króla.

Wagner warknął.

– Nie obchodzi mnie, za kogo się podajecie; ona nigdzie z wami nie pójdzie.

– Wszystko w porządku – uspokoiła go Scarlett.

– Nieprawda.

– Ależ tak.

– Ci dwaj nie są żadnymi królewskimi konstablami.

Scarlett westchnęła.

– Jeśli to prawda, to mogliby mnie zabić w imieniu króla, a szeryf Knox postawiłby im drinka. Jeśli nie, to nadal mogą mnie zamordować i zniknąć. Gdyby chcieli mojej śmierci, już wybierałbyś dla mnie drewnianą jesionkę.

Kiedy to mówiła, Hadrian przypiął dwa miecze i dźwignął największy na plecy.

– Poza tym, jak właściwie zamierzasz ich zatrzymać? – Wskazała na Hadriana. – Sprał was na kwaśne jabłko za pomocą dwóch nóg od stołu. Jak myślisz, co zrobi, mając miecze? I nie zapominaj, co powiedziałam ci wczoraj wieczorem na jego temat. – Tym razem wskazała Royce'a.

– Dlatego się martwię – odpowiedział barman.

– Nie martwiłbym się o nią – powiedział do niego Royce. – Widziałem dość ludzi z tej wioski, żeby zagłosować na pannę Dodge jako „Osobę Mającą Największe Szanse Przetrwać".

Scarlett poprowadziła ich w stronę drzwi.

Hadrian zatrzymał się i obejrzał na Clema, któremu krew z nosa lała się na tunikę jak z kurka.

– Zimna woda – powiedział. – Nie pierz w gorącej. Uwierz mi, gorąca tylko utrwali plamę i będzie po tunice. – Pokręcił głową. – Taka szkoda. Była ładna.

***

Ruszyli we trójkę brukowaną ulicą w dół wzgórza ku rzece. Poranne światło błyszczało oślepiająco na pobielonym szalunku piętrowego domu o kamiennych fundamentach i z wielkim kołem wodnym. Koło skrzypiało i woda z niego ciurkała, kiedy powoli się obracało.

– Royce, jesteś głodny? – zapytał Hadrian.

– Trochę.

Royce szedł za ich dwójką, więc Hadrian musiał obejrzeć się przez ramię.

– Nie dostałem wczoraj kolacji.

Spojrzał na Scarlett.

– Co?

– Znasz wioskę. Gdzie możemy pójść? – zapytał.

– My? – roześmiała się, ale nerwowo. Zerknęła na Royce'a i dopiero wtedy odpowiedziała Hadrianowi. – Spiłam cię wczoraj, a dziś chcesz ze mną zjeść?

– Pewnie, tylko nie truj mnie znowu. Bo wtedy... – Hadrian skinął głową w stronę Royce'a. – On pewnie cię zabije.

– Pewnie? – zapytał Royce.

– To gdzie znajdziemy jedzenie? – zapytał znowu Hadrian.

– Ehm... – Scarlett się zawahała.

– W jakimś ustronnym miejscu – powiedział Royce. – Nie lubię tłumów.

– On nie żartuje – dodał Hadrian. – W jego wypadku dwoje to już tłum.

– Możemy pójść do mnie. Mam kawał wieprzowiny i parę jajek.

– Cudownie. – Hadrian uśmiechnął się do niej.

– On zawsze jest taki? – zapytała Royce'a Scarlett.

Skinął głową.

– Denerwujące, nie?

***

Scarlett Dodge mieszkała w małej porośniętej bluszczem chatce krytej żółtą strzechą, z klepiskiem zamiast podłogi i z czerwonymi drzwiami. Na obu końcach wznosiły się kominy, a wszystko inne przesłaniał wszechobecny bluszcz. W środku były dwa pomieszczenia: czysta kuchnia i sypialnia w katastrofalnym stanie. Koce, prześcieradła, halki, sukienki, jasnoczerwona peleryna i czerwone rękawiczki poniewierały się po pokrytej sitowiem podłodze. Wyglądało to, jakby w sypialni doszło do bardziej gwałtownej walki niż w ta w Domu Caldwell. W kącie stał oparty o ścianę kołowrotek. Nić snująca się z koła tworzyła spory splątany motek na szpuli. Obok leżał przewrócony kosz gotowej do uprzędzenia wełny; jego zawartość przypominała szarą pianę wylewającą się z baryłki z piwem.

Kuchnia przez kontrast aż lśniła czystością. Drewno schludnie ułożono przy ogniu, podobnie jak komplet miedzianych garnków. Na żadnym nie było nawet śladu sadzy. Na trzech rzędach półek stały pogrupowane rodzajami gliniane i drewniane miski rozstawione według rozmiarów od największych po lewej do najmniejszych po prawej. Talerze i kubki wystawiono z dumą, zioła zwieszały się w schludnych pęczkach z belek sufitowych, komplet ostrych noży wbito w filar koło uprzątniętego stołu.

Scarlett zatrzymała się, rozglądając się po domu z zażenowanym grymasem, a potem wzruszyła ramionami:

– Lubię gotować.

Ogień nadal tlił się na palenisku. Dorzuciła drewna, poruszyła miechami, aż buchnął płomień, i podeszła do beczki. Zdjęła wieko i wyłowiła kawał wieprzowiny. Rzuciła go na stół, wyrwała nóż ze słupa i zaczęła odkrawać kawałek.

– No więc? – zapytał Hadrian, siadając na jednym z dwóch stołków w tym domu.

Royce nadal stał. Kręcił się, oglądając dom.

– Jakie więc? – odpowiedziała Scarlett, fachowo odcinając tłuszcz.

Fachowo trzymała nóż, dociskając go lekko palcem i posługując się całym ostrzem. Hadrian nigdy nie był rzeźnikiem, ale potrafił zauważyć, gdy ktoś wiedział, jak się posługiwać ostrym narzędziem. I chociaż Scarlett pewnie też nigdy nie była rzeźnikiem, to z pewnością mogłaby ubiegać się o tę pracę.

– Dlaczego zmarnowałaś doskonały kieliszek żytniej whisky, który mógł dla nas obojga zakończyć się nieprzespaną nocą?

Scarlett zamarła. Uśmiechnęła się, a potem pokręciła głową, żeby odzyskać kamienną twarz.

– Rzeczywiście trudno cię nie lubić.

– Serio? – odezwał się Royce. – Zabawne, ja mam całkiem odwrotny kłopot.

– Wspomniałaś coś o nas, Kościele i biskupie Parnellu?

– No tak, cóż, mogłam się w tej kwestii mylić. To było, zanim zobaczyłam... Royce'a, tak?

– Miło cię poznać. – Skinął głową. – Dodge?

– Scarlett. Scarlett Dodge.

– Scarlett? Serio? Tylko na tyle było cię stać?

Skrzywiła się.

– Ej, to moje prawdziwe imię. Wielkie dzięki.

Royce wzruszył ramionami.

Hadrian zaczepił jedną piętę o rozpórkę stołka, a drugą trzymał na podłodze. Rozważał, czy nie popukać stopą, ale uznał, że i tak nie zwrócą na niego uwagi. Zamiast tego powiedział więc:

– Możemy wrócić do tematu?

– Jakiego mianowicie? – zapytała Scarlett.

– Ej! Mówimy o tym, dlaczego mnie uśpiłaś.

– A, fakt. – Machnęła lekceważąco ręką. – To był błąd. Myślałam, że jesteście osiłkami najętymi, żeby pilnować pastora-wrzoda-na-tyłku. Nie miałam pojęcia, że... – Skupiła się na Royce'ie i spoważniała. – Ile wam płacą?

– Kto za co ile nam płaci? – zapytał Royce.

– Ile Kościół płaci wam za zabicie lady Dulgath? Gdybym przedstawiła wam lepszą ofertę, to wyjechalibyście, nie robiąc żadnych problemów, prawda?

– Jesteś aż tak bogata?

– Nie, ale zbiorę pieniądze. Jeśli wszyscy się zrzucą, to...

– Nie przyjechaliśmy, żeby zabić Nysę Dulgath – powiedział Hadrian.

Scarlett przewróciła oczami.

– Naprawdę.

Zignorowała go i dalej mówiła do Royce'a.

– Co powiesz?

– Powiedzmy to sobie jasno: zapłacisz nam, żebyśmy nie zabili lady Dulgath. – Royce kiwał głową. – Myślę, że mógłbym pójść na taki układ. Jeśli zdołasz...

– Royce! – Hadrian huknął ręką w stół.

– Co?

– Przestań!

– Ona zapłaci nam, żebyśmy nie zabijali lady Dulgath. To łatwy zarobek.

– To nieuczciwe.

Royce skrzyżował ręce i spiorunował go wzrokiem.

– Czekaj... – Scarlett popatrzyła na Royce'a, a potem na Hadriana. – Naprawdę nie przyjechaliście, żeby ją zabić?

Royce skrzywił się do Hadriana.

– Wszystko psujesz. – Odwrócił się znowu do Scarlett. – Jeszcze przed chwilą myślałem, że ty bierzesz w tym udział. Z jakiego innego powodu Czarny Diament ukrywałby się w Dolinie Brecken?

Pokręciła głową.

– Nie ukrywam się, nie tak naprawdę. I nie jestem w Czarnym Diamencie. Już nie...

– Pracujesz na własną rękę?

Znowu pokręciła głową.

– Żyję uczciwie.

Royce popatrzył z powątpiewaniem.

Scarlett wyglądała na skonsternowaną.

– Jeśli nie przyjechaliście jej zabić, to... Nie rozumiem. Co tu robicie?

– Wynajęto nas, żebyśmy ją chronili – wyjaśnił Hadrian.

– Ha! – Scarlett parsknęła śmiechem. Wrzuciła kilka pasków wieprzowiny do rondla i przyczepiła go do poczerniałego łańcucha tak, żeby zwisał nad ogniem, a potem dorzuciła jeszcze jedną szczapkę. – A kto dokładnie was wynajął?

– Kościół Nyphrona.

– Aha! – Scarlett odwróciła się do Hadriana z miną mówiącą „no i sam widzisz".

– Co to za „aha"? – zdziwił się Hadrian.

– Kościół wykorzystuje was, żeby ją zabić.

– Kościół nie zabija ludzi – zaprotestował Hadrian. – Kościół pali kadzidła, zbiera dziesięcinę, pomrukuje słowa w zapomnianych językach... Kościół nie zawiera kontraktów na wysoko postawionych arystokratów.

Scarlett i Royce popatrzyli na siebie i oboje pokręcili głowami.

Royce wskazał Hadriana kciukiem.

– Widzisz, co muszę znosić?

– Jest słodki.

– Słuchajcie – ciągnął Hadrian przekonany, że go nie zrozumieli. – Nastapiło kilka zamachów na życie lady Dulgath i wszyscy upierają się przy tym, że teraz wynajęto zawodowca. Niestety lady Dulgath nie wierzy w to, że istnieje jakikolwiek problem. Kościół martwi się o nią i wynajął nas jako konsultantów. Royce jest autorytetem w dziedzinie zabójstw.

– Nie mów – żachnęła się Scarlett z rozbawionym wyrazem twarzy.

– Dlatego nas wybrano. On wie, jak się załatwia takie rzeczy.

– On naprawdę jest uroczy – powiedziała do Royce'a, kręcąc z niedowierzaniem głową.

– Dlaczego tak trudno w to uwierzyć? – dopytywał się Hadrian.

– On pyta serio? Czy cokolwiek z tego jest chociaż w przybliżeniu prawdą? – zapytała Royce'a, rozbijając jajko do rondla, w którym wieprzowina zaczynała już skwierczeć.

– Tak. I większość.

– To nie jest takie trudne do ogarnięcia. – Hadrian wyciągnął ręce i zaczął nimi gestykulować, tłumacząc. – Royce zbada sytuację, a potem przedstawi raport na temat tego, jak zawodowiec zabrałby się do zabicia lady Dulgath, żeby mogli...

– Zrobić dokładnie to, co im powie – skończyła Scarlett.

– Co? – Hadrian zamilkł na chwilę, żeby zastanowić się nad jej słowami. – Nie!

– Jeśli rzeczywiście mówicie prawdę, a zaczynam myśleć, że tak właśnie jest, to właśnie o to im chodzi – powiedziała mu Scarlett.

Hadrian pokręcił głową, wstał ze stołka, opierając stopy mocno o podłogę.

– Oboje jesteście wstrętni. Patrzycie na czarno-białą krowę i widzicie szarość. Nie! Widzicie spisek mający na celu otrucie farmerów mlekiem!

– Albo... – Scarlett uśmiechnęła się do niego – ...patrzymy na spisek i widzimy spisek.

– Gdyby Kościół chciał śmierci lady Dulgath, to czemu nie wynająłby nas do jej zabicia?

– Pewnie, to wydaje się prostsze, ale my tu mówimy o Kościele. Duchowni mają skłonność do przesady. Widziałeś ich katedry? – Rozbiła następne jajko. – Zastanów się chwilę. Powiedzmy, że zrobiliby tak i lady Dulgath by zginęła. Myślisz, że król po prostu wzruszyłby ramionami i powiedział: „Ach, cóż"? Nie. Przysłałby prawdziwych konstabli.

Oprószyła jajka pieprzem.

– Nie będą ryzykować, że ktoś wykryje ich związek ze sprawą. Próbują sięgnąć swoimi mackami aż tu, do Maranonu. I świetnie im idzie. Co zatem robią? Znajdują dwóch niezwiązanych z nikim rzezimieszków i wysyłają ich tutaj. Kiedy już sami przeprowadzą egzekucję, rzezimieszków aresztuje się za morderstwo. Wszyscy wiedzą, że to zabójcy, a do morderstwa doszło dokładnie w taki sposób, jak to przedstawili. Teraz spiskowcy mają kozła ofiarnego, którego stracą, zanim przyjadą konstable króla. Nie ma powodu przeprowadzać dalszego śledztwa, skoro sprawiedliwości stało się zadość. A najlepsze jest to, że wy dwaj nie należycie do żadnej gildii, prawda? – Spojrzała na Royce'a, który skinął głową. – Nie będą więc musieli martwić się zemstą. Lady nie żyje. Zabójców stracono. Król jest usatysfakcjonowany. Sprawiedliwość wymierzono. Wszyscy są szczęśliwi.

Scarlett obróciła mięso drewnianą łopatką. Chatka wypełniła się cudownym zapachem gotowanej wieprzowiny. Hadrian nie był pewien, czy zapach jedzenia miał z tym coś wspólnego, ale coraz bardziej przemawiała do niego jej argumentacja. Odwrócił się do Royce'a.

– Ona może mieć trochę racji.

Royce przeszedł do sypialnianej części chatki. Wziął do ręki czerwoną rękawiczkę, obejrzał ją i nic nie powiedział.

– Royce?

Upuścił rękawiczkę na łóżko.

– Co?

Royce miał słuch nietoperza. Na dobrą sprawę słyszał to, co wydarzy się jutro. Po upuszczeniu rękawiczki zainteresował się koszem sitowia.

– Wiedziałeś? – zapytał Hadrian.

Royce wzruszył ramionami.

– Podejrzewałem. Wynajęcie zabójcy do konsultacji jest trochę dziwne, nie uważasz?

– To co tu robimy?

– Dwadzieścia złotych tenentów i pokrycie wydatków. Kufer świecił pustkami. Potrzebowaliśmy czegoś. Gdybyśmy nie wzięli tej roboty, zostałoby nam zwykłe złodziejstwo, a wiedziałem, jak ty będziesz się na to zapatrywał.

– Dwadzieścia? Złotych? – Scarlett rozdziawiła usta. – Niech mnie diabli. Cieszę się, że nie muszę ich przebić.

– Jasne, pewnie, ale nie wydamy tego złota, jeśli będziemy martwi.

– A ja nie zamierzam dać się wrobić.

– To co teraz?

– To samo co wcześniej. Nic się nie zmieniło.

– Naprawdę?

– Jasne. Nadal potrzebujemy pieniędzy, a panna Dodge może się mylić. W każdym razie w kwestii wrobienia nas. A nawet jeśli się nie myli, płacą za to, żeby usłyszeć, jak ja bym to załatwił. I dokładnie to im powiem. Mogą spróbować zrealizować mój plan, jeżeli zechcą, ale nawet najlepsi z Diamentu nie zdołaliby skopiować moich metod. Szansa, że im się powiedzie, jest równie mała jak to, że ktoś okradnie Wieżę Koronną.

Scarlett nakładała właśnie na talerze mięso i jajka. Odwróciła się zaskoczona.

– To byliście wy?

– To tylko taki przykład.

– Aha, pewnie. – Scarlett nadal na niego patrzyła.

– Zanim cokolwiek ci powiem, muszę dowiedzieć się jak najwięcej na temat tego, co tu się dzieje. – Royce spiorunował wzrokiem Scarlett. – Na przykład, dlaczego była pracownica Diamentu jest gotowa zorganizować zbiórkę i dlaczego wieśniacy zapłaciliby, żeby ratować swojego władcę.

– Lady Dulgath to ktoś szczególny. – Scarlett postawiła talerze na stole.

– Aha, wspominałaś już o tym, ale w jakim sensie? – zapytał Hadrian.

– Ród Dulgathów zawsze dobrze traktował swoich ludzi. Naprawdę się o nas troszczą.

– Nie chciałbym krytykować twojego skromnego domostwa – powiedział Royce – ale wczoraj byliśmy z Hadrianem w stajniach lady. Są znacznie ładniejsze od tej chaty. Wygląda na to, że bardziej dba o konie niż o swoich ludzi.

Scarlett pokręciła głową, wyciągając ze skrzynki bochenek ciemnego chleba i kładąc go na stole.

– To nierozsądne. W Dulgath mieszka kilka tysięcy ludzi rozsianych po różnych osadach i wioskach rybackich. Rodzina Dulgathów nie jest w stanie utrzymać nas wszystkich. Nikt nie byłby w stanie. Lady robi, co w jej mocy, tak samo jak wcześniej jej ojciec.

– A mianowicie?

– Pozwala nam kupować, sprzedawać i wymieniać się towarami bez obciążających nas podatków. Chroni nas za pomocą sprawiedliwych praw, wobec których wszyscy są równi. – Scarlett wzięła wiadro i obróciła, żeby mieć na czym usiąść. – No i...

– No i?

– Uzdrawia ludzi.

Scarlett usiadła na wiadrze przy stole i pochyliła głowę.

– Co masz na myśli, mówiąc, że uzdrawia ludzi? – dopytywał się Royce.

Scarlett siedziała z pochyloną głową, szepcząc do siebie.

Royce spojrzał na Hadriana.

– Co ona robi?

– Myślę, że się modli.

– Żartujesz sobie. – Royce przewrócił oczami i uderzył w stół. – W jaki sposób ona uzdrawia ludzi?

Scarlett uniosła palec wskazujący, prosząc, żeby poczekał.

Royce piorunował ją wzrokiem, ale ona tego nie zauważała.

Hadrian skorzystał z przerwy w rozmowie i przysiadł się do stołu. Talerz przed nim parował. Gruba na cal wieprzowina była prawie czarna na brzegach, jajka ociekały ciemnym tłuszczem. Oderwał kawał chleba, wyciągnął sztylet i przytrzymując kawałek mięsa chlebem, odkroił kęs. Zjadł go i na jego twarzy odmalował się błogostan.

– Dobre – powiedział do Royce'a, przeżuwając.

– Poczekam, żeby się przekonać, czy nie stracisz przytomności albo nie zaczniesz wymiotować krwią, nim sam zacznę jeść.

– Do tego czasu wszystko wystygnie.

– Jestem gotowy na takie poświęcenie.

Scarlett uniosła głowę. Otworzyła oczy i też oderwała sobie kawałek chleba.

– Możemy teraz porozmawiać? – zapytał Royce. Nadal stał, ale oparł stopę na stołku obok.

– Oczywiście, o ile nie masz nic przeciwko temu, że będę w tym czasie przeżuwać.

– Powiedz mi więc, jak lady Dulgath leczy ludzi.

– Chodzi od osady do osady, jak kiedyś Maddie Oldcorn.

– Kto taki?

– Maddie była... Sama nie wiem, legendą właściwie. Starą kobietą, która mieszkała samotnie w lesie w okolicy Wrzosowiska Brecken. Podobno przed śmiercią przekazała swój dar Nysie Dulgath.

– Jaki dar?!

Scarlett odgryzła kawałek wieprzowiny i żuła przez chwilę. Usta jej lśniły od tłuszczu.

– Dar uzdrawiania. Stara Maddie była z tego znana. Gorączka, ospa, czarny kaszel, krwawe rany, co tylko zechcesz. Wszystko leczyła, i to tylko poruszając rękami. Była boską służką Maribora.

– Na północy spaliliby Starą Maddie za czary – powiedział Royce.

Scarlett wskazała go kawałkiem chleba.

– Właśnie. I to Kościół Nyphrona wzniósłby stos, oznajmiając, że takie zło wynika z zejścia ze ścieżki Novrona. Tutaj zwracamy się do Maribora i cieszymy się jego błogosławieństwami za naszą niezachwianą wiarę.

Hadrian spróbował jajek palcami, czy nie są za gorące, żeby ich nabrać. Nie były, a smakowały wyśmienicie. Od wieprzowego tłuszczu nabrały lekko dymnego aromatu.

– O jakich błogosławieństwach mówimy?

– Na przykład nigdy tu nie pada. W każdym razie nie za dnia. Zimy są łagodne. Nigdy nie widziałam czegoś podobnego.

Royce uśmiechnął się szyderczo.

– Zdajesz sobie sprawę, że mieszkasz na południu, co? Istnieje coś takiego, co nazywa się klimat. Może o tym słyszałaś?

Machnęła ręką.

– A dar Maddie? Jak to wyjaśnisz? Czy dobra pogoda sprawia, że choroba ucieka z ciała? Pewnie, ludzie nie przeziębiają się tu zbyt często, bo jest ciepło, ale mówię o takich, co jednego dnia cierpieli, a drugiego byli zdrowi.

– Jeśli to prawda, to byłbym bardziej zainteresowany samą kobietą niż jakimś bogiem, który nigdy nie ruszył palcem, żeby komuś pomoc, a w każdym razie ja tego nigdy nie widziałem. Skąd się wzięła Maddie i jak zdobyła ten swój dar?

– Nie wiem. Nie wiem, czy ktokolwiek wie. Może Augustine wie coś więcej. Dziwaczka była z tej Maddie. Uratowała setki ludzi, ale nie była nawet odrobinę przyjazna. – Scarlett zastanowiła się, a potem wskazała Royce'a skórką od chleba. – Jak się temu przyjrzeć, to była zupełnie taka jak ty, tyle że ona ratowała życie.

– Kto to jest Augustine? – Hadrian oblizał palce. – Na wypadek gdybyśmy musieli z nim porozmawiać.

– Augustine Gilcrest to opat z Wrzosowiska Brecken.

– To on rozkazał wytarzać w pierzu i smole pastora Payne'a?

Scarlett machnęła chlebem, a Hadrian potrzebował chwili, żeby zorientować się, że to znaczyło „nie".

– To mnich Maribora. Chociaż Kościół Nyphrona nie lubi mnichów, oni nie odwzajemniają tej niechęci. A może odwzajemniają, ale tego nie okazują. To sekta, który wyznaje zasadę „żyj i daj żyć".

– Mogą zmienić zdanie, jeśli Kościół Nyphrona rzeczywiście postanowi tu wkroczyć – powiedział Royce.

– Nie... Nie... To niemożliwe. Oni... – Scarlett żuła przez chwilę, przełknęła, a potem zamarła, szukając słów. – Nie wiem, jak to wyjaśnić. Chyba musiałbyś ich poznać. Ale nie, ani on, ani nikt z klasztoru nie miał z tym nic wspólnego.

– Może powinniśmy z nimi porozmawiać. – Hadrian oblizywał tłuszcz ze wszystkich palców po kolei.

– Ty z nim porozmawiaj. – Royce zdjął stopę ze stołka i obrzucił spojrzeniem talerz. – Nie najlepiej dogaduję się z religijnymi typami. Poza tym muszę wrócić i rozejrzeć się jeszcze na zamku.

– Bardzo dobre, nawiasem mówiąc. – Hadrian skinął głową, spoglądając na talerz.

– Dzięki – powiedziała Scarlett.

– Już jest ci niedobrze? – zapytał Royce.

– Nie.

Royce podrapał się po podbródku, westchnął i usiadł, przysuwając sobie talerz. Odgryzł kęs wieprzowiny i pokiwał głową.

– Bardzo dobre.

– Dziękuję – odpowiedziała Scarlett, ale Hadrian nie wiedział, czy szczerze, czy sarkastycznie.

– Gdzie jest ten klasztor? – zapytał.

– Ona cię zaprowadzi – powiedział Royce.

– Ej, chwileczkę! – Scarlett upuściła nóż i chleb. Uniosła ręce. – Śniadanie to jedno, ale ja mam swoje życie.

– Póki tu jesteśmy, pracujesz dla nas. Uznaj to za zapłatę za to, co wczoraj zrobiłaś Hadrianowi.

– Nie możesz.

Royce się uśmiechnął i wyjął z sakiewki złożony pergamin.

– Amoralny zabójca z nakazem sądowym. Jestem ucieleśnieniem twojego najgorszego koszmaru. To co powiesz na to, żeby zrobić to dla swojego króla? Ach, i żeby było jasne... – Royce wskazał Hadriana czubkiem Alverstone'a. – Jeśli on choćby uderzy się w palec u nogi, to w pierwszej kolejności zajmę się tobą.

Dokończyli śniadanie, a potem Royce i Hadrian wyszli przed chatę, podczas gdy Scarlett sprzątała. Minęło już południe, cienie były krótkie, a w powietrzu wisiał zapach magnolii. Chata Scarlett nie miała podwórza. Frontowe schody prowadziły prosto na brukowaną ulicę.

– Znowu chcesz się rozdzielić? – Hadrian nie był przekonany, czy to dobry pomysł, zważywszy na to, jak potoczył się poprzedni wieczór.

– Trzymaj. – Royce podał mu złożony dokument. – Masz swoje miecze, list uwierzytelniający i przewodniczkę. Nawet ty powinieneś sobie poradzić.

Hadrian rzucił mu krzywy uśmieszek.

– Nie martwię się o siebie. To ty pchasz się do jaskini lwa. Jeśli Kościół próbuje nas wrobić, to Payne, Knox i Fawkes biorą udział w spisku. I kto wie, ilu jeszcze innych ludzi. To znaczy, że mają przewagę liczebną.

– A jak to się różni od dowolnego innego dnia tygodnia? Serio mówię: nic mi nie będzie.

Hadrian miał wątpliwości. Royce był nie tyle otwartą księgą, ile wręcz księgą zamkniętą na łańcuch, zatrzaśniętą w kufrze i rzuconą na dno morza. Nauczył się jednak wyczuwać jego nastroje, subtelne zmiany podobne do zmiany wiatru. Nie miał pojęcia, czy nadchodzi burza, czy też przejaśnienie. Wiedział jednak, że coś jest nie tak z Royce'em.

– Co się stało z tobą wczoraj wieczorem, kiedy ja zachowałem się jak głupiec?

Royce otarł twarz dłonią.

– Z pewnością nie zachowałem się rozsądnie. Złożyłem niezapowiedzianą wizytę w sypialni lady. Przyłapała mnie.

– Przyłapała?! Jak to się stało?

– Nadal próbuję to rozgryźć. Dlatego między innymi muszę wrócić. – Zacisnął zęby.

Royce z zasady nie lubił uprzywilejowanych arystokratów, ale w wyrazie jego twarzy było coś, czego Hadrian nie potrafił rozgryźć. Sprawiał wrażenie, jakby z jakiegoś powodu postanowił znienawidzić lady Dulgath. Hadrian zdecydował się nie drążyć kwestii.

– W porządku. W takim razie, kiedy ty będziesz śledził lady Dulgath, ja zbadam klasztor. Czego właściwie tam szukam?

– Nie wiem. – Royce się rozejrzał. W cieniu starego dębu po drugiej stronie ulicy stał dwukołowy wóz, między jego szprychami wyrosły kwiaty. Scarlett Dodge mieszkała przy ślicznej, zadrzewionej uliczce, która ciągnęła się zakosami między pagórkami widocznymi wśród dachów domostw. – Jest w tym miejscu coś dziwnego.

– Masz na myśli to, że wszystko porasta bluszcz? – zapytał Hadrian. – Albo że wiosną nie pojawiają się tu nowe kamienie?

– Słucham?

– Kamienie. No wiesz, na polach.

– Szczerze mogę powiedzieć, że nie mam zielonego pojęcia, o czym mówisz.

– Każdej wiosny farmerzy muszą uprzątać kamienie z pól po zimie. Mróz wypycha je na powierzchnię. Niszczą ostrza pługów. Dlatego farmerzy wykopują je i budują z nich mury, bo w końcu ile kamieni potrzeba człowiekowi na budowę domu albo studni? Wczoraj przejechałem obok kilkunastu farm. Ty też musiałeś je widzieć. Muszą tu istnieć od wieków, ale kamienne murki są czysto dekoracyjne.

– Lekkie zimy. Niewielkie mrozy.

– Może. A co z brakiem deszczów? I od kiedy pospólstwo aż tak kocha swoich panów?

– Czyli jednak słuchałeś.

– Nie jestem tak głupi, jak myślisz.

– Nie masz pojęcia, za jak bardzo głupiego cię uważam, i szczerze mówiąc, naprawdę nie mamy czasu na rozmowę na ten temat.

Hadrian się skrzywił.

– Spotkamy się wieczorem w pokoju w Domu Caldwell – powiedział Royce. – Mogę wrócić późno, więc nie czekaj. I nie odwracaj się znowu do niej plecami.

– Do Scarlett?

Royce przewrócił oczami, westchnął i się skrzywił.

– To nie jest ładna karczmareczka. To nie jest miła dziewczyna.

– A mnie się wydaje, że jest.

– Pewnie, że tak. Była w Diamencie. Pracowała pod pseudonimem Arkoza i granie miłej dziewczyny to była część jej roli. Urocza i rozbrajająca. Tańczy, śpiewa...

– Na dodatek śpiewa? – Hadrian się uśmiechnął.

– Prawie na pewno i zna kuglarskie sztuczki. Jej ulubiona polega na tym, że ludziom znikają pieniądze. Nie jest niewiniątkiem. Jest niebezpieczna, jeśli spuścisz ją z oka, więc tego nie rób.

Hadrian przypomniał sobie, jak zręcznie pokroiła wieprzowinę.

– I trzymaj się z dala od pastora. Wygląda na to, że kłamał.

– Tak?

– Na temat uczciwości swoich zamiarów.

Rozdział 10

Duch na dziedzińcu

Wszyscy zatrudnieni na zamku ludzie zabrali się w sali głównej: dwóch zarządców, cztery pokojówki, dwóch ogrodników, dwie sprzątaczki, trójka kucharzy, kredencerz, cztery pomywaczki, kowal, zielarz, winiarz, farbiarz, krawiec, kuśnierz, kupiec bławatny, kapelusznik, skryba, czterech masztalerzy i jeden stajenny, drwal, degustator, szeryf, szambelan, poborca podatkowy, skarbnik, garderobiana, jej osobista pokojówka oraz sierżant straży z sześcioma swoimi ludźmi. Lady Dulgath stanęła przed nimi, domagając się, by osoba bądź osoby odpowiedzialne za zniszczenie sztalug i farb Sherwooda wystąpiły.

Nikt się nie przyznał.

Sherwood nie był zaskoczony, ale wzruszyło go uczucie w głosie lady Dulgath, kiedy przedstawiła swoje żądanie. Była rozgniewana. Być może – najpewniej – była zła, bo zniszczono jego własność w jej domu. Zawstydzał ją fakt, że nie zdołała ochronić swojego gościa. Mimo to Sherwood brał pod uwagę ledwie uchwytną myśl, że zareagowała tak stanowczo, ponieważ go lubiła. W końcu wypowiedziała jego imię. Nie była to szczególnie mocna podstawa do wyrokowania, ale uczepił się tej myśli jak mrówka liścia podczas powodzi.

Utrata farb, palety, pędzli i sztalug była jak śmiertelny cios. To rzeczy, których nie da się zastąpić. Zbiór narzędzi, który stworzyły i udoskonaliły pokolenia mistrzów malarskich. Każdy malarz niechętnie zużywał lepsze pigmenty i zawsze oszczędzał, żeby dodać więcej koloru do kolekcji. Niektórzy dokładali nowy pędzel albo dwa. W przypadku Sherwooda to był olej orzechowy.

Po jego śmierci ten zbiór trafiłby do jego ucznia; nie wiedział jeszcze tylko, kto to będzie. Teraz nie miał czego przekazać.

Obliczał, żeby gdyby przez resztę życia portretował wszystkich arystokratów, nadal nie miałby nadziei zastąpić tego, co przepadło. Pozbawiony narzędzi swojego rzemiosła nie był w stanie nawet się wyżywić. Jednakże najgorsze ze wszystkiego było głębokie rozczarowanie z powodu nieukończenia portretu Nysy. Tak bardo tego pragnął. Musiał zobaczyć wszystko, co kryło się za woalem, a można było tego dokonać tylko poprzez proces zrywania kolejnych płatów i nakładania nowych warstw farby.

Czując huraganowe wiatry, Sherwood opuścił zgromadzenie i usiadł na kamiennej rzeźbie smoka, która zdobiła salę audiencyjną. Zamek Dulgathów słynął z rzeźb.

A przynajmniej powinien, pomyślał Sherwood.

Większość zamku wzniesiono z kamienia i była to tak piękna robota, że krążyły plotki, iż jest to dzieło krasnoludzkie. Sherwood w to powątpiewał. Widział ruiny Linden Lott i widział starożytną krasnoludzką stolicę. Oglądał precyzję i umiejętność w skali obecnie nieosiągalnej. Mistrzowska ręka widoczna w Dulgath wskazywała na kogoś zupełnie innego.

Krasnoludzkie projekty były masywne, praktyczne i zwykle wykorzystywały geometryczne kształty. Posągi i płaskorzeźby na zamku Dulgathów były wymyślne i tak realistyczne, że ich widok zapierał dech w piersi. Smok, na którego łapie przysiadł, leżał zwinięty z zamkniętymi oczami jak śpiący pies. To była tylko jedna z wielu takich dekoracji. Zachodnia wieża, która stała na samym skraju atakowanego przez morze urwiska, miała podstawę ozdobioną łapami z pazurami – mało kto kiedykolwiek miał okazję ujrzeć tę ozdobę. Kamienna poręcz prowadzącą na czwarte piętro, do prywatnych komnat, gdzie mało kto miał dostęp, była ozdobiona delikatnymi płaskorzeźbami przedstawiającymi bluszcz, który zwieszał się jak żywy. Kamienna wydra bawiąca się szyszką skrywała się w kącie spiżarni, a mur na dziedzińcu przed studnią ozdobiono płaskorzeźbą przedstawiającą ławicę ryb. Minęły dwa miesiące, a Sherwood wciąż odkrywał ukryte skarby.

Kto był odpowiedzialny za ten tajemny skarb sztuki – tego nie odkrył. Najwyraźniej nikt nie pamiętał.

Co ja teraz zrobię? Ta myśl kołatała mu się po czaszce, odkąd jej poprzednicy: „Dlaczego ja?" i „To nie dzieje się naprawdę" padli ze zmęczenia. Dwie nowe myśli, już się przepychały na front: „Umrę z głodu" i „Moje życie się skończyło".

Siedząc na smoczej łapie, poczuł, jak łzy napływają mu do oczu, gdy cały ciężar straty zaczął do niego docierać. Usta wygięły mu się, jakby troczki od mieszka przeciągnięto mu przez wargi i żałość mocno je teraz ściągnęła. I właśnie wtedy do zamku wszedł lord Fawkes. Sherwood nie sądził, że ten dzień może stać się jeszcze gorszy, ale cyklon nieszczęść nie przestał siec go ulewą. Fawkes dostrzegł malarza i skręcił w jego stronę.

– Stow, właśnie usłyszałem – powiedział, kręcąc głową ze współczuciem, które było tak ewidentnie fałszywe, że Sherwood słyszał czający się za nim śmiech. – Fatalna sprawa. Co teraz zrobisz? Nie masz żadnych zapasów farb i temu podobnych, co?

– Nie wiem.

– Nie wiesz, co zrobisz, czy nie wiesz, czy masz zapasy?

– Niech mnie pan zostawi w spokoju. – Sherwood otarł oczy, rozmazując łzy na policzkach.

– Naprawdę płaczesz z powodu rozlanej farby? – Fawkes oparł stopę na jednym z potężnych smoczych pazurów i pochylił się. – Ludzie codziennie umierają. – Wyciągnął rękę na wysokości kolana. – Dzieci umierają z głodu na tłocznych ulicach, kobiety są gwałcone, mężczyźni giną podczas bezmyślnych kampanii wojennych głupich władców. Świat jest pełen niesprawiedliwości i nieszczęścia, a ty płaczesz z powodu farby? Prawdziwa z ciebie beksa, co?

– Z pewnością lord o pańskiej pozycji ma lepsze zajęcia, prawda?

– Oczywiście, ale lubię okazywać szczodrość sponiewieranym. Podejrzewam, że masz niewiele pieniędzy, artyści słyną z tego, że nie potrafią zarządzać pieniędzmi. Pomyślałem, że zaproponuję pomoc. Kupiłem dzisiaj rano klacz i chcę, żeby zaprowadzono ją do Mehanu. Potrzebuję kuriera, a tobie przydadzą się pieniądze.

Zapłacę ci za to, żebyś odprowadził ją do domu. Podejrzewam, że jaśnie pani zechce wyposażyć cię w potrzebne jedzenie i wszystko inne, czego będziesz potrzebował, zwłaszcza że jest poniekąd winna zaistniałej sytuacji.

– Nie ona to zrobiła.

– Ale też temu nie zapobiegła. Jednakże to wszystko drobiazg. Ważne jest to, że masz dziś szczęście, Stow. Zaraz za nieszczęściem przychodzi uśmiech losu. Koń czeka w stajni, kasztanka imieniem Eloise. Ma siodło i uprząż. Możesz spakować rzeczy i ruszyć do Mehanu przed południem. Zapłacę ci pięć srebrników za podróż, bo taki mam kaprys, a ciebie spotkało nieszczęście. Dlatego przestań się mazać i zacznij pakować. – Fawkes klasnął w ręce i wyszczerzył zęby w uśmiechu. Oczy błyszczały mu szczęściem, jakby ta wieść była równie dobra dla niego, jak i dla Sherwooda.

– Proszę mi wybaczyć – powiedział Sherwood.

Wstał, odwrócił się plecami do lorda Fawkesa i odszedł.

***

Sherwood nie miał pojęcia, dokąd idzie. Nie myśląc – nie był zdolny do sformułowania sensownej myśli – poszedł najbardziej oczywistą ścieżką. Ruszył w stronę światła wpadającego przez frontowe drzwi, zamiast zawrócić i zagłębić się w czeluściach zamku, gdzie mógłby zagubić się wśród licznych korytarzy i pokojów. Chciał po prostu stamtąd uciec. Wiedział, że lord Fawkes go obserwuje. Czuł jego wzrok na plecach.

Wyszedł podwojami na kamienną werandę. Zamek Dulgathów nie został wybudowany zgodnie z prawidłami sztuki. Sherwood był w większości twierdz w Avrynie i nawet w kilku w Trencie i zachodnim Calisie. Żadna nie przypominała tego zamku. Różnice wykraczały poza skomplikowane zdobnictwo. Weranda stanowiła dobry przykład – na zamkach nie ma werand. Fortece budowano tak, żeby były obronne, otaczano je murami z szańcami i wieżyczkami. Miały jedno, potężne wejście z trzema imponującymi przeszkodami – mostem zwodzonym, solidną bramą i spuszczaną kratą. Jeśli nie miały fosy, to zwykle były otoczone rowem.

Zamek Dulgathów zaś miał szeroką werandę z kolumnami podpierającymi wysunięty dach, który osłaniał przed letnim słońcem. To była nie tyle twierdza, ile wiejska posiadłość z pretensjami. Dla tego między innymi Sherwood uwielbiał ten zamek, a co za tym idzie Nysę Dulgath.

Kiedy znalazł się na werandzie, szybko skręcił w prawo, żeby zniknąć z pola widzenia Fawkesa. Jego plecy natychmiast lepiej się poczuły. Z wysokości werandy miał rozległy widok na dziedziniec. Cień rzucany przez wschodnią wieżę dzielił podwórzec na ciemną i jasną część; kontrast sprawiał, że jasna część wydawała się wyprana z kolorów. Nie mając dokąd iść, poza tym, że byle jak najdalej od Fawkesa, Sherwood zatrzymał się trzy kroki dalej i stał bezmyślnie na werandzie. Był boleśnie świadomy tego, że ręce zwisają mu bezsensownie u boków, własne ciało wydawało mu się ciężkie i zaschło mu w ustach. Wiedział też, jak bardzo żadna z tych rzeczy nie ma znaczenia. Depresja nadciągała, czarne chmury gromadziły się, krążyły i szykowały się, by go zdusić. I wtedy dostrzegł ruch, a przynajmniej tak mu się wydawało.

Tak samo jak jego ręce, tak i oczy pozbawiono celu. Sherwood gapił się bezmyślnie, bo w tej chwili odkrył, że nawet wysiłek związany z przeniesieniem spojrzenia to dla niego zbyt wiele. Gdyby szedł albo po prostu się rozglądał, jakby to mógł robić zwykły człowiek, to nigdy nie dostrzegłby ruchu. Wychwyciwszy delikatną zmianę światła i ciemności w okolicy studni, powoli zaczął rozumieć, że to co widział, było niemożliwe. Nikogo tam nie było i nic nie poruszało się na wietrze, bo wiatr w ogóle nie wiał.

Może to... Chmura? Albo cień ptaka?

Sherwood zszedł z werandy i spojrzał w niebo. Było czyste.

Wszyscy, dokładnie wszyscy zgromadzili się w sali głównej. Zatem kto (a może co?) znajduje się koło studni?

Wersja pytania z „co" trochę go zaskoczyła. Zwykle nie dawał wiary fantastycznym opowieściom. Zbyt wiele wieczorów spędził z pijanymi minstrelami, poetami i gawędziarzami. Traktowali go jak członka swojego bractwa i opowiadali mu prawdziwe historie, które kryły się za opowieściami o męstwie i cudach. W młodym wieku odkrył prawdę na temat świata: tajemnice celowo wymyślano i jeśli coś wydawało się zbyt fantastyczne, żeby być prawdą, to tak właśnie było. Tyle że był jedynym widzem na dziedzińcu i pojawił się tam raptem sekundę wcześniej. Cokolwiek poruszyło się w kącie dziedzińca, nie wyglądało jak człowiek. To był zaledwie cień, ale przemykał dziwnie, za szybko i...

Czy nie śmignął raczej w górę niż przez dziedziniec?

To niemożliwe. Nie rozległ się żaden dźwięk. W bezruchu panującym na pustym, bezwietrznym dziedzińcu Sherwood usłyszałby nawet spadający liść, a panowała tam absolutna cisza.

Kto lub co znajduje się koło studni?

To pytanie trwało w jego umyśle i Sherwood zdał sobie sprawę, że huragan – te straszliwe, duszące chmury – wstrzymał się z atakiem. Dziwne wydarzenie jakimś cudem powstrzymało nadejście burzy. Nie odrywając oczu od tajemniczego punktu, Sherwood zszedł schodami i ruszył przez dziedziniec.

Wraz z dziwnym przeczuciem, że to, co widział, nie było normalne, ogarnęło go silne wrażenie, że nie było to też nic dobrego. Z każdym krokiem był coraz bardziej pewien dwóch rzeczy. Po pierwsze, że zbliża się do czegoś, co nadal tam się skrywa, a po drugie, że natura tej istoty jest zdradliwa. Raptem dzień wcześniej po prostu wróciłby do zamku, ale to był inny dzień i Sherwood odkrył, że nie tyle jest odważny, ile niepokonany. Był przemoczonym człowiekiem, którego dopadła letnia ulewa.

Co złego może mi się stać poza tym, co już mi uczyniono?

Studnia zamkowa znajdowała się we wnęce, z trzech stron otaczały ją ażurowe ściany. Sherwood był przekonany, że coś ukrywa się w ciasnej przestrzeni, której nie widział dobrze. Przeszedł przez dziedziniec prosto do studni, ale nie zobaczył niczego poza pięknymi kamiennymi rybami i kołowrotem z boku, który trochę przypominał koło sterowe na żaglowcu.

– Proszę pana?

Sherwood aż podskoczył na dźwięk głosu.

– Panie Stow? – Rissa Lyn szła za nim przez dziedziniec. W obu rękach trzymała puste wiadra.

Musiał mieć dziwny wyraz twarzy, kiedy skradał się do studni i wpatrywał w nią. Tyle powiedziała mu mina Rissy. Dziewczyna spojrzała z niepokojem na studnię, a potem się obejrzała.

– Czy, ehm... Lady Dulgath zakończyła zebranie? – zapytał, siląc się na naturalny ton głosu.

– Tak, proszę pana.

– Nikt się nie przyznał, prawda?

– Nie, proszę pana.

– Tego się spodziewałem.

– Ja także.

Sherwood skinął głową i zmusił się do uśmiechu, który musiał wypaść żałośnie, sądząc po grymasie, jakim odpowiedziała mu Rissa.

– Przepraszam. Przyszłaś po wodę. Nie przeszkadzaj sobie z mojego powodu. – Ukłonił się grzecznie i ruszył z powrotem w stronę zamku.

– Proszę pana?

Zatrzymał się i odwrócił do Rissy Lin stojącej w słońcu. Nadal się krzywiła, ale nie z jego powodu. Wyglądała na przestraszoną.

– O co chodzi?

– Wiem, kto zniszczył pana rzeczy – szepnęła, zerkając nerwowo w stronę zamkowych podwoi. Potem odwróciła się i ruszyła do studni. Odstawiła wiadra i złapała za kołowrót.

– Pozwól, że ci pomogę – zaproponował Sherwood i podbiegł do studni.

– Dziękuję, proszę pana. Jest pan zbyt uprzejmy – odpowiedziała głośno Rissa Lyn. A potem, kiedy zaczął obracać kołowrotem, szepnęła: – Obudziły mnie hałasy, straszliwy trzask. Często sypiam w schowku na pościel. Nie muszę wtedy przechodzić przez dziedziniec po ciemku.

Rozejrzała się z lękiem po starych murach.

– Nikomu to nie przeszkadza, bo tylko ja tam wchodzę. Więc rozumie pan, spałam właśnie w końcu korytarza, kiedy usłyszałam hałas. Nie wiem, co sobie myślałam... Znaczy, idąc tam. To brzmiało tak, jakby potwór grasował po zamku, trzask, brzęk szkła, stękanie, łoskot i pomruki kogoś, kto mówi do siebie. Naprawdę nie wiem, skąd wzięłam odwagę, żeby zerknąć w szparę między drzwiami a futryną.

– I co zobaczyłaś? – Sherwood już wmówił sobie, że zjawa w pobliżu studni to jakiś starodawny duch albo demon odpowiedzialny ze zniszczenie jego sztalug i farb. Odpowiedź Rissy Lyn była rozczarowująca i zarazem przygnębiająca.

– To lord Fawkes. – Przelała wodę z wiadra studziennego do własnego. – Był w gabinecie i ciężko się spracował, wyżywając się na pańskim stojaku do obrazu. Pewnie musiał się natrudzić, żeby go połamać.

– Widział cię?

– Och, nie, proszę pana. Tylko zerknęłam i kiedy zobaczyłam, że to on, pobiegłam z powrotem do schowka. Ludzie myślą, że to wspaniały człowiek i w ogóle, ale... On mnie przeraża.

Sherwood wypuścił kołowrót, żeby wiadro opadło pod własnym ciężarem na dno studni.

– Mnie też.

Te słowa sprawiły, że dziewczyna po raz pierwszy się uśmiechnęła.

– To nie w porządku, że zrobił coś takiego, i to komuś tak... miłemu jak pan.

– Dziękuję, że tak mówisz, Risso Lyn. – Znowu zaczął obracać kołowrotem. – Powiedziałaś lady Dulgath?

Uśmiech zniknął z jej ust i powrócił strach.

– Nie, proszę pana.

– Dlaczego? Prosiła przecież...

– Prosiła, żeby winny się przyznał. Jego lordowskiej mości tam nie było. A gdyby był, na pewno by się nie przyznał.

– Ale mogłabyś wyjaśnić, że go widziałaś.

Pokręciła głową. Miała kręcone włosy, które drżały jak liście na krzaku, nawet kiedy już nie ruszała głową.

– On by się dowiedział i kto by mi uwierzył? On by tylko zaprzeczył, a ja miałabym kłopoty z powodu kłamstwa, chociaż powiedziałabym prawdę.

Zagryzła usta i Sherwood zrozumiał.

Nie z grzeczności przyznał, że lord Fawkes to przerażający człowiek. Kryła się w nim brutalna agresywność ambitnego mężczyzny. Nie zawahałby się, gdyby miał zniszczyć albo zastraszyć kogoś, kogo uważał za gorszego od siebie.

Złapał wiadro studzienne i napełnił wodą drugie wiadro Rissy.

– Nadal możesz wyznać prawdę lady Dulgath na osobności. Porozmawiać z nią tak, jak robisz to teraz ze mną. Nikt poza tobą i nią nie musi wiedzieć, co powiedziałaś.

Loki znowu zadygotały.

– Ja i jaśnie pani... My... Ja z nią nie rozmawiam.

– Jesteś jej osobistą pokojówką, prawda?

Kiedy Sherwood interesował się jakąś arystokratką, zwykle działał poprzez jej pokojówkę. To frontowe drzwi do serca każdej damy. A przynajmniej do jej łoża. Arystokratki wytyczały wyraźną granicę miedzy służbą a arystokracją, ale często swoje osobiste pokojówki traktowały w sposób wyjątkowy. Niekiedy trzymały się ze sobą blisko jak siostry. To był jeden z powodów, dla których zawsze pilnował, żeby każdego ranka powiedzieć dzień dobry Rissie Lyn. Przyniósł jej nawet parę ładnych muszelek ze spacerów nad morzem i kilka kwiatów rosnących przy drodze.

Rissa Lyn skinęła głową, ale w jej oczach płonął ten sam lęk.

Ona nie boi się Fawkesa, ona boi się lady Dulgath, zrozumiał Sherwood.

– Co się stało? – Odstawił wiadro na brzeg studni.

– Nic, proszę pana. Dziękuję za pomoc. I proszę nie mówić nikomu, że to ja widziałam jego lordowską mość. Powiedziałam panu tylko dlatego, że... Muszę już iść, proszę pana.

Porwała dwa wiadra i odbiegła, rozlewając przy tym większość wody.

***

Sherwood stał we wnęce ze studnią i patrzył, jak Rissa Lyn znika w ciemnościach zamku. Zostawiła za sobą przerywany ślad z mokrych rozbryzgów.

– Coś ukrywa – rozległ się cichy głos przy jego uchu.

Sherwood podskoczył, odepchnął się, poślizgnął i wpadł na ozdobny kamień u podstawy studni. Nad nim pojawił się mężczyzna w długiej czarnej pelerynie i naciągniętym kapturze.

– Chcę ci zadać kilka pytań.

Kiedy serce Sherwooda uspokoiło się i malarz znów był w stanie oddychać, zdał sobie sprawę, kim jest ów mężczyzna – to jeden z dwóch przybyszów, którzy spotkali się z Nysą wczoraj rano.

– A to szkoda, bo ja nie chcę na żadne odpowiadać. – Sherwood znowu stanął pewnie. – Odejdź.

– Twoje pragnienia mnie nie interesują.

Royce Melborn – a przynajmniej tak się Sherwoodowi wydawało, że nazywa się ten mężczyzna – sięgnął złowrogim gestem pod pelerynę.

Sherwood już przygotował się do ucieczki, kiedy dłoń wynurzyła się spod opończy. Spodziewał się sztyletu. To, co zobaczył, osadziło go w miejscu. Mężczyzna w pelerynie trzymał szklaną buteleczkę z błękitem zamorskim.

– Myślałem... Spodziewałem się, że ją zniszczyłeś. Wyrzuciłeś albo coś w tym guście. – Wyciągnął rękę. – Oddaj mi ją.

– Nie – odpowiedział Melborn. – Sam mi ją dałeś.

– Rzuciłem nią w ciebie.

– Dałeś, rzuciłeś, na jedno wychodzi.

– Nie, nieprawda. – Sherwood sięgnął po fiolkę, ale Melborn ją schował.

– Lepiej, żeby na jedno wychodziło, bo inaczej posłanie jej w moim kierunku mogłoby zostać zinterpretowane jako napaść na konstabla. A to poważne przestępstwo.

– Nie jesteś konstablem.

– Mam na to dokument. Chcesz zobaczyć?

– Zapomniałeś, że byłem tam, kiedy cię przedstawiano lady Dulgath? Wiem, że nie jesteś konstablem. Ten dokument został podrobiony.

– Nie potrzebuję dokumentów, żeby uzyskać potrzebne informacje. Chodźmy do twojego pokoju, gdzie będziemy mogli porozmawiać na osobności.

– Nie!

Royce się uśmiechnął i podrzucił buteleczkę z pigmentem w powietrze. Zawirowała, rozbłyskując w słońcu.

Sherwood wstrzymał oddech, kiedy buteleczka zaczęła spadać. Spodziewał się, że ujrzy jasny rozbryzg błękitu na kamieniu pod stopami, ale Melborn ją złapał.

– Na pewno nie chcesz porozmawiać? – zapytał malarza i wykonał ruch, jakby znowu chciał podrzucić pigment.

– Przestań! Nie wiesz, co wyprawiasz!

– Owszem, dobrze wiem.

– Masz chociaż pojęcie, co trzymasz w ręku?

– To? – Melborn spojrzała na buteleczkę, obracając ją w palcach. – To ultramaryna, powszechnie znana jako błękit zamorski, pigment uzyskiwany ze sproszkowanego półszlachetnego kamienia zwanego lazurytem. Idealna do farbowania ubrań, a wymieszana z żółtkiem – do malowania techniką temperową.

Sherwood gapił się z rozdziawionymi ustami.

– Właściwie to używam oleju.

– Jakiego?

– Orzechowego.

– Wypróbuj kiedyś lniany.

– Skąd tyle wiesz na ten temat?

– Kiedyś działałem w tym biznesie.

– Ty byłeś malarzem?!

Melborn pokręcił głową.

– Zajmowałem się nielegalnym importem. Błękit zamorski to jeden z najbardziej luksusowych towarów sprowadzanych przez Vandońską Firmę Zaopatrzeniową. Co jest elegantszą nazwą dla piractwa. Ten drobiazg kosztuje sto tenentów za uncję. Ile tu tego jest? – Melborn uniósł buteleczkę do ucha i potrząsnął. – Dwie, dwie i pół uncji?

– Trzy. Chyba że część wylałeś.

– Nie, nadal wszystko jest w środku. – Melborn zaczął przerzucać fiolkę z ręki do ręki. – Na pewno nie chcesz mnie zaprosić do swojego pokoju na herbatę i ciasteczka?

– Nie mam ani jednego, ani drugiego, ale... – Sherwoodowi żołądek się zaciskał przy każdym przelocie buteleczki. – Chcesz powiedzieć, że oddasz mi ją, jeśli będę współpracował?

– To właśnie mówię.

– W porządku.

– I jeszcze jedno.

Sherwood się skrzywił, rozumiejąc, że propozycja była zbyt piękna, żeby okazać się prawdziwą.

– Co?

– Chcę, żebyś mnie przeprosił za to, że rzuciłeś we mnie buteleczką. To nie było miłe.

– Przepraszam.

– O, proszę. Prawda, że od razu poczułeś się lepiej? – Melborn minął go i ruszył przodem przez dziedziniec.

Sherwood zdał sobie sprawę, że ciemne chmury nieco się cofnęły. Ta buteleczka – o ile ją odzyska – może ocalić mu karierę i być może życie. Chociaż nie mógł znieść tej myśli, to gdyby sprzedał ją w Mehanie, mógłby odkupić część tego, co stracił. Wystarczyłoby tego, żeby wrócić do malowania. Nie byłby w stanie przyjmować zamówień od arystokratów pozbawiony cennego błękitu, ale kupcy też lubią portrety.

Patrzył, jak peleryna łopocze za Melbornem przemykającym do cienia werandy. Skojarzył mu się z czymś, co poruszyło się wcześniej w półmroku koło studni. Z czymś, co nie było do końca ludzkie. Teraz Sherwood znalazł swojego ducha.

Rozdział 11

Wrzosowisko Brecken

Scarlett Dodge poprowadziła Hadriana ścieżką, która wznosiła się zakosami na łysiejące wzgórze. Znajdowali się kilka mil od wioski po drugiej stronie rzeki – po złej stronie rzeki, jak to ujął pastor Payne. Hadrian nie odbierał jej w taki sposób.

Przy młynie, gdzie obracało się duże koło wodne, Scarlett poprowadziła go łukowatym kamiennym mostkiem, który był tak malowniczy, jak tylko mostki potrafią. Rozpędzona rzeka pieniła się w dole, ciemnozielone wody bieliły się między wypłowiałymi na słońcu głazami. Niewielka góra wznosiła się na skraju drugiego brzegu. Rzeka przebiła się przez nią, żłobiąc szczelinę, w której widoczne były bogate w żelazo skalne warstwy. Po drugiej stronie nie było żadnych domów, młynów ani pól uprawnych. Cały teren wyraźnie się wznosił. Dróżka, którą szli, biegła po korzeniach drzew wypolerowanych na wysoki połysk jak kamień. Tam, gdzie przecinała kamienie – a zdarzało się to dość często – powierzchnia była tak gładka jak wypolerowany marmur.

Szlak zaczynał się wśród gęstwiny topól i głogów. W miarę jak wspinali się coraz wyżej, pojawiały się brzozy i jałowce. Wyżej, gdy ścieżka dotarła do krainy jodeł, osik i sosen, stała się szersza. „Zła strona" rzeki miała w sobie coś czarującego i baśniowego. Mech i porosty pokrywały skały – niektóre z nich były wysokości piętrowych domów. Głazy wyglądały, jakby upuściły je niedbałe olbrzymy i całkiem o nich zapomniały.

– Jak tu pięknie – powiedział Hadrian.

– Owszem – zgodziła się Scarlett, pokonując ścieżkę z wytrzymałością górskiej kozicy.

– Niektóre skały przypominają twarze – zauważył. Royce na tego typu uwagę skrzywiłby się i Hadrian spodziewał się podobnej reakcji po Scarlett.

Zamiast tego ona skinęła głową i się uśmiechnęła.

– Ludzie wierzyli kiedyś, że te skały są żywe, wiesz? Drzewa też. Wierzyli, że wszystko ma swojego ducha. Czcili bogów rzek, słońca, księżyca i czterech wiatrów.

– Tak właśnie uważają mnisi? Że wszędzie żyją duchy?

– Nie, ale tak myśleli nasi przodkowie. Wiele, wiele wieków temu, na długo przed imperium ludzie żyli w takich rozrzuconych wioskach jak... cóż, właśnie jak Dolina Brecken i każda z nich miała własnego boga. Ludzie czcili jego lub jej posąg, nawet zabierali go, gdy ruszali wziąć udział w bitwie. Istniały wtedy setki duchów i demonów. Jednak wszystko to zmieniło się, począwszy od tego miejsca.

– Od tego miejsca? Co się stało? – zapytał Hadrian, ale Scarlett pobiegła przodem i zniknęła za zakrętem na klifie. Kiedy ją dogonił, odkrył, że znajdują się na szczycie.

Rozciągał się przed nim odkryty skalisty stok porośnięty turzycą, gryką i niezapominajkami. Stał ponad linią drzew, a w dole rozciągał się świat. Miał wrażenie, że może ogarnąć wzrokiem nieskończoność. Zielono-niebieskie grzbiety zalesionych wzgórz ciągnęły się na południu ku bardziej błękitnym i bardziej skalistym łańcuchom górskim, za którymi wznosiły się białe szczyty. Chmura wpadła w pułapkę między dwoma pasmami jak kępka puchu trojeści w szczelinie skalnej. Daleko w dole wioska była ledwie smugą, a rzeka błyszczącą wstążką wijącą się wśród zieleni. Na wschodzie, wydawałoby się, że niemal pod ich stopami, migotały srebrne fale morza. Najbardziej jednak zdumiało go czyste, błękitne niebo, grożące, że go pochłonie.

– Rety!

Scarlett przystanęła. Patrzyła na niego, uśmiechając się szeroko.

– Niesamowite, co? Jakbyś znalazł się na końcu świata i po raz pierwszy zobaczył go wyraźnie.

Na nadal wznoszącym się stoku, który tworzył łysą głowę małej góry, stała starodawna kamienna budowla. Masywne, zgrubnie ociosane kamienne bloki złożono razem bez zaprawy. Narożniki z biegiem czasu zaokrągliły się i chociaż nie rósł tu bluszcz, to szmaragdowe mchy i złote porosty zdobiły każdy blok.

– Witaj na Wrzosowisku Brecken – powiedziała Scarlett.

***

Augustine Gilcrest wyglądał jak mnich; był stary i ogorzały, jego twarz musiała znieść lata bezlitosnego słońca, wiatru i okrutnych kaprysów bogów. Jednakże oczy miał błękitne jak niebo. Długa biała broda zdradzała, że nie golił się od dziesięcioleci, a przypadkowe kępki włosów sterczące na wszystkie strony pod żałosnym nakryciem głowy podpowiedziały Hadrianowi, że równie długo nie widział lustra.

Na widok Scarlett opat z Wrzosowiska Brecken zakrzyknął z radości, objął ją mocno i ucałował trzy razy w policzki. Odwzajemniła uścisk z tą samą swobodą, z jaką obejmują się członkowie rodziny.

– Tak się cieszę, że przyszłaś w odwiedziny. Usiądźmy w cieniu. Wiem, jak długa jest wspinaczka do opactwa.

Znajdowali się poza klasztorem, w ogrodzie obwiedzionym krużgankiem. Pośrodku źródło artezyjskie ciurkało do naturalnej sadzawki. Wokół rosły zadbane grządki z warzywami, ziołami i kwiatami. Wokół nich wyznaczono ścieżki i postawiono kamienne ławeczki.

Mnich zaprowadził ich do jednej z nich, stojącej w cieniu starej i poskręcanej sosny ościstej. Zachęcił ich gestem, żeby siadali.

– Tak cudownie znowu cię widzieć. – Rozpromienił się, patrząc na Scarlett. – Musisz częściej nas odwiedzać. – Spojrzał na Hadriana. – A kim jest ten młody człowiek? – Mówił żartobliwym, szelmowskim tonem, poruszając dwuznacznie brwiami.

– To Hadrian Blackwater, ciekawy przybysz z północy – wyjaśniła Scarlett.

Zarumieniła się odrobinę, ale możliwe, że z powodu wspinaczki.

– Pytanie brzmi – powiedział Augustine nadal prowokacyjnym tonem – czego jest taki ciekawy?

– Właściwie – odezwał się Hadrian, który lepił się od potu i nie odrywał wzroku od źródełka – to zastanawiałem się, czy nie ma pan czegoś do picia.

Opat wskazał ciurkające źródło.

– Po to tu jest, tak samo jak powietrze, którym oddychasz. Maribor o nas dba.

Scarlett podeszła, pochyliła się i nabrała wody prosto z sadzawki jak łania na polanie. Wyprostowała się, ocierając usta.

– W życiu lepszej nie skosztujesz.

Hadrian wziął z niej przykład. Woda była zimna, czysta i idealna. Wypił tyle, że poziom sadzawki obniżył się o pół cala, zanim się wyprostował. Odświeżony i ożywiony odetchnął głęboko świeżym powietrzem i westchnął.

– Ładnie tu, co? – zagadnęła go Scarlett.

– Mógłbym tu zamieszkać – odpowiedział Hadrian.

– Możesz, jeśli tylko chcesz – powiedział mu Augustine. – Przyjmujemy każdego, kto pragnie poświęcić życie praktykom religijnym.

– Naprawdę? – Hadrian nie zauważył nikogo więcej oprócz dwóch innych mnichów, a w każdym razie dwóch innych mężczyzn, którzy nosili takie same bure habity. – Pewnie ostatnio mieliście tu niedużo chętnych?

Augustine się uśmiechnął.

– Żyjemy trochę na uboczu.

– Z pewnością to piękne miejsce. Macie tu wszystko. Tak samo jak na dole w wiosce. Właściwie w całej dolinie.

– Tak, Dulgath to skrawek raju, który przysiadł na krańcu ziemi. – Opat mrugnął porozumiewawczo do Scarlett.

– Tyle naturalnego piękna w jednym miejscu, a jednak...

– Tak? – zapytał opat.

– Sam nie wiem... Nie sprawia ono wrażenia tak do końca naturalnego. Jest coś dziwnego w tym miejscu.

Opat i Scarlett spojrzeli po sobie.

– Chciałbyś czegoś się dowiedzieć? Tak naprawdę?

Hadrian nie był pewien. Nie przepadał za kazaniami. W wiosce, w której dorastał, nie było kościoła. Kapłan Nyphrona odwiedzał ich kilka razy w roku. Przybywał, żeby udzielić ślubów, pobłogosławić zmarłych i żniwa, ale przede wszystkim, żeby przełamać się chlebem i napić wina z lordem Baldwinem. Nikogo w Hintindarze nie uznano by za pobożnego, a ojciec Hadriana nie ukrywał swojej pogardy dla Kościoła.

Lata, które Hadrian spędził w wojsku, nie wspominając o okresie w Calisie, w żaden sposób nie zmieniły jego obojętności wobec religii. Uznał, że ma swój cel: koi lęki i cierpienie, daje nadzieję, czasem pomaga tym, których inni ignorują. Mimo to nigdy nie zrozumiał ślepej wiary wiernych.

Diakoni, kapłani i biskupi byli zwykłymi ludźmi, równie skłonnymi do dobrych i złych uczynków jak wszyscy inni. Jednakże tego popołudnia Hadrian był zmęczony po długiej wspinaczce, więc posiedzenie i posłuchanie opowieści nie brzmiało najgorzej. Nie miało znaczenia, że był przekonany, że nie będzie to ciekawa historia.

– W porządku. – Hadrian znalazł sobie kawał kamienia i usadowił się wygodnie.

Augustine uśmiechnął się do niego, a potem wstał. Uniósł wzrok ku niebu i odetchnął głęboko.

– Dawno, dawno temu – zaczął, rozkładając palce, jakby przywoływał narodziny świata – nasi ludzie przybyli do tej doliny i pomyśleli, żeby tu zamieszkać. Jednak ich marzenia zamieniły się w koszmar, bo tym miejscem władał zły demon ze starego świata, potwór zdolny zrównywać z ziemią góry, przesłonić światło słoneczne i przywoływać błyskawice. Ścieżek strzegły okrutne ciernie, gleba była jałowa, a woda... – wskazał na ciurkające źródło – ...była trująca. To była przeklęta ziemia, okropne, straszliwe miejsce ciemności i śmierci... Dopóki nie pojawił się Bran.

Scarlett uśmiechnęła się szeroko jak dziecko, które słyszy ulubioną historię i nie może się doczekać, żeby się nią podzielić, doświadczyć jej znowu poprzez reakcję nowego słuchacza.

Uwagę opata rozproszyło dwóch mnichów, którzy pojawili się na krużganku.

– Chodźcie! – Zachęcił ich gestem.

Jeden młody, drugi w średnim wieku, podeszli cicho i usiedli na ziemi. Oni też mieli entuzjastyczne, podniecone twarze.

Tu na górze musi być naprawdę nudno, domyślił się Hadrian.

– No dobrze – podjął wątek Augustine – Bran był protegowanym Brina, legendarnego bohatera dawnych czasów. Kiedy Brin był chłopcem, miał zaledwie czternaście lat, jego rodzice zostali zabici przez grasującą armię olbrzymów tak wielkich, że używali drzew jak wykałaczek. Brin zabił wszystkich co do jednego gołymi rękami. To jednak nie był jego jedyny wyczyn. Wykradł sekret metali krasnoludzkiemu królowi, który władał wtedy starożytnym miastem Neith. – Opat wskazał południowy zachód, a Hadrian obrócił się i spojrzał, ale zobaczył tylko przesłonięte chmurami pasmo górskie, wijące się po grzbiecie Delgosu jak ciąg kolców. – Krasnoludzki król nazywał się Gronbach, a serce miał tak czarne, że krwawiło atramentem. Był gorszy od demona z Ogni.

– Słyszałem o tym krasnoludzie – powiedział Hadrian. – Występuje w rymowankach dla dzieci. Wstrętne stworzenie, które obiecuje dziewczętom skarby, a potem je zdradza. Zamyka biedne dziecko w kamiennym więzieniu, ale dziewczynce, zwykle księżniczce, udaje się uciec dzięki jakiejś sprytnej sztuczce albo magii.

Augustine pokiwał głową.

– Co ukazuje, w jaki sposób kształtują się takie opowieści. To dalece nieścisła wersja prawdziwych wydarzeń dotyczących Brina i złego Gronbacha. Ale to jest temat na inny dzień. Chciałem tylko przedstawić zarys, żebyś zdawał sobie sprawę, że przygody Brina to rozległa i długa historia. I to dzięki Brinowi mamy ostrza, jakie ty dziś nosisz.

Wszyscy spojrzeli na miecze Hadriana, kiwając zgodnie głowami.

Hadrian uśmiechnął się uprzejmie i ucieszył, że opat nie opowiada całości, bo byłaby to bardzo długa wizyta.

– Istnieje wiele legend na temat przygód Brina. Mówi się, że zabił ostatnie smoki, wynalazł pismo i walczył u boku Novrona w kluczowej bitwie podczas wielkiej wojny elfickiej. Nawet ocalił pierwszemu imperatorowi życie. Jednak jego największym wyczynem było poprowadzenie grupy bohaterów do świata podziemnego, do krainy samej śmierci. Ta podróż wszystko zmieniła. Z opowieści Brana o przygodach jego nauczyciela dowiedzieliśmy się o prawdziwych bogach. Wiedziałeś, że dawno temu ludzie czcili każde drzewo i liść?

– Powiedziałam mu o tym – wtrąciła Scarlett.

– Och, to dobrze – odpowiedział opat, ale jego mina mówiła co innego. – Cóż... – Augustine zająknął się, próbując pochwycić zgubiony wątek opowieści. – To od Brana, założyciela Bractwa Maribora, dowiedzieliśmy się o Ogniach i że tak naprawdę istnieje tylko pięcioro bogów. Erebus jest ojcem wszystkich. Ferrol to ojciec elfów. Drome stworzył krasnoludy, a Maribor, oczywiście, rodzaj ludzki. Jeśli idzie o rośliny i zwierzęta, to są dziełem Muriel.

– A co z Novronem? Kościół Nyphrona czci syna Maribora jako swojego boga. Mnisi Maribora nie?

Scarlett się skrzywiła, a opat tylko uśmiechnął się uprzejmie, jakby ugłaskiwał dziecko, które nie ma o niczym pojęcia.

– Jesteśmy powiernikami prawdy. Nie mieszamy się w to, w co wierzą inni.

Możliwe, że mnisi byli takimi samymi mistrzami w zaciemnianiu faktów jak arystokraci, bo Hadrian zauważył, że nie otrzymał odpowiedzi na swoje pytanie. Mimo to nie zamierzał zachowywać się niegrzecznie i naciskać.

Opat znowu się zająknął, gdy stracił wątek.

– Chociaż Brin dokonał wielu rzeczy, najważniejsze było uświadomienie nam, że każdy, bez względu na to, jak straszliwa jest jego przeszłość, ma szansę na odkupienie.

– Wygląda mi na świetnego gościa – powiedział Hadrian – ale co ma wspólnego z Dulgath?

Opat wyszczerzył zęby w uśmiechu, oczy mu zabłysły.

– Kilka lat po wojnie elfickiej, kiedy imperium nadal było młode, a stolicę Percepliquis dopiero budowano, Bran usłyszał o trudnościach, z jakimi ludzie zmagają się w tej dolinie. I tak Bran Świętobliwy, uczeń Brina Wspaniałego, przybył im na ratunek. Stanął w tym właśnie miejscu, na terenie, gdzie obecnie wznosi się klasztor. Na tym wzgórzu Bran stawił czoło Demonowi Dulgath. Mocował się z potworem i zmusił go do poddania się. Bran był dostatecznie mądry, żeby go nie zabijać, ale wymusić na nim pokutę za swoje okrucieństwa. Kazał mu odpokutować każde zło, jakiego się dopuścił na ludziach w tej krainie. Wyczerpany wysiłkiem Bran zdjął swój szal i odpoczął. Potem pomodlił się do Maribora, żeby pobłogosławił tę dolinę. W ciągu jednej nocy wszystko się zmieniło. Wody stały się czyste, bluszcz zastąpił ciernie, a pogoda była odtąd zawsze idealna.

– Wierzysz w to wszystko? – zapytał Scarlett Hadrian.

– Mieszkam tu od pięciu lat i nigdy nie widziałam suszy, burzy ani głodu.

– To niczego nie dowodzi.

– Tutejsze zimy nigdy nie są bardzo zimne, a zawsze są piękne. Jakby śnieg padał tylko po to, żeby okolica pięknie wyglądała. Sam widzisz, jak bujna jest tutejsza roślinność. Wszędzie jest bluszcz i obficie rosną tu rośliny, które zwykle spotyka się dalej na południu. Mamy pomarańcze, wzdłuż wybrzeża rosną palmy. Pora wegetacyjna jest niezwykle długa, a ziemia nigdy nie jest wyczerpana bez względu na to, jak często farmerzy sadzą. Nie muszą zmieniać upraw. Sadzą i sieją, co tylko zechcą i kiedy zechcą.

– To nadal...

– Pięć lat – powtórzyła ze znaczącym uśmieszkiem. – Mieszkam tu pięć lat i tylko raz widziałam deszcz za dnia. Widziałeś, jak ulewy niszczą inne części Maranonu. Huragany, które powodują katastrofy morskie, i ciemne chmury wypełnione deszczem i gradem nigdy do nas nie docierają. Albo skręcają w bok, albo się rozpraszają. Jeśli wyruszysz w podróż, napotkasz potworny skwar albo śmiercionośny mróz tuż poza doliną, ale tu, w tym miejscu, jest zawsze słonecznie, ciepło. Zawsze idealnie.

Mnisi zgodnie pokiwali głowami.

– Owoce pięknie rosną, nigdy nie mamy śnieci, zbiory są zawsze obfite. Ta ziemia jest pobłogosławiona, Hadrianie. Albo korzystamy z wysiłków nawróconego demona, albo z miłości Maribora dla tej doliny. Może z jednego i drugiego. Jedyne kłopoty, jakim musimy stawić czoło, to czasem wypadek albo choroba, a od tego mieliśmy Maddie Oldcorn, a teraz mamy lady Dulgath. Augustine może ci o tym powiedzieć. Był tu, kiedy do tego doszło.

Opat się zamyślił, smutek przeniknął jego poprzednią energię, przez co po raz pierwszy wydał się Hadrianowi naprawdę stary.

– Jaśnie pani brała udział w wyścigu z przeszkodami i spadła z konia. Nieszczęśliwie wylądowała. Miała krew w oczach i uszach. – Pokręcił głową z grymasem. Mając kilka własnych makabrycznych wspomnień, Hadrian wiedział, że opat znów widzi tamtą chwilę oczami wyobraźni. – Była bliska śmierci, kiedy przyniesiono ją do zamku i położono na łóżku. Wezwano Maddie. Ona zawsze była jak cierń róży, żądło pszczoły, ale miała serce konia wyścigowego i stawiała się, gdy była potrzebna bez względu na późną porę. Była gotowa zabić się, pędząc do linii końcowej wyścigu. Większość ludzi myśli, że właśnie ta noc ją pokonała. Maddie uratowała Nysę Dulgath i wlała wszystko, co miała, w ten wysiłek. Stara kobieta ocaliła dziewczynę, ale sama umarła. Pochowaliśmy ją na wzgórzu w wiosce, gdzie ludzie kładą kwiaty, żeby ją upamiętnić.

– I potem lady Dulgath zaczęła leczyć ludzi? – zapytał Hadrian.

Augustine pokiwał głową.

– Najwyraźniej Maddie dała jej więcej niż życie. Może wiedziała, że umiera, i chciała przekazać swój dar. Tak czy inaczej, niedługo potem lady Dulgath zaczęła leczyć chorych tak samo, jak wcześniej Maddie.

– I nie ma wyjaśnienia, jak tego dokonuje?

Augustine uniósł ręce do nieba.

– Otrzymała łaskę od naszego Pana, on jej słucha.

– Jest pan jednak opatem. Czy to nie pana powinien słuchać Maribor?

– Maribor sam wybiera tych, poprzez których działa. Ma swoje powody. To, że możemy ich nie rozumieć, to nasza wina, nie jego.

To było bardziej w stylu przemów, jakie Hadrian przywykł słyszeć od kapłanów. Doświadczenie nauczyło pewnie opata oczekiwać sceptycyzmu. Hadrian uznał, że opat często się z nim stykał. To musi być trudne, sprawiać, żeby ludzie powierzali dusze czemuś, czego istnienia nie da się potwierdzić. Wątpliwość musiała wyraźnie malować się na jego twarzy, ponieważ Hadrian nie opanował sztuki zachowania kamiennej twarzy tak jak Royce.

Augustine wstał i złożył ręce. Były stare i słabe, ich klaśnięcie było stłumione, jednak oczy starca błyszczały podnieceniem.

– Chodź ze mną.

Poprowadził ich nawą kościelną. Pozostali dwaj mnisi musieli wiedzieć, dokąd zmierzają, bo zdjęli dwie zgaszone pochodnie ze ściany i zapalili w koksowniku przy wejściu. Kościół składał się ze sporawej sali z ołtarzem na podwyższeniu. Na ścianach i suficie widniały malowidła, ale w słabym świetle Hadrian nie był w stanie ich dostrzec. Mnich w średnim wieku wziął Augustine'a za rękę, gdy doszli do schodów wiodących w dół, w głąb żywej skały na szczycie wzgórza. Kiedy dotarli do drzwi, opat je pchnął. Wewnątrz ukośny snop światła wpadał przez sufit na piedestał, który tak naprawdę był oszałamiającą rzeźbą przedstawiającą czworo klęczących ludzi z uniesionymi rękami. Trzymali złoty kufer. Błyszcząca skrzynia jarzyła się w świetle słońca.

Opat uniósł wieko i odsłonił zawartość – kawałek materiału.

Materiał w zielono-czarno-niebieską kratę wyglądał jak prosty szal albo kocyk. Był stary, obszarpany, rozerwany i postrzępiony. Materiał pieczołowicie rozłożono i umocowano tak, żeby można było go oglądać w całej rozciągłości tak jak gobelin.

– Po swojej walce z demonem – powiedział Augustine, wpatrując się w złotą szkatułę z nabożnie złożonymi dłońmi – Bran Umiłowany zdjął szal. Rankiem zostawił go. To Jedyna Prawdziwa

Rzecz, dowód moich słów. Wierzymy, że ten szal, ten właśnie kawałek materiału, który widzisz, wręczył Branowi Brin. To by znaczyło, że jest starszy od imperium novrońskiego, znacznie starszy od Kościoła Nyphrona, a nawet od Percepliquis. Oto szal Brina.

W ciemnej grocie, stojąc obok złotej szkatuły podtrzymywanej przez upiorne, kamienne ręce i skąpanej w białym świetle słońca, Hadrian wyczuwał nabożną trwogę. Poczuł bliskość czegoś mistycznego, a to wywołało u niego gęsią skórkę. Widział stary koc w kufrze, ale czuł się tak, jakby stał na rozdrożu wieczności, u okna do innego świata, koło niemożliwej zmarszczki rzeczywistości, odcisku stopy boga.

Nikt nie odzywał się przez kilka minut. Stali jak zaczarowani przy kawałku materiału, jakby prowadzili wewnętrzną rozmowę z nim, ze sobą, z Mariborem. A potem bez słowa więcej opat zamknął skrzynię, przełamując czar. Wyprowadził ich na światło dzienne, na krużganek.

Promienie słońca były miłe, uspokajające. Wszystko wróciło do normy. Nadal nikt się nie odzywał, a Hadrian znowu napił się z sadzawki. Tym razem opryskał twarz wodą, a potem się rozejrzał.

Czy to możliwe, że jakiś starożytny bohater naprawdę walczył i pokonał demona ze starego świata na tym wzgórzu? Czy ta dolina rzeczywiście została pobłogosławiona? Hadrian wyobraził sobie, jak opowiada o tym Royce'owi, i znowu poczuł trawę pod stopami.

Wątpliwości musiały się odmalować na jego twarzy, bo opat Gilcrest poklepał go po ramieniu pocieszająco i powiedział:

– Nie martwi się, synu, jeśli nie wierzysz w Maribora i błogosławieństwa, które zsyła. Wiara w niego nie jest konieczna. To nie sprawi, że on przestanie wierzyć w ciebie.

Rozdział 12

Lady Dulgath

Pokój, który oddano Sherwoodowi, znajdował się na drugim piętrze w południowej wieży i nie był tak ładny jak pokój Royce'a i Hadriana w Domu Caldwell. Był mniejszy i miał maleńkie okienko wychodzące na morze, więc panował tam półmrok. Dzięki trzem kamiennym ścianom było tam równie przytulnie, jak w lochach. W trakcie swoich eksploracji Royce widział na zamku ładniejsze pokoje, które stały puste. Może były zajęte, kiedy Sherwood przyjechał, a może zarezerwowano je dla królewskiej świty, która niedługo przybędzie. A może ten, kto wyznaczył pokój Sherwoodowi, chciał, żeby malarz wyjechał najszybciej, jak się da.

Malarzowi zapewniono łóżko, ale chociaż zbliżał się wieczór, nikt nie zawracał sobie głowy zmianą pościeli. Pokruszone odłamki żółtej ochry i czerwonawego związku żelaza zaśmiecały stolik w kącie. Maleńki młoteczek i metalowy pilnik sugerowały, że Sherwood szanował swoje kwatery tak samo, jak jego szanował ten, kto mu je przydzielił. Kości kurczaka walały się po podłodze koło nocnika. Pewnie nie trafił, domyślił się Royce. Sądząc po smrodzie, jaki ich powitał po wejściu, nocnikiem nie zajęto się tak samo, jak nie zajęto się łóżkiem.

– Rzadko miewam gości – powiedział Sherwood z pewną irytacją i wstydem.

Pozbierał rozrzucone kości, przeszedł przez pokój i wyrzucił je razem z zawartością nocnika przez okno do morza. Kiedy się odwrócił, na jego twarzy odmalował się szok.

Royce'owi nie brakowało spostrzegawczości i czujności. Niektórzy ludzie – właściwie większość ludzi – chodzą po świecie, prawie na nic nie zwracając uwagi. Jakim cudem byli w stanie przeżyć dłużej niż tydzień, zdumiewało Royce'a niemal tak samo, jak powód, dla którego natura obdarzyła indyka skrzydłami. W jego zawodzie dać się zaskoczyć równało się śmierci, rzadko więc można było go przyłapać na tym, że coś przeoczył. Jednakże na widok zdumionego wyrazu twarzy Sherwooda nabrał przekonania, że coś kryje się w kącie pokoju, do którego weszli. Sklął własną głupotę i spodziewając się najgorszego, obrócił się błyskawicznie, sięgając po sztylet.

Nikogo tam nie było, tylko sztalugi i paleta oparte o ścianę.

Sherwood podszedł do sztalug, jakby zapomniał o Roysie. Wyciągnął rękę i dotknął trójnogu, przesuwając dłonią po obryzganej farbą powierzchni.

– To niemożliwe.

– Co takiego?

Sherwood rozwiązał zwijaną płócienną sakiewkę. Rozwinęła się, jednym końcem nadal umocowana do półki sztalug. To było coś w rodzaju przybornika na pędzle z małymi kieszonkami na każdy z osobna. Znajdowały się tam dwa tuziny schludnie włożonych na swoje miejsca pędzli.

– Wszystkie tu są.

Sherwood otworzył wieczko pojemnika na farby i aż wyrwał mu się stłumiony okrzyk. Szarpnął się, jakby w środku krył się wąż. Wyciągnął rękę i nieśmiało dotknął każdej buteleczki z pigmentem. Potem podniósł pobrudzoną farbą paletę i zapatrzył się na nią.

– To... To... – powtarzał, kręcąc głową. – To ta sama paleta. Farba jest... Nie rozumiem.

– To twoje sztalugi, twoje farby, twój pokój, czego tu nie rozumieć?

– Ich już nie ma. A może powinienem był powiedzieć: nie było. Niczego z tego. Wczorajszej nocy lord Fawkes wszedł do gabinetu i wszystko zniszczył. Połamał sztalugi na kilkanaście kawałków, a buteleczki z pigmentami rozbił o podłogę i ściany. A to... – Sherwood wyciągnął rękę z paletą. – To było złamane na pół. A teraz nic, nie ma ani śladu zniszczenia, nic.

– Nic? Widzę wgniecenia, zadrapania i wszystko jest umazane farbą.

– Tak! – Sherwood obrócił się raptownie, trzymając paletę jak tarczę. – Znam każdy ten ślad, każdą kroplę farby. To nie jest duplikat ani replika. To naprawdę moje stare sztalugi. A to moje stare farby.

Sherwood wytrzeszczył oczy, gdy coś przyszło mu na myśl. Odwrócił się i znowu popatrzył na pigmenty.

– Ale nie ma... błękitu zamorskiego.

– Bo ja go mam. – Royce pokazał fiolkę.

– Tak. – Sherwood wziął ją i odłożył na jej miejsce, w szparę między buteleczkami. – To nie ma sensu.

– Później się nad tym zastanowisz. Mam pytania, zapomniałeś?

Sherwood odwrócił się do Royce'a z oszołomionym uśmiechem.

– Pewnie. Jasne. Co chcesz wiedzieć?

– Opowiedz mi o lady Dulgath. Jaka jest? Jakie ma nawyki? Zainteresowania? Jej...

– Jej włosy nie są czarne.

– Właściwie to bardziej interesują mnie...

– Ludzie tego nie wiedzą – ciągnął Sherwood, wpatrując się w Royce'a z przejęciem. – Zorientowaliby się, gdy zwrócili uwagę, gdyby uważniej się przyjrzeli, ale tego nie robią. Wszyscy są tak skupieni na sobie, że nigdy nie mają czasu, żeby przyjrzeć się innym, i rzadko ich dostrzegają.

Royce wyczuwał, że Sherwood należy do tych dziwnych kranów, które najpierw parskają i wypluwają brudną, nikomu niepotrzebną wodę. Wystarczy jednak kilka razy pomachać ramieniem pompy, żeby siknął strumień dobrej wody. Postanowił więc pociągnąć Sherwooda za język i zobaczyć, dokąd to ich zaprowadzi.

– A jaki kolor mają jej włosy?

– Brązowy.

– Dla mnie wyglądają na czarne.

– Dla mnie to raczej „jasnoczarny", ale tak naprawdę to bardzo, bardzo ciemny brąz. Widać to, kiedy stoi przy oknie w słoneczny dzień. Światło rozbłyskuje złotem, gdy przenika przez poszczególne pasa. Jej oczy też nie są całkiem brązowe. Są w nich drobinki złota, a nawet troszkę zieleni.

– Nie zamierzam jej malować.

– Ale właśnie w taki sposób ją poznaję. Tak staram się ją zrozumieć. Ona nie ma czarnych włosów i brązowych oczu jak wszyscy inni, bo nie jest taka jak inni. Nie przypomina nikogo. Można to usłyszeć w jej głosie. Przeciąga samogłoski i akcentuje niewłaściwe sylaby jak ktoś z obcego kraju. Tyle że ja byłem w nich wszystkich i nie słyszałem, żeby ktoś mówił podobnie. Już patrząc na nią, można dostrzec różnice. Ma tylko dwadzieścia dwa lata, ale jej dusza jest stara. Można dostrzec jej nie-młodą duszę w tych nie-brązowych oczach. Zdradza to w swoich ruchach, w sposobie zachowania. Każdy jej krok, każda zmiana zdradza opanowanie i niezachwianą pewność siebie. Jest nieustraszona, gdy rozkazuje swojemu ciału. Ta pewność przenika do jej głosu i rozkazów wydawanych służbie. Jest pewna, silna, ale dobra i współczująca, okazuje mądrość wykraczającą poza jej wiek. I jej odwaga! – Sherwood zaśmiał się, jakby Royce właśnie oskarżył lady Dulgath o bycie tchórzem. – Widziałem raz, jak przerwała bójkę dwóch żołnierzy. Jeden miał rozkwaszony nos i właśnie sięgał po miecz. Drugi miał twarz czerwoną z wściekłości i wył z gniewu. Wszyscy, w tym rośli i niekiedy uzbrojeni mężczyźni, cofnęli się. A ona podeszła do nich i spoliczkowała najpierw jednego, a potem drugiego. Tak po prostu. Nie mogłem uwierzyć własnym oczom. Nie wiem, czy ktokolwiek potrafił. To samo zrobiła z pewnym niesfornym koniem.

– Spoliczkowała go?

Sherwood znowu się zaśmiał. Zdecydowanie był w lepszym humorze, niż kiedy się spotkali.

– Nie, ale... Zwierzę stawało dęba i wierzgało, a Nysa, to znaczy lady Dulgath, nawet się nie zawahała. Położyła rękę na szyi konia i zwierzę się uspokoiło. Natychmiast.

Sherwood wpatrywał się w sztalugi. Zamrugał i znowu się roześmiał. Zażenowany uśmiech wykrzywił mu usta.

Royce milczał, żeby się przekonać, czy Sherwood powie coś więcej. Kiedy już myślał, że malarz skończył, ten odezwał się znowu.

– Jest smutna. Myślę, że jest samotna.
– Jej ojciec właśnie umarł.
– To nie to. Przyjechałem przed jego śmiercią. I wtedy też była melancholijna. Właściwie to przyjęła śmierć ojca bardzo spokojnie, stoicko. Mimo to unosi się wokół niej żal. To właśnie najbardziej rzuca mi się w oczy w jej przypadku. Nosi go jak... Jak ty nosisz pelerynę. Chowa się za nim. To dlatego tak trudno ją dostrzec.
Sherwood opowiadał o Nysie Dulgath z podziwem, jaki cechuje tylko zauroczonych, i to zauroczonych świeżo i głęboko. Był właściwie o włos od wyznania, że Nysa nawet oddycha bardziej przenikliwie od zwykłych śmiertelników, kiedy...
„Skwar i chłód nie przeszkadzają panu nawet w przybliżeniu tak bardzo, jak pańskiemu przyjacielowi, ale lód, śnieg i łodzie, och, statki!".
Gdyby do listy rzeczy, których Royce unika, dodała psy i krasnoludy, to uznałby, że Nysa go zna. A jej komentarz na temat wody... Royce potrafił pływać, parę razy musiał, ale unikał jezior, rzek i morza. Nie cierpiał, gdy nie miał pod stopami stałego lądu. Łodzie i nabrzeża z jakiegoś powodu były jeszcze gorsze. Zakłócały jego poczucie równowagi i przyprawiały o mdłości. Nigdy nikomu o tym nie powiedział. Słabości to coś, czym chwalą się tylko głupcy. A wystarczyło, że Nysa Dulgath spojrzała na niego, żeby dowiedzieć się tego wszystkiego.
Royce dostrzegł zakryty obraz za stołem.
– To jej portret?
– Tak.
– Mogę go zobaczyć?
– Nie.
– Dlaczego?
– Bo nie jest skończony.
Royce zastanawiał się, czy mimo to nie spojrzeć, ale widział mnóstwo portretów wiszących w korytarzach bogaczy. Zwykle przedstawiały pulchnych mężczyzn i kobiety o ziemistej cerze. Nie był aż tak zainteresowany. Dowiedział się tego, czego chciał. Sherwood nie stanowił zagrożenia dla lady Dulgath. Był w niej

zakochany. Royce podejrzewał to od chwili, kiedy malarz rzucił w niego niebieskim pigmentem w obronie jej honoru. Teraz miał pewność. Załatwiwszy swoją sprawę, zostawił malarza samego z zagadką sztalug. Mimo to nie mógł pozbyć się przeczucia, że powinien był spojrzeć.

***

Wspinaczka po bluszczu za drugim razem była nawet łatwiejsza.

Lady Dulgath była w swojej sypialni. Zobaczył światło w oknie, zanim zaczął się wspinać, i nie zamierzał kryć się ze swoim nadejściem. Mimo to szanse, że ktoś go zobaczy albo usłyszy, były niewielkie. Wprawa i doświadczenie sprawiły, że skradał się z nawyku. Koty, nawet kiedy nie polują, piekielnie trudno usłyszeć.

Nie leżała w łóżku.

Wysunął głowę ponad parapet i zobaczył, że Nysa Dulgath siedzi przy małym biurku plecami do niego. Miała na sobie inną suknię. Ta była biała i z odkrytymi ramionami, przyciągała uwagę do gładkiej ciemnooliwkowej skóry Nysy i jej czarnych włosów (miał w nosie, co mówił na ten temat Sherwood).

Przyjrzał jej się.

Za pierwszym razem, kiedy spotkał lady Dulgath, nie zwrócił uwagi na samą kobietę. Zamiast tego zobaczył nagromadzone założenia, które poczynił w drodze do Maranonu. Tym razem przyjrzał jej się naprawdę i ujrzał piękną kobietę. Smukłą, wysoką, dobrze czująca się we własnym ciele – Sherwood miał rację, gdy mówił o opanowaniu i pewności siebie. Siedziała po prostu przy biurku, ale mimo to siedziała prosto i ze skrzyżowanymi kostkami. Ruchy jej rąk i dłoni, gdy posługiwała się piórem, były...

– Tym razem przyszedł pan mnie zabić? – zapytała, nie odwracając się.

Royce wsunął się przez okno i przysiadł na parapecie, spuściwszy nogi do wnętrza pokoju, ale nie dotykając dywanika, który przykrywał połowę podłogi.

– Nie. Skąd to przypuszczenie?

Lady Dulgath odłożyła pióro i odwróciła się do połowy na krześle, kładąc jedną rękę na oparciu. Długie, opadające na ramię włosy zasłaniały jej część twarzy i jedno oko. Świeca za nią rzucała miły dla oka blask.

– Ponieważ nikt nie wynajmuje zabójcy tylko po to, żeby zaplanował morderstwo. To biskup Parnell czy też lord Fawkes wynajął pana, żeby mnie pan zabił?

Ona wie!

– Rzeczywiście to oni mnie wynajęli, ale tylko po to, żebym przedstawił im plan.

– Który potem sami zrealizują?

Royce wzruszył ramionami.

– Prawdopodobnie.

To, jak bardzo pomylił się w ocenie tej arystokratki, było wstrząsające. Zdarzały mu się już wcześniej takie pomyłki, ale prawie zawsze przeceniał przeciwnika. Tym razem uznał swój cel za nierozważne, niedbałe, niczego nieświadome dziecko. Pomylił lisa z kurą.

– Skoro najwyraźniej wie pani, że pewni ludzie planują zamach na jej życie, to czemu nie przedsięwzięła pani żadnych środków ostrożności?

– Panie Melborn, zgadza się? Rządzenie królestwem nie oznacza nieograniczonej władzy. Weźmy na przykład Kościół Nyphrona, głównego sponsora mojej likwidacji. Nie mam możliwości usunięcia jego przedstawicieli. Nie pracują dla mnie. Tylko król może zakazać im wstępu, ale tego nie zrobi. Dlatego zostaję z zabójcą czającym się za progiem, czy też na parapecie, jeśli mam być bardziej dosłowna.

– A jednak nie sprawia pani wrażenia ani trochę przestraszonej.

Poruszyła ramionami i odrzuciła włosy.

– Sam pan powiedział, że nie przyszedł mnie zabić.

– A pani uwierzyła zabójcy na słowo?

– Może po prostu nie boję się śmierci.

– Każdy boi się śmierci.

– Mówi jej doręczyciel. A mimo to wybrał pan taki fach.

– Kiedyś pracowałem w tym fachu – poprawił ją, zastanawiając się, czemu zawraca sobie tym głowę. Skoro ona się tym nie przejmowała, to czemu on by miał? – A ludzie nie boją się po prostu śmierci, boją się własnej śmierci.

– Zatem nie jest pan już mordercą?

– Nie jestem zabójcą.

– Ach! – Skinęła głową. – Teraz tylko udziela pan porad.

– To nie jest typowe zlecenie.

– Nie wątpię. – Odgarnęła włosy z twarzy, żeby dobrze go widzieć obojgiem oczu. – To w jaki sposób zabiłby mnie pan?

Prowokowała go, próbowała wytrącić go z równowagi. To jej sprawiało wielką przyjemność, bawiła się, atakując i patrząc, jak on się wycofuje.

– Poderżnąłbym pani gardło we śnie.

– Zakradłby się pan tutaj, kiedy leżałabym w łóżku i zaskoczyłby mnie, ale... To nie sprawdziło się szczególnie poprzedniej nocy. Ani tej.

– Nie starałem się tak naprawdę.

– Tak, oczywiście, zwykle udaje się panu z powodu... z powodu pańskiego szczególnego sekretu.

– Nie wracajmy do tego tematu.

– Czemu nie? Boi się pan, że czegoś się pan dowie na swój temat?

– Znam siebie dostatecznie dobrze, pięknie dziękuję.

– Nieprawda. – Nysa wstała. Światło świecy na biurku za jej plecami nie oświetlało jej twarzy, ale jej biała suknia niemal się jarzyła. – Myśli pan, że jest człowiekiem, a jest pan czymś więcej.

– Więcej? Poprzedniej nocy nazwała mnie pani elfem.

– Bo taka jest prawda.

– I pani to nazywa „więcej"? Tam, skąd pochodzę, to najgorsza możliwa obelga.

– Tam, skąd ja pochodzę, to najwyższa pochwała.

Royce pochylił się i zerknął na nią z niemiłym uśmiechem.

– Nie zauważyłem, żeby w Maranonie szczególnie kochano elfy. Właściwie to odkąd tu jestem, żadnego nie widziałem.

Lady Dulgath zagryzła usta i się odwróciła.

Punkt dla mnie, pomyślał Royce.

Widział teraz, co tak przytłoczyło Sherwooda. Lady Dulgath miała urok, któremu nawet on nie był w stanie zaprzeczyć. Nie pomagał fakt, że przypominała trochę Gwen DeLancy: miała równie kształtną figurę, ciemne oczy, ciemne włosy. Jakiś czas temu Royce zdał sobie sprawę, że ocenia urodę kobiet, określając, na ile są podobne do Gwen, ale Nysa Dulgath miała w sobie coś więcej. Była młodsza i miała jaśniejszą skórę niż Gwen, jednak otaczała ją podobnie upajająca tajemniczość. W świecie przyziemnej przewidywalności one dwie były intrygującymi zagadkami – jak deszcz w słońcu tworzący tęczę.

– Skoro nie przyszedł pan mnie zabić, to czemu wspina się pan po bluszczu? Miał pan nadzieję przyłapać mnie na przebieraniu się?

Royce przewrócił oczami.

– Przepraszam, pierwszy raz poznałam zabójcę. Skąd mam wiedzieć, co pan robi? Jeśli podglądanie nie było pańskim celem, to co?

– Próbuję ocenić, czemu ktoś chce pani śmierci.

– Nie, nie chodzi o to. – Teraz ona posłała mu znaczący uśmieszek. – Próbuje pan zdecydować, czy zasługuję, by żyć. Próbuje pan ocenić, czy powiedzenie im, w jaki sposób mnie zabić, jest warte tych pieniędzy. Po naszym pierwszym spotkaniu nie miał pan powodów do wahania, ale po wczorajszym wieczorze ogarnęły pana wątpliwości. A teraz, teraz nie może się pan zdecydować, zatrzymał się pan na progu, znaczy na parapecie, jeśli mogę się tak wyrazić.

– Wyciśnie pani z tej sytuacji z parapetem wszystko do ostatniej kropli, co?

Wstała, obróciła się na lewej pięcie i podeszła do łóżka. Sherwood miał rację, gdy opisywał jej sposób poruszania się. Nie tyle chodziła, ile sunęła, a ten obrót na pięcie był równie elegancki, jak piruet tancerki.

Suknia uszyta z lśniącego materiału, może satyny, podkreśliła piękno ruchu. Zabłysła w świetle świecy i księżyca jak fale na nieruchomej, nocnej sadzawce.

Była widmowa. Takie określenie przyszło Royce'owi do głowy. Usiadła na łóżku i znowu skrzyżowała kostki, kładąc ręce na kolanach i ściągając łopatki, jakby pozowała.

Może to właśnie robi, pomyślał Royce. Może próbuje mnie uwieść, świdrując tymi wielkimi oczętami w nadziei, że to ocali jej życie. Coś mu jednak podpowiedziało, że się myli, zanim skończył snuć tę myśl. Muszę przestać myśleć o niej, jakby była podobna do innych ludzi. To lisica, nie kura.

– Skoro waha się pan co do mnie – powiedziała, uśmiechając się szeroko – to może przedstawię coś na swoją obronę i przekonam pana, żeby udzielił mi pan łaski.

– Dobra, dawaj kawę na ławę.

Zmrużyła oczy.

– Ehm... słucham?

– Niech pani mówi, proszę przedstawić swoją sprawę.

Nysa wpatrywała się w niego jeszcze przez długą chwilę, a potem obiema dłońmi odgarnęła włosy za uszy. Wyprostowała się jeszcze odrobinę i zapytała:

– Wiedział pan, że ród Dulgathów to najdłużej nieprzerwanie rządząca rodzina w Avrynie?

– To mnie raczej nie przekona. Nie jestem wielbicielem tradycji.

– Chodzi o moje życie. Proszę okazać mi nieco wyrozumiałości.

Royce wzruszył ramionami i spodziewając się długiej opowieści, usadowił się przy framudze okiennej. Oparł się o nią plecami i uniósł nogi, zapierając się o przeciwległą część ramy stopami.

– Pomyślmy. – Lady Dulgath popukała się w podbródek i odchyliła głowę w stronę sufitu, jakby próbowała dostrzec coś bardzo małego albo bardzo odległego. – Jakieś bez mała trzy tysiące lat temu, kiedy zakończyła się wielka wojna i powstało imperium novrońskie...

– Musimy cofać się aż tak daleko? Serio pytam – przerwał jej Royce.

Udała, że go nie słyszy.

– Przed wojną nikt nigdy nie zapuścił się tak daleko na zachód. Po wojnie wszyscy tu ruszyli. Wielu ludzi szukało żyznych ziem. Maranon był idealny. Nazwa Mehanu, stolicy Maranonu, wywodzi się od nazwy ważnego klanu z tamtych czasów. Oni pierwsi tu przybyli i zajęli najlepsze ziemie. Spóźnialscy poszli dalej na zachód. Jak pan widzi, ta dolina graniczy z morzem, więc ci, którzy osiedlili się tutaj, byli ostatni i niechciani. Wyrzutki. Przewodził im człowiek imieniem Dul. Był tak biedny, że prawie umarł z głodu, i tak chudy, że ludzie przezywali go Ghast*. Mniej więcej wtedy położono pierwsze kamienie pod budowę Percepliquis. Dul zwany Ghastem poprowadził żałosną bandę składającą się z około setki członków klanu Mehan do tej doliny, która okazała się piękna i bogata.

– A potem żyli długo i szczęśliwie – zakończył za nią Royce.

– W żadnym razie. Nie bez powodu Dul Ghast i jego poplecznicy byli niechciani. Byli idiotami.

To sprawiło, że Royce się uśmiechnął.

Nysa odwzajemniła uśmiech.

– Nie mieli pojęcia, jak o siebie zadbać na odludnych ziemiach. Wyczerpali zapasy, z którymi tu dotarli, i nagle znaleźli się w rozpaczliwym położeniu. W tamtych czasach, a było to przed śmiercią Novrona, zanim rozwinął się jego kult, ludzie czcili duchy, które miały żyć w różnych elementach przyrody: w drzewach, skałach, niedźwiedziach, tego typu rzeczach. Dul i jego umierający ludzie zaczęli w akcie desperacji błagać duchy natury, żeby ich uratowały. Dul pewnie nie spodziewał się, że cokolwiek z tego wyniknie, ale nie wiedział, że w tej dolinie naprawdę mieszkał duch i on go usłyszał. W ciągu jednej nocy wszystko się zmieniło i duch opiekuńczy od tamtego czasu czuwa nad rodem Dulgathów.

– Chce pani powiedzieć, że właśnie dlatego niczym się pani nie przejmuje? Bo chroni panią magiczny strażnik?

– Tak, chyba może pan to ująć w ten sposób.

Royce bez wahania uwierzył w jej szczerość. Arystokraci i bogaci kupcy często wierzyli w duchy i szczęśliwe talizmany. Znał kiedyś pewnego handlarza jedwabiem, który był przekonany, że jego dziewiętnastoletni pies nadal żyje. Przyklękał na kolanie

* Ghast (ang.) – koszmarny, upiorny; upiór (przyp. tłum.).

i głaskał puste powietrze, gruchając. Co dziwne, tego samego roku zmarła jego żona, ale ona jakoś nigdy go nie odwiedzała. Duch opiekuńczy wcale nie zaskoczył Royce'a i normalnie uznałby tę opowieść jako jeszcze jeden przykład głupoty i wiary w pobożne życzenia, tyle że...

To lisica, nie kura.

– W porządku, zatem to tłumaczy, dlaczego jest pani taka spokojna. Nie wyjaśnia jednak, dlaczego wszyscy chcą pani śmierci.

– Kilka lat temu Kościół Nyphrona przybył tu z wizytą. Pięciu najważniejszych biskupów podróżowało od prowincji do prowincji, nauczając arystokratyczne rody o wadze odnowy wiary w Novrona. Przybyli tutaj i nie byli zadowoleni z tego, że hrabia Dulgath nie jest zbyt otwarty na ich wiarę w odnowę dawnego imperium.

Hrabia Dulgath? Dziwny sposób mówienia o własnym ojcu, pomyślał Royce.

– Chcieli otrzymać od niego zapewnienie, że w swoim czasie złoży przysięgę wierności imperatorowi, którego oni wybiorą. My tutaj nigdy nie czciliśmy Novrona. Nawet kiedy byliśmy częścią imperium, jedynie deklarowaliśmy nasze poparcie, ale to było gołosłowne. Ta maleńka dolina żyje na swój własny sposób; ma swoje stare tradycje i jesteśmy im wierni. Stary Beadle powiedział duchownym, że nie będzie współpracował.

Stary Beadle?

– Hrabia stanowił problem, wybój w drodze. Wielki głaz, którego nie sposób ruszyć. Niestety nie pożył równie długo jak większość głazów. Kiedy zmarł bez męskiego potomka, zostawiając po sobie tylko delikatną, młodą dziewczynę, Kościół dostrzegł w tym okazję dla siebie. – Pokręciła głową i westchnęła. – Niestety hrabina nie okazała się bardziej uległa od hrabiego. Dlatego w następnych latach znaleźli kogoś bardziej uległego. Lord Fawkes pozwolił im pociągać za sznurki, myśląc, że to on kontroluje sytuację. – Znowu pokręciła głową. – Głupiec. Teraz scena została przygotowana do ostatniego aktu ich małego dramatu pod tytułem „Śmierć Ostatniego Potomka Rodu Dulgathów".

– A pani to nie przeraża, bo chroni panią magiczny leśny duszek doliny. Dobrze rozumiem?

– Jest pan specjalistą od zabijania. Proszę mi powiedzieć. Próbowali już trzy razy. Jak trudne jest zabicie delikatnej młodej dziewczyny?

Coś w jej głosie – nie arogancja, ale pewność siebie – zaniepokoiło Royce'a. Jakby usłyszał wycie łani albo ryk królika.

– To ciekawa opowieść, ale nie przekonała mnie pani. Nie jestem wielbicielem Kościoła i arystokracji. To dla mnie nieistotne, kto rządzi. Życie tych, którzy znajdują się najniżej, w ogóle się nie zmienia. Zdecydowałem i zamierzam powiedzieć im, w jaki sposób panią zabić. Chcę, żeby to pani wiedziała.

– Jakie to uprzejme z pana strony.

– Oczywiście, gdyby ścięto bluszcz i umieszczono strażnika na dziedzińcu, sytuacja stałaby się znacznie trudniejsza. A gdyby zamknęła pani drzwi na klucz i umieściła pod nimi wartownika, to każdy, kto przyszedłby panią zabić, miałby sporego pecha.

– Nie jest pan bardzo pomysłowym zabójcą, co? Spodziewałabym się, że istnieją sprytniejsze pomysły niż wejście przez okno.

– Proste plany działają. Każda zmienna to potencjalne źródło porażki. Poza tym... – Royce wzruszył ramionami. – Nie jest to szczególnie motywujące zadanie. Przybyłem tylko po to, żeby otrzymać zapłatę. Jedynie to się liczy.

– Tak? – zapytała, wstając.

Stanęła z wysuniętym biodrem i opuszczonymi rękami. Jej oczy płonęły jak u drapieżnika. W jej spojrzeniu czaiła się groźba.

Myśli o wypchnięciu mnie przez okno? Nie, nie wygląda na zdecydowaną na atak... To prowokacja.

Widział już taki wyraz oczu, zwykle u prostytutek pracujących w salonie. Dziewczyny Gwen często miały taki wyraz oczu, ale żadna nie patrzyła w ten sposób na niego. Celowały w głośnych i pijanych, w tych, którzy trwonili pieniądze jak fontanny srebra. Nikt nigdy nie wpatrywał się tak w Royce'a.

Nysa spojrzała mu w oczy i uśmiechnęła się, a jej delikatne policzki się zaokrągliły.

– Myślę, że jest pan zaciekawiony.

– Czym?

Nie poruszyła się, nie zamrugała.

– Mną oczywiście, ale jeszcze bardziej sobą. Widzę wątpliwość w pańskich oczach. Nie chce pan wierzyć w to, co powiedziałam, ale nie sposób zignorować prawdę. Kłopot w tym, że żył pan z kłamstwami całe swoje życie. Jaki miał pan wybór? Wszyscy zgodnie twierdzą, że elfy są brudne, nic niewarte, że to leniwe, głupie szkodniki. W świecie, gdzie nikt nie myśli inaczej, jak można spodziewać się sprawiedliwej oceny? Pytanie, jakie stoi przed panem, nie brzmi: „Jak mógłbym być jednym z nich?", ale raczej: „W jaki sposób mogłem kiedykolwiek uwierzyć, że jestem tylko człowiekiem?".

– Co córka hrabiego wie na temat elfów?

– Dużo czytam – odpowiedziała, odwróciła wzrok i się roześmiała.

Obróciła się, aż rozkloszowała się jej suknia, i odrzuciła głowę do tyłu. Dziewczyny Gwen też tak robiły. Może Nysa była w tym kiepska, a może Royce źle odczytał jej intencje, bo wypadło to nietypowo niezgrabnie jak na nią, zdradzało frustrację i irytację. Na tę jedną chwilę opuściła gardę i po raz pierwszy poczuł, że zobaczył Nysę Dulgath, kobietę za maską. Lady nie zaplanowała tego, ale ta wpadka dokonała tego, czego nie zdołały uzyskać jej poprzednie wysiłki. Rzeczywiście trudno zignorować prawdę. Royce uznał, że lubi Nysę Dulgath, a przynajmniej nie może powiedzieć, że jej nie lubi. Z pewnością była ciekawą osobą.

Zrobiła krok w jego stronę.

– Czas na mnie. – Royce obrócił się i spuścił nogi z parapetu na zewnątrz. – Proszę nie zapomnieć o bluszczu. Trzeba się go pozbyć.

– Ale mnie się on podoba.

– Odrośnie.

– A pan? W jaki sposób znowu mnie pan odwiedzi, jeśli go zetnę?

– Nie odwiedzę pani więcej. Do widzenia, lady Dulgath.

Rozdział 13

Fawkes i ogary

Zejście z klasztoru trwało krócej, jak to zwykle, gdy droga prowadzi z górki. Mimo to zapadła noc, kiedy Hadrian i Scarlett Dodge dotarli do tej części ścieżki, gdzie nachylenie stoku znacząco zmalało, a dróżka stawała się dość szeroka, żeby można było iść obok siebie. Na niebie świecił księżyc, któremu brakowało ćwiartki do pełni, i tam, gdzie jego blask przebijał się przez dziury w listowiu, rozlewały się po ziemi srebrne kałuże. Światło oblewało ich postaci, gdy przez nie przechodzili. Hadrian zerkał ukradkiem na Scarlett. Początkowo myślał, że dobrze się z tym kryje. Scarlett, nie wychodząc z roli jego przewodniczki, skupiła się na szlaku, ale kiedy zauważył jej uśmiech, wiedział, że go przyłapała. Wiedział też, że nie ma nic przeciwko.

– Zatem jak wylądowałaś w Dulgath? W Dolinie Brecken? – zapytał Hadrian.

– A co cię to obchodzi? – odpowiedziała szorstko i zimno.

Hadriana to zaskoczyło, a potem zdał sobie sprawę, że nie powinno. Royce w końcu przyłożył jej nóż do gardła.

– Słuchaj, źle się zaczęła nasza znajomość. Otrułaś mnie, a Royce groził, że cię zabije. Prawda jest taka, że nie jesteśmy tymi, za których nas wzięłaś, a ja nie mam pojęcia, kim ty właściwie jesteś.

– Pewnie tak jest najlepiej, nie uważasz?

– Nie, nie uważam.

Spojrzała na niego, w tej samej chwili kiedy księżycowy blask zalał jej twarz. Miała zdziwiony wyraz twarzy, który już rozpoznawał u niej jako typowy. Przynajmniej przy nim często miała taką minę.

– Powiem ci jednak, co myślę. Myślę, że łatwiej nie ufać komuś, kogo się nie zna. Jeżeli nie znasz czyjejś przeszłości, nie rozumiesz motywów tej osoby i łatwo wyciągasz wnioski, które zwykle są błędne. Na przykład ja jestem naprawdę miłym gościem, ale ty pewnie masz na mój temat inne zdanie.

– Aha. Uważam cię za skończonego idiotę.

Uśmiechnął się.

– Bo mnie nie znasz. Jak mnie poznasz, to odkryjesz, że jestem zaledwie imbecylem.

Rozśmieszył ją. Widział, że nie chciała się roześmiać, i jej frustracja uczyniła śmiech jeszcze słodszym.

– Widzisz? Nie możesz mi się oprzeć. Jestem jak pies, który upuszcza piłkę u twoich stóp.

– Hadrianie – powiedziała zmęczonym tonem. Pokręciła głową. – Rozumiem. Pociągam cię. Próbujesz coś tu zacząć. Chcesz, żebym cię polubiła. Ale ty spędzisz tu raptem kilka dni, a ja i Wagner... Coś nas łączy.

– Wagner? Karczmarz? Ten starszy gość?

– Jest właścicielem Domu Caldwell. I jest miły.

Hadrian pokiwał powoli głową, wypychając dolną wargę.

– Co?

– Po prostu robi wrażenie starszego gościa, tyle tylko.

– Ach, większość mężczyzn, która jest coś warta, to starsi goście. Chłopcy są zwykle leniwi albo mają za dużo marzeń. Wiecznie szukają, ale nie znajdują, bo nie mają pojęcia, czego chcą. – Spiorunowała go wzrokiem. – Mężczyźni tacy jak Wagner mają za sobą etap wpatrywania się w gwiazdy. On rozumie, jaki jest świat, i stara się to wykorzystać najlepiej, jak się da.

– Aha. – Hadrian patrzył przed siebie, ale poczuł, że Scarlett znowu na niego zerka.

– Co to miało znaczyć?

– Nic.

– Wagner jest dla mnie dobry.

– Nie mówię, że nie. To pewnie świetny gość... kiedy nie truje ludzi.

– To ja cię otrułam. Zresztą wcale cię nie otrułam. Ja cię tylko uśpiłam. Gdybym posłużyła się trucizną, to już byś nie żył.

Hadrian skinął głową, znowu się poddając. Poprawił pas od miecza na biodrze, bo go ocierał. Półtoraręczny zawsze wisiał nisko, ale krótki miecz nosił wyżej, żeby nie uderzał go w udo podczas jazdy konnej.

– Wiesz, nie prosiłem cię o rękę. Byłem tylko ciekaw, jak kobieta z Colnory trafiła tutaj. To wydało mi się to odrobinę dziwne, i tyle.

Szli dalej w milczeniu. Rozeszli się, obchodząc z dwóch stron głóg. Hadrian sam się zdziwił, że pamięta ten krzak z drogi w górę. To samo dotyczyło wcześniejszego głazu.

Jak to jest, że niektóre rzeczy pamiętam, a innych nie? Dlaczego pamiętam drzewo i głaz, a nie pamiętam tego obalonego pnia albo tamtego zakrętu?

To był ten rodzaj wewnętrznych rozważań, które często wypowiadał na głos przy Roysie, doprowadzając go do szału. Jednakże to nieuprzejme podróżować z kimś i nie zwracać na niego uwagi, więc odrobina bezsensownej gadaniny wydawała się rozsądnym wyborem. Zamiast irytować się z powodu milczenia, Hadrian wolał...

– Narobiłam sobie kłopotów w Colnorze – powiedziała Scarlett.

Hadrian nie odważył się spojrzeć w jej stronę. Nie zdradził się w żaden sposób tym, że wie, że ona idzie obok.

– Royce mówił prawdę, gdy powiedział, że należałam do Czarnego Diamentu.

Hadrian nie odpowiedział, bo nie chciał, żeby ich rozmowa zeszła na Royce'a.

Po chwili Scarlett podjęła wątek:

– Dorastałam jako córka farmera. Uciekłam do wielkiego miasta, bo miałam talent i chciałam grać w teatrze. Miałam zaledwie czternaście lat. Nie wiedziałam, że kobiety nie mogą być aktorami. Wyśmiano mnie i kazano wracać do domu. Nie mogłam. Patrzyłam, jak matka zaharowała się bez słowa, wiodąc życie pełne niedoli. Co noc zasypiała z płaczem. Nie chciałam tak żyć, nie mogłam tak żyć. Tańczyłam i śpiewałam na ulicach za parę groszy. Podobałam się ludziom, więc wrzucali miedziaki do mojego kapelusza. Myślałam, że znalazłam sobie przyszłość, i byłam strasznie szczęśliwa. Nie wiedziałam, że istnieje gildia minstreli i jak bezwzględni potrafią być ludzie. Jak już wspomniałam, miałam czternaście lat.

Hadrian odważył się zerknąć i zobaczył, że Scarlett nie patrzy na niego. Wpatrywała się w cienie, a jej twarz był zacięta i pełna bólu.

– Byłam po prostu głupią dziewczynką – rzuciła z pogardą, jakby widziała siebie i nie mogła znieść tego widoku. – Gildii nie obchodziło to, że jestem młoda i naiwna. Interesowało ich tylko to, że odbieram im zyski. Spuścili mi manto, rozkwasili usta. Oczy miałam tak podpuchnięte, że nic nie widziałam przez kilka dni. Miałam złamaną lewą rękę i trzeci palec. – Uniosła dłoń, jakby pokazywała pierścionek. – Nadal jest trochę krzywy. – Skrzywiła się i zacisnęła dłoń w pięść. – Ale to wszystko, co zrobili. Mogło być gorzej. Gdy Czarny Diament odkrywa, że działasz na ich terytorium, to już nie żyjesz. Nie lądujesz tylko pobity, połamany i rzygający w rowie. Widzisz, członkowie gildii minstreli uważali się za zawodowców, a nie drapieżników i zbirów. Chodziło o interesy, nie przyjemność. Pobicie dziewczynki prawie na śmierć to była część ich pracy. Nie wiem, co bym zrobiła, gdyby nie Chase. Nie wróciłabym do domu, więc pewnie bym umarła.

– Kto to jest Chase?

– Chase był artystą ulicznym. Magikiem i aktorem.

– Czy on był jednym z... Należał do gildii?

– Nie, co w tamtym czasie też mnie zaskoczyło, bo Chase urządzał przedstawienia, gdzie tylko zechciał w mieście. Nikt nigdy nie robił mu kłopotów. Okazało się, że po prostu nikt się nie ważył. Należał do innej gildii: Czarnego Diamentu. – Spojrzała na niego z gorzkim uśmiechem, którego Hadrian nie rozumiał. – Jego przedstawienia przyciągały tłumy, naprawdę duże tłumy. Wszyscy byli zafascynowani i w skupieniu obserwowali jego ręce, żeby zorientować się, na czym polegają jego sztuczki. W tym czasie doliniarze, to znaczy kieszonkowcy, odwalali własne sztuczki. Odwrócenie uwagi jest kluczowe, tak zawsze mawiał. Wyciągnął mnie z rowu i umył. Nakarmił i dał miejsce do spania. Kazał mi śpiewać i tańczyć podczas swoich przedstawień i nauczył mnie kraść i robić sztuczki. Dla niego to było jedno i to samo. Dodał mnie do swoich numerów i nazwał Dodge*, Scarlett Dodge, rudowłosa czarodziejka. Opłacił też moje członkostwo w Czarnym Diamencie. Chase był dobrym człowiekiem. Uratował mi życie.

– Był?

– Zabili go. Malachit i Jaspis. To się wydarzyło pięć lat temu. Hoyte zawiadywał Diamentem i umacniał swoją pozycję pierwszego oficera, co odpowiadało pozycji diuka, drugiej co do ważności osoby w gildii zaraz po samym Klejnocie, który na dobrą sprawę jest królem. I jak każdy porządny diuk Hoyte był zajęty usuwaniem tych, którzy nie byli mu wierni. Większość z nas, ludzi z samego dołu, nienawidziła Hoyte'a. Chase nie różnił się od reszty. Sprzymierzył się z nowym gościem, zabójcą i wschodzącą gwiazdą w gildii, który robił wrażenie kogoś, kto może zastąpić Hoyte'a, ale potem wszystko się zmieniło. Hoyte wysprzątał gildię. Wschodząca gwiazda wyjechała do Manzantu, a Chase z mnóstwem innych ludzi skończył, dryfując twarzą w dół w rzece Bernum. Nie chciałam być następna, więc uciekłam. Na zachód. W Ratiborze dołączyłam do wędrownej trupy minstreli. Ironia losu. Wykonywałam magiczne sztuczki i skubaliśmy naszą publiczność tak jak w Colnorze. Wędrowaliśmy, żeby nie wpakować się w kłopoty. Niestety w Swanwick kłopoty nas dopadły. Aresztowano mnie. Nie straciłam rąk, bo postanowili odesłać mnie do więzienia Manzant. Kopalnia soli zawsze potrzebuje pracowników, a pracownicy potrzebują rąk. W drodze na południe wykonałam jeszcze jedną magiczną sztuczkę i uwolniłam się z łańcuchów. Chase nauczył mnie tego. Znowu uratował mi życie. Uciekłam na zachód w góry.

---

* Dodge (ang.) – sztuczka, trik (przyp. tłum.).

Zwolniła i wreszcie przystanęła. Spojrzała na cienistą ścieżkę, a potem obejrzała się na czarny las.

– Ludzie mówią, że duch nawiedza te lasy. Duch, który chroni tę dolinę od wieków.

– Nawrócony demon Augustine'a?

– Chyba tak. – Robiła wrażenie zakłopotanej. – Nie mówię, że wierzę we wszystko, ale każdy w coś wierzy. Ludzie upierają się przy tym, że bogowie, demony lub duchy drzew istnieją, albo wierzą, że niczego takiego nie ma. Jedna osoba może twierdzić, że ludzie są zasadniczo dobrzy, a inna uważać wręcz przeciwnie. Każdy w coś wierzy, rozumiesz? A to, w co decydujemy się wierzyć, wiele o nas mówi. Nie tylko o tym, jakimi ludźmi jesteśmy, ale jakimi pragniemy być i w jakim świecie chcemy żyć.

– Augustine ci to powiedział?

Przystanęła i spojrzała na niego gniewnie.

– Co? Myślisz, że była złodziejka nie może sama czegoś takiego wymyślić? Czy też uważasz, że kobieta nie może snuć takich rozważań?

Otwierała się przed nim i mówiła mu rzeczy, o jakich pewnie mało komu wspominała. Może spodziewała się, że on to zrozumie, że może czuje to samo – i rzeczywiście tak było – ale zamiast jej przytaknąć, on posądził ją o głupotę.

– Przepraszam – powiedział szczerze.

– No ja myślę.

– Naprawdę.

Grymas na jej twarzy osłabł i powoli zniknął podczas wędrówki.

Hadrian czekał. Nie śmiał się odezwać.

– W każdym razie – Scarlett przerwała wreszcie ciszę i odsunęła poprzednią wpadkę Hadriana w niepamięć – naprawdę wierzę, że coś mnie tu doprowadziło.

– Tu dokładnie? Na ten szlak?

Skinęła głową.

– Natknęłam się przypadkiem na tę dróżkę i poszłam nią do klasztoru. Zupełnie jakby Maribor albo coś innego mnie tam skierowało.

– A opat Augustine cię przyjął.

– Uratował mnie jak wcześniej Chase. Nie zganił, nie oceniał, nie zadawał pytań. Powiedział mi tylko, że muszę zmienić życie, jakby wszystko wiedział. Przedstawił mnie ludziom w dolinie, którzy dzięki jego poparciu przyjęli mnie jak swoją.

Znowu ruszyła i szła teraz szybszym i lżejszym krokiem, jakby zrzuciła z siebie ciężar.

– A teraz?

Wzruszyła beztrosko ramionami.

– Tańczę. Śpiewam. Robię magiczne sztuczki. Trzy razy w tygodniu zabawiam ludzi w Domu Caldwell. Przez resztę czasu próbuję nauczyć się prząść i lepić garnki. Nie wyszedł mi jeszcze żaden garnek, ale coraz lepiej radzę sobie z kołowrotkiem. Przędzenie to tortura. Próbuję też nauczyć się piec.

Hadrian słyszał już rzekę i widział księżyc odbijający się od jej wód, kiedy Scarlett zapytała:

– A co z tobą? Jak nauczyłeś się tak dobrze walczyć? Dlaczego wylądowałeś z Royce'em? To dopiero musi być opowieść.

– Dorastałem w wojsku, można by rzec, a potem przez kilka lat byłem najemnikiem w Calisie. A to, w jaki sposób poznałem Royce'a, to rzeczywiście prawdziwa opowieść, i to długa. – Wskazał most, który prowadził do doliny i końca ich wycieczki. Uśmiechnął się.

– To nie w porządku.

– Mam spotkanie dziś wieczorem z Royce'em, ale jeśli naprawdę ciekawi cię moja opowieść, to możesz zaprosić mnie jutro na kolację.

Uśmiechnęła się kpiąco.

– Z ciebie naprawdę jest niezłe ziółko, co?

– Zwykły psiak z piłką.

***

Hadrian życzył Scarlett dobrej nocy i prawie dotarł do drzwi Domu Caldwell, kiedy dostrzegł znajomy kaptur w okolicy stajni. Nawet po trzech latach widok zbliżającego się Royce'a wywoływał w nim niepokój. Czuł się skonsternowany jak ptak na widok niemożliwie zwinnego stada nietoperzy. Dochodziło do tego jeszcze to, że Royce był widoczny, gdy szedł przez księżycowy blask i całkowicie rozpływał się w cieniu. Wydawało się, że znika i się materializuje. W połączeniu z trzepotem i falowaniem jego czarnej peleryny efekt był upiorny i – jak wyobrażał sobie Hadrian – krańcowo przerażający dla każdego, kto zalazł Royce'owi za skórę.

– Wróciłeś wcześniej, niż się spodziewałem – powiedział Hadrian.

– Mam wszystko, czego potrzebuję. Jadłeś?

– Jeszcze nie.

Royce się rozejrzał. W przeciwieństwie do Dzielnicy Dolnej w Medfordzie, gdzie ludzie kręcili się po zmierzchu albo spali w zaułkach czy na progach, ulice wokół Domu Caldwell były puste.

– Znajdziemy coś później – powiedział Royce. – Porozmawiajmy najpierw w pokoju.

– Coś się stało?

– Znowu z nią rozmawiałem. Ta kobieta potrafi... Wejdźmy, to ci wszystko wyjaśnię.

Dom Caldwell był pusty. Nie było ani Wagnera, ani Gilla. Ogień płonął słabo na kominku. Trzask polan i skrzypienie drzwi rozbrzmiały głośno w panującej tam ciszy.

– Mają dziś wieczorem jakieś zgromadzenie wioskowe czy co? – zapytał Royce.

– Nic o tym nie wiem, bo cały dzień spędziłem na górze. Może po prostu wcześnie się kładą. To głównie farmerzy. Ludzie na wsiach nie przesiadują do późna.

Wspięli się trzeszczącymi schodami do swojego pokoju na piętrze. Hadrian wyciągnął rękę do zasuwki, ale Royce złapał go za nadgarstek. Wskazał na światło migoczące w szparze pod drzwiami. Spojrzeli po sobie zaskoczeni, a potem Hadrian powoli dobył dwa miecze i cofnął się, podczas gdy Royce otworzył drzwi.

Trzy świece płonęły w środku: jedna koło łóżka, druga na parapecie i trzecia na małym stoliku, przy którym siedzieli lord Fawkes i pastor Payne. Grali w karty i pili z kryształowych kieliszków napełnionych winem z wysokiej czarnej butelki. Podnieśli głowy, gdy Royce i Hadrian weszli do pokoju.

– Ach! Nareszcie! – powiedział Fawkes, uśmiechając się szeroko. – Myślałem, że już nigdy nie wrócicie.

– Zwykle, kiedy zastaję nieoczekiwanych gości w swoim pokoju – powiedział Royce – nie opuszczają go w takim samym stanie, w jakim do niego weszli.

Słowa Royce'a nie zabrzmiały naprawdę groźnie, bo nie wyciągnął Alverstone'a. Hadrian wziął z niego przykład i schował miecze.

– W takim razie mogę się uznać za jednego ze szczęśliwców – odpowiedział Fawkes, uśmiechając się jeszcze szerzej. Odłożył karty i mrugnął do pastora. – Pana w każdym razie załatwiłem.

Pastor Payne zmarszczył brwi i sfrustrowany rzucił karty na stół. Wstał i podszedł do okna, gdzie stanął ze skrzyżowanymi na piersi rękami, piorunując wzrokiem Fawkesa, któremu zostawił do dyspozycji całą scenę.

– Pomyślałem, że zaoszczędzę wam czasu, jeśli nie będziecie musieli nas szukać – powiedział Fawkes. – Widzieliście zamek, mieliście okazję ocenić zadanie. Co powiecie? Jak zabralibyście się do zabicia lady Dulgath?

Hadrian zerknął na Royce'a. Widział, że partner jest poirytowany. Obecność Fawkesa w pokoju była nieoczekiwana, a Royce nie lubił niespodzianek. Hadrian nie mógł zresztą powiedzieć, że sam za nimi przepada. Drzwi nie miały zamka, a pokój był jedynie wynajęty, ale mimo wszystko. Szlachetnie urodzony lord mógł nie uznać tego za nieuprzejmość. Grzeczność i szacunek należały się tylko równym jemu i płynęły w jednym kierunku. Dla Fawkesa Hadrian i Royce niewątpliwie plasowali się niżej od niego na drabinie społecznej.

– Nie powiecie mi chyba, że potrzebujecie więcej czasu – powiedział Fawkes. – Spojrzał na Payne'a. – Pastor musi pamiętać o kosztach, gdy wydaje kościelne fundusze. Martwi się, że możecie zwlekać, żeby naciągnąć nas na pokrycie waszych wydatków. Jeśli zaś o mnie chodzi, to niepokoję się, gdy zagrożone jest życie arystokratki.

– Nie, nie potrzebuję więcej czasu – odpowiedział Royce.

– W takim razie... – Fawkes napił się z kieliszka – ...posłuchajmy.

– W porządku. – Royce zerknął na Hadriana, pokazując, że nadal jest poirytowany najściem, ale panuje nad sobą. – Osobiście wspiąłbym się po ścianie wieży do jej sypialni późną nocą, zakradłbym się przez okno i poderżnął jej gardło we śnie.

Pastor Payne się skrzywił i pogładził ręką po gardle.

– To okropnie brutalne.

– Morderstwa zwykle takie bywają.

– Ale jakim cudem miałoby to wyglądać jak wypadek? – zapytał Payne.

– Nie wyglądałoby. – Royce podszedł do stolika i przechylił czarną butelkę od wina, szukając etykiety. Żadnej nie znalazł. – Czas wypadków dawno minął. Każdy już wie, że lady Dulgath jest celem zamachów. Udawanie, że tak nie jest, byłoby głupie. Gdyby lady Dulgath przeziębiła się i umarła kilka tygodni później z powodu gorączki, wszyscy uznaliby, że ją zamordowano.

– Przecież okno sypialni znajduje się na piątym piętrze – powiedział Fawkes.

– Szóstym – sprostował Royce – ale cała ściana jest porośnięta bujnym, mocnym bluszczem, którego gałęzie są grubsze od męskiego kciuka. Zupełnie jakby wspinać się po drabinie. Wiem, bo sam to zrobiłem. Zakradłem się do jej sypialni.

– Nie może być! – przeraził się pastor.

Fawkes wstał. Zacisnął usta i zaczął krążyć wokół stolika. Nie odstawił kieliszka, ale ściskał go w obu dłoniach i pukał w brzeg palcem wskazującym.

– Co jeszcze? Jeśli zastosujemy środki zaradcze, jeśli usuniemy bluszcz, zabójca z pewnością wykorzysta inną taktykę. Czego jeszcze może spróbować?

– Knox rozmieścił więcej strażników, co pomaga. Całkiem przyzwoicie pilnuje lady Dulgath. Otrucie będzie trudne, odkąd lady zaczęła się przed tym zabezpieczać. Personel na zamku jest za mały i zbyt wierny, żeby kogoś przekupić.

Hadrian wiedział, że to żart, uszczypliwa złośliwość, i z trudem powstrzymał uśmiech.

Fawkes nawet nie mrugnął.

– Mimo to musi istnieć jakiś sposób.

– Oczywiście, ale znacznie trudniejszy – odpowiedział Royce.

– Posłuchajmy – powiedział Fawkes, unosząc nieco kieliszek jakby w toaście.

– Gdyby udało się to tak zaaranżować, żeby znalazła się na zewnątrz w z góry wiadomym miejscu, to wybrałbym strzał z łuku z dużego dystansu.

– Z dużego dystansu? – zapytał pastor. – Co to znaczy?

– To znaczy, że trzeba ukryć łucznika dostatecznie blisko, by pierwszy strzał był śmiertelny. To zaś oznacza spory dystans, jeśli ochrona lady będzie choćby odrobinę sprawniejsza od martwej wiewiórki.

– Zatem o czym tu mówimy?

– O długim łuku, zwłaszcza jeśli łucznik będzie znajdował się wyżej od celu. Zabójca może udawać, że to kostur, dopóki nie dotrze na właściwe miejsce. Potem może założyć cięciwę, strzelić i odejść.

– Jaki zasięg mają takie łuki?

– Trzysta, czterysta jardów – odpowiedział Hadrian.

– Tak, ale kluczowa jest celność – dodał Royce. – Nie radziłbym strzelać z więcej niż stu jardów. Będziecie mieli tylko jedną szansę.

Fawkes zamyślił się, znowu pukając w kieliszek.

– Dlatego gdybym ja przyjął to zadanie – ciągnął Royce – to zleciłbym robotę podwykonawcy i wynająłbym zawodowego strzelca.

– Kogo?

– Tylko trzem ludziom bym zaufał w tej kwestii. A jeden z nich nie żyje.

– Pozostali dwaj?

– Jeden to Tom Brzechwa. – Royce zerknął na Hadriana. – Ale on mieszka w Ghencie i wątpię, żeby zgodził się bez względu na zaproponowaną sumę. To człowiek ze skrupułami.

– A drugi?

– Pracuje pod nazwiskiem Roosevelt Hawkins. Miejscowy, mieszka niedaleko. Aż za blisko.

– Co ma pan na myśli? Gdzie?

– W więzieniu Manzant. A stamtąd nikt nie wychodzi.

Fawkes rzucił pastorowi przeciągłe spojrzenie z ledwie widocznym uśmieszkiem.

– A kusza? – zapytał. – Słyszałem, że właściwie każdy idiota potrafi strzelać z kuszy.

– To prawda, ale z racji odległości to musiałaby być spora kusza – odpowiedział Royce. – I w jaki sposób przemycić ją obok zamkowych straży? Jak pan widzi, wspinaczka na wieżę jest dalece łatwiejsza i najpewniej to właśnie zrobi wasz zabójca. Drugie wyjście wymaga zaangażowania kogoś dodatkowego. To nie tylko komplikuje sprawy, ale też podnosi koszty i obniża zyski. Ponadto trzeba znać rozkład zajęć jaśnie pani i mieć nadzieję, że znajdzie się poza zamkiem w miejscu idealnym do oddania strzału.

– Co jeszcze?

Royce wzruszył ramionami.

– Gdyby znalazła się w tłumie, ktoś mógłby po prostu podejść i ją zasztyletować. To jednak najpewniej zakończyłoby się schwytaniem zamachowca.

– A gdyby jej ludzie z zamku nie byli tak do końca jej wierni? – zapytał pastor. – Co wtedy?

Jakie istnieją szanse na coś takiego? Hadrian z trudem powstrzymał uśmieszek. Wyrachowanie, zapał, niemal radość, jaką zdradzali ci dwaj na myśl o zabiciu młodej kobiety, przyprawiały go o mdłości.

– Wtedy pojawia się mnóstwo możliwości – powiedział Royce. – Za dużo, żeby się przed nimi zabezpieczyć. Jeśli to rzeczywista obawa, to doradzałabym wymianę wszystkich ludzi.

– Tylko tyle ma pan dla nas? – zapytał Fawkes.

Royce skinął głową.

Kłamał. Nikt nie zorientowałby się, patrząc na jego twarz, ale trzy wspólne lata sprawiły, że Hadrian zaczął wyczuwać to, co dzieje się pod kapturem partnera. Royce coś przemilczał. Hadrian nigdy nie był zawodowym zabójcą, ale domyślał się, że istnieją inne sposób zabicia lady Dulgath. Słynęła z tego, że wyprawia się do wiosek, żeby pomagać chorym i rannym ludziom. Można więc było przynajmniej zwabić ją w zasadzkę. Zamek można było podpalić, jak to się stało w Medfordzie rok temu. W pożarze zginęła królowa. Zginąłby i król, ale nie było go owej nocy na zamku. Mimo wszystko wspinaczka po bluszczu wyglądała na dostatecznie wykonalny i prosty plan, żeby się sprawdził, dlatego Hadrian zastanawiał się, czemu Royce go podsunął, zamiast skupić się na innej możliwości.

Jeśli Fawkes miał podobne myśli, to jego twarz tego nie zdradzała. Uśmiechnął się.

– Doskonale. To cudowna wiadomość. – Spojrzał na Payne'a i skinął głową. – Musimy tylko pozbyć się bluszczu i dopilnować, żeby lady Dulgath miała właściwą ochronę poza zamkiem. Będziemy także wypatrywać mężczyzn z łukami i kuszami. To prawdziwa ulga.

Fawkes wrócił do stolika, nalał wina do kieliszków dla siebie i pastora, a potem wyjął jeszcze dwa z małej torby, którą przewiesił przez oparcie krzesła.

– Spodziewałem się sukcesu tego wieczoru, dlatego przyniosłem wino, żeby to uczcić. Niestety czekaliśmy tak długo, że wypiliśmy większość z pastorem. Mimo wszystko zostało dość, by wznieść toast.

– Przyniósł pan także pieniądze dla nas?

– Oczywiście. – Fawkes uśmiechnął się szeroko.

Payne wrócił od okna i wziął swój kieliszek.

Royce uśmiechnął się szyderczo, patrząc na butelkę w ręku Fawkesa.

– Ma pan niewłaściwe podejście. W Maranonie tradycja każe wznieść toast po zakończeniu interesów.

– Nie przejmuję się tradycją – odparł Royce.

Fawkes zmrużył oczy.

– Jak większość tradycji i ta ma swój sens. Na północy ściska się dłonie. Ludzie robią to, żeby pokazać, że nie ściskają broni i nie chowają jej w rękawie. Tutaj pijemy. Wspólne jedzenie i picie pozwala się zbliżyć. To dowodzi pewnego zaufania.

– Ja panu nie ufam.

– Ja też nie mogę powiedzieć, że jestem gotowy powierzyć panu swojego pierworodnego, ale musimy trochę sobie zaufać. Potrzebuję zapewnienia, że należycie się pan postarał, a nie na przykład przyłączył się do swoich podobnie myślących braci i ułatwił zadanie zabójcy, zwodząc nas na manowce. A pan musi wiedzieć, że nie będziemy rozpowiadać na prawo i lewo o tym, kim jesteście, ujawniając waszą tożsamość władzom, które mogą was poszukiwać z powodu dawnych wykroczeń – odrzekł Fawkes.

– I jeden toast to wszystko załatwi?

– Nie, ale odmowa sprawi, że zacznę się martwić.

– Może się pan martwić, ile pan zechce. Nie będę pił z panem nic, co mi pan zaoferuje.

– Nie prowadzę interesów z mężczyznami, którzy wątpią w moją uczciwość.

– Co to znaczy?

– To znaczy, że nie dostaniecie zapłaty.

– Ma pan rację. Nie mam pojęcia, dlaczego miałbym wątpić w pana uczciwość.

– Zatem dołączy pan do nas?

– Nie, zapłaci mi pan albo nie wyjdzie stąd żywy. – Royce przeniósł spojrzenie na Payne'a. – Żaden z was nie wyjdzie stąd żywy.

– Ośmielasz się mi grozić?! – wykrzyknął Fawkes, cofając się krok od stolika i sięgając po miecz.

– Chwileczkę! Chwileczkę! – powstrzymał go Hadrian. – Napijemy się.

– Nie, nie napijemy – odparł Royce.

– Oczywiście, że tak. – Hadrian wskazał butelkę. – Już z niej pito wino. Jest w porządku.

– A kieliszki? – zapytał Royce.

Hadrian wskazał kubki na półce nad ich łóżkiem.

– Możemy napić się w nich.

Sięgnął po kubki i podał je Fawkesowi.

Lord się nachmurzył.

– Nie będziecie pić tak świetnego napitku z drewnianych kubków, prawda?

– Istnieje jakaś reguła, która zabrania toastów z drewnianych kubków? – zapytał Hadrian.

– Nie. – Fawkes westchnął i nadal marszczył czoło, nalewając odrobinę wina do obu. – Wy dwaj jesteście tacy nieufni.

– Za pokój między nami i długie życie dla wszystkich. – Hadrian uniósł kubek i się napił.

Z nieszczęsną miną Fawkes zrobił to samo. Payne poszedł za jego przykładem, ale Royce nie tknął kubka.

Wino było bogate w smaku, lecz delikatne – po chwili już się go nie czuło.

– A zapłata? – zapytał Hadrian.

– On się nie napił – zauważył Payne, wskazując Royce'a.

– Nieważne – odpowiedział mu Fawkes. – Przynieś pieniądze.

Payne odstawił kubek i podszedł do okna, gdzie pochylił się i zdmuchnął świeczkę. Drzwi na dole otworzyły się. Kilka osób przebiegło po drewnianej podłodze głównej sali, a potem wbiegło po schodach.

Na twarzy Royce'a pojawił się niepokój.

– Spokojnie, przynieśli tylko pieniądze – powiedział Fawkes, ale zabrzmiało to dziwnie.

Royce sięgnął po sztylet, a Hadrian zrobił krok w jego stronę i odkrył, że świat wokół niego pływa. Pokój zachybotał się dziwnie. Blask świec rozlał się, a postaci Payne'a, Fawkesa i Royce'a poruszały się w zwolnionym tempie. Stolik między nimi poleciał w bok, kiedy drzwi do pokoju otwarły się raptownie. Dźwięk był dziwnie stłumiony, jakby Hadrian znajdował się pod wodą.

Nie znowu, pomyślał.

Sześciu mężczyzn w czarnych mundurach, kolczugach i stożkowatych hełmach wpadło do pokoju. Trzymali miecze, a w ich oczach płonęła żądza mordu. To nie byli wieśniacy. To nie byli nawet zamkowi strażnicy. Byli kimś innym i nie było to nic dobrego.

Butelka wina, która spadła z przewróconego stolika, uderzyła o podłogę, ale się nie stłukła. Zatoczyła pół kółeczka, a z jej szyjki wylała się krwistoczerwona zawartość. Hadrian sięgnął po miecze. Oberwał, zanim zdążył któregokolwiek dobyć. Zaraz otrzymał kolejny cios w plecy. Krzyknął i runął na podłogę.

Miecze wypadły mu z rąk.

– Lepiej, żeby miał pan rację – powiedział Payne.

– Pieniądz oznacza możliwości, mój dobry pastorze. Podzielone tylko na dwóch umożliwią panu wyniesienie się z tej rudery, którą nazywa pan kościołem, i uratują przed przymieraniem głodem zimą.

– I jest pan pewien, że nie mają szans uciec? – zapytał Payne.

– Sam pan słyszał. Nikt nigdy nie uciekł z więzienia Manzant. Nikt.

Hadrianowi ciemniało przed oczami, aż cały świat utonął w czerni.

Rozdział 14

Liścik

Następnego ranka Sherwood czekał na lady Dulgath w prywatnym gabinecie, ufając intuicji. Pod wieloma względami czuł, że to nieuczciwe, może nawet podłe, zważywszy na okoliczności, ale musiał wiedzieć. Zajął się tym co zwykle – ustawił sztalugi, położył na nich płótno, wymieszał farby. Zdumiewał się tym, jak idealnie odtworzono paletę. Nigdy jej nie czyścił. Dzięki nowemu olejowi, można było korzystać z farby przez kilka dni, zatem mycie palety byłoby straszliwym marnotrawstwem. To jedna z wielu zalet oleju w porównaniu z jajkiem, które wysychało już po paru minutach. Nawet gdy używał oleju, na palecie odkładała się warstwa farb, które wysychały tak bardzo, że nie dało się już z nic z nimi zrobić. Palety jednak były tanie i w końcu kupował sobie nową. Tę miał już od jakiegoś czasu; nie było widać ani kawałeczka oryginalnego drewna po stronie, gdzie mieszał farby. Nawet druga strona była brudna od smug i barwnych odcisków palców. I każda plama wyglądała dokładnie tak, jak wcześniej. Sherwood nie wiedział, jak tego dokonała, ale był pewien, że stoi za tym lady Dulgath.

„Uważam to za swoją porażkę. Ponoszę odpowiedzialność i wszystko naprawię".

Może to zbieg okoliczności, że tak się wyraziła, ale w głębi ducha był pewien. Nie było to jednak to samo, co znajomość prawdy, więc Sherwood czekał, obserwując wschód słońca i jego światło wędrujące po suficie i ścianie.

Jeśli Nysa nie miała z tym nic wspólnego, to nie powinna pojawić się na sesji. Nikt nie wiedział o cudzie poza Melbornem, a zdaniem Sherwooda jego nie interesowała ta sprawa na tyle, żeby cokolwiek powiedzieć. Dlatego jeśli lady Dulgath przyjdzie do gabinetu, to będzie dowodziło, że miała coś wspólnego z tym cudem.

A co to będzie znaczyło? Nie wiedział i nic go to nie obchodziło. Nie wszystko naraz, powiedział sobie.

Skończył mieszanie farb i odłożył nożyk na paletę. Usiadł na stołku i otarł ręce w szmatkę, a potem dalej czekał i patrzył, jak słońce się przesuwa.

Nie usłyszał jej nadejścia. Nigdy go nie słyszał, w każdym razie nie słyszał kroków. Wyłapywał tylko szelest sukni. Lady Dulgath weszła jak zwykle bez słowa czy spojrzenia. Miała na sobie tę samą co zawsze złotą suknię z brokatu, etolę z lisa na ramionach i trzymała rękawiczki do jazdy konnej. Stanęła na swoim miejscu zaznaczonym na podłodze, odwróciła się, uniosła podbródek i spojrzała na żyrandol.

– Dziękuję – powiedział.

To słowo po prostu mu się wyrwało. Sherwood rozważył dziesiątki różnych scenariuszy, od oskarżycielskiego wytknięcia jej pędzlem, po uklęknięcie u stóp lady z płaczem. Nie zdecydował, co naprawdę zrobi, jeśli Nysa przyjdzie. Teraz wiedział i zadowoliła go prostota tej reakcji – to o niebo lepsze od płaczu.

– Za co? – Jej głos był wyniosły, a oczy nadal wpatrywały się w żyrandol.

– Szczerze mówiąc, nie wiem.

To sprawiło, że na niego spojrzała.

– Nie wie pan, za co mi dziękuje?

– Za naprawdę moich rzeczy oczywiście, ale... Nie wiem, co pani zrobiła albo, co pewnie ma tu większe znaczenie, jak pani tego dokonała. Dziękuję więc za ten dar, ale nie do końca wiem, za co dziękuję. To ma jakiś sens?

– Nie.

– Jednak naprawiła pani moje sztalugi, pędzle i farby.

Spojrzała na jego narzędzia pracy, zaciskając usta i mrużąc oczy.

– Och, racja. To nowe rzeczy?

– Nie. To dokładnie te same, które zostały zniszczone. Jakimś cudem zdołała je pani wszystkie naprawić, aż do ostatniego sobolowego włoska w tym pędzlu.

– Nie mam pojęcia, o czym pan mówi.

– Jeśli to nie pani, to skąd pani wiedziała, żeby przyjść tego ranka?

Znowu wbiła wzrok w żyrandol.

– Nawyk.

– Nawyk?

– Tak. Szczerze mówiąc, całkiem zapomniałam o pańskim wczorajszym nieszczęściu. Przez pana musiałam pozować tak długo, że teraz robię to odruchowo, co właściwie jest niepokojące, jak się nad tym zastanowić. Musi pan skończyć ten nieszczęsny portret, żebym mogła odzyskać poranki. To trwa już zdecydowanie zbyt długo.

Uniosła podbródek i przybrała beznamiętny wyraz twarzy.

– Znam panią – powiedział. Znowu słowa wyrwały mu się bez namysłu, jakby rura łączyła bezpośrednio jego umysł z ustami i ktoś odkręcił kurek.

– Nie, nie zna pan.

– Ależ oczywiście, że tak. Widzę, kim naprawdę pani jest. Widzę to, co tak desperacko próbuje pani ukryć przed wszystkimi. Widzę to doskonale. I to jest piękne.

– Gdyby znał pan prawdziwą mnie, nie uznałby pan tego za piękne.

– Ależ przeciwnie, znam i jest pani... piękna i cudowna, i mądra, i... i... – Sherwood ugryzł się w język. Spojrzał na naprawione sztalugi, na cud stojący przed nim i postanowił zapomnieć o rozsądku. – Kocham panią, Nyso.

I tyle. Poczuł się, jakby wyrzucił z siebie jakąś truciznę, która osłabiała go od tygodni. Wypowiedzenie tych słów napełniło go ulgą i radością. Euforia trwała tylko sekundę. Potem dopadła go rzeczywistość.

Co ja zrobiłem?

Spodziewał się oburzenia albo śmiechu. W pierwszym przypadku straże wyrzuciłyby go z zamku. W drugim złamano by mu serce. Nysa jednak przeniosła tylko powoli wzrok na niego. W jej oczach płonęła litość i był w nich tak głęboki, przemożny smutek, że Sherwood zadrżał.

Drobniutki uśmieszek zakradł się na jej usta. Twarz przybrała gorzki, zbolały wyraz.

– Nie zna mnie pan, Sherwood. Nikt mnie nie zna i nikt nigdy nie pozna. Proszę po prostu malować. Może pan to zrobić?

Skinął głową. Wypełniła go straszliwa pustka.

***

W południe wyszedł z posiłkiem na zewnątrz i usiadł na trawie na dziedzińcu. Dzień był idealny, jak wszystkie, jakie spędził w Dulgath.

Tu nigdy nie pada, pomyślał.

Dopiero kiedy zdał sobie z tego sprawę, dotarło do niego, że to dziwne, że dotąd tego nie zauważył. Niebo było wiecznie błękitne. Zawsze wiał delikatny, ciepły wiaterek, nigdy nie było gorąco. Siedział w długim cieniu południowych murów w pobliżu zarośniętego terenu, gdzie porozrzucane kamienie walącej się wieży utrudniały koszenie trawy na tyle, że nikt nie zawracał sobie tym głowy. Opierał się plecami o jeden z wielkich bloków i wyciągał nogi w kierunku posągu całującej się pary, mężczyzny i kobiety. Z wielu cudownych dzieł sztuki na zamku Dulgathów to należało do jego ulubionych. Dwie postaci splatały się i zlewały u podstawy, jakby stanowiły część pnia drzewa. A na wysokości piersi mężczyzna i kobieta pojawiali się jak wystrzępione koniuszki liny. Obejmowali się o włos od pocałunku, ich wargi prawie się stykały, oczy mieli zamknięte, na ich twarzach malowała się ekstaza.

Posąg ginął do połowy w wysokiej trawie, za dzikim krzewem i samotnym drzewkiem. Nikt tu nie przychodził. Nikt nie zachodził do tej części zamku i początkowo Sherwood ubolewał nad osamotnieniem posągu. Czuł, że inni powinni docenić jego piękno i niewiarygodną maestrię, która wykraczała poza oddanie ludzkiej postaci, poza realizm, ukazując ideał – to, co być powinno. Nagie uczucie formowało zimny kamień, rzeźba uchwyciła chwilę tęsknoty i triumfu, namiętności i miłości.

Na co innego możemy mieć nadzieję w sztuce? Że uchwycimy nie tylko prawdę, ale też prawdę wartą ukazania, prawdę, która niesie radość lub zrozumienie, która porusza serce lub każe nam przystanąć.

W miarę upływu tygodni Sherwood zaczął traktować ten zaniedbany zakątek dziedzińca jak swoją własność. Doceniał to, że jest odosobniony. Posąg – inspirujący kochankowie zagubieni w chwastach odległej przeszłości – dawał mu nadzieję na przyszłość. Czasem, kiedy cienie układały się we właściwy sposób, myślał, że kobieta przypomina trochę Nysę. Miała zbyt wysokie i wyraziste kości policzkowe, zbyt pociągłą twarz, ale on ewidentnie nie patrzył na nią oczami.

Usłyszał odgłos kroków na trawie i zdziwił się, widząc, że idzie ku niemu Rissa Lyn. Nie niosła tym razem wiadra. Zamiast tego trzymała zwinięty kawałek pergaminu.

– Proszę o wybaczenie, proszę pana. – Zatrzymała się, gdy odwrócił się ku niej, i dygnęła. – Mam dla pana wiadomość.

– Od kogo?

– Szambelan Wells dał mi ją, ale mówi, że to od jaśnie pani.

– Od lady Dulgath?

– Tak, proszę pana.

Sherwood omal nie wywrócił talerza, gdy spróbował wstać.

– Zobaczmy więc, co to.

Wyciągnął rękę, ale Rissa Lyn się zawahała. Jej spojrzenie zdradzało troskę.

– Co się stało? – zapytał.

– Widziałam pana sztalugi. Widziałam pańskie farby i pędzle w gabinecie tamtego ranka i... – Poczerwieniała. – Byłam za drzwiami i usłyszałam, jak mówił pan do jaśnie pani... O tym, że wiedziała... O tym, że miała z tym coś wspólnego i tak dalej.

– I? – zapytał niecierpliwie. Sherwood lubił Rissę Lyn, ale lady Dulgath przysłała mu wiadomość. Po raz pierwszy. Chciał wiedzieć, co napisała.

– Myślę, że ma pan rację. Myślę, że ona wie. Myślę, że to ona to zrobiła.

– Dziękuję. Doceniam, że mi to mówisz, ale...

– Proszę pana... – Zagryzła usta i wbiła wzrok w ziemię. – Ja nie tylko tak myślę. Ja wiem, że to ona.

– Co masz na myśli? Widziałaś coś?

Rissa Lyn pokręciła głową.

– To skąd wiesz?

– Ponieważ byłam pokojówką lady Dulgath przez ostatnie dziesięć lat. Służę jej od dwunastego roku życia. Byłam tu, kiedy przyniesiono ją po upadku z Derby. Nie było dla niej ratunku, proszę pana. Biedna Nysa. Miała złamane plecy i kark. Umarła, zanim przyniesiono ją na zamek.

– Co? – Sherwood był tak skupiony na liście w ręku Rissy Lyn, że nie słuchał jej uważnie, ale ostatnich słów nie dało się zignorować. – Co ty mówisz?

– Mówię, że hrabina Nysa Dulgath, córka hrabiego Beadle'a Dulgatha zmarła dwa lata temu. Jego lordowska mość płakał i zawodził. Nigdy nie widziałam go w takim stanie. Była jego jedynym dzieckiem, ostatnim ogniwem łączącym go z lady Raychelle. Nie mógł pozwolić jej umrzeć. Kazał opatowi Augustine'owi przyprowadzić tę wiedźmę, Maddie Oldcorn. W pokoju byliśmy tylko my – jego lordowska mość, opat i ja – kiedy Maddie powiedziała mu, że jego córka nie żyje i nic nie da się zrobić.

– Risso Lyn, lady Dulgath żyje. Nic jej nie jest... Trzymasz właśnie liścik, który do mnie napisała!

– To nie jest jaśnie pani. To ktoś inny. Coś innego. Mówię to panu, bo wiem, że pan mi uwierzy. Widzi pan to, czym ona jest naprawdę. Zwykła lady nie zdołałaby naprawić pana sztalug i farb, prawda? Zwykła lady nie przeżyłaby trucizny. I jeszcze ten dzień, kiedy spadł kamień z murów. Zabójca wcale nie spudłował.

– Co ty wygadujesz? Przecież zginęłaby zmiażdżona. Kamień był... – wskazał wielki blok do połowy schowany w trawie – ...równie wielki jak ten.

– Widziałam, jak odrzuciła go jak muchę – odpowiedziała pokojówka.

Sherwood zmrużył oczy.

– Risso Lyn, czy ty piłaś?

Skrzywiła się, a potem zmarszczyła brwi.
– Oczywiście, że nie, proszę pana! I nie rozumiem, dlaczego zachowuje się pan tak, jakby mi nie wierzył.
– Bo nie wierzę! – Prawie to wykrzyczał, ale coś w głębi jego duszy kiwało głową i szeptało „wierzę".
– Myślałam... – Rissa Lyn zacisnęła usta. – Myślałam, że pan jest inny. – Dolna warga jej zadrżała. – Myślałam, że pan zrozumie.
Odwróciła się i zaczęła odchodzić.
– List! – zawołał.
Obróciła się. Ze łzami w oczach rzuciła mu pergamin.
– Kocha pan potwora, kiedy ja... Kiedy ja stoję tu przed panem... Niech cię demony pochłoną! Przeklinam cię, Sherwoodzie Stow! No już. Biegnij do tego potwora. Niech demon zawlecze cię w Ognie. Ja mam to w nosie.
I Rissa Lyn odbiegła z płaczem, zostawiając liścik trzepoczący w trawie, poruszany idealnym wietrzykiem.

***

Sherwood wyuczył się na pamięć liściku i powtarzał jego słowa w myślach, kiedy wyciągał swój miecz ze stosu rzeczy w kącie pokoju. Ostrze nie zardzewiało, ale nie można było tego samego powiedzieć o człowieku. Sherwood bardziej dbał o klingę niż o siebie. Nie pamiętał, kiedy ostatni raz się nią posługiwał ani porwał się na coś bardziej męczącego od długiego spaceru.
Jak wszystko inne odziedziczył broń po Yardleyu, a skąd on ją miał, nie wiedział nikt żywy. Nie było to nic nadzwyczajnego, miecz o prostej gardzie i głowicy w kształcie sokolej głowy, ale była to broń wysokiej jakości i dostatecznie dobra dla zawodowca, a nie coś, co można nosić tylko dla ozdoby. Wędrowni artyści nie noszą zbyt dużo, więc jeśli zachowywali coś dostatecznie długo, żeby to przekazać, to musiała być to rzecz warta zachodu. W większości królestw Avrynu lordowie wymagali, żeby zdolni do walki mężczyźni mieli broń i umieli się nią posłużyć, gdy ich wzywano. Jednakże tylko arystokraci i ludzie uprawnieni,

tacy jak żołnierze i szeryfowie, nosili broń oficjalnie. W efekcie Sherwood tak jak jego poprzednicy nosił miecz schowany w zwiniętym w rulon posłaniu. Broń nie rzucała się w oczy, ale była pod ręką.

Sherwooda kilkakrotnie zaczepiano podczas podróży. Zwykle jeden albo dwóch łotrów rzucało się na niego, najczęściej z jednym nożem na spółkę. Wyciągnięcie miecza ze zwiniętego posłania niemal zawsze kończyło takie spotkanie. Bywało jednak, że musiał stawić czoło uzbrojonym złodziejom, prawdziwym rabusiom, których nie zniechęcał widok klingi. Wtedy był zmuszony walczyć o życie.

Dobrze sobie radził. Był przekonany, że zabił co najmniej jednego człowieka, ale tego nie sprawdził. W innej walce dźgnął w brzuch młodego zbira mającego nie więcej niż siedemnaście lat. On też pewnie umarł. Sherwood przetrwał ponad sześć walk, odniósłszy tylko trzy rany i tylko jedną z nich można było uznać za poważną. Na szczęście Yardley nauczył go także, jak zszywać rany.

Sherwood nie łudził się co do swojego męstwa. Miał tylko nadzieję, że jeśli lady Dulgath będzie potrzebowała jego ostrza, to jego umiejętności okażą się wystarczające. Czekał, patrząc, jak słońce zanurza się w morzu. Zniknęło dopiero w trzech czwartych, ale nie potrafił dłużej czekać. Chciał być na miejscu przed nią.

Przypasał miecz, popędził schodami, przeskakując po dwa stopnie, i wybiegł z zamku.

Sherwoodzie – napisano w liściku. *Spotkaj się ze mną na urwisku po zachodniej stronie zamku o zachodzie słońca. Potrzebuję pomocy i tylko Tobie mogę zaufać.*

Jego uczucia były wybuchową mieszanką rozradowania i przerażenia. Odkrycie, że Nysa mu ufa i go potrzebuje, wywołało czystą radość. To, że była tak zdesperowana, że postanowiła spotkać się z nim poza zamkiem, w odosobnionym miejscu, napełniło go zgrozą i lękał się tego, co może mu powiedzieć.

Może chce ze mną uciec?

Nie. Nie mógł mieć aż tak wielkich nadziei. Pozwalał, żeby uczucia przezwyciężyły rozsądek. Pewnie chciała, żeby przekazał królowi Vincentowi wiadomość, której nie mogła powierzyć Wellsowi albo Rissie Lyn.

Przebiegł przez dziedziniec i do bramy, a potem zaraz skręcił w lewo i trzymał się blisko muru, dopóki nie zbiegł na trawiastą skarpę obok ślepej ściany zamku. Wiatr był tu silniejszy, wiał znad morza, wilgotny i słony, na stałe przyginając sięgającą bioder trawę.

Nysa boi się kogoś na zamku. Może wszystkich... „Tylko Tobie mogę zaufać".

Ewidentnie nie mogła ufać Rissie Lyn, ale czy wiedziała, że jej pokojówka uważa ją za demona?

Nie, zdał sobie wtedy sprawę z całą wyrazistością. „Kocha pan potwora, kiedy ja... Kiedy ja stoję tu przed panem...". Rissa Lyn był zazdrosna i albo wszystko zmyśliła, albo żyła jakimiś urojeniami. Bez względu na jej uczucia musiała zrozumieć, że takimi szalonymi oskarżeniami nie odsunie go od Nysy.

Porozmawiam z nią później... Wyjaśnię jej to łagodniej.

Przedarł się przez wysoką, szarpaną wiatrem trawę, która smagała go po nogach. Szum fal przybierał na sile, w górze krzyczały mewy. Po zachodniej stronie wieża zamku Dulgathów wznosiła się przy samej krawędzi atakowanego przez morze czubka cypla. Wysoki na siedem pięter kamienny słup, który wyglądał jak przedłużenie klifów, nie miał okien po tej stronie. Jakieś sześćdziesiąt stóp niżej nieustępliwe fale rozbijały się o upartą skałę.

Ktoś stał obok podnóża wieży – ciemna postać w ocienionej szczelinie między potężnymi wyrzeźbionymi łapami. Sherwood zwolnił do niepewnego kłusa, kiedy zdał sobie sprawę, że to nie jest Nysa. To nie była nawet kobieta. Stał tam mężczyzna w czarnej pelerynie z naciągniętym kapturem.

– Co pan tu robi? – zapytał Sherwood, zatrzymując się gwałtownie.

– Ależ czekam na ciebie, rzecz jasna – odparł lord Fawkes.

Wiatr na szczycie urwiska był chaotyczny i porywisty, więc lord musiał trzymać brzegi peleryny, żeby nie łopotała jak flaga. Mimo jego wysiłków rant trzepotał za nim jak przestraszony ptak.

– To ty przysłałeś wiadomość? – Sherwood się nie zbliżał.

Był zadyszany, zmęczony i spocony od biegu.

– Tak, musiałem porozmawiać z tobą na osobności, a nie przyszedłbyś na moją prośbę. – Fawkes zrobił krok w jego stronę. Może próbował uniknąć podmuchów wiatru albo źle się czuł między pazurami wieży. – Udało ci się w końcu rozkochać ją w sobie.

– Rozkochać?

– Nie bądź taki skromny, chłopcze. Rozmawiałem z nią tego ranka i wyjaśniłem, dlaczego królowi może nie odpowiadać oddanie jej lenna jako ostatniej przedstawicielce rodu Dulgathów. Zaproponowałem jej małżeństwo, ale odmówiła. Najwyraźniej znalazła sobie kogoś innego. Wiem, że ma wysokie oczekiwania, i nie mogę pojąć, jakim cudem tobie udało się przeskoczyć poprzeczkę.

Sherwood chciał w to uwierzyć.

– Powiedziała, że jest ktoś jeszcze? Może po prostu nie była zainteresowana tobą?

– Wypowiedziała się szczerze i dość konkretnie.

– A co dokładnie powiedziała? Wspomniała mnie z imienia?

– Nie, ale mówiła o mężczyźnie, który regularnie ją odwiedza. O kimś, kogo z każdym dniem lepiej poznaje i im więcej o nim wie, tym bardziej nabiera przekonania, że znalazła kogoś, z kim mogłaby żyć.

– Tak... Tak powiedziała?

– Owszem, ale nie łudź się. Nie jest wam pisane długie i szczęśliwe wspólne życie. Zaproponowałem ci wyjazd, a ty nie zrozumiałeś aluzji. Teraz muszę nalegać. – Puścił pelerynę, która odleciała do tyłu i opadła na trawę, odsłaniając jego broń.

Sherwood cofnął się, dobywając własnego miecza.

– Nie wyjadę. Prędzej umrę.

Fawkes spojrzał na jego ostrze zdumiony.

– Co malarz robi z mieczem? To prezent? Wiesz chociaż, jak go trzymać?

Sherwood uśmiechnął się szeroko.

– Zabiłem nim kilku ludzi. Ludzi, którzy mnie zaatakowali. A ty? Pewnie odstawiłeś wiele popisów. Tańczyłeś ślicznie przed publiką na dworze, walcząc pewnie stępioną bronią. Wątpię, żeby wielu ludzi na serio zaatakowało kuzyna króla.

– Och, oczywiście, że atakowali na serio – odpowiedział Fawkes, idąc do Sherwooda i wyciągając miecz. – W Mehanie nie lubi mnie wielu ludzi. Ludzi, którzy stracili kończyny. Niektórzy zginęli w trakcie tych „popisów". Jesteś pewien, że chcesz tego? Daję ci ostatnią szansę. Możesz po prostu wyjechać.

– A ja oferuję ci tę samą szansę. Odejdź. Nysa dokonała wyboru.

– Zostanę. To będzie zabawne, nie uważasz?

– Dla jednego z nas – odparł Sherwood.

Lord Fawkes pierwszy zaatakował. Sherwood odskoczył zręcznie, a ostrze przecięło powietrze.

Wiatr przeważnie wiał mu w plecy, ale Sherwood stracił sporo sił, pędząc na urwisko. Fawkes miał przewagę, bo był wypoczęty. Z drugiej strony Sherwood się rozgrzał i miał rozluźnione mięśnie. Kto wie, jak długo lord stał na zimnym wietrze.

Sherwood pozwolił, żeby Fawkes znowu zaatakował. Ten sam ruch, z prawej na lewo i pod kątem w dół. Potężny cios mający na celu wykorzystanie słabej strony Sherwooda. A może lord go sprawdzał, próbując zorientować się w jego umiejętnościach.

Dobra walka to krótka walka, zawsze powtarzał Yardley. Niczego mu nie zdradzaj. Oszczędzaj siły, pozwalając, żeby przeciwnik się męczył. A potem przy pierwszej okazji zakończ sprawę.

Ich miecze zderzyły się z całej siły. Malarz natychmiast zamachnął się najszybciej, jak zdołał, i uderzył, celując w szyję lorda.

Tamten zrobił unik.

Psiakrew!

Sherwood obawiał się, że Fawkes może wykorzystać tę chwilę i uderzyć z dołu w jego odsłoniętą pierś. To by go załatwiło, ale lord odskoczył trzy kroki.

Oto różnica między szermierzem walczącym w popisach i kimś, kto chce przeżyć, pomyślał Sherwood.

Fawkes zdobywał punkty i starał się dobrze wypaść: starcie, wycofanie, powrót, zwód w lewo, zwód w prawo, znowu wypad. To ładnie wyglądało, ale na samotnym urwisku, gdzie stawką było życie i tylko mewy i trawa stanowiły publiczność, nie był to dobry pomysł na walkę.

To mógł być pierwszy prawdziwy pojedynek Christophera Fawkesa. I na tym polegała przewaga Sherwooda.

On nigdy tego nie robił, pomyślał malarz. Mam go. Jednakże w głowie Sherwooda odzywał się więcej niż jeden głos. Inny zastanawiał się, jak dobrze Fawkes radzi sobie z mieczem. Ma ogromne doświadczenie. Trzymał miecz równie często jak ja pędzel. A jego nauczycielami byli zawodowi szermierze, nie starzejący się portreciści.

Tyle że on nigdy nikogo nie zabił. Po tej uspokajającej myśli pojawiła się następna, niepokojąca: zawsze jest ten pierwszy raz.

Kolejny atak. Tym razem Fawkes uderzył z większą finezją. Zaczął od takiego samego zamachu – teraz Sherwood widział, że powtórzył je dwa razy, aby tego się po nim spodziewano – a potem obrócił się w lewo i uniósł miecz, mając nadzieję, że rozetnie tors Sherwooda albo – gdyby szczęście mu sprzyjało – trafi go w brzuch i wbije weń klingę.

Sherwood pokrzyżował mu plany, obracając się w prawo. To nie była kwestia umiejętności. Nie miał pojęcia, że Fawkes próbuje czegoś sprytnego. Uznał po prostu, że jeśli lord znowu powtórzy ten sam manewr, to on zaatakuje go z drugiej strony i spróbuje zajść od tyłu. Okazało się, że przechytrzyli się wzajemnie i obaj zachwiali się, próbując ukryć zaskoczenie i zaniepokojenie.

– Imponujące – powiedział Fawkes, odgrywając pewność siebie, na co Sherwood nie dał się nabrać.

Wcześniej może dałby się zastraszyć, ale teraz zdał sobie sprawę, że Fawkes lubi się przechwalać i wcale nie jest taki dobry. I w tej samej chwili zrozumiał, że wygrał.

„Wiara, że wygrasz" – mawiał Yardley – „świadomość tego, wypełniająca nie tylko twoją głowę, ale i serce, to coś, co pozwoli ci zwyciężyć. Przegrywasz ze strachem i to strach cię zabija. Uwierz w siebie, a zatriumfujesz".

Sherwood wiedział teraz, że jest lepszy od Fawkesa. A co ważniejsze, że widział już strach w oczach lorda.

On też to wie.

Patrząc na lorda Christophera Fawkesa, widział martwego człowieka.

Zaatakował. Trzymał teraz miecz pewniej. Czuł, jak mięśnie mu się rozluźniają, oddech spowalnia. Wdech przez nos, wydech ustami.

Dwa głosy w jego głowie ucichły, a Sherwood odnalazł równowagę. Miał wiatr we włosach, mewy krzyczały w górze, fale rozbijały się w dole, ale Sherwood skupił się na Fawkesie, który stał plecami do urwiska. Zrobił krok do przodu, uniósł mie...

Ból eksplodował w jego plecach.

Zacisnęły mu się wszystkie mięśnie w ciele. Zaparło mu dech w piersi. Sherwood wytrzeszczył oczy.

Fawkes przed nim spojrzał na coś za jego plecami i się uśmiechnął. Nie złowieszczo i z wyższością, lecz z ulgą.

Napięcie w mięśniach Sherwooda zniknęło wraz z całą siłą. Padł bezwładnie na trawę, jakby rozpuściły mu się wszystkie kości w ciele. Potrzebował powietrza, ale nie mógł odetchnąć z powodu nieznośnego bólu.

Nie bardzo wiedział, jak długo leżał, zanim usłyszał zbliżające się kroki.

– Mam nadzieję, że nie ma pan nic przeciwko – odezwał się szeryf Knox. – Załatwiłem kuszę, o którą pan prosił. Jest ogromna, ale tylko taką zdołałem znaleźć. Chciałem się przekonać, jak dobrze działa.

– Oczywiście, że nie mam – odpowiedział Fawkes. – To... to nadzwyczajna rzecz.

– Prawda? Ciężka jak głaz i nie należy jej trzymać podczas strzelania. Kusze naprawdę nie są w moim stylu. Celowałem tak, żeby zabić go na miejscu, ale ten szubrawiec ciągle dycha.

– Dziura jest niewiarygodna – powiedział Fawkes i głos mu się lekko załamał. – Proszę pomóc mi zrzucić jego szczątki z urwiska.

Sherwood nie mógł się ruszyć ani nabrać powietrza, kiedy go wlekli. Zastanawiał się, jaki będzie upadek z takiej wysokości.

Zginę od uderzenia czy utonę?

Okazało się, że ani jedno, ani drugie. Sherwood Stow zmarł, zanim dotarł do krawędzi.

Rozdział 15

Obraz

Christopher Fawkes był człowiekiem wrażliwym. Chociaż miał długą listę wrogów – prawdziwą, spisaną listę, którą nosił pod podszewką dubletu – zwykle w każdym potrafił dostrzec coś, co budziło jego szacunek albo przynajmniej litość. Ta denerwująca skłonność do rozumienia innych i współczucia im często okradała go z nieskrępowanej radości zwycięstwa. Szczególny wyjątek stanowił król Maranonu. Lord Fawkes był przekonany, że król Vincent Pendergast istnieje tylko po to, żeby on mógł nienawidzić kogoś bez żadnych zastrzeżeń.

Vincent Wstrętny, jak nazywał go Christopher w bezpiecznym zaciszu własnej głowy, ucieleśniał wszystko, co złe na tym świecie; całe zło zamknięte w jednym okropnym pakiecie. Był niski – rzecz niewybaczalna w przypadku monarchy – i brzydki, co było niewybaczalne dla każdego. Miał typowy dla rodu Pendergastów ogromny, haczykowaty nos wystający z twarzy. Jego głęboko sadzone oczy skrywały się pod kością tak szeroką, że można było na niej położyć kawałek kredy. Miał szpary między zębami – nie tylko między jedynkami, jak każda normalna paskuda, ale między wszystkimi.

Dlaczego Vincent Wstrętny nie zapuścił brody, żeby zasłonić dziobatą cerę, pozostawało zagadką, chyba że wyhodowanie brody przerastało go tak samo, jak władanie krajem. Palce monarchy były grube i krótkie jak małe kiełbaski. Nawet skóra na nich przypominała cienką i napiętą kiełbaśnicę. Jedyna różnica? Christopher nigdy nie widział tak wielu włosów na kiełbasie. Palce króla nie były jedyną grubą częścią jego ciała. Vincent Wstrętny nie zdołałby wcisnąć się nawet do beczki, gdyby bednarz nie poszerzył jej o klepkę lub dwie. Najgorszą cechą króla był jego nawyk plucia i całkowity brak umiejętności robienia tego. Jego twarz była zwykle mokra od śliny, grudka flegmy często zdobiła mu podbródek. Osobowość odpowiadała jego wyglądowi.

– Chrissy? – powiedział król, widząc go na dziedzińcu. – Nie spodziewałem się ciebie w Dulgath.

– Wasza Wysokość. – Christopher ukłonił się z uśmiechem na ustach, wyobrażając sobie, jak posyła bełt w ten opasły, zapluty stojak na koronę.

Christopher miał arbalet – broń, którą Knox nazwał ogromną kuszą. Ukrył go najlepiej, jak zdołał, za szafą w swojej sypialni. Ponieważ broń była wielkości kontrabasu, nie dało jej się schować pod łóżkiem. Za szafą też nie bardzo się mieściła i wystawała z obu stron. Zarzucił na arbalet prześcieradło, przez co ten wyglądał jak karłowaty duch z rozłożonymi rękami.

Tego ranka, kiedy wysłali dwóch złodziei do Manzantu, Christopher zauważył, że usunięto bluszcz z zachodniej wieży. Ogrodnik zerwał cały na rozkaz hrabiny tego wieczoru, kiedy on i Payne byli w Dolinie Brecken. Albo potrafiła przewidywać przyszłość, albo złodzieje ją ostrzegli. Czemu mieliby się nią przejmować, tego lord nie pojmował, ale nie miało to żadnego znaczenia.

Christopher poprosił Knoxa, żeby znalazł mu ciężką kuszę, i miał nadzieję, że uda mu się zrealizować plan ze strzałem z daleka. Widząc stalowe łoże arbaletu, korbę i grube na trzy-czwarte cala jesionowe bełty, nie potrafił wyobrazić sobie, że coś je zatrzyma. Ogromny bełt, który zabił Sherwooda, wbił się w plecy, wyszedł piersią i poleciał dalej nad morze. Jedynym wyzwaniem było wycelowanie w Nysę Dulgath tak, żeby ani ona, ani nikt inny nie zobaczył zabójcy, który naciśnie spust.

Christopher poszedł za królem Vincentem i jego świtą do sali audiencyjnej. Monarcha zostawił większość swojej karawany – która, jeśli wliczyć najemników, mogła się składać z większej liczby ludzi, niż służyło na całym zamku lady Dulgath – w miniaturowym miasteczku namiotowym tuż przy drodze ze stajni. Christopher zasmucił się, widząc, że nie przyjechał jego przyjaciel sir Gilbert. Zamiast tego królowi towarzyszyli sir Dathan i sir Jacobus, a także biskup Parnell i zwykła gromadka pomocników gotowych przytrzymać kielich, poprawić królowi kołnierz i pocałować go w spasiony tyłek.

Lady Dulgath czekała z całą służbą odzianą w najlepsze biało-niebieskie stroje. Biel i błękit to kolory rodu Dulgathów, ale barwnik indygo był bardzo drogi. Mimo to każdy członek personelu nosił przynajmniej jedną niebieską rzecz. Pomywaczki, mleczarki, sprzątaczki i stajenni nosili jasnoniebieskie apaszki. Ogrodnicy, drwale i kucharza mieli niebieskie pasy, a pokojówki i szwaczki wstęgi przełożone przez ramię. Wykształcona służba, taka jak skryba, krawiec i skarbnik, nosili niebieskie kamizelki. Szambelan Wells, jako osoba zarządzająca całym zamkiem, nosił fular i długi, niebieski płaszcz. Służba wspaniale się prezentowała – plecy proste, włosy uczesane, wzrok spuszczony, twarze czyste. Sama hrabina wyglądała olśniewająco. Ubrała się cała na niebiesko. Wspaniała suknia doskonale współgrała z szafirami na jej szyi.

Piękna. Przepiękna. Jaka szkoda, że odrzuciła moją propozycję małżeństwa. To takie marnotrawstwo wbić gruby na trzy-czwarte cala bełt w tę pierś.

Dygnęła z typowym dla siebie niezrównanym wdziękiem, pochylając głowę. Król ujął jej dłoń i ucałował. Christopher wiedział, co chodzi po głowie temu królewskiemu pryszczowi. Ojciec nie żyje. Nie ma żadnych zalotników. Królowa została w domu w Mehanie. A noce na wybrzeżu bywają chłodne nawet latem.

Wyobrażał sobie dokładnie, co myśli sobie Vincent Wstrętny. „W końcu jestem królem, i to takim przystojnym, jak mogłaby mi się oprzeć?".

Tę starą purchawkę czeka frustrująca noc. Gdyby Nysa osobiście nie powiedziała Christopherowi o swoim rosnącym zainteresowaniu Sherwoodem, to uznałby ją za oziębłą.

Tyle że ona tak naprawdę nie wymieniła imienia Sherwooda, prawda? A malarz sprawiał wrażenie bardzo zaskoczonego. Dlaczego? Powinien być dumny albo przynajmniej czuć się winny. Czy to możliwe, że chodziło o kogoś innego?

– Tak mi przykro z powodu śmierci twojego ojca, Nyso – paplała zaśliniona gaduła bez choćby krztyny szczerości, nadal trzymając jej rękę i obściskując ją bezwstydnie. – Przyjechałbym na pogrzeb, ale obowiązki królewskie często uniemożliwiają mi robienie tego, czego pragnę.

Jakie to dziwne, pomyślał Christopher, zważywszy, że w tym właśnie czasie brałeś udział w Wiosennych Derby w Swanwick. W wyścigach, w których ponownie twój koń wygrał.

– Zapewniam cię, że nie zamierzam zmieniać lennika. Ród Dulgathów zawsze świetnie się spisywał, zarządzając tymi ziemiami. Zbrodnią byłoby zmienianie tego po tak wielu stuleciach – powiedział, zerkając na biskupa. – Możemy urządzić ceremonię już jutro? Dzięki temu nie będę ci długo zawracał głowy i będziesz mogła wrócić do normalnego życia.

A Jego Wysokość wybierze się na polowanie. O ile bandę pijaków jadących przez las, kiedy gromada żołnierzy zagania chmarę zwierzyny na rzeź, można nazwać polowaniem, pomyślał Christopher.

– Tak, Wasza Wysokość – odpowiedziała Nysa. – Możemy tak to urządzić. Pewnie Wasza Wysokość zauważył dekoracje po drodze. Pomyślałam, że ceremonia mogłaby odbyć się na dziedzińcu.

– A jeśli będzie padać? – zapytał Vincent.

To wywołało uśmiechy u paru osób ze służby.

– Nie spodziewam się deszczu, najjaśniejszy panie.

– Czemu nie?

– Bo... to byłoby nieprzyjemne.

Christopher przestał słuchać ich rozmowy, ale zastrzygł znowu uchem, gdy król zapytał:

– A gdzie jest Sherwood Stow?

– Nie wiemy, Wasza Wysokość. Nikt go nie widział od wczoraj – odpowiedziała lady Dulgath.

– Wyjechał?

– Nie, najjaśniejszy panie. W każdym razie wątpię. Jego rzeczy tu zostały.

Vincent potarł błyszczący podbródek.

– Myślałem o zleceniu mu portretu mojej córki, Evangeline. Chcę to załatwić, póki jest jeszcze młoda i ładna, nim zacznie wyglądać jak jej matka. Rozmawiałem ze Stowem, kiedy przejeżdżał przez Mehan w drodze tutaj, ale to było kilka miesięcy temu.

– Dwa miesiące i trzy dni, najjaśniejszy panie – wtrącił Perkins Fallinwell, królewski asystent.

Fallinwell* to jedno z najbardziej komicznych nazwisk, jakie Christopher usłyszał w swoim życiu. Musiała stać za nim jakaś historia, ale Perkins, człowiek o wiecznie zmarszczonym nosie i ściągniętych ustach, nie chciał zdradzić się nawet słówkiem.

– Tak, zgadza się, dwa miesiące. Ile czasu potrzeba na namalowanie portretu? Po to tu przyjechał, zgadza się?

– Tak, najjaśniejszy panie – odpowiedziała Nysa. – Ojciec zamówił u niego obraz, ale pan Stow nadal go nie ukończył.

– Powolny gałgan, ale słyszałem, że jest najlepszy. A ja chcę tego co najlepsze dla mojej córeczki. Mówisz, że nie widziałaś go od kilku dni?

– Od wczoraj, najjaśniejszy panie – sprostował Perkins Fallinwell.

Vincent poklepał go po plecach.

– Pilnuje królewskiej sakiewki. Zorientowałabyś się? – Zaśmiał się. Było to niemrawe gęganie jak głos chorej na influencę gęsi. Kiedy król zapanował nad sobą, zakaszlał i splunął na ziemię, omal nie trafiając w but Fallinwella. Długa, elastyczna nitka odskoczyła z powrotem do jego podbródka i tam została niczym lśniąca latarnia morska dla wszystkich patrzących. Tylko król pozostał niczego nieświadomy. – Dobry jest ten obraz?

– Ehm... – Nysa zagryzła usta. – Właściwie to jeszcze go nie widziałam.

– Nie? W ogóle? – Król spojrzał na Wellsa, potem na pokojówkę.

Tamci pokręcili głowami.

– Sherwood bardzo chroni swoje dzieło, póki trwa nad nim praca. – Nysa próbowała nadrobić swoją niewiedzę uśmiechem.

* Fall-in-well (ang.) – Do-studni-wpadł (przyp. tłum.).

– Ale aż dwa miesiące?

Nysa złożyła dłonie.

– Myślę, że chce nas zaskoczyć ukończonym dziełem. Jestem skłonna dać mu tę przyjemność.

– Wszystko to pięknie, ale chcę się przekonać, czy warto czekać na tego człowieka, czy też lepiej zatrudnić kogoś innego. Po dwóch miesiącach portret musi być bliski ukończenia. Wątpię, żeby portrecista miał coś przeciwko temu, że król Maranonu zerknie na jego obraz. Gdzie on jest?

– W jego pokoju. Każę go przynieść do gabinetu. – Skinęła na Rissę Lyn, która zaraz odbiegła. – Tędy proszę. Wskażę drogę Waszej Wysokości.

Kiedy biskup Parnell ruszył za nim, król uniósł rękę.

– Ekscelencjo, pana obecność nie będzie konieczna. Na pewno ma pan lesze zajęcia. Może napije się pan herbaty z pastorem Payne'em. To na pewno nie potrawa długo, a ja zaraz do pana dołączę.

Lady Dulgath poprowadziła Vincenta korytarzem do małego pokoju naprzeciwko schodów. Christopher popatrzył za nimi, a potem ruszył ich śladem. Nie interesował go obraz Sherwooda, ale nabrał podejrzenia, że Vincent chce porozmawiać z lady na osobności.

Poczekał za drzwiami, kiedy Rissa Lyn przebiegła obok, niosąc wielkie, zakryte płótno. Przyklęknął i zaczął poprawiać sprzączkę u buta, a ona dygnęła w jego stronę, wychodząc z gabinetu, a potem odbiegła korytarzem.

– Od jak dawna Christopher Fawkes tu przebywa? – zapytał król o wiele cichszym głosem, niż przemawiał wcześniej.

– Od pogrzebu.

Jego Wysokość splunął. Christopher znał ten odgłos. Jego pamięć przywołała żywy, obrzydliwy obraz i aż się skrzywił.

– Byłoby to niedbalstwem z mojej strony, gdybym nie ostrzegł cię, że Fawkes chce zostać następnym hrabią Dulgath. Jeśli wyrazi swoje zainteresowanie tobą, to oczekiwałbym, że bardziej będzie się to wiązało z chęcią zdobycia twoich ziem niż twojego serca.

– Doceniam troskę Waszej Wysokości.

– Jak już wspomniałem, nie zamierzam zmieniać tego, co tak dobrze działa. Maranon zawsze był bujnym, bogatym królestwem, ale Dulgath jest jak lukier na torcie. Po drodze tutaj widziałem, że każde pole jest obsadzone, każda roślina zdrowa i mocna. W twoich drogach nie ma wybojów, a domy są w dobrym stanie. Twoi ludzie są dobrze odżywieni, uśmiechają się i śmieją. Dobrze to widzieć i nie mam żadnych wątpliwości, co do odnowy praw rodu Dulgathów do tych ziem. Nigdy ich nie miałem, chociaż niektórzy mogli doradzać mi coś innego. A teraz spójrzmy na obraz.

– Och, myślałam, że Wasza Wysokość chce tylko porozmawiać na osobności. Naprawdę nie powinniśmy...

– Bzdura, z pewnością nic się nie stanie. Nawet jeśli obraz nie został ukończony, da mi pojęcie o umiejętnościach tego człowieka. Naprawdę zastanawiam się nad zleceniem mu portretu Evangeline.

– Stanę więc tutaj – powiedziała lady Dulgath.

– Nie chcesz go zobaczyć?

– Nie, dziękuję, najjaśniejszy panie. To byłoby... niegrzeczne.

– Jak wolisz. Dobrze więc, ach, popatrzymy... Na Mara! To... To... Nie, to w żadnej mierze być nie może! Widzę już, czemu nie chciał ci go pokazać, Nyso. To nadzwyczaj niepokojące. To wręcz obraźliwe. To obelga. Nie mogę uwierzyć... Do licha! To musi być jakiś żart, i to w dodatku nieśmieszny. Nie, jednak nie zlecę mu sportretowania mojej córki. W żadnym razie! A na twoim miejscu nie zapłaciłbym temu człowiekowi za to... to... Proszę o wybaczenie.

Król wyszedł pośpiesznie z gabinetu z twarzą skrzywioną grymasem. Minął Christophera, jakby wcale go tam nie było. Nysa Dulgath nie wyszła za nim.

– Gdzie sala główna? – zapytał Wellsa, kiedy szambelan wszedł na zamek głównym wejściem.

– Tędy, Wasza Wysokość.

– I przynieś mi coś do picia! – ryknął Vincent.

– Oczywiście, Wasza Wysokość. W tej chwili, najjaśniejszy panie.

Christopher został w korytarzu, obserwując otwarte drzwi do gabinetu. Kiedy po kilku minutach lady Dulgath nie wyszła, zajrzał do środka. Nysa stała przy sztalugach, wpatrywała się w portret i płakała. Przez cały czas, jaki spędził w Dulgath, nigdy nie widział, żeby okazała jakiekolwiek emocje.

– Nic pani nie jest? – zapytał.

Nie odpowiedziała. Z jedną ręką na ustach wybiegła z gabinetu.

Oszołomiony Christopher popatrzył za nią. Nysa miała więcej wspólnego z licznymi zamkowymi posągami niż z tutejszymi ludźmi. Jednakże ten obraz sprawił, że się rozpłakała.

Jak zły może być ten portret?

Posłuchał oddalających się kroków lady Dulgath, a potem zakradł się do sztalug i uniósł materiał.

Początkowo nie bardzo wiedział, co widzi. Z pewnością twarz – dwoje oczu patrzących na niego ze zdumiewającą, wręcz niepokojącą klarownością. Tyle że to nie była twarz Nysy. Ta osoba była łysa, miała wysokie i wyraziste kości policzkowe. Same oczy były hipnotyzujące, ale nawet one nie były najbardziej uderzającą cechą.

Uszy! Uszy są spiczaste!

Twarz na portrecie nie była ludzka, ale... elficka. Tyle że nie przypominała żadnego elfa, jakiego Christopher widział w swoim życiu.

Każdy elf, z jakim się zetknął, był brudny i miał najbardziej nieszczęsny, sponiewierany wyraz twarzy. Wygnane z szacownej społeczności nie miały wstępu do wielu miast. Tam, gdzie je tolerowano, można było się na nie natknąć w najnędzniejszych zakątkach. Elfy płci męskiej słynęły z lenistwa, a płci żeńskiej z zaniedbywania swoich dzieci. Obie płcie bezustannie żebrały. Wiecznie wyciągały brudne ręce, mamrocząc coś niezrozumiale, ale ich intencja była oczywista.

Sherwood sportretował jedną z tych nikczemnych istot w sukni lady Dulgath. Jednakże najbardziej niepokojącym szczegółem nie była rasa sportretowanej osoby, ale wyraz jej twarzy. Jej wzrok wwiercał się w Christophera, oczy były szeroko otwarte.

Nie błagała, a wyraz jej twarzy nie zdradzał najmniejszego wstydu. Najbardziej niepokojące było to, że elfica na obrazie najwyraźniej uważała się za kogoś lepszego. Christopher dostrzegał to w jej wyniosłym spojrzeniu, w wyprostowanych ramionach i sugestii uśmieszku, który dawał do zrozumienia, że wie coś, o czym on nie ma pojęcia. Ten elf śmiał się z niego, patrząc na niego z obrazu, jakby to jego uznawał za kogoś niegodnego.

Christopher złapał płótno bez zastanowienia. Nie mógł się skupić, póki te oczy na niego patrzyły, piorunowały go wzrokiem pogardliwie, lekceważyły, znieważały, kwestionowały jego prawo do istnienia. Uderzył obrazem o ścianę, łamiąc ramę. Szarpał nim i targał, próbując rozedrzeć płótno na pół, ale było mocniejsze, niż na to wyglądało. Cisnął portretem o podłogę i sięgnął po sztylet.

Zaraz wytnę żałosne ślepia z twojej...

– Lordzie Fawkes?

Christopher odwrócił się i zobaczył pokojówkę lady Dulgath.

Nazywała się Rissa Lyn i stała w progu w prostej białej sukience z wypłowiałą niebieską szarfą. Wytrzeszczała oczy i rozdziawiała usta.

Christopher zamarł z wyciągniętym sztyletem, a potem szybko go schował. Kiedy zorientował się, że służąca jest sama, zapytał:

– Czego chcesz?

Kobieta się zawahała. Obejrzała się nerwowo, a potem szybko do niego podeszła. Ze wzrokiem wbitym w połamany obraz powiedziała:

– To zabiło Sherwooda Stowa.

Christopherowi serce nadal biło pośpiesznie, oddychał szybko i płytko.

– Co ty wygadujesz, dziewczyno?

– Przeczytałam liścik od lady Dulgath do pana Stowa doręczony mu tuż przed jego zniknięciem.

To sprawiło, że Christopher zaczął uważnie słuchać.

– Jaśnie pani prosiła go o spotkanie na urwisku nad morzem. Powiedziałam mu, czym ona jest. Próbowałam go przekonać, żeby nie szedł. Pan Stow nie żyje. – Wskazała obraz. – To coś go zabiło. Zabiło go, ponieważ wiedział, czym jest naprawdę.

– A czym jest?

– Demonem. Tym samym, który opętał Maddie Oldcorn. Biedna lady Nysa umarła, ale nigdy nie została należycie pochowana. Teraz potwór chodzi ubrany w jej trupa. Pan Stow to dostrzegł. To wszystko jest na obrazie, prawda, milordzie? Poszłam do jego pokoju wczoraj wieczorem, próbując go przekonać, że to demon. Nie zastałam go, ale obraz tam stał, więc zerknęłam. Pan Stow dostrzegł potwora w lady Dulgath i ten potwór go zabił. Nigdy nie wrócił ze spotkania.

Ta kobieta oszalała, rozpacz wypełniła jej oczy, kiedy przyciskała ręce do piersi zaciśnięte tak mocno, że opuszki jej pobielały.

– Musi pan coś zrobić, mój panie. Król przybył. On zdoła to coś powstrzymać. Gdyby powiedział mu pan, co ja...

– Christopher! – rozległ się głos biskupa. – Fawkes!

– Proszę mi wybaczyć. – Lord wyszedł.

Nie trać głowy, Christopherze. Jeszcze jeden dzień, nawet niecały. Jeszcze tylko kilka godzin. Tylko kilka godzin.

Rozdział 16

Droga na południe

Świat znowu się zakołysał, a towarzyszyło temu głośne, bolesne tąpnięcie. Hadrian otworzył oczy. Policzek dociśnięty do szorstkiego, wibrującego drewna bolał go wraz z resztą głowy. Światło słoneczne – jasne i rażące – wpadało przez zakratowane okno i paliło go w oczy. Bolały go nadgarstki, ręce związano mu – nie, zakuto – za plecami. Spróbował przełknąć ślinę. Owszem, język, gardło i usta miał wyschnięte, ale prawdziwym problemem była szeroka żelazna obroża. Metalowe ogniwa łączące jego nadgarstki z opaską na szyi wrzynały mu się w plecy.

Leżał w zabudowanym wozie. Przez trzy zakratowane okna – małe z boków i większe w drzwiach z tyłu – było widać, że jadą szeroką drogą po płaskim, otwartym terenie. Kolejny wybój i ból odezwał się w prawym boku Hadriana. Fakt, że miał ręce wykręcone w stronę środka pleców, nie pomagał. Po jeszcze jednym bolesnym podskoku, wstrząsie, po którym musiał zacisnąć zęby, usiadł. Co nie było łatwe przy tym, jak go skrępowano.

Słońce za kratami wskazywało na późne popołudnie albo początek dnia. Hadrian nie był sam. Royce siedział naprzeciwko z podciągniętymi kolanami, spuszczoną głową, zakuty w łańcuchy tak samo jak towarzysz.

– Myślałem już, że nigdy się nie obudzisz – powiedział Royce.

– Ile czasu byłem nieprzytomny?

Royce wzruszył ramionami.

– Z półtora dnia.

Hadrian rozdziawił usta.

– Mówisz poważnie? To nie może być prawda. Ostatnim razem to było tylko kilka godzin. A tym razem mniej wypiłem.

Royce znowu wzruszył ramionami.

Hadrian przesunął suchym językiem po zębach.

– To by wyjaśniało posmak, jaki mam w ustach. Nigdy więcej niczego się nie napiję.

Wokół wozu jechało trzech eskortujących go mężczyzn. Po jednym z obu boków i jeden z tyłu. Mieli na sobie te same czarne mundury co mężczyźni, którzy wdarli się do ich pokoju w Domu Caldwell. Słońce wznosiło się po prawej stronie wozu. Jeśli to był wieczór, to jechali na południe. Jeśli ranek, to na północ.

– Co się stało? – zapytał Hadrian.

– Zatruto nasze kubki stojące na półce podczas naszej nieobecności.

– Aha, tyle to się domyśliłem. Pytałem, co było później.

– Straciłeś przytomność i zjawili się nieproszeni goście. Bardzo niegrzeczni panowie. Nie mogę uwierzyć, że się napiłeś.

– Nie spodziewałem się tego, że wszyscy w Dulgath to alchemicy.

– Nie wszyscy, tylko ona jedna.

– Ona?

– Arkoza – odpowiedział z goryczą Royce.

– Myślisz, że Scarlett miała w tym udział?

– To samo miejsce. Ta sama trucizna. Nikogo nie było, co tylko ułatwiło zadanie. Nie potrzeba do tego geniusza. – Royce pokiwał głową. – Scarlett pracuje dla Fawkesa i Payne'a.

– Nie mówisz poważnie!

Royce przewrócił oczami i pokręcił głową.

– Niech zgadnę: zakochałeś się w niej.

– Nie! – Hadrian odpowiedział na tyle głośno, żeby rozgniewać obolałą głowę. Wóz i wyboista droga dostatecznie go męczyły, nie potrzebował pomocy w tych torturach. – Polubiłem ją i tyle. Sprawiała wrażenie miłej, słodkiej i skłonnej chronić swoich przyjaciół. – Wyjrzał na żołnierza, który jechał za wozem. – Jesteś pewien? Wiesz... Nie mogę uwierzyć, że aż tak źle kogoś oceniłem.

– Nie słyniesz jako doskonały sędzia charakterów, ale nie zadręczaj się. To profesjonalistka. Większość dziewczyn z Diamentu została wyszkolona w sztuce manipulowania i uwodzenia. To ich najlepsze narzędzia.

Mimo to Hadrian się zadręczał. Nie z powodu tego, że dał się nabrać. Gryzła go myśl, że Scarlett byłaby do czegoś takiego zdolna. Gorzej, że jej uwierzył. W całą jej historyjkę o ucieczce z Colnory i znalezieniu lepszego życia w dolinie. Łatwo było w coś takiego uwierzyć. Chciał, żeby to była prawda. Nadal tak czuł.

– Masz pojęcie, gdzie jesteśmy?

– Na Starej Kopalnianej Drodze.

– Na Starej...? – Hadrian uniósł podbródek. Znowu poczuł ból w boku. Jeszcze raz zacisnął zęby. W zamian za swój wysiłek dostrzegł góry, niewielkie zielone pasmo oddzielające Dulgath od reszty Maranonu. – Nie jesteśmy już w Dulgath. To ten trakt... Ten, przy którym zatrzymałeś się po drodze do zamku. Ten, który prowadził na południe.

Co znaczy, że mamy późne popołudnie i zbliża się wieczór.

Wyjrzał znowu na żołnierza za wozem. Mężczyzna zdjął hełm i odrzucił na plecy kolczy czepiec.

– Dokąd jedziemy?

– Do Manzantu.

Ta nazwa zabrzmiała znajomo, ale nie budziła miłych skojarzeń.

Royce uznał, że Hadrian jej nie zna, więc dodał:

– To kopalnia soli w skalistej części Maranonu. A ponadto więzienie. W pewnym sensie. Nie spodoba ci się tam.

Kopalnia soli i więzienie?

– Dasz radę je rozkuć? – Hadrian zadzwonił łańcuchem u nadgarstków.

– Nie.

Royce spuścił głowę, jakby tego dnia ważyła więcej niż zwykle. Kaptur miał odrzucony na plecy, podobnie pelerynę, szczochraną i porwaną, ale włosy nadal były w stanie zasłonić mu twarz.

– Serio?

Royce wysilił się na tyle, żeby przekrzywić głowę i spiorunować Hadriana wzrokiem.

– Mam ręce zakute tak jak ty. Nie sięgnę do narzędzi.

– Może mi się uda. – Hadrian zdołał uklęknąć, podzwaniając łańcuchami o drewno, a potem nabrał gwałtownie powietrza, kiedy ból przeszył mu bok.

– To nic nie da – powiedział Royce, znowu spuszczając głowę.

– Czemu?

– Prawą rękę mam złamaną. I środkowy palec u lewej. Poza tym wątpię, żeby ich nie znaleźli, gdy nas przeszukali.

– Aha. – Hadrian westchnął i osunął się z powrotem na podłogę. Poruszał się powoli, spodziewając się bólu.

– A co z tobą?

– Podejrzewam pęknięte żebro.

– To wszystko?

Hadrian pokiwał głową.

– Prawie na pewno.

Royce uniósł głowę i przyjrzał się twarzy Hadriana.

– Wyglądasz okropnie.

– Serio? – Hadrian poruszył żuchwą i mięśniami policzków, próbując wyczuć siniaki. – Twarz nawet mnie nie boli.

Royce pokręcił głową.

– Mówię ogólnie. Chyba nigdy dotąd nie usiadłem spokojnie, żeby dobrze ci się przyjrzeć.

Hadrian zmarszczył brwi. Usiadł z powrotem i oparł głowę o ścianę.

– Dlaczego zawsze odnajdujesz poczucie humoru, kiedy mamy umrzeć?

Royce wzruszył ramionami.

– Pewnie dlatego, że wtedy życie staje się najbardziej absurdalne.

– Umrzemy, prawda? Nie chcę niepotrzebnie się łudzić.

– Przy odrobinie szczęścia – odparł Royce bez krztyny wesołości w głosie. – Manzant to miejsce, gdzie ludzie przepadają. To długi, głęboki i wąski szyb. Krasnoludy wybudowały tę kopalnię wiele wieków temu, wyjątkowo szpetne dzieło z dziedziny więziennictwa. Więźniowie wydobywają sól w ciemnościach w zamian za jedzenie i wodę. Nie mają narzędzi ani ochrony. Albo znajdziesz sposób zdobycia soli, albo umrzesz, próbując.

W tym czasie sól wysysa z człowieka duszę, a przynajmniej tak słyszałem.

– Hm, to masz szczęście. Nie da się wycisnąć wina z kamienia, nie? – Hadrian znowu potrząsnął łańcuchami. Teraz przypomniała mu się nazwa Manzant, wspomniała ją Scarlett. Uciekła, wydostawszy się z łańcuchów, ale pewnie na ten temat też skłamała, jak na wszystkie inne. – Skoro jedziemy do więzienia, to jak myślisz, o co nas oskarżono? Nie zrobiliśmy niczego złego.

– Nie musisz zrobić niczego złego, żeby wylądować w więzieniu Manzant. Jak wspomniałem, to także kopalnia. Ambrose Moor, jej administrator, nie przejmuje się tym, skąd bierze pracowników. Przestępcy są w porządku, ale za niewolników też przyzwoicie zapłaci.

– Ale my nie jesteśmy niewolnikami.

– Teraz jesteśmy.

Hadrian rozejrzał się po wozie i zorientował się, że jest pusty, jeśli nie liczyć odrobiny gnijącej słomy i dodatkowych łańcuchów, które pokryły się ciemną rdzą. One także podzwaniały na każdym wyboju.

– Nadal masz Alverstone'a?

Royce pokręcił głową.

– Handlarze niewolnikami z Manzantu świetnie znają się na swojej robocie. I jeszcze nie skończyli. Rozbiorą nas do naga, gdy dojedziemy do więzienia. I ogolą nam głowy.

– Przestań tyle gadać. Zepsujesz mi niespodziankę.

Wóz znowu podskoczył, tym razem na czymś dużym. Obaj jęknęli, kiedy oś uderzyła o drogę. Zatrzymali się.

– A co teraz? Jesteśmy na miejscu?

Royce pokręcił głową. Wyjrzał przez boczne okienko, przekrzywiając głowę i nasłuchując.

– Woda. – Royce zamilkł. – To musi być strumień Mercator. – Skinął głową. – Poją konie. Jesteśmy dalej na południu, niż myślałem.

Hadrian usłyszał śmiech. Dwaj mężczyźni rozmawiali, ale ich głosy były zbyt odległe i stłumione, żeby coś zrozumieć.

– Jak daleko jest do Manzantu? – spytał.

– Mercator płynie zaledwie dziesięć mil od więzienia, ale z wozem jadącym tutejszymi krętymi drogami... – Wyjrzał przez okno na niebo. – Jutro pewnie będziemy na miejscu.

– Zatem mamy całą noc, żeby coś wymyślić.

Royce rzucił mu litościwy uśmieszek.

– Naprawdę uwielbiasz myśleć, że wszystko szczęśliwie się skończy. Jak to ujęła Arkoza? Ach... że jesteś słodki.

Hadrian zmarszczył czoło i spróbował wymacać zamek na nadgarstkach, ale miał palce odrętwiałe od kajdan.

– Arcadius miał co do ciebie rację – powiedział Royce. – Jakbyś był daltonistą. Tyle że ty nie jesteś ślepy na kolory. Ty nie widzisz rzeczywistości. Kłopot w tym, że masz zbyt duże oczekiwania wobec ludzi.

– Nie ja jeden jestem tu ślepy – odpowiedział Hadrian. – Widziałem, jak nisko potrafią stoczyć się ludzie, uwierz mi. Widziałem też bohaterskie czyny i wręcz idiotycznie dobre uczynki. Ty też, ale je zignorowałeś. To także ślepota, przyjacielu.

Royce pokręcił powoli głową i syknął – zaśmiał się z wyższością, w typowy dla siebie sposób.

– Woda spływa w dół – wyjaśnił. – Koty jedzą myszy. I owszem, zdarza się czasem chłodny dzień latem albo dziwnie ciepły czas zimą, ale z zasady jest inaczej. Więcej, to taki wyjątek, że nie warto nawet o nim wspominać. Tym, czego ty nie rozumiesz albo wolisz ignorować, jest fakt, że ludzie myślą tylko o sobie. Nie zaryzykują dla kogoś pieniędzy, nie wspominając o własnym życiu. Człowiek nadstawi karku dla drugiej osoby tylko wtedy, kiedy jej życie jest dla niego ważne, a nawet wtedy... – Pokręcił głową i znowu zaśmiał się słabo. – Większością ludzi kieruje strach. Odważne czyny są najczęściej skutkiem głupoty lub impulsu. Gdyby chwilę się zastanowili i zdali sobie sprawę z potencjalnego zagrożenia, niedoszli bohaterowie zaraz by stchórzyli.

– Mnie to nie dotyczy – powiedział Hadrian. – I dzięki temu żyjesz.

Royce się uśmiechnął, jakby spodziewał się takich słów.

– Masz rację i wiesz co? To mnie nurtowało przez trzy lata, ale w końcu to rozgryzłem.

Coś uderzyło mocno w bok wozu.

– Nadal tam żyjecie?! – zawołał ktoś nieprzyjemnym głosem.

Szeroko uśmiechnięta twarz zajrzała przez okienko nad głową Royce'a.

– Nic im nie jest. Obaj siedzą zadowoleni z siebie. Spokojnie, chłopcy. Niedługo ruszymy i przed jutrem będziemy w domu. Nacieszcie się słońcem, bo widzicie je po raz ostatni.

Mężczyzna zaśmiał się i odsunął, rechocząc.

– Miły gość – powiedział Royce. – Może on nam pomoże.

– Zabawne. To co w końcu zrozumiałeś? – zapytał Hadrian.

– Ach, racja. Zrozumiałem, dlaczego obszedłeś wieżę, zamiast zejść i uciec. Chciałeś umrzeć.

Hadrian wytrzeszczył oczy.

– I na swój sposób nadal chcesz. Kiedy rozczarowany i pozbawiony celu wróciłeś z Calisu, czułeś, że twoje życie nie ma sensu. Nie możesz znieść życia w świecie, gdzie ludzie żerują na innych. Wolisz umrzeć w akcie protestu niż pogodzić się z prawdą, że życie jest żałosne, a bliźni są bezwzględnymi zwierzętami, które wykorzystają pierwszą okazję, żeby uprzedzić innych, choćby depcząc po ich karkach.

– W porządku. – Hadrian skinął głową. – Wygląda na to, że mnie rozgryzłeś, ale co powiesz na...

– Gwen? Ona to może nietypowo ciepły czas zimą. Sam nie wiem.

– Nie, nie myślałem o niej. Chciałem zapytać o ciebie.

– O mnie?

– Kiedy pierwszy raz wjechaliśmy do Medfordu, ryzykowałeś dla mnie życie. Więcej nawet: żebrałeś na ulicach, żeby mnie uratować. Dlaczego?

– W porządku. – Royce również skinął głową. – Możesz dołożyć jeszcze jeden warunek do listy. Czyny, które nie służą egoistycznym interesom, wynikają z głupoty, impulsywności oraz szaleństwa.

Hadrian się zaśmiał.

– Wzniosłeś wspaniałą fortecę, ale podejrzewam, że niezbyt wygodną.

– A ten obłok, na którym bujasz, zniknie w Manzancie. Ludzie nie pomagają innym, o ile nie mają w tym interesu, a ponieważ nie jesteśmy nikomu do niczego potrzebni, nikt nam nie pomoże.

Przez tylne okno i pionowe pręty Hadrian dostrzegł jeszcze jednego podróżnego na drodze. Zbliżał się do nich wóz.

***

Hadrian nie mógł uwierzyć własnym oczom.

Zerknął na Royce'a, oczekując potwierdzenia, i zobaczył, że ten wygląda przez okienko z rozdziawionymi ustami i marszczy brwi, nic nie rozumiejąc.

– Co ona tu robi?

Scarlett Dodge jechała odkrytym wozem zaprzężonym w dwa konie nie do pary. Zamieniła patchworkową sukienkę na luźną koszulę i męskie spodnie. Schowała ogniste włosy pod słomkowym kapeluszem z rondem. Hadrian miał nadzieję, że nie próbuje udawać mężczyzny. Mimo stroju nadal pod każdym względem wyglądała jak kobieta. Kiedy się zbliżyła, skręciła w lewo i zatrzymała się obok ich wozu. Wiozła sześć beczułek. Na czterech napisano PIWO, a na dwóch *ALE*.

– Dzień dobry! – zawołał do niej jeden z ubranych na czarno mężczyzn.

– Dzień dobry – odpowiedziała słabym, potulnym i nieufnym głosem.

Hadrian i Royce przesunęli się, żeby wyjrzeć przez okno po lewej stronie.

– Jak się nazywasz? – zapytał ktoś, kto stał za daleko, żeby mogli dostrzec go przez okno.

– Chciałam tylko napoić konie. Zaraz pojadę...

– Nie pytałem o konie. Pytałem, jak się nazywasz, skarbie. To jak się nazywasz?

– Ruby. – Scarlett stała tak, że Hadrian nie widział jej twarzy. Jego pole widzenia całkowicie wypełniały końskie zady, odkryty wóz i beczki.

– Widzisz, ma dość rozumu, żeby nie podawać prawdziwego imienia – odezwał się Royce.

– Przyjechała, żeby nam pomóc – powiedział mu Hadrian.

– Sama? Przeciwko sześciu handlarzom niewolników z Manzantu?

Hadrian wyjrzał przez tylne okno, rozglądając się za pozostałymi. Płaska i prosta droga była pusta na wiele mil.

Royce pokręcił głową.

– To przez nią tu wylądowaliśmy.

– A po co to męskie przebranie, Ruby? – zapytał jeden z mężczyzn.

– To ubranie brata. Wygodniejsze do pracy.

– Dokąd wieziesz to piwo i *ale*?

Jeden z mężczyzn podszedł do wozu i potrzasnął jedną beczką, a potem drugą.

– Pełne.

– Są, ehm... Stare. Piwo zaczęło się psuć. Smakuje obrzydliwie. Wiozę je do Manzantu na sprzedaż. Tamtejsi strażnicy cieszą się ze wszystkiego, co im wpadnie w ręce.

Hadrian oparł się o ścianę wozu.

Kłamała, ale po co?

Fawkes mógł ją wysłać, żeby dopilnowała, by ich zamknięto.

„Nie rozumiesz znaczenia słowa skrupulatny?".

Jego umysł pojmował, że to możliwe, nawet prawdopodobne, ale serce nie chciało w to uwierzyć.

Przyjechała nam pomóc, mówił sobie. Może próbowała namówić innych, ale odmówili. Jest uparta i niemądra, więc pojechała za nami sama.

– Masz szczęście, panienko. Jesteśmy z Manzantu. Możesz oddać je nam.

– Nie zamierzałam go oddawać. Zamierzam je sprzedać, ale pewnie, mogę wam je sprzedać. Policzmy, sześć beczułek, to was będzie kosztować... Pięć żółtych tenentów albo dwanaście z profilem króla Vincenta.

– Skąd, myślę, że to darowizna.

– To źle myślisz.

Dwaj mężczyźni zdjęli beczułkę z wozu i zanieśli gdzieś, gdzie zniknęła Hadrianowi z oczu.

– Zostawcie to!

– Chcemy tylko spróbować, skarbie.

– Przestańcie!

– Wygląda na to, że czeka nas zabawa, chłopcy.

– Na Maribora! Mamy piwo i ładną dziewczynę, która nas zabawi.

– A ty nie chciałeś jechać.

– Racja, co? Nie darowałbym sobie takiej okazji.

– Przenocujemy tutaj? Nie ma sensu pchać się dzisiaj dalej, mam rację?

– Zdecydowanie. Ej, Owen, może byś rozpalił ognisko?

– I zostawił tobie całe chlanie i chędożenie? Pierdol się!

– Powiedziałam: przestańcie! – Głos Scarlett stał się bardziej piskliwy. Bała się.

Koniom się to nie spodobało. Te, które zaprzężono do jej wozu, poruszyły się, zadzwoniły uprzężą. Wóz zakołysał się w tył i przód.

Hadrian szarpnął się w łańcuchach. W nagrodę kajdany wgryzły mu się w ciało. Przycisnął twarz do prętów okna, ale nie widział niczego poza obładowanym wozem Scarlett.

– A może byś tak usiadła? – warknął ktoś.

Przestraszone czymś oba końskie zaprzęgi się szarpnęły. Wóz z Manzantu poruszył się i Hadrian uderzył twarzą w pręty. W tej samej chwili Scarlett wyrwał się zduszony okrzyk.

Hadrian znowu szarpnął kajdanami i krew popłynęła mu z nadgarstków.

– Temu piwu niczego nie brakuje, co?

– Jak dla mnie jest w porządku.

– Nawet chłodnawe.

– Myślę, że nas okłamała, nie uważasz?

– Założę się, że kłamała nie tylko co do piwa. Te ubrania to też kłamstwo. Mówią „brzydula", ale założę się, że kryje się pod nimi całkiem ładna figura.

– Nie! – krzyknęła Scarlett.

Rozległ się tupot stóp i chwilę potem Scarlett pojawiła się w polu widzenia Hadriana. Spojrzała przez okienko oczami szeroko otwartymi ze strachu.

– Pomocy! – krzyknęła.

Jeden z mężczyzn złapał ją za rękę. Scarlett wyszarpnęła się i uderzyła o ścianę wozu. Znowu krzyknęła. Drugi mężczyzna złapał ją w pasie i uniósł. Spadł jej kapelusz, długie rude włosy rozsypały się kaskadą. Mężczyźni krzyknęli z zadowolenia na ten widok.

– Mówiłem, że pod tymi łachami kryje się coś nadzwyczajnego!

Hadrian rzucił się na drewnianą ścianę. Grube i solidne deski nawet nie drgnęły. Uderzenie za to odczuł w żebrach i przeszył go taki ból, że aż zaparło mu dech.

– Spokojnie tam! – krzyknął jeden z mężczyzn, waląc pięścią w wóz.

– Zazdroszczą nam takiego fartu! – zawołał inny.

Wymachującą rękami i nogami Scarlett zabrano poza pole widzenia Hadriana, który nadal przyciskał twarz do okienka, żeby wypatrzyć, co strażnicy robią. Widział tylko stojące konie Scarlett, uderzające kopytami w ziemię i unoszące głowy, żeby zobaczyć coś, czego Hadrian nie mógł dostrzec. Na ziemi koło wozu leżał w koleinie kapelusz Scarlett. Kilka długich rudych włosów zaczepiło się o rondo.

Scarlett krzyknęła. Tym razem zabrzmiało to inaczej i Hadrian ze zdziwieniem odkrył, że krzyki mają własny język. Wcześniej krzyczała ze strachu, teraz w panice. Strach przed możliwym stał się przerażeniem z powodu rzeczywistości. Wyła, aż jej krzyki stłumiono. Na kilka sekund zrobiło się cicho, a potem znowu wrzasnęła. Po jakiejś minucie krzyki ustały i Scarlett tylko szlochała i pojękiwała.

Hadrian nie mógł się powstrzymać. Zaczął się miotać, próbując wyrwać się z łańcuchów, z żelaznych kajdan, przez które był bezradny. Nie miał szans.

– Trzymaj ją!

– Łap ją za kostki! Łap ją, psiakrew, za kostki!

Hadrian szarpnął łańcuchami, obręcze wgryzły się mocniej w ciało, ani odrobinę nie ustępując.

– Spokojnie – szepnął Royce.

– Muszę coś zrobić! Nie mogę siedzieć tu i słuchać!

– Nic nie możesz zrobić. Uspokój się.

– Nie mogę! – wrzasnął. – Ona nie miała z tym nic wspólnego! Przyjechała nam pomóc, a teraz...

Hadrian przyłożył twarz do prętów, ale niczego nie mógł wypatrzyć.

– Nic nie możesz zrobić – powiedział Royce zdecydowanie zbyt chłodnym, zbyt zadowolonym z siebie, zbyt bezdusznym tonem. W takich chwilach Hadrian go nienawidził, nienawidził jego okrutnej obojętności. Ta cząstka Royce'a była pozbawiona współczucia, empatii. Mógł siedzieć zadowolony, podczas gdy na zewnątrz...

Scarlett znowu wrzasnęła, tym razem głośniej. Mężczyźni odpowiedzieli śmiechem.

Hadrian znowu przyłożył twarz do prętów. Zimny metal przylgnął do jego policzka.

– Wy skurwysyny! – wrzasnął. – Zostawcie ją!

Znowu śmiech.

Royce nic nie zrobił. Siedział na podłodze wozu plecami do ściany. Nie szarpał się, nie wiercił. Po prostu siedział z odchyloną głową i patrzył na buty. Przynajmniej się nie uśmiechał. To już coś.

Scarlett zawyła głośniej i znowu się rozpłakała. Potem rozległo się postękiwanie i odgłosy, jakby ktoś się dławił i pluł. Powoli hałasy zaczęły cichnąć jeden po drugim. Konie nadal podzwaniały uprzężami i uderzały kopytami, ale Scarlett już nie było słychać.

Hadriana naszła nagła myśl, że ją zabili.

Początkowo nie chciał w to uwierzyć, ale cisza się przeciągała i powoli zaczynał wierzyć w tę możliwość. Zabili ją i teraz siedzieli wokół jej ciała, pijąc i dochodząc do siebie.

Hadrian siedział przy oknie, nasłuchując. Wiatr szumiał w trawie cichutko jak deszczyk. Samotny świerszcz cykał. Gdzieś zaćwierkała jaskółka. Tak cicho.

Dlaczego jest tak bardzo cicho?

Kroki.

Hadrian usłyszał szuranie o ziemię. Kroki ucichły, a potem stały się głośniejsze, kiedy zbliżyły się do ściany po stronie Royce'a.

Wściekły, wyczerpany i szarpany mdłościami Hadrian odwrócił się do drzwi na tyłach wozu, mając nadzieję, że ktoś będzie na tyle głupi, by je otworzyć. Ze skrępowanym nadgarstkami niewiele mógł zrobić, ale był przekonany, że zdoła zabić przynajmniej jednego.

Był niezły w zabijaniu. Na tym polegały jego umiejętności, to był jego talent. Kiedyś, dawno temu był z tego dumny. Dawno wyrósł z tej dumy i wytrzeźwiał z uzależnienia od krwi, ale miał dwadzieścia dwa lata i prosta mądrość, że zabijanie to nie jest coś, z czego można być dumnym, przyszła dla niego za późno. Jednakże w takich chwilach jak ta zdawał sobie sprawę, że jego straszliwe talenty mają pewien sens.

Ku swojemu zdumieniu usłyszał, że ktoś wkłada klucz do zamka.

Otwierają drzwi!

Hadrian zerknął na Royce'a, wytrzeszczając oczy wyczekująco. Jego partner przykucnął. Jego zręczne, kocie ruchy mówiły, że zgadza się na nieujęty w słowach plan Hadriana.

Jeżeli ten, który otwiera drzwi, ma klucz do naszych kajdan...

Drzwi się otworzyły. Royce i Hadrian już mieli się rzucić, ale zamarli zdumieni widokiem rudych włosów.

– Poczekajcie, muszę znaleźć właściwy – powiedziała Scarlett Dodge, unosząc duże metalowe kółko z tuzinem kluczy. Miała trochę ubrudzoną twarz i plamę od trawy na kolanie spodni. Poza tym wyglądała dobrze.

– Obróć się – powiedziała do Hadriana.

– Nic... Nic ci nie jest?

– Pewnie – odpowiedziała, żachnąwszy się nieco, jakby chciała powiedzieć: „A czemu miałoby być inaczej". – Odwróć się.

Zrobił, jak mu kazała, rzucając Royce'owi zdumione spojrzenie. Tamten nie robił wrażenia zaskoczonego, ale na jego twarzy malowała się podejrzliwość.

Hadrian poczuł szarpnięcie pęt na nadgarstkach.

– Coś ty zrobił? Skórę masz całą poranioną i zakrwawioną. – Poluzowała jedno z pęt, a potem rozpięła kajdany, uwalniając obie jego ręce.

Ulga, jaką poczuł w ramionach, była natychmiastowa. Krew popłynęła do palców, budząc tysiące igiełek. Ból w boku, chociaż nie minął, zelżał.

– Nie ruszaj się – mruknęła, rozpinając obręcz na jego szyi.

– Na pewno nic ci nie jest? – dopytywał się.

– Mnie? Pewnie.

Ciężka metalowa obroża spadła z głośnym brzękiem na podłogę wozu. Hadrian pomasował obolałą szyję i przełknął kilka razy ślinę, rozkoszując się tą przyjemnością.

Scarlett zatrzymała się przed Royce'em, unosząc klucz.

– Jeśli cię rozkuję, będziesz grzeczny?

Royce nic nie powiedział. Patrzył na nią z nieprzeniknioną twarzą – z gniewem, podejrzliwością, a może z czymś jeszcze innym.

Scarlett westchnęła sfrustrowana i zajęła się okowami Royce'a. W tym czasie Hadrian wyszedł z wozu. Chłodny wiatr owionął mu spoconą skórę, kiedy ostrożnie obchodził oba wozy. Szedł w stronę rzeczki, która okazała się raptem żałosną strugą przecinającą drogę. Wysokie brzegi świadczyły o wiosennych powodziach, ale w tej chwili Mercator nie prezentował się imponująco. Nie było mostu. Droga po prostu przecinała strumień w płytkim miejscu, gdzie woda nie zdołała zmyć kamieni. Konie, które ciągnęły wóz więzienny, piły z falującej płycizny. Para Scarlett nie mogła do nich dołączyć z powodu zaciągniętego hamulca. Oba lśniły od potu, miały ciemną i pozlepianą od potu sierść pod rzemieniami. Mocno je popędzała. Za bardzo, żeby dać im się napić, dopóki nie ochłoną.

Z przodu na drodze stała beczka podpisana PIWO. Wyglądała dokładnie jak miniaturowa beczułka na deszczówkę. Wieko pękło na dwie części. Ziemia u jej podstawy była ciemna i mokra. Kilka cali dalej zauważył cynowy kubek na ziemi. Obok niego handlarza niewolników. Nie leżał sam. Hadrian zliczył całą szóstkę. Leżeli na drodze i w trawie. Jeden wylądował częściowo w wodzie i nurt poruszał palcami jego lewej ręki.

Royce wyszedł z wozu i przepchnął się przed Hadriana. Pochylił się nad najbliższym strażnikiem, a jego porwana peleryna rozłożyła się jak skrzydła sępa.

– Nie musisz...

Zanim Scarlett zdążyła skończyć, Royce wyciągnął sztylet zza pasa żołnierza i dźgnął go w szyję.

Natychmiast podszedł do następnego.

– Nie musi tego robić – powiedziała Scarlett, stając obok Hadriana.

– Nie próbuj go powstrzymać. Za nic nie zostawi ich przy życiu.

– Nie chodzi o to. Nie uśpiłam ich.

Royce zamarł i spojrzał na nią, a potem na mężczyznę, nad którym kucnął okrakiem. Położył rękę na jego gardle. Skinął z ponurą aprobatą i się podniósł. Nadal trzymając sztylet, odwrócił się do Scarlett, która natychmiast cofnęła się trzy kroki.

– Royce! – krzyknął Hadrian, ale tamten udał, że go nie słyszy.

Złapał ją za gardło lewą ręką. Ponieważ środkowy palec miał złamany, wsunął kciuk pod jej podbródek, zmuszając ją do odchylenia głowy, aż oparła ją o wóz więzienny. Trzymał sztylet niezgrabnie, z bólem, w drugiej ręce, na której nadal miał odcisk czyjegoś buta.

– Dlaczego to zrobiłaś?

– Royce! Puść ją!

– Chcę wiedzieć dlaczego.

– Bo w przeciwieństwie do ciebie jej zależy na ludziach. Musieliśmy się zaprzyjaźnić tamtego dnia. Zrobiła to dla mnie.

– Nie – odpowiedziała Scarlett. – Zrobiłam to dla niego. – Zdołała skinąć lekko głową w stronę Royce'a.

Złodziej wpatrywał się w nią.

– Wyjaśnij, dlaczego dla mnie narażasz życie. I to szybko.

– Royce! – Hadrian wyszarpnął miecz zza pasa mężczyzny w czarnym mundurze.

– Zrobiłam to, ponieważ uśpiono was moimi ziołami. Ktoś zabrał je z mojego domu, kiedy poszłam do klasztoru z Hadrianem, ale wiedziałam, że w to nie uwierzysz. Wiedziałam, że będziesz mnie winić i że Manzant cię nie zatrzyma. Słyszałam, co się wydarzyło, kiedy ostatni raz uciekłeś, co się stało z tymi, którzy cię tam wsadzili.

– Royce! – krzyknął Hadrian, biegnąc do niego z obnażonym mieczem.

Złodziej puścił dziewczynę i ostrożnie przełożył nóż do drugiej ręki, krzywiąc się bólu. Odsunął się od Scarlett.

Hadrian zwolnił, idąc między ciałami i nie zważając na gromadzące się muchy.

– To było głupie. A gdyby nie napili się od razu? A gdyby poczekali, zanim postanowiliby uczcić swoje szczęście?

– Po całym dniu jazdy w słońcu? – odpowiedziała Scarlett. – To właściwie było pewne.

– Więc oni nie... – Hadrian patrzył na nią, ale unikał jej oczu. Miał wrażenie, że to byłoby zbyt nachalne. – Oni nie... No wiesz?

– Nie. – Pokręciła oschle głową. Uśmiechała się leciutko, mrużąc oczy, jakby ją bawił i zdumiewał zarazem. A potem wzruszyła ramionami. – Pod koniec zrobili się trochę nachalni. – Podciągnęła koszulę i zerknęła pod nią z grymasem. – Będę miała paskudnego siniaka.

– A gdyby napili się z innej beczki? – zapytał Hadrian.

– Wszystkie są zatrute – odpowiedział za nią Royce. – A gdyby nie napili się wszyscy? Gdyby pierwszy padł martwy, zanim pozostali by spróbowali?

Scarlett pokazała nóż schowany pod koszulą i wzruszyła ramionami.

– Może zdołałabyś zabić jednego. Kto wie. To ludzie z Manzantu. Nie umierają łatwo. – Royce pokręcił głową. – To było zbyt niebezpieczne.

– Cieszę się, że to dostrzegasz. Powinieneś także zauważyć, że to cały zapas piwa i *ale* Wagnera. Zrujnował się, żeby was ratować. Możecie więc wracać tam, skąd przybyliście, jasne? Miecze

Hadriana leżą w skrzyni, na której woźnica opiera nogi. Wag mówił, że widział, jak je tam chowali. Swój śliczny biały sztylet i sakiewkę znajdziesz przy strażnikach. Weźcie konie i wyjedźcie. Zapomnijcie o Dulgath. Dobrze? Po prostu odjedźcie.

Hadrian zauważył, jak Royce ściska złamaną rękę.

Złodziej spojrzał na niego ze znajomym, łatwym do odczytania wyrazem twarzy.

– Przykro mi – powiedział Hadrian. – Nigdzie nie wyjeżdżamy.

Rozdział 17

Shervin Gerami

Pokryta głównie solą i lepem na ptaki nadmorska wioska Rye była gorzej niż odrażająca. Christopher naprawdę nie potrafił znaleźć słowa dość okropnego, które by ją opisało. Znajdowała się godzinę jazdy konnej na południe, a potem zachód od zamku Dulgathów. Chałupy stały na brzegu i wyglądały jak szczątki statku wyrzucone przez fale. Podwórza przed domami były maleńkimi skrawkami upstrzonego wodorostami piasku, na którym leżały obrócone do góry dnem małe łodzie. Boje, złachany sieci i połamane gałęzie walały się stosami. Wieśniacy o skórze jak rzemień kucali przy dymiących ogniskach ubrani w niewiele więcej niż przepaski biodrowe.

Christopher poprosił Knoxa o poszukanie kogoś niezwiązanego z zamkiem Dulgathów do wykonania zadania, ale nie spodziewał się, że będzie w związku z tym musiał odwiedzić inny świat.

Christopher Fawkes nie mógł twierdzić, że widział sporo świata. Był w większych miastach Maranonu, ale gdyby był baronem, nikt nie uznałby go za światowca. Z drugiej strony Christopher Fawkes nie był baronem. To ojciec miał ten tytuł. Christopher był tylko nic niewartym czwartym synem, ale jak każde godne pogardy dziecko przeciętnego arystokraty posługiwał się tytułem ojca, żeby otworzyć sobie różne drzwi. Większość ludzi nigdy nie podawała jego praw w wątpliwość. To nie cieszyło ojca, ale z drugiej strony jego nic nie zadowalało, a już na pewno nic, co zrobiłby Christopher. Matka zgadzała się z mężem, jak przystało na bystrą żonę despoty. Bracia i siostry Christophera – a miał ich szóstkę – zgadzali się z opinią ojca na jego temat. To nie dziwiło

Christophera – rodzeństwo w arystokratycznym domu z natury rzeczy jest śmiertelnym wrogiem.

Jedyną zaskakującą wrogością, z jaką przyszło Christopherowi się zmagać, była nienawiść jego poprzedniego konia. Klacz gryzła go przy każdej okazji. Nazwał ją Melanie de Burke na cześć pewnej dwórki; była piękna i droga, czystej krwi renallian. Kochał niegdyś Melanie de Burke – to znaczy kobietę o tym imieniu – ale był przekonany, że ona nie zdawała sobie nawet sprawy z jego istnienia. Melanie de Burke – gryząca go klacz – zdechła trzy lata temu. Zabił ją – klacz, rzecz jasna – i ten jeden uczynek całkowicie zniszczył mu życie. Jak się nad tym zastanowić, to gdyby zabił prawdziwą Melanie de Burke, możliwe, że lepiej by na tym wyszedł. Tak szalone było życie w Maranonie i dlatego Christopher tak doceniał Nieskalaną.

Jak nisko upadły moje standardy, skoro wystarczy mnie nie gryźć, żeby zapewnić sobie moją miłość i wierność?

– Na pewno tutaj znalazł pan kogoś odpowiedniego? – zapytał, schodząc z wozu i rozglądając się po zrujnowanej osadzie.

Tak mieszkają miejscowi w ciemnych zakamarkach Calisu, pomyślał. A przynajmniej tak to sobie wyobrażał. Nigdy tam nie był.

– Przekona się pan – odparł Knox, szczerząc zęby w uśmiechu.

Christopherowi nie podobał się uśmiech tego mężczyzny, było w nim coś złowrogiego. Coś, co mówiło: „Wiem coś, o czym ty nie masz pojęcia". Patrząc na karb w skórzanym kołnierzu przeszywanicy szeryfa, Christopher zastanawiał się, czy tamten nie knuje małej zemsty.

Pomógł zejść z wozu Rissie Lyn i pokręcił głową, udając przed sobą, że dziewczyna może zrozumieć milion i jedną rzecz, które ten ruch miał przekazać. Oczywiście nie rozumiała.

Jak by mogła?

Jej dom pewnie wyglądał podobnie – zaścianek z krzywymi chałupami, których mieszkańcy dzielili łóżka z kozami i świniami, żeby uchronić je przed stadami wilków i wielkich kotów. Robiła wrażenie stosownie wystraszonej dziwnym światem, do którego zawiózł ich Knox, ale z drugiej strony od początku tak wyglądała. Pokojówki zwykle nie wyruszają na poszukiwanie przygód z lordami i szeryfami prowincji, dlatego szok, wyrażający się szczególnie w szeroko otwartych oczach, nie znikał z jej twarzy utrzymywany w ryzach jedynie przez zaskakująco nieugiętą determinację.

Christopher poszedł za Knoxem na plażę. Jego stopy zanurzyły się w gorącym piasku raptem kilka cali od miejsca, gdzie fala nieustannie wygładzała wszystko swoją mokrą łapą. Fala wypadła na brzeg, sięgnęła ku niemu i zaraz się cofnęła, zostawiając białe bąbelki i zielone rurkowate rośliny. Lord spojrzał na morze i szarą linię horyzontu.

To kraniec świata, pomyślał.

Właściwie nie całkiem. Widać było wyspę Neil jako ciemną linię na wodzie, a także Cypel Manna przy cieśninie, która słynęła z tego, że pożera statki. Za nimi leżały Westerlins, ale nie było już cywilizacji. Ani jedno miasto, miasteczko, wioska czy osada nie leżały na zachód od miejsca, w którym stał. To był kraniec znanego świata.

Zatem co tam jest?

Słyszał te same historie o Westerlins, co wszyscy – że podobno tamte ziemie zamieszkują różne rodzaje zdeformowanych ludzi. Pewna rasa miała mieć rzekomo jedną, dużą stopę, tak wielką, że kiedy padało, mogli położyć się na plecach i skryć się pod nią. Miały tam także istnieć koszmarne kobiety o jednej piersi i mężczyźni z psimi głowami, a także ludzie, którzy w ogóle nie mieli głów, a ich twarze znajdowały się na torsie. Te stwory wraz ze smokami, olbrzymami, trollami i ogrami miały włóczyć się po odległych ziemiach, dokąd słońce odchodzi zasnąć każdej nocy. W tamtych ciemnościach nie było żadnego innego światła, nie rozlegały się dźwięki muzyki, śpiewu ani śmiechu.

Gdy tak patrzył ponad falami, ogarnął go straszliwy niepokój, przeczucie nieuchronnie nadciągającego nieszczęścia, jak chęć odsunięcia się od krawędzi urwiska albo obrzeży ogniska.

Jacy ludzie mogą mieszkać tak blisko nicości?

– Oto on, to Shervin Gerami – powiedział Knox, wskazując na mężczyznę za leżącymi łodziami.

Siedział ze skrzyżowanymi nogami i grzebał w pasmach sieci przed szczególnie dziwną chatą z bladych gałęzi. Był łysy i popołudniowe słońce odbijało się jasną plamą od jego głowy.

Knox poczłapał do niego, a Rissa Lyn i Christopher poszli za nim. Piasek wsypał się Christopherowi do butów. Lord się skrzywił. Czuł, jak piach wgryza się boleśnie w jego stopy.

Zniszczę sobie buty... A nie mam drugiej pary. Z bycia nie-baronem nie ma dużych pieniędzy.

Kiedy wszedł między chałupy, powitał go zapach ryb i drzewnego dymu. Dwie kobiety o nagich ramionach, zawinięte w coś, co wyglądało jak samodział, siekały źdźbła trawy tasakami na pniaku. Ich twarze i oczy wyrażały beznadzieję, jaka płynie z życia pełnego nieustannego mozołu. Pewien mężczyzna, wysuszony i ciemny jak rodzynek, siedział apatycznie pod chałupą z wyciągniętymi nagimi stopami. Palił glinianą fajkę i patrzył na przybyszów. Byli tam także inni ludzie, ale Christopher postanowił nie patrzeć. Źle się czuł w tym miejscu pełnym spieczonych słońcem ludzi, którzy spali w ledwie skleconych chałupach na krawędzi wieczności. Knox nie robił wrażenia, jakby czymkolwiek się przejmował. Nie wahał się, brnąc przez piasek ku mężczyźnie o lśniącej głowie.

– Shervin! – zawołał, przekrzykując ryk fal.

Łysy mężczyzna podniósł wzrok. Miał bystre spojrzenie, oczy czyste i skupione, gdy przyglądał się wszystkim członkom grupy z Dulgath. Wyglądał, jakby ich oceniał, dopóki nie wrócił do pracy nad siecią.

– Skąd zna pan tego człowieka? – zapytał cicho Christopher, kiedy podchodzili.

– Jestem szeryfem – odpowiedział Knox. – Krążę po okolicy. Shervina oskarżono o morderstwo. Uniewinniłem go.

– Nie ma pan takiej władzy.

Knox się roześmiał.

Fakt, że taki człowiek jak Knox śmiał się z niego, oznaczał coś więcej niż brak szacunku. Według Payne'a, który z kolei dowiedział się tego od biskupa Parnella, Knox spędził wiele lat w wojsku. Służył diukowi Ethelredowi z Warric i walczył w wielu konfliktach, w tym w słynnej bitwie na wzgórzach Vilan. Payne wyraził podejrzenie, że Knox jest poszukiwany za morderstwo i dlatego tak naprawdę znalazł się w Maranonie. Christopher znowu pomyślał o nacięciu w kołnierzu szeryfa i zastanowił się, czy tamten atak był takim dobrym pomysłem.

– Tak daleko od zamku jestem przedstawicielem władzy hrabiego, proszę o wybaczenie, hrabiny. Dulgathowie nie mogą być wszędzie, a większości tych ludzi nie stać na pielgrzymkę do zamku, żeby złożyć tam swoje drobne skargi i prosić o rekompensatę. To moje zadanie. Działam w ich imieniu. Odwalam prawdziwą robotę, wykonuję nieprzyjemne obowiązki.

Zatrzymał się przed łysym człowiekiem i spojrzał na niego z góry.

– Dobrego dzionka życzę panu Knoxu – przywitał go Shervin. – Nadal chceta, żebym kogoś dla was zaciukał? Jakem już gadał, Ostrze arcy-liczne zabija jeno Starych.

– Pamiętam – powiedział Knox. – Dlatego przyprowadziłem tę kobietę... żeby cię przekonała.

Shervin uniósł rękę, żeby osłonić oczy przed jasnym słońcem, i przyjrzał się Rissie Lyn. Nie miał paznokci u tej ręki. Christopher przyjrzał się drugiej pięści, w której tamten nadal ściskał garść sieci, i zobaczył, że tam też nie ma paznokci. Zostały po nich tylko puste, gładkie miejsca.

Rissa Lyn skuliła się pod uważnym spojrzeniem Geramiego, ale się nie cofnęła. Oddychała płytko i szybko i wyglądała, jakby miała zwymiotować. Mimo to okazała godną podziwu odwagę.

– Przekabacić Ostrze? Jak to zrobita?

– Czy on mówi w naszym języku? – zapytał Knoxa Christopher.

Szeryf zmarszczył brwi, kiedy pozbawiony paznokci mężczyzna przechylił głowę i spojrzała na Christophera.

– A ten wyelegantowany to kto?

– To...

– Royce Melborn – wszedł szeryfowi w słowo Christopher. – Sławny złodziej.

Shervin zarechotał.

– Co tak cię śmieszy? – zapytał nerwowo Christopher.

– Pan Eleganckie Trzewiki w życiu by niczego nie buchnął. A żaden dobry złodziej nie jest sławny.

– Ale on jest – warknął Knox – i na twoim miejscu pilnowałbym swojego ozora.

– Jak go mam pilnować, jak go nie widzę? – Shervin zaśmiał się gardłowym, podłym śmiechem. Wysunął język i spojrzał w dół. – Pewnikiem nie jest tak długaśny, jak u niektórych.

– To nie może być najlepszy człowiek, jakiego pan znalazł – powiedział Christopher.

– Proszę mi zaufać – odpowiedział Knox.

Tyle że Christopher mu nie ufał. Nauczył się nie ufać nikomu, a już na pewno nie ludziom takim jak Knox.

– Pan Melborn myśli, że Ostrze nie potrafi zaciukać? Już ja pokaże panu Elegantowi. – Shervin wstał i odsunął zasłonę, która pełniła funkcję drzwi do jego chałupy. – Niech patrzy.

Christopher nie chciał patrzeć. Nie chciał zrobić nawet jednego kroku do przodu, nie wspominając już o wejściu do chałupy o ścianach plecionych z gałęzi wybielonych przez fale i wyrzuconych na brzeg, podobnej do utkanego z kości gniazda jakiegoś olbrzymiego ptaka. Łatwo było o takie skojarzenie, kiedy kilka wielkich mew krążyło w górze i wiele prawdziwych kości otaczało chałupę. Czaszka wielkiej, rogatej bestii wisiała na pobliskim słupie razem z mniejszymi czaszkami wiewiórek albo może szczurów.

– Tędyk – powiedział Shervin, wchodząc i machając na Christophera, żeby szedł za nim. – Niech zobaczy.

Knox wskazał Christopherowi, żeby wszedł, i ten poczuł, że musi to zrobić, bo inaczej wyjdzie na słabego albo strachliwego. Rzeczywiście się bał. Trochę. Wątpił, żeby ktokolwiek dobrze się czuł w towarzystwie tak dziwnego człowieka jak Shervin, który, gdy stanął, okazał się znacznie wyższy, niż to się wcześniej wydawało. Był wysoki i smukły, a jego mięśnie rysowały się zdecydowanie zbyt wyraziście zdaniem Christophera. Przypominał mu ogolonego kota. Dopiero potem zdał sobie sprawę, że ten mężczyzna nie ma włosów.

Nie był zwyczajnie łysy, ale pozbawiony owłosienia. Nie miał brody, wąsów, ani jednej kępki włosów na rękach czy nogach. Nawet pod pachami nie było widać jednego włoska. Miał za to tatuaże. Mnóstwo. Nie przedstawiały niczego, co dałoby się rozpoznać, jedynie wzory i symbole wokół rąk i ud.

Christopher ustąpił i z ręką na mieczu wszedł do chałupy za Shervinem. Przebije tego ogolonego kota, jeśli zacznie coś kombinować.

W chałupie nie śmierdziało, co zaskoczyło Christophera. Spodziewał się smrodu martwych stworzeń. Zamiast tego zobaczył czyste wnętrze. O dziwo, pachniało tam przyjemnie drzewem sandałowym. Pośrodku znajdowało się wygaszone palenisko otoczone schludnie kręgiem z kamieni. Resztę przestrzeni wypełniały kosze równej wysokości i szerokości, ale żaden z nich nie był tym, co Shervin chciał mu pokazać. Bezwłosy mężczyzna z tatuażami skierował uwagę Christophera na ściany, na których wisiały różne narzędzia: topór, potężna kosa, dwie prymitywne włócznie i drewniana pałka z wielką gałką na końcu.

– Tym zakatrupiam.

– Słucham?

– Poluję i zakatrupiam Starych. – Shervin odsunął znowu zasłonę i wyszedł z chałupy. Podniósł jedną z czaszek szczura albo pręgowca. – Tyle z nich zostaje, jak zetnę łeb. – Wykonał gest naśladujący cięcie na wysokości szyi. Odwrócił się i spiorunował wzrokiem Rissę Lyn. – Ale Ostrze zabija tylko Starych, nie zabija mężczyzn ani kobiet.

– A co to jest Stary? – zapytał Christopher, wymykając się z chaty. Od razu lepiej się poczuł.

– Stare to ostatki po starodawnym świecie, co kryje się po kątach i zakamarkach, w ciemnicy, z dala od ludzkiego światła.

Christopher zaniechał prób zrozumienia czegokolwiek ze słów Shervina i odwrócił się do Knoxa.

– O czym my tu mówimy?

Szeryf wzruszył z roztargnieniem ramionami.

– O duchach i upiorach.

Shervin kiwał głową.

– I o leszych, zmorach i upiorach. – Wskazał morze. – I o selkie. Mamy tu mrowie selkie. To nie kobiety. Ostrze nie morduje ludzi.

– Ona nie jest kobietą – odezwała się wtedy Rissa Lyn. Głos jej nieco drżał, ale mówiła głośno i z przekonaniem.

– A czym?

– Lady Dulgath to demon.

Shervin odwiesił małą czaszkę z powrotem na słup, a potem ściągnął usta i zaczął nimi poruszać na boki, przyglądając się Rissie Lyn. Christopherowi przyszło na myśl tylko jedno – że Ostrze rozważa, jak dziewczyna smakowałaby upieczona na wolnym ogniu z odrobiną soli.

Rissa Lyn najwyraźniej pomyślała coś podobnego, bo objęła się rękami, rzucając zaniepokojone spojrzenia Knoxowi i Christopherowi.

Nadal zagryzając usta, Shervin zaczął kiwać głową.

– Tak – mruknął.

– Tak co do czego? – zapytała Rissa Lyn wyzywająco i zarazem z niepokojem.

– Ten tu... – Shervin wskazał Christophera – ...pan Elegancik to sucha studnia. Pan Knox... – wskazał szeryfa – ...to wiadro krwi. Ale ty... – Znowu pokręcił głową. – Ty jesteś czysta woda z górskiej roztoki.

– Co to ma niby znaczyć? – zapytała skonsternowana Rissa Lyn, próbując ocenić, czy te słowy powinny jej pochlebiać czy też ją obrażać.

– Znaczy, że przyjdę i zobaczę tego demona. Jeśli to Stary, to go zarezam.

– A potrafisz odróżnić? – zapytał Christopher. Spojrzał znacząco na Knoxa. – Nie będzie próbował porozmawiać z lady Dulgath, co?

Shervin uśmiechnął się szeroko, pokazując czyste, białe zęby.

– Pan żeś Stary?

– Co znowu? – Christopher spojrzał na niego z grymasem.

– Czyś Stary?

– Nie.

– A skąd wiesz, że nie?
– Bo nie jestem.
– Właśnie. – Shervin pokiwał głową. – Tak samo. Widzisz teraz?
– Co mam widzieć? Nie, niczego nie widzę.
– Boś wyschnięta studnia. Puste wiadro nie widzi niczego poza sobą. – Shervin poszedł do swojej chałupy z patyków i wrócił z wielgachną kosą.
– Nie będziesz tego potrzebować – powiedział Knox. – Mam lepszą broń.
– Nie ma lepszej broni – oznajmił Shervin.
– Pokażę ci.
We czwórkę powlekli się przez wioskę, mijając dwie kobiety i jegomościa z fajką. Kobiety nie podniosły tym razem wzroku, ale palacz obserwował ich z zaciekawieniem. Wrócili do wozu, gdzie Knox odrzucił płótno i odsłonił arbalet. W jasnym nadmorskim słońcu stalowe części broni zalśniły i całość wyglądała jak z innego świata.
Shervin wytrzeszczył oczy.
– Łuk!
– Widziałeś taki kiedyś? – zapytał Knox.
Shervin pokręcił głową.
– Ale słusznie pan gada, to lepsza broń. Łuki to rzecz święta.
– A ten jest po prostu boski – dodał Knox. – Ustawmy cel, a sam się przekonasz.
Razem z arbaletem załadowali też wypchaną kukłę i sosnowy słupek z podstawką, żeby mieć ją na czym powiesić. Odcięto długi kawał cienkiej linki, do odmierzenia odpowiedniej odległości. Knox poprosił Christophera, żeby zaniósł słupek, a sam wziął kukłę i linę. Jeden koniec oddał Rissie Lyn, która została koło wozu. Potem Knox i Chris przeszli sto jardów.
– Przewiózł nas pan taki kawał dla wariata? – zapytał Christopher, kiedy szli po kamieniach i kępkach trawy. Nadmorski wiatr uderzał ich w plecy.
– Jak najbardziej. Jest doskonały.
– Nie widzę tego. To ignorant i na dodatek szaleniec.

– Właśnie. Kto inny pana zdaniem zgodziłby się zamordować hrabinę? Każda rozsądna osoba uznałaby to za samobójstwo. Poza tym, co pana zdaniem stanie się po jej śmierci? Jeśli Shervin Gerami spróbuje nas wskazać, kto uwierzy człowiekowi, który twierdzi, że zabił lady Dulgath, ponieważ jest demonem?

– I człowiekowi, który nazywa mnie Royce Melborn – dodał Chris, kiwając głową. – W porządku, dostrzegam logikę tej decyzji, ale on jest strasznie dziwny. Myśli pan, że da radę to zrobić?

– Świstak potrafiłby strzelić z takiej kuszy. Jest celna nawet przy strzale na trzysta jardów. A on będzie strzelał z mniej niż połowy tego dystansu.

– Skąd ją pan ma?

– Wells wygrzebał ją z zamkowego strychu.

– Zamek Dulgathów ma strych?

– Wells tak to ujął. On zna każdy cal zamku. Kiedyś ten zamek był prawdziwą twierdzą i na murach ustawiono wiele arbaletów. Wybrał dla nas najlepszy. Niestety mamy mało bełtów, więc mam nadzieję, że Shervin nie spudłuje, bo wtedy będziemy przeszukiwali te kamienie godzinami. Taka kusza strzela naprawdę daleko.

Lina wreszcie się skończyła, więc ustawili kukłę – tunikę służącego wypchaną garściami siana. Obwiązali linę poniżej rękawów i zawiesili manekina na słupku, a potem wrócili.

Kiedy doszli do wozu, Knox wziął arbalet i ustawił. Broń można było trzymać w rękach, ale strzelanie z niej w taki sposób byłoby zbyt nieporęczne. Wyposażono ją we frontowe nóżki, pozwalające ustawić ją pod właściwym kątem. Z tyłu miała klocek podpierający łoże. Za pomocą drewnianych podkładek strzelec mógł uzyskać odpowiedni kąt, wycelować, a potem strzelić. Dopóki cel nie będzie się ruszał – a lady Dulgath powinna siedzieć – wystarczy, że Shervin naciśnie spust. Arbalet był także wyposażony w ręczną korbę do napięcia cięciwy. Ponieważ łęczysko wykonano ze stali i miało rozpiętość pięciu stóp, nikt nie napiąłby cięciwy gołymi rękami, nawet za pomocą stopy, o którą można by zahaczyć strzemiączko na przednim końcu kuszy.

Christopher zerknął na cel i ogarnął go niepokój. Kukła wielkości niemal człowieka wyglądała teraz na przedmiot rozmiarów kieliszka do wina.

Po krótkiej demonstracji i paru strzałach na sucho, podczas których Shervin nie odezwał się słowem, Knox załadował bełt. Nie można było czegoś takiego nazwać strzałą. Były grubsze od ludzkiego kciuka i miały masywne żelazne końce. Shervin przykucnął, a potem położył się płasko na brzuchu, patrząc wzdłuż łoża. Potem uniósł je i lekko przesunął.

– Nie! – przekrzyczał wiatr Knox. – Już go wycelowałem!

– Źle wycelował. – Shervin uniósł rękę, wskazując niebo. – Wiatr.

Knox sprawiał wrażenie rozeźlonego, ale zawahał się, rozważając uwagę.

– Jeśli spudłujesz, będę musiał szukać bełtu.

Shervin nie spudłował. Bełt śmignął szybciej, niż mogło to zarejestrować oko, i wydawało się, że gdy tylko Christopher usłyszał brzdęk cięciwy, w powietrze wzbił się imponujący wybuch siana. Głośny trzask poniósł się mimo wiatru. Chwilę potem już nic nie było widać – ani kukły, ani nawet słupka, na którym wisiała.

Razem z Knoxem Christopher pobiegł do celu. Słupek pękł na pół i się przewrócił. Kukła nie istniała. Znaleźli tunikę, która odleciała kilka stóp dalej, rozerwaną z przodu i z tyłu. Siano walało się wszędzie.

– Co pan myśli? – zapytał Knox.

Christopher pokiwał głową.

– Świetny wybór.

***

Zostawili Shervina w jego wiosce. Miał rytuały do odprawienia – obrządki, jak to ujął – które mogły potrwać całą noc. Knox nie miał ochoty wracać po niego następnego ranka, ale Christopher poparł Ostrze arcy-liczne, co, jak wreszcie zrozumiał, miało znaczyć „archaiczne". Christopher miał własne rytuały do odprawienia i uznał, że łatwiej je załatwi bez Shervina Geramiego.

Nie był człowiekiem pozbawionym marzeń dotyczących przyszłości, ale zwykle nie pozwalał sobie wybiegać za daleko myślami. Nie chciał niczego zapeszyć. Widywał już takie rzeczy: zaplanujesz wczesny wyjazd, to następnego ranka będzie padać. Novron przekreśla prognozy. Kiedy tylko człowiek coś zaplanuje, świat się zmienia z czystej złośliwości.

Christopher uważał także, że nie jest rzeczą rozsądną spędzać za dużo czasu we własnej głowie. Przesadne pogrążanie się w myślach to błąd. Knucie to antyteza działania. Człowiek, który siedzi i knuje, nadal siedzi, gdy inni do czegoś dochodzą. Christopher uważał się za człowieka czynu, jednak w miarę jak zbliżał się decydujący dzień, łapał się na tym, że coraz trudniej mu nie wyobrażać sobie tego, co będzie. Tak właśnie było z wioską Rye. Odkrył, że nienawidzi tej kupy patyków na piachu. Kiedy zostanie hrabią, w jednym z pierwszych rozkazów każe ją zniszczyć. Nie będzie to jego pierwszy rozkaz, nie będzie nawet drugi. Christopher – który nie wierzył w sens planowania, bo Novron krzyżuje człowiekowi wszelkie jego plany – stworzył już sobie krótką listę.

Najpierw pozbędzie się Knoxa i Wellsa. Obaj są zbyt inteligentni i zbyt ambitni, żeby trzymać ich pod bokiem. Z Payne'em będzie musiał żyć, bo jako hrabia nie będzie miał władzy nad członkami Kościoła i nie ośmieli się sprowokować biskupa Parnella. Potem zajmie się przebudową zamku Dulgathów. Na dobrą sprawę to zwykła ruina. Podniesie podatki. Na ile się orientował, prawie żadne tu nie obowiązywały, a farmerów na pewno było stać na wyższe opłaty. Kiedy już uporządkuje sprawy domowe i zacznie odbudowę zamku, skupi się na sprawach w głębi lądu.

Dulgath to najmniejsza prowincja w Maranonie i w efekcie zwykle ją ignorowano. On zamierzał to zmienić. Christopher nie widział powodu, żeby istniały aż cztery prowincje. Swanwick i Kruger to rozlegle ziemie, podczas gdy Manzar i Dulgath w porównaniu z nimi niewiele znaczyły. Gdyby Dulgath wchłonęło Manzar, istniałaby trójka podobnej wielkości sąsiadów. Kontrola nad więzieniem, gdzie mógłby wysyłać wszelkich krytyków, to dodatkowa korzyść, ale prawdziwy zysk płynąłby z podatków, jakie płaciłaby kopalnia soli.

Potrzebowałby armii, żeby zapanować nad Manzarem. W tej chwili Dulgath nie dysponowało nawet strażnikami z prawdziwego zdarzenia, którzy pilnowaliby jak należy frontowej bramy. To także zmieni. Każda rodzina, poza tym, że zacznie płacić wyższe podatki, będzie musiała odesłać jednego syna do wojska. Dysponując tak żyznymi ziemiami jak te w Dulgath, z łatwością opanuje skaliste wyżyny Manzaru, gdzie brakowało prawdziwych miast. Wtedy nie będzie już zwykłym hrabią (co i tak stawiałoby go dwa szczeble wyżej od ojca), ale ważną postacią w polityce wewnętrznej Maranonu. Zdobędzie posłuch u króla, nawet jeśli będzie musiał obciąć mu ucho, żeby to osiągnąć.

Kiedy wóz toczył się i podskakiwał na krętej nadmorskiej drodze, wspinając się coraz wyżej ku płaskowyżowi Dulgath, Christopher przyglądał się swojemu nowemu królestwu i kiwał w milczeniu głową.

Na początek tyle wystarczy, pomyślał.

Gdy wreszcie pokonali grań, Knox pozwolił koniom odpocząć, a cała trójka zeszła z wozu, żeby rozprostować nogi. To było południowo-zachodnie pustkowie Dulgath, nic tylko pokryte porostami skały, udręczone wiatrem trawy i wspaniałe widoki. Z tej wysokości doskonale widzieli Cypel Manna, wyspę Neil i Zatokę Manzantu.

– Olśniewające, prawda? – powiedział Christopher z dumą.

Oczywiście, że tak. W końcu to moja ziemia, pomyślał. Matka zawsze uważa swoje dzieci za piękne.

Szedł obok Rissy Lyn. Kiedy tak spacerowali bez celu po wysokiej trawie, wziął ją za rękę. Zatrzymała się i zamarła pod wpływem dotyku, a potem spojrzała na niego, jakby wyciągnął nóż.

– Spokojnie. – Uśmiechnął się, uniósł powoli jej rękę i pocałował. – Chciałem ci tylko podziękować.

Konsternacja zastąpiła strach w jej oczach.

– Doskonale się sprawiłaś – powiedział szczerze.

Shervin Gerami przestraszył go, więc spodziewał się, że tym bardziej Rissa Lyn rozpłacze się i całkiem straci głowę.

– Byłaś bardzo dzielna. Naprawdę odważna.

Zobaczył, że uśmiech próbuje wypłynąć na jej twarz.

– Chcę panu podziękować, wasza lordowska mość. Tak bardzo bałam się tego czegoś, a to, że tylko ja jedna o tym wiedziałam, było bardzo... trudne.

– Mów mi Christopher.

Otworzyła szeroko oczy.

– O, nie, proszę pana. Nie mogłabym.

No dobrze, może za bardzo się rozpędziłem.

Rissa Lyn nie była dzieckiem. Spędziła wiele lat na służbie. Christopher równie dobrze mógłby poprosić, żeby wzbiła się w powietrze. Wypuścił ją i uniósł ręce, rozkładając dłonie.

– W porządku. Chciałem tylko okazać, jak bardzo doceniam to, co zrobiłaś.

– To wszystko pańska zasługa. – Pokręciła głową, a na jej twarzy odmalowała się konsternacja. – Tylko pan mi uwierzył. Tylko pan, a początkowo nie sądziłam, że pan mi wierzy. Szczerze mówiąc, bałam się pana.

– Przykro mi z tego powodu. – Christopher ruszył i Rissa Lyn poszła w jego ślady. – Ogromnie wzburzył mnie tamten obraz.

– Och, ja to rozumiem. Niech mnie drzwi ścisną, pewnie, że rozumiem. Mnie też ten obraz przestraszył. Ujrzenie, co tak naprawdę kryje się za tą ładną twarzą, jaka to ohyda... To było straszne. Dlatego, nie, proszę pana, nie mam panu tego za złe.

– Dziękuję ci, Risso Lyn. – Znowu ujął jej rękę. Tym razem nie wzdrygnęła się, nie zesztywniała. Zarumieniła się. – Komu jeszcze mówiłaś, kto ci nie uwierzył?

– Ochmistrzyni Julii. Poszłam do niej zaraz po tym, kiedy lady doszła do siebie. Strasznie się bałam, histeryzowałam i nie mówiłam do rzeczy. Powiedziała mi, że wyobraziłam to sobie. Że widok połamanej i zakrwawionej lady Dulgath sprawił, że zaczęłam wyobrażać sobie różne rzeczy, przypominać sobie przesądy, stare opowieści o duchach, upiorach i demonach. Przez długi czas jej wierzyłam. Jednak mijały lata i zrozumiałam, że to ja od początku miałam rację. Wiedziałam, bo lady Dulgath się zmieniła. Ludzie mówili, że spoważniała, ponieważ otarła się o śmierć, ale ja znałam prawdę. Nysa Dulgath umarła i coś innego przejęło jej ciało, porusza nim i przez nie mówi.

Uścisnęła mu rękę.

– Nie lubię patrzeć jej w oczy, ale kiedy to robię, widzę, że to coś na mnie patrzy. To mnie tak przeraża, że mało nie mdleję ze strachu. Naprawdę.

– Komu jeszcze powiedziałaś?

– Tylko panu Sherwoodowi. Kiedy zobaczyłam jego obraz, pomyślałam, że zrozumie. Był takim dobrym człowiekiem i bałam się, że ona zrobi mu coś okropnego. I oczywiście zrobiła, prawda? Tak mi przykro, że przeklęłam go, zanim poszedł. A potem zaginął. Ale on też mi nie uwierzył. Nikt mi nie wierzył.

– Ja ci wierzę – powiedział Christopher, patrząc jej w oczy i uśmiechając się ze współczuciem.

Odpowiedziała uśmiechem, tym razem z nim nie walcząc. Usta jej zadrżały i po policzkach popłynęły łzy.

– Och, proszę pana – zaszlochała. – Nie wie pan, jak bardzo chciałam, żeby ktoś mi to powiedział, zapewnił, że nie zwariowałam.

Objął ją i przyciągnął do piersi, żeby się wypłakała. Knox wrócił do wozu i sprawdzał przednie kopyta konia po lewej. Zerknął raz, a potem znowu zajął się koniem.

Kiedy Rissa Lyn zaczęła się uspokajać, Christopher powiedział:

– Spójrz na to.

Odsunęła się i otarła łzy, a potem spojrzała we wskazanym kierunku, obracając się w stronę urwiska i morza w dole.

– Pięknie, prawda? – powiedział. – Wszystko staje się małe i nieważne, ponieważ, patrząc stąd, widzisz wieczność, nieprawdaż?

– Tak, chyba...

Christopher pchnął ją mocno. Rissa Lyn była lekka i nie miała najlepszego wyczucia równowagi. Od razu spadła z urwiska bez większego problemu. W jednej chwili było po wszystkim. Po prostu zniknęła, chociaż jej krzyk ciągnął się za nią jeszcze kilka sekund, cichnąc. W jednej chwili tam stała, a w drugiej już jej nie było, jakby nigdy nie istniała. Wystarczyło jedno pchnięcie.

Gdyby tak ze wszystkimi moimi problemami można było sobie równie łatwo poradzić, pomyślał.

Podszedł ostrożnie do krawędzi i zerknął w dół. Dostrzegł jej ciało. Musiała ominąć skały i wylądowała w płytkiej wodzie. Nadeszła fala i pchnęła jej ciało na skały, a potem znowu zassała w siebie. Christopher patrzył, jak to się powtarza jeszcze ze trzy razy. A potem wszelki ślad po Rissie Lyn zniknął, jak zniknął po Sherwoodzie.

Naprawdę kocham morze, pomyślał.

Christopher był niemal przekonany, że Rissa Lyn podkochiwała się w Sherwoodzie.

Teraz przynajmniej będą mogli być razem. Oczywiście malarz znalazł się trochę dalej w górę wybrzeża. Christopher wyobraził sobie duchy Sherwooda i Rissy Lyn wędrujące po tych skalistych wybrzeżach całą wieczność, by nigdy się nie spotkać.

– Jakież to byłoby tragiczne, prawda? – zapytał wiatr, a potem poszedł do wozu.

– Z klaczą wszystko w porządku? – zapytał Knoxa.

– Wydawało mi się, że oszczędza lewą nogę, ale niczego złego nie znalazłem.

Knox wszedł na wóz, a za nim Christopher. Szeryf zwolnił hamulec i potrzasnął lejcami. Ruszyli w dalszą drogę.

Rozdział 18

Połamane kości

Hadrian, Royce i Scarlett wrócili wozem Wagnera po wylaniu zatrutego piwa, żeby zmniejszyć ciężar. Royce zasugerował jednak, żeby jedną beczkę zostawić pełną, na wszelki wypadek. Hadrian nie miał pojęcia, co partner ma na myśli, ale podejrzewał, że nie chce wiedzieć.

Uprzątnęli wszystko łącznie z kawałkami drewna po połamanej pokrywie beczułki i upchnęli razem z ciałami do więziennego wozu, który odprowadzili między drzewa, spory kawał od drogi. Konie handlarzy niewolników wyprzęgnięto i przywiązano do wozu z piwem. Przy odrobinie szczęścia nikt nie będzie szukał ludzi ani zwierząt. Według Royce'a handlarze dostarczający ludzi do Manzantu pracowali niezależnie, na własną rękę porywali niewolników. Jeżeli ktokolwiek zacznie ich szukać, to wątpliwe, żeby nastąpiło to szybko.

Wiedza Royce'a na temat handlarzy niewolników i Manzantu przypomniała Hadrianowi o czymś, co Scarlett powiedziała, kiedy Royce przyparł ją do wozu. W tamtej chwili Hadrian martwił się, że partner mógłby ją zabić. Później, kiedy wracali na wozie do Dulgath, Hadrian miał czas, żeby to sobie przypomnieć.

– Co miałaś na myśli, kiedy powiedziałaś, że Manzant nie zdołał zatrzymać Royce'a? – zapytał Scarlett, która siedziała obok niego na koźle i kierowała końmi. Wcześniej musiały pędzić, żeby dogonić wóz więzienny, więc teraz w nagrodę pozwoliła im człapać powoli.

Obejrzał się przez ramię na Royce'a, który wyciągnął się na wozie z rękami ostrożnie opartymi na kolanach.

– Siedziałeś w Manzancie?

Zaskoczona Scarlett uniosła brwi, ale nic nie powiedziała.
– Już o tym wiedziałeś – odpowiedział Royce.
– Tak?
Hadrian zastanawiał się chwilę i zdał sobie sprawę, że rzeczywiście coś sobie przypomina. Z Royce'em zapoznał go profesor z uniwersytetu w Sheridanie i wspomniał wtedy o więzieniu, w którym znalazł Royce'a. Hadrian nie mógł sobie przypomnieć nazwy tamtego więzienia.
– To było trzy lata temu. Spodziewasz się, że będę pamiętał?
Royce podniósł zdrowszą rękę i naciągnął kaptur na głowę.
– Zdrzemnę się.
– Powiedziałeś mi kiedykolwiek, dlaczego tam wylądowałeś?
– Śpię właśnie.
– Wspomniałeś, co zrobiłeś po tym, jak się wydostałeś?
– Ręka mnie boli. Daj mi spokój.
Hadrian zmarszczył brwi, a potem spojrzał na Scarlett.
– Na mnie nie patrz. Nie będę ładowała się w środek tej przepychanki.
Jechali jeszcze chwilę po zmroku, a potem zjechali z drogi. Royce spał dalej na wozie, a Scarlett i Hadrian ułożyli się pod nim na kocach zabranych handlarzom niewolników. Sześciu mężczyzn, sześć koców. Dzięki temu mieli nadmiar i mogli wykorzystać je jako poduszki.
– Nie zabrałaś przypadkiem niczego do jedzenia, co? – zagadnął ją Hadrian, zwijając sobie koc pod głową. Leżeli obok siebie pod osią wozu, z kołami po bokach. – Umieram z głodu.
– Trochę się śpieszyłam – odpowiedziała, okrywając się kocem po szyję, chociaż nie było aż tak zimno. – Kiedy przyszłam do pracy, Wag powiedział, że was zabrano.
Pokręciła się chwilę, a potem wyjęła spod siebie kamień.
– Potem musiałam zrobić truciznę. Nie trzymam takich rzeczy gotowych pod ręką, wiesz? Musiałam wlać ją do beczułek i potem wtargać je na wóz.
– Wszystkim zajęłaś się sama?
– Nie, Gill i Brett zaprzęgli konie do wozu. Tasha pomogła mi przy warzeniu trucizny, a Wag wyturlał piwo z piwniczki.

Był naprawdę tym zasmucony, można by pomyśleć, że poprosiłam go, żeby zabił własnego psa. Brook i Clem pomogli wsadzić beczki na wóz.

– Byczy Kark i Pomarańczowa Tunika?

– Ci sami. Mili goście, gdy już ich poznasz. Wszyscy oni, tak naprawdę. Oczywiście Brook nadal jest na mnie wściekły, ale przejdzie mu, gdy już noga mu się wygoi.

– To ty go dźgnęłaś? Myślałem, że Royce.

Wzruszyła ramionami.

– Wydawało mi się wtedy, że tak trzeba. W każdym razie miałam mało czasu, więc wybacz, że zapomniałam zabrać zapasy z myślą o kolacji pod gołym niebem. – Opuściła głowę na poduszkę z koca i westchnęła ze zmęczeniem.

Konie, które przywiązano w zagajniku brzozowym kilka jardów dalej, głośno skubały trawę, przestępując z nogi na nogę i machając ogonami. Świerszcze cykały, delikatny wietrzyk szumiał kojąco jak deszczyk, gdy przemykał nad polami.

– Dziękuję – powiedział Hadrian.

– Nie zrobiłam tego dla ciebie. – Scarlett przeciągnęła się i ziewnęła. – Zrobiłam to dla siebie, żeby nie musieć się martwić Royce'em. Już to powiedziałam.

– Wiem.

– Mówiłam serio.

Hadrian spojrzał na spód wozu, do którego przylepiły się resztki błota i starej trawy.

– To nie miało nic wspólnego z tobą – dodała głośniej i z większym naciskiem Scarlett.

– Powinniśmy się przespać – odpowiedział. – Royce obudzi nas przed świtem. On tak ma. Jakby potrafił usłyszeć słońce albo coś w tym guście.

Leżeli razem, nasłuchując nocnych odgłosów.

Hadrian słyszał jej oddech, cichy i równy. Miły dźwięk. Kusiło go, żeby jej dotknąć, sięgnąć na oślep palcami do jej dłoni, ale tego nie zrobił. Mogłaby się przestraszyć, zabrać koce i sobie pójść. Byłoby to fatalne podziękowanie za uratowanie mu życia.

Kiedy obrócił się na bok, przeszył go ból. Stęknął i poprawił ramiona na trawie. Nie cierpiał spać na plecach.

– Trzeba je opatrzyć – szepnęła.

– Potrzebuję tylko czegoś mocnego, co dla odmiany nie będzie nafaszerowane jakąś trutką.

– I snu – dodała. – Tego też potrzebujesz.

Hadrian odetchnął głęboko i westchnął.

– Dobranoc, Scarlett Dodge.

– Dobranoc, psiaku z piłką.

Hadrian zaśmiał się, co znowu wywołało ból.

– Nie rób tego.

– Zasłużyłeś sobie. – Scarlett obróciła się na bok plecami do niego. – I nie zrobiłam tego dla ciebie.

Pewnie, że zrobiłaś, powiedział sobie, ale zostawił ją w spokoju.

***

Dolina Brecken nic się nie zmieniła. Chociaż Hadrian nie spodziewał się, że zajdą tam jakieś zmiany w ciągu paru dni, które upłynęły. Chodziło o coś więcej – Hadrian podejrzewał, że dolina w ogóle się nie zmienia. Liście mogą zmieniać kolor i spadać, śnieg może przykryć pola, imiona ludzi i niektóre twarze mogą być inne, ale dolina pozostania zawsze taka sama. Dostrzegł to wszystko, kiedy nadjechali drogą, jakby szlak pozwalał mu zobaczyć wioskę z lotu ptaka.

Ponadczasowa – to było pierwsze słowo, jakie przyszło mu do głowy. Wieczna – drugie.

Dlaczego tak pomyślał – to już było trudniejsze do uchwycenia. Potem zdał sobie sprawę, że nie widzi żadnych zapomnianych fundamentów opuszczonych budynków, żadnych poczerniałych skorup spalonego młyna albo stodoły, zarośniętego trawą wozu czy osieroconego pastwiska. Ani leżących odłogiem pól.

Hadrian nie był farmerem, ale dorastał wśród nich i wiedział, że jedna trzecia ziemi musi odpocząć przez sezon, żeby się nie wyjałowiła. W Dulgath tak nie było. Pastwiska wyglądały na stałe i chociaż każdy skrawek ziemi obsiano, plony rosły bujnie. Zasady, które rządziły resztą świata, tu nie miały zastosowania. Hadrian nie widział też, żeby budowano tu cokolwiek nowego. W Medfordzie wszędzie stały rusztowania, budynki wznoszono albo wyburzano. Mosty wiecznie domagały się naprawy. I dachy! Nie było dnia, żeby Hadrian nie słyszał walenia młotków na dachach. Jednakże w Dolinie Brecken rozkład miał wolne.

Może to naprawdę błogosławiona kraina.

Raptem kilka dni temu czuł niepokój w wiosce. Wszechobecny bluszcz i całe to gadanie o braku deszczu za dnia podenerwowało go. Dulgath było inne, wręcz dziwne, ale już nie wydawało mu się wypaczone. Jeśli już, to raczej przeciwnie. Jego pierwsze wrażenie, że panuje tu spokój, było właściwe. Albo kawałek drogi prowadzący do Dulgath tuż przed wjazdem do doliny był zwyczajnie zaczarowany.

Słońce uporczywie wskazywało, że trwa jeszcze ranek, kiedy wkroczyli do doliny. Kiedy ostatnim razem wjechali tu z Royce'em, natrafili na smołowanie. Tego ranka wioska była pusta. Przejechali obok sadu brzoskwiniowego, który – jak powiedziała im Scarlett – należał do rodziny Beechamów. Ponieważ mieli trzydzieści sztuk mlecznych krów, byli także największym dostawcą mleka w okolicy. Clem był trzecim synem i kiedyś zalecał się do niej, przynosząc kosz brzoskwiń i śmietanę.

– Myślał, że to sprytne – powiedziała Scarlett – ale ja mieszkałam tu dopiero od kilku miesięcy i jego zaloty przypomniały mi jedynie, jak bardzo odstaję od reszty.

Minęli rynek, na którym stragany stały zamknięte i nie było ani jednego wozu. Hadrian nawet nie pytał, ponieważ zdumienie na twarzy Scarlett podpowiedziało mu, że nie tego się spodziewała.

Wagner wypadł z Domu Caldwell, kiedy jechali do stajni.

– Udało ci się! – zawołał do Scarlett, wymachując do niej tą samą co zwykle brudną ścierką. Clem i Gill wybiegli za nim razem z kobietą o krótkich, ciemnych włosach, przyjaznym uśmiechu i w uroczym kapeluszu. Na końcu pojawił się Brook, który oszczędzał prawą nogę.

– Wątpiłeś? – zapytała ze znaczącym uśmieszkiem Scarlett.

– Martwiłem się, kochana, to wszystko. Powinienem był wiedzieć. Zatem wszystko dobrze się ułożyło?

– Ten na wozie ma połamaną dłoń i palec, a Hadrian ma popękane żebra, ale poza tym wszystko dobrze.

– Powiem Asherowi, że ma pacjentów – powiedziała kobieta w kapeluszu, po czym pobiegła na pusty rynek.

– Dziękuję, Tasho. – Scarlett zeszła z wozu. – Co się dzieje? Gdzie są wszyscy?

– Król wczoraj przyjechał. Wszyscy są na ceremonii.

Scarlett skinęła głową.

– Jakiej ceremonii? – zapytał Hadrian, kiedy pomagała mu zejść.

Nie potrzebował wcale pomocy, a ból w boku nie był aż tak poważny, ale mimo to przyjął podaną mu rękę. Jej drobna dłoń tak zgrabnie mieściła się w jego.

Brzoskwinie i śmietana, pomyślał i zdał sobie sprawę, że popełniłby ten sam błąd co Clem, gdyby był dość sprytny, żeby w ogóle wpaść na taki pomysł.

– Lady Dulgath składa hołd lenny – powiedziała Scarlett. – Złoży przysięgę wierności królowi Vincentowi, a on ucałuje ją i oficjalnie ogłosi hrabiną Dulgath.

Royce zszedł z wozu sam, przyciskając prawą rękę do piersi.

– Ludzie z Doliny Brecken poszli to zobaczyć?

– Pewnie – odpowiedział Wagner, poklepując konie po szyjach i oglądając je. – Podejrzewam, że ludzie ze wszystkich wiosek w okolicy. Nie co dzień dostaje się nowego władcę. Oczywiście mnóstwo ludzi chce po prostu popatrzeć na króla albo mieć pretekst, żeby nie iść w pole.

– Gill, zajmij się Mirtem i Marjorie. Strasznie je wymęczyłam – powiedziała Scarlett. – A, i jeszcze jedno, Wag, tu są nowe konie dla ciebie. To powinno ci wynagrodzić piwo i cały zachód.

– Skąd się wzięły? – zapytał Wagner.

– Nie chcesz wiedzieć. Jeśli chodzi o ciebie, to zgubiły się, a ty je znalazłeś i się nimi zająłeś. – Mrugnęła porozumiewawczo.

Kiedy Gill zajął się sprzączkami, Wagner odwrócił się do Scarlett i objął ją w pasie.

– Na pewno wszystko jest w porządku?

W jego głosie pojawiła się dodatkowa troska. Może to coś znaczyło, a może nie, ale przyciągnął ją bliżej, patrząc na Hadriana.

– Wszystko w porządku – odpowiedziała i spojrzała w bok na tyle ewidentnie, że Hadrian miał pewność, że także zauważyła niecodzienne zachowanie Wagnera.

Czy w jej oczach zabłysło rozdrażnienie?

– Skoro tylu ludzi przyszło popatrzeć, to pewnie ceremonia nie odbywa się wewnątrz zamku? – zapytał Royce.

– Słyszałem, że na dziedzińcu. – Nadal obejmując Scarlett, Wagner raz jeszcze spojrzał na Hadriana. – Macie u Scarlett ogromny dług wdzięczności. Zdajecie sobie z tego sprawę, co?

– Oczywiście – odpowiedział Hadrian.

Wagner spojrzał na Royce'a, jakby spodziewał się usłyszeć podziękowanie.

Zamiast tego jednak Royce zapytał:

– Kiedy odbędzie się ceremonia?

– Chwilę po południu – odpowiedział Wagner, marszcząc brwi.

– Dlaczego tak się tym interesujesz? – zapytał Hadrian.

– Bo mamy większy dług do spłacenia i wiem, jak tego dokonać.

***

Asher, wioskowy lekarz, przyszedł razem z Tashą. Wszyscy weszli do głównej sali w Domu Caldwell, gdzie nie było żadnych klientów – mieszkańcy wioski wybrali się już na ceremonię na zamku Dulgathów.

Widząc szyderczy uśmieszek Royce'a, Asher postanowił najpierw zająć się Hadrianem, co nie potrwało zbyt długo. W przypadku popękanych żeber można zrobić niewiele więcej poza obandażowaniem ich ciasno z troskliwym marsem na twarzy.

Potem siadł naprzeciwko Royce'a i spojrzał na ręce złodzieja. Tylko tyle mógł zrobić, bo Royce zabronił mu ich dotykać.

– Muszę je zbadać – powiedział Asher. – A do tego muszę ich dotknąć.

– Dotknij mojej ręki, a odbiorę ci twoje w ramach odpłaty.

Asher, przyjaźnie wyglądający mężczyzna o długiej, bujnej brodzie i poparzonym słońcem nosie, uniósł ręce i spojrzał na Scarlett.

– Nic nie mogę zrobić, jeśli on mi nie pozwoli.

– Masz rację – odpowiedział Royce. – Idź się napij. Na wozie jest beczka *ale*.

– Niczego nie pij – powiedział mu Wagner. – Muszę wylać to dziadostwo.

– Musimy iść – powiedział Royce.

– Dlaczego? – zapytał Hadrian. – Co tam się kołacze w tej twojej łepetynie?

– Lady Dulgath nadal żyje.

– No i?

– Powiedziałem hrabinie, żeby ścięła bluszcz – odparł Royce. Asher nadal siedział naprzeciwko niego. – Ponieważ żyje, to domyślam się, że mnie posłuchała. A to oznacza, że Fawkes przerzuci się na plan B.

– A jak brzmi plan B? – zapytała Scarlett.

– Powiedziałeś, że plan B jest niewykonalny. – Hadrian włożył z powrotem koszulę na sztywne pasy materiału, którymi owinął go Asher. – Powiedziałeś, że potrzebowałby Toma Brzechwy albo tego drugiego gościa, który siedzi w Manzancie. Czekaj... Chyba nie myślisz, że Fawkes wyciągnął go do tej roboty, co?

– Jak wygląda plan B? – spytała znowu Scarlett.

Royce pokręcił głową.

– Nie zdołałby. Nie wiedzieli o jego istnieniu, dopóki im nie powiedziałem. Nie zdążyliby pojechać tam i wrócić. Poza tym Hawkins siedzi w Manzancie od lat. Po takim czasie, jeśli nadal żyje, nie stać go na wiele więcej niż ślinienie się. Niestety Fawkes mógł wytrzasnąć skądś kuszę.

– Kuszę? – Scarlett popatrzyła na nich. – O czym wy dwaj mówicie?

– Powiedziałem Fawkesowi i Payne'owi, że gdyby wiedzieli, że lady Dulgath znajdzie się w określonym miejscu poza zamkiem, to mogliby ukryć łucznika z łukiem i...

– Zabiją ją podczas składania przysięgi? – Scarlett wytrzeszczyła oczy.

– Tak przypuszczam, ale przy odrobinie szczęścia myślę, że zdołamy dopaść Fawkesa, Payne'a i ich ukochany Kościół z paluchami na spuście. I to na oczach króla.

– Musimy iść. Natychmiast! – Strach zalał twarz Scarlett.

– On nie może nigdzie pójść z dwiema uszkodzonymi rękami – oznajmił Asher. – Muszę przynajmniej nastawić kości. W przeciwnym wypadku ta dłoń zamieni się w nic niewartą łapę na resztę życia.

– On ma rację, Royce – powiedział Hadrian.

– Ty to zrób – odpowiedział mu partner.

Przez chwilę Hadrian myślał, że Royce żartuje – że to kolejna odzywka w stylu: „Tak myślisz? To śmiało, sam spróbuj!" – ale mina partnera wyrażała coś innego. Hadrian nie był na tyle głupi, żeby uważać, że potrafi czytać w myślach Royce'a na podstawie wyrazu jego twarzy. W przeciwnym wypadku musiałby już dawno dojść do wniosku, że Royce chce zabić każdego napotkanego mężczyznę, kobietę, dziecko i psa. Przez jakiś czas Hadrian myślał, że to może być prawda, ale Royce zaskoczył go dostatecznie wiele razy, żeby dotarło do niego, że to drzewo ma korzenie, których nikt nie dostrzega.

Wskazówki były widoczne, ale trudne do zauważenia i jeszcze trudniejsze do rozszyfrowania. Ten człowiek nie lubił, gdy go odczytywano. Każda prawda, która wymykała się na zewnątrz, była przeklęta. To dlatego ich rozmowy podczas jazdy były tak jednostronne. Ludzie zawsze zdradzali cząstkę siebie podczas rozmowy. Jeśli Royce miał zdradzić coś na swój temat, to nie w czasie bezsensownej gadaniny. Jednakże Hadrian odkrył kilka typowych sygnałów. Musiał. Żyjąc z człowiekiem, który jest tygrysem-zabójcą, szybko uczysz się odróżniać warczenie od mruczenia. Bo inaczej źle skończysz.

Royce nie warczał.

– Mamy tu doktora...

– Nie ufam mu.

Royce nie spojrzał na doktora. Nie spojrzał na niego ani razu, odkąd mężczyzna przyszedł. Może w przeciwnym wypadku zmieniłby zdanie. Asher, wioskowy doktor, był dużym, włochatym mężczyzną o zatroskanym czole i przyjaznym spojrzeniu. Z drugiej strony Royce nikomu nie ufał. Fakt, że przyznał – nawet jeśli nie wprost – że ufa Hadrianowi, nie przeszedł niezauważony. Przyjęcie pomocy było przyznaniem się do klęski. To, że zgodził się na to w obecności innych, było rzeczą nadzwyczajną.

Hadrian usiadł obok Ashera.

– Nastawiałem już kości, ale nie dłoni. Jak mam to robić?

– Najpierw niech wyciągnie rękę wnętrzem dłoni do dołu i wyprostuje palce.

Wszyscy w Domu Caldwell patrzyli na Royce'a. Zaciskał zęby i oddychał poirytowany przez nos.

– Scarlett, Tasha, możecie iść poprosić Gilla i Wagnera, żeby osiodłali nasze konie? – zapytał Hadrian.

– Wy dwaj nie możecie jechać konno w obecnym stanie – odpowiedziała Scarlett. – Zaprzęgnę Północ i Macka do wozu. Te konie nie są takie przyjazne jak Mirt i Marjorie, ale są wypoczęte i przywykły do wspólnej pracy. Chodź, Tasha, chłopcy chcą zostać sami.

Minęła chwila od ich wyjścia, zanim Royce wreszcie wyciągnął dłoń i, krzywiąc się, otworzył ją najszerzej, jak zdołał. Dwa palce i kciuk wyprostowały się. Dwa inne zwisały bezwładnie.

– W porządku – powiedział Asher ciepłym, uspokajającym tonem. – Widzę teraz, że to nie palce, ale kości dłoni wymagają nastawienia. Hadrianie, musisz delikatnie unieść palce, po jednym. I wyciągnąć je, aż się wyprostują. Rozciągnij je. Nie szarp ani nic takiego, tylko delikatnie pociągnij. Robiąc to, dociśnij kciukiem kość, która nie jest na swoim miejscu. Będziesz musiał wymacać miejsce złamania. Wyczujesz je. Naciskaj tak długo, aż obie części znajdą się w jednej linii. A ty, Royce, staraj się nie napinać ręki. Wiesz, Scarlett mogłaby uwarzyć coś przeciwbólowego. Potrafi...

– Nie! – wykrzyknęli jednocześnie Royce i Hadrian.

Hadrian pokręcił głową.

– Mamy już dość jej przepisów. – Spojrzał na Royce'a z ponurym uśmiechem i wziął go za rękę. – Gotowy?

– Zamknij się i rób swoje.

Hadrian domyślał się, że Royce zastanawia się, co jest gorsze: ból czy upokorzenie. Uznał, że to drugie. Royce nigdy nikogo o nic nie prosił. Hadrian natrafił na występ, którego szukał, i spróbował załatwić to najszybciej, jak się da. Asher zachęcał go, gdy Hadrian nacisnął i pociągnął.

Royce nie wydał z siebie żadnego dźwięku. Zacisnął powieki, oddychał głębiej.

Kość weszła na swoje miejsce, a Hadrian zajął się drugą. Kiedy już obie nastawił, Asher poprosił, żeby Royce znowu rozłożył dłoń. Tym razem wszystkie palce uniosły się jak należy.

– Świetnie! – Asher uśmiechnął się szeroko, krzaczasta broda aż mu się najeżyła. – A teraz weź te łubki i umieść jeden na górze, a drugi na dole. Owiń je mocno. Usztywnij też palce. Im mniej będzie nimi ruszał, tym lepiej.

Z drugą ręką poszło łatwiej, wystarczyło nastawić palec i założyć łubki. Hadrian bandażował go, gdy wróciła Scarlett.

– Zrobione? Wóz jest gotowy do jazdy – powiedziała, wchodząc za bar. – Wygląda na to, że mamy dwie, może trzy godziny do ceremonii, ale nie ma co zwlekać. Zapakuję nam coś do jedzenia. Będziemy mogli zjeść po drodze.

– Ty nie jedziesz – powiedział Hadrian.

– Jeśli zamierzacie uratować lady Dulgath, to chcę pomóc.

– Nie wiem, w czym miałabyś pomóc.

Zirytowały ją jego słowa, ale zmusiła się do uśmiechu.

– Przede wszystkim mogę za was poświadczyć. Może się wam przydać ktoś, kto porozmawia w waszym imieniu z lady Dulgath.

– Dlaczego miałaby cię wysłuchać? – zapytał Royce. – Nie jesteś nawet miejscowa.

– Znam ją. – Scarlett rozerwała bochenek chleba na pół i owinęła go w płótno.

– Tak? – zdziwił się Hadrian.

– Tak. Nie rób takiej zaskoczonej miny. Hrabina podobnie jak ja często odwiedza klasztor. Rozmawiałyśmy kilka razy. Ona jest... Całkiem inna. Mając wybór między Fawkesem, Payne'em, wami dwoma i mną, wysłucha mnie.

– Dobrze, możesz jechać – powiedział Royce.

– Co? – Hadrian spiorunował go wzrokiem. – To będzie niebezpieczne.

Royce poruszył zabandażowanymi rękami.

– To Diament, a nie debiutantka.

– Świetnie. – Scarlett uśmiechnęła się szeroko. – Co mam robić?

– Pilnuj wozu i koni, kiedy my pójdziemy na zamek.

– Jasne – odpowiedziała Scarlett i dalej napełniała kosz.

– Jasne? – zdumiał się Hadrian. – Kazał ci poczekać na zewnątrz i pilnować koni, a ty nie masz nic przeciwko? Gdybym ja tak powiedział...

– Powiedziałabym, że jesteś dupkiem. – Wrzuciła trochę sera do koszyka.

– Dlaczego?

– Bo próbowałbyś mnie chronić. Royce ma w nosie, czy przeżyję. Poza tym pierwsze, czego się uczysz w Diamencie, to nigdy nie sprzeczać się z dowódcą misji i nigdy, ale to nigdy nie kwestionować rozkazu oficera gildii.

Hadrian skończył bandażować palec Royce'a i spojrzał na niego zaskoczony.

– Byłeś oficerem gildii?

Scarlett podniosła koszyk, prychając, i odrzuciła włosy z twarzy.

– Serio pytasz? Czy wy w ogóle się znacie? – Patrzyła z niedowierzaniem. – Nie wiedziałeś, że siedział w Manzancie. Najwyraźniej nie wiedziałeś, że był oficerem w Diamencie. O czym wy dwaj rozmawiacie podczas długich dni wspólnej jazdy?

Hadrian zaczął się śmiać.

Royce spiorunował go wzrokiem.

– Zamknij się.

Rozdział 19

Wielka gala

Delikatna bryza wiała znad falochronów i trawiastego stoku ku murom zamku Dulgathów. Christopher Fawkes stał na urwisku nad morzem. Odetchnął głęboko. Miał na sobie najlepszy dublet, a zarazem swój jedyny dublet. Brakowało przy nim guzika i miał małą plamkę od krwi na mankiecie.

Krew Sherwooda Stowa, pomyślał.

Stał tylko kilka stóp od miejsca, w którym Sherwood został zabity. A przynajmniej od miejsca, gdzie trafił go bełt z kuszy. Christopher nie wiedział, czy malarz umarł na miejscu, po upadku z klifu, czy też przetrwał i trafienie, i upadek, a potem utopił się w morzu. Nieszczególnie się tym przejmował. Na szczęście nie wierzył w mściwe duchy. W przeciwnym wypadku powrót na miejsce swojej – czy raczej Knoxa – zbrodni, budziłoby w nim niepokój. Stanięcie na wysokim urwisku nad wzburzonym morzem byłoby idealną okazją dla rozgniewanego ducha, żeby wymierzyć sprawiedliwość. Chociaż Christopher tym się nie martwił, taka myśl przeszła mu przez głowę, a to świadczyło o jego pewności siebie.

Zostało mu tylko kilka godzin do chwili, kiedy jego życie na zawsze się zmieni. Przyszedł na urwisko wcześniej, żeby oczyścić głowę. Nie udało mu się. Słowa nadal w niej tkwiły. Christopher zasnął, słysząc denerwującą mantrę, która nadal rozlegała się w jego głowie echem.

Nie kop skopka z mlekiem!

Ta fraza pojawiła się w jego głowie, gdy leżał w łóżku i przez większość nocy nie mógł zasnąć. Ojciec Christophera często tak mówił, podobnie jak matka, jakby oboje przez całe życie prowadzili gospodarstwo mleczne i wielokrotnie tracili źródło utrzymania z powodu niezgrabnych stóp.

Stojąc na urwisku i patrząc na czyste niebo nad morzem, Christopher próbował przegnać myśli na temat rodziny, zwłaszcza na temat ojca. To były pozostałości jego dawnego i ewidentnie nic nieznaczącego życia. Wyobraził sobie, jak zrzuca wspomnienia z urwiska i patrzy, jak spadają w fale.

Gdyby tylko to było takie łatwe.

Chociaż stajnia była dostatecznie dobra dla takich jak Wells, Knox i Payne, nie mógł poprosić biskupa Parnella, żeby się tam spotkali, i nie mógł ryzykować spotkania z nim w miejscu bardziej publicznym. Wkrótce Parnell nadszedł przez wysoką trawę; jego wspaniała peleryna i końce stuły łopotały na wietrze. Jedną ręką przytrzymywał wysoką czapkę, a w drugiej trzymał kostur. Był poirytowany. Christopher spodziewał się wyrzutów z powodu miejsca spotkania, ale biskup tylko oparł kostur na ziemi, rozejrzał się – patrzył przede wszystkim na pozbawione okien mury – i skinął głową.

– To twoja ostatnia szansa, Christopherze – powiedział. – Zaczyna mnie męczyć twoja niezdolność do załatwienia tej roboty, jak należy. Rozumiesz? Kościoła nie stać na popieranie nieudaczników.

Jeśli w taki sposób witano Christophera na łonie Kościoła, to zabrakło temu powitaniu wiary. Nie był to zachęcający sygnał w przypadku duchownego.

– Przyjąłem cię, spłaciłem twoje długi, nakarmiłem, ubrałem i chroniłem. Teraz nadszedł czas rozliczenia. Masz szansę odpłacić się za moją dobroć. Zawiedź, a więcej nie będę chciał cię znać. Rozumiesz?

Najwyraźniej biskupowi skończyły się marchewki, pomyślał Christopher.

Biskup uniósł rękę, jakby chciał go pobłogosławić, ale zamiast tego oznajmił:

– Przyniosłeś hańbę ojcu i królowi. Całej ludzkości. Byłeś nic niewart.

Christopher zazgrzytał zębami. Ojcu? Na pewno. Królowi? Możliwe. Ale całej ludzkości? Naprawdę?!

Teraz zrozumiał, jaki cel miało to spotkanie – umocnienie kontroli. W przeddzień jego awansu biskup Parnell chciał się upewnić, że przyszły hrabia zna swoje miejsce.

To wszystko wina Melanie de Burke. Kupił to zwierzę, które kosztowało małą fortunę w posiadłościach Hildebrand, za pieniądze, których jeszcze nie miał. Planował spłacić dług z dochodów z Letniej Gonitwy. Klacz okazała się krnąbrna, narowista i uparta. Bez względu na to, jak często posługiwał się batem, nie chciała biec tak szybko, jak mogła, i ostatecznie w ogóle przestała. W stajni znowu go ugryzła i Christopher stracił nad sobą panowanie.

Nie zamierzał jej zabić. Chciał tylko nauczyć tę szkapę moresu. Lekcja zaszła za daleko i Christopher nagle wylądował z zakrwawionym mieczem, ogromnym długiem i bez zwierzęcia, które mógłby zwrócić. Ojciec odmówił pomocy i wykorzystał ten incydent, żeby odciąć się od poczynań syna. Król okazał się jeszcze mniej pomocny, chociaż był jego kuzynem. Christopher był na najlepszej drodze do więzienia Manzant i po raz pierwszy od czasu zasadzki pszczół naprawdę się bał. Wtedy do jego życia wkroczył Kościół. Spłacił dług, ale nałożył na niego inny.

– Miejmy nadzieję, że to już jest za tobą i teraz czekają na ciebie nowe możliwości. Jednakże Kościół ma zasady – powiedział mu biskup. – Żaden człowiek nie otrzyma wysokiej pozycji, o ile nie zasłuży na nią, wykazując się umiejętnościami. Musisz zdobyć ją samemu. Poręczyłem za ciebie przed lordem Novronem. Wygraj w tych zawodach, zabij Nysę Dulgath, nie wplątując się w morderstwo, a Kościół wesprze cię i będzie obstawał przy tym, żeby Vincent uczynił ciebie hrabią Dulgath. Zawiedź, a odwrócę się od ciebie.

– Mój plan wypali.

– Ostatnie trzy się nie sprawdziły – odparł biskup.

Powiedział to z irytacją, z nonszalancką i pełną rozczarowania złością, jakiej człowiek nabywa z wiekiem. I chociaż Parnell był rzeczywiście stary – skończył już pięćdziesiątkę – to jak na biskupa był młody. Większość wysoko postawionych duchownych wiodła niepokojąco długie życie, przez co łatwo można było uwierzyć, że Novron im sprzyja.

– Kościół nie przywykł do porażek. Spędziłem wiele lat, wiele dziesięcioleci, kształtując opinie i manipulując jednostkami tutaj i w innych prowincjach Maranonu. Cierpliwie wpływałem na bieg wypadków w tym królestwie, żeby stało się żyznym gruntem dla idei powrotu spadkobiercy Novrona. Jeśli ci się powiedzie, staniesz się częścią przyszłości. A teraz powiedz, kto wystrzeli bełt?

– Knox wybrał pewnego człowieka. Nazywa się Shervin Gerami. Wyplata kosze w Rye, nadmorskiej wiosce kilka mil stąd. Nie jest mądrym człowiekiem, ale ma bystre oko i pewną rękę.

– Wierzysz, że wypełni zadanie?

– Ćwiczyliśmy. Dziewięć na dziesięć strzałów było śmiertelnych. I jest szybki. Był w stanie strzelać i celować co trzydzieści sekund. Jeśli spudłuje, będzie mógł spróbować raz jeszcze przed ucieczką. Nie zdoła za bardzo się oddalić. Knox zabije go podczas aresztowania.

– A jeśli Knox zawiedzie i zabójca zostanie zatrzymany? Co wtedy powie?

– Że wynajął go Royce Melborn, ten sam człowiek, który obmyślił ten plan. Może również powiedzieć, że zabił lady Dulgath, ponieważ jest ona demonem.

– Dlaczego miałby tak powiedzieć?

– To miejscowy, głęboko wierzy w duchy, upiory, wróżki i czarownice. Wygadywanie takich nonsensów sprawi, że tym bardziej nikt nie będzie chciał go słuchać.

– Doskonale. – Parnell skinął głową i podniósł rękę, żeby wiatr nie skradł mu nakrycia głowy. – Przekonamy się, czy lord Novron uważa cię za godnego władzy, ponieważ jego osąd to prawdziwa próba. Albo zostaniesz hrabią, albo włóczęgą, więźniem lub trupem. – Odwrócił się i pożeglował przez morze trawy.

Christopher został jeszcze przez chwilę na urwisku. Popatrzył w dół i naszła go przelotna myśl, że Novron ma go głęboko w nosie.

***

Dziedziniec zamku Dulgathów, który normalnie był raptem trawnikiem, podwórkiem i ogrodem otoczonym drżącymi ramionami kamiennych murów, całkowicie się przeobraził. Wszystko, co można było usunąć, usunięto, a to obejmowało wędzarnię, kurnik, szopę ogrodniczą, kowadło kowalskie, warsztat i większość krzewów azalii. Dokąd to wszystko wyniesiono, Christopher nie miał pojęcia. Stolarze wznieśli scenę ze świeżo ściętego drewna, którą przystrojono chorągiewkami oraz białymi i niebieskimi wstążkami.

Na scenie ustawiono krzesła. Nie pasowały do surowego jasnego drewna. Duże krzesło z sali głównej, na którym siadywał zmarły hrabia podczas posiłków, ustawiono pośrodku. Dziś zasiądzie na nim król. Mniejsze, delikatniejsze krzesło umieszczono na prawo od dużego. To miejsce dla Nysy Dulgath. Krzesło na lewo od króla zarezerwowano dla biskupa Parnella. Nawet król Vincent nie chciałby zrobić afrontu Kościołowi przy tak publicznej okazji.

Więcej krzeseł ustawiono naprzeciwko sceny, zostawiając między nimi przejście. To, gdzie kto siedział, wskazywało na jego ważność i pozycję w hierarchii arystokratycznej. Christopher będzie siedział przy przejściu w ostatnim rzędzie. Lepsze takie miejsce niż żadne.

Został o wszystkim poinformowany przez Wellsa, który jak szambelan odpowiadał za wszelkie aspekty ceremonii. Oczywiście nie miał decydującego głosu. Nawet lady Dulgath nie miała takiej władzy w obecności króla.

Teraz, kiedy nadszedł czas, Christopher zaczął się martwić, czy biskup Parnell zdoła przekonać króla, by ten uczynił go hrabią.

Dlaczego Vincent nie miałby oddać lenna sir Gilbertowi? To najlepszy rycerz w Maranonie. Albo mógłby wybrać któregoś ze swoich towarzyszy z polowań, na przykład barona Lindera. Psiakrew, a czemu nie miałby nagrodzić tym tytułem mojego ojca, skoro już o tym mowa?

Christopher nie miał pojęcia, jakimi środkami nacisku posłuży się Parnell, żeby wpłynąć na decyzję króla, ale to nie było jego zmartwienie. Na razie. To myśląc, spojrzał ponad dziedzińcem ku murom, które pięknie i strategicznie udekorowano. Dwie ogromne chorągwie heraldyczne zwieszały się z blanków. Między barwami króla i barwami Dulgathów ukryto masywny arbalet wraz z szalonym, bezwłosym człowiekiem bez ani jednego paznokcia. Christopher nie widział ani jego, ani broni, ale wiedział, że się tam znajdują. To był jego podarunek dla nowo zaprzysiężonej hrabiny.

Mieszkańcy Dulgath ściągali na zamek przez cały ranek. Widział ich z okna swojego pokoju na drugim piętrze. Przyjeżdżali na wozach, furmankach i konno, a najczęściej przychodzili pieszo. Ogromna masa ludzi ubranych w najlepsze, barwne ubrania, która zagłuszała swoją wrzawą huk morza. Rozłożyli się małym obozem pod murami zamku, gdzie śmiali się, pokrzykiwali, śpiewali i tańczyli.

Christopher stał na werandzie, kiedy Wells dał znać i wreszcie otwarto bramę.

Tłum o spoconych twarzach wlał się na dziedziniec, na którym, z braku prawdziwych konstabli, ludzie króla pełnili funkcję straży. Rozkładając ręce i głośno pokrzykując, wykierowali tłum pod przeciwległy mur, gdzie ludzie stawali w szeregach, aż wypełnił się cały dziedziniec. Ci, którzy nie przyszli dostatecznie wcześnie, znaleźli się poza murami, ale i tak się ekscytowali. To było dla nich święto, równie dobre jak coroczny festyn. Nie, nawet lepsze, bo coś takiego przydarza się raz w życiu. A przynajmniej tak myśleli.

Musiały przybyć tysiące ludzi. Mężczyźni w chroniących od słońca kapturach najróżniejszych kolorów, kobiety, które kołysały trzymane na rękach maluchy i potrząsały nimi, żeby nie płakały. Dzieci z szeroko otwartymi oczami, które ciągle poszturchiwały dorosłych i coś im pokazywały. Wszyscy uśmiechali się podnieceni i niecierpliwi. Pragnęli widowiska i to właśnie dostaną.

Zagrano fanfary.

– To sygnał dla nas, mój panie – odezwał się mocno łysiejący siwy mężczyzna.

To był królewski skryba i Christopherowi wydawało się, że nazywa się Robank lub Robant.

Wyszli razem. Wells zorganizował ceremonię jak ślub i w pewnym sensie obie uroczystości były dość podobne. Nysa miała złożyć przysięgę wierności swojemu panu lennemu, a on powierzy jej opiekę nad prowincją Dulgath. Oboje zostaną związani i, tak jak w małżeństwie, ona będzie znacznie bardziej zobowiązana wobec niego niż on wobec niej.

Kiedy Christopher szedł ze skrybą przez tłum do swojego miejsca, dostrzegł w przelocie czarny kaptur, tak niepasujący do wszystkich pomarańczowych, żółtych, niebieskich, czerwonych i brązowych. Jak płetwa rekina czarny kaptur przeciął tłum, oddalając się od sceny, do której przeciskali się wszyscy inni. Kierował się do przeciwległego muru, na którym wisiały dwie chorągwie.

Christopher zamarł, próbując wyśledzić ścieżkę ciemnego kaptura, który przypominał mu... Ale to niemożliwe. Royce Melborn powinien być już w więzieniu Manzant, siedzieć zamknięty w tej straszliwej dziurze, z której nie ma powrotu.

– Lordzie Fawkes? – Skryba szarpał go za rękę. – Powinniśmy iść razem. Coś się stało?

Christopher rozejrzał się po tłumie przepychających się, rozradowanych wieśniaków, ale zjawa zniknęła mu z oczu.

Po prostu się denerwuję.

Pokręcił głową i odpowiedział:

– Nie, nie, wszystko w porządku. Na chwilę przytłoczyła mnie ta gala i splendor. Chodźmy, dobry człowieku.

We dwóch ruszyli znowu w kierunku krzeseł, ale na nich nie usiedli. Nikomu nie wolno było siadać, dopóki nie usiądzie król. Następny przyszedł pokojowiec króla, a potem jedyna kobieta poza lady, dla której przewidziano krzesło. Król nazywał ją Iona, ale Christopher słyszał, że naprawdę nazywa się Bessie. Była metresą Jego Wysokości. Christophera zaskoczyło, że wyznaczono jej miejsce, ale stara Bessie zajmowała swoją pozycję dłużej niż jakakolwiek kurtyzana do tej pory. Na ile się orientował, zaczynała już siódmy miesiąc w królewskim łożu.

Następnie przyszli giermkowie i rycerze, sir Dathan i sir Jacobus z herbami na kasakach. Kolejne fanfary i miejsce na scenie zajął biskup Parnell. Prezentował się bardzo dostojnie.

Znowu zagrano na trąbce i lady Dulgath wyszła z zamku. Szła samotnie i na jej widok tłum tak ucichł, że Christopher słyszał szelest jej długiej, niebieskiej sukni na schodach, gdy wchodziła na scenę. Doszła do krzesła i obróciła się na lewej pięcie w kierunku tłumu. Wtedy do pierwszej trąbki dołączyły jeszcze trzy i cała czwórka ogłosiła nadejście króla.

Wszyscy zgromadzeni przed sceną łącznie z tymi, dla których przeznaczono krzesła, uklękli na dźwięk fanfar. Z pochylonymi głowami trębacze także przyklękli i królowi Vincentowi, kiedy szedł na środek sceny, towarzyszyły tylko ptasie trele, wiatr w chorągwiach i szum odległych fal.

– Mieszkańcy Dulgath – przemówił – jego lordowska mość hrabia Beadle Dulgath nie żyje. Opłakuję jego śmierć i modlę się do Maribora i Novrona, żeby jego duch odnalazł spokój. Dzisiaj jestem tu, żeby wyznaczyć jego następczynię: jego córkę lady Nysę Dulgath.

Król usiadł i cały tłum, jakby miał sprężyny w nogach, poderwał się i zaczął wiwatować.

Christopher wraz z innymi, którym wyznaczono krzesła, usiadł pośród ryku gawiedzi. Pochylił się i pochwycił wzrok lady Dulgath. Uśmiechnął się do niej, a ona odwzajemniła uśmiech.

Wszystko będzie dobrze, próbował przekonać samego siebie, ale nie wierzył w to tak naprawdę.

Kaptur nie dręczył go nawet w połowie tak bardzo, jak uśmiech na twarzy lady Dulgath. Nigdy dotąd nie uśmiechała się do niego i nie wiedział, co to miało znaczyć.

Rozdział 20

Zabójca

Royce był dobry w nawigowaniu w tłumie. Był drobny i zręczny, potrafił przewidzieć, gdzie pojawią się zatory, a gdzie porwie go ludzki nurt, i wykorzystywał to dla swoich celów. Hadrian szedł za nim i przepływał przez każdą szczelinę, zanim zdążyłaby się zamknąć za jego partnerem. Kiedy czasem Royce natrafiał na tamę, wystarczyło jedno groźne spojrzenie, żeby ludzie zaczynali mu schodzić z drogi. Mężczyźni z wielkimi pięściami i stwardniałymi dłońmi schodzili mu z drogi z tego samego powodu, z jakiego niektóre ładne kobiety nie przyciągają zalotników – ludzie porozumiewają się bez słów: językiem ciała, spojrzeniem, otwartą lub zamkniętą postawą. Niektórzy mówili: „jestem przyjazny, porozmawiaj ze mną". Przekaz Royce'a mówił to samo, co wycelowane ostrze. Jego piorunujący wzrok potrafił zastraszyć pokój pełen zatwardziałych przestępców, a tym większy efekt wywierał na prostych farmerach, matkach i ich dzieciach. Dla nich musiał wyglądać jak sama śmierć zmierzająca w ich kierunku. Większość mało nóg sobie nie łamała, starając się zejść mu z drogi.

Royce szedł ku przeciwległemu murowi. To był najoczywistszy punkt. Szczyt muru po tej stronie dziedzińca był całkowicie przesłonięty chorągwiami, idealnie nadawał się do ukrycia broni. Odległość do celu była rozsądna – mniej niż sto jardów – i nic nie zasłaniało widoku na scenę. Nawet taki idiota jak Fawkes musiał wpaść na to rozwiązanie. I najwyraźniej wpadł. Tylko w tym miejscu nie przystawiono drabiny. Zabójca siedział więc na murze bezpiecznie odcięty. Mógł strzelić, a potem zeskoczyć z murów na zewnątrz, prosto do czekającego konia. Zabójca zniknie, zanim ktokolwiek się zorientuje, co się stało. Kiedy już tłum zauważy śmierć, rozpęta się chaos, który zablokuje dziedziniec, poważnie utrudniając pościg.

Gdy lady Dulgath weszła na scenę i zajęła swoje miejsce, Royce zastanawiał się, czy nie popędzić do niej i jej nie ostrzec, ale odrzucił ten pomysł. Zabójca już siedział w swojej kryjówce i pewnie celował z broni, czekając na sygnał do strzału. Próba ostrzeżenia Nysy mogłaby zamienić się w taki sygnał, a Royce miał nadzieję, że ma jeszcze czas powstrzymać zamach. Jego przewagą było to, że zabójca nie ma pojęcia o jego pojawieniu się, tak samo jak lady Dulgath nie miała pojęcia, że ma zostać zamordowana. Dopóki plan nie zostanie zmieniony, zabójca nie ma powodu się śpieszyć. Gdyby Royce i Hadrian dostali się na mur, a strzelec byłby skupiony na celu, to mieliby szansę zbliżyć się do niego. Wtedy Royce mógłby go zamordować.

A potem stanie w obliczu decyzji.

Mogliby zniknąć. Powinni zniknąć. On i Hadrian mogliby skorzystać z tej samej drogi ucieczki, jaką przygotował sobie strzelec. Cały rozsądek nalegał, żeby uciekali. Potem mógłby wrócić i złożyć wizytę Fawkesowi oraz Payne'owi pewnej ciemnej, cichej nocy, którą by sobie wybrał, w miejscu, gdzie nikt nie usłyszałby ich krzyków. Mógłby zabić Fawkesa, kiedy by zechciał. Nie musiał – i nie powinien – robić tego na oczach tłumu.

Drugi, mniej rozsądny pomysł kołatał mu się po głowie i kusił, żeby załatwić wszystko tu i teraz. Mógłby zastąpić kusznika i zamiast strzelić do lady Dulgath, zabić Fawkesa. Albo mógłby to zrobić Hadrian. Był w tym lepszy i miał dwie zdrowe ręce. Pytanie tylko, czy jego partner znajdzie w sobie dość zimnej krwi. Hadriana nadal pętały wydumane nakazy moralności.

Gdyby bełt przybił Fawkesa do krzesła – czasem tak się zdarzało – to ceremonia mogłaby się zakończyć i nikt nie zauważyłby śmierci, dopóki ktoś nie przyszedłby po krzesło jego lordowskiej mości. Przy panującej wrzawie, gdy wszyscy patrzą na króla i lady, być może nikt niczego by nie zauważył. Władze z łatwością mogłyby oskarżyć martwego zabójcę leżącego obok broni, a on i Hadrian wróciliby do domu tego samego popołudnia, nie martwiąc się o to, że ktoś będzie ich ścigał.

Im więcej o tym myślał, tym bardziej podobała mu się ta opcja. Zabicie Fawkesa bronią, którą zamierzał zabić Nysę, miało w sobie poetycką ironię, która do niego przemawiała. I miło byłoby zamienić chwilę triumfu Fawkesa w jego koniec, Royce jednak wiedział także, że to głupie. Tak działają emocje, a namiętność z każdego robi głupca.

Royce nienawidził Fawkesa i pragnął jego śmierci jak nikogo innego od czasu lorda Exetera, najwyższego konstabla w Medfordzie, który pobił Gwen poprzedniego roku. Próbował przekonać siebie, że to z powodu tego, że Fawkes próbował odesłać Royce'a z powrotem do Manzantu, otchłani, w której spędził najgorszy rok swojego życia. To wystarczające uzasadnienie wyroku śmierci. Kiedy ostatnim razem wysłano go do Manzantu, nagrodził odpowiedzialnych czymś, co nadal w Colnorze nazywa się Rokiem Strachu, chociaż uwinął się ze wszystkim w ciągu jednego lata.

Royce próbował także wmówić sobie, że inne przewiny Fawkesa składają się na jego pragnienie natychmiastowego zakończenia życia tego szubrawca: jego połamane ręce, otrucie Hadriana, sprzedanie ich handlarzom niewolników. W sumie Fawkes miał na swoim sumieniu cztery zbrodnie zasługujące na karę śmierci, ale nawet one wszystkie razem wzięte nie sprawiłyby, że Royce stawiłby się tego popołudnia na tłocznym dziedzińcu.

Chociaż nie chciał tego przyznać, zjawił się tu z jej powodu. Próbował uratować Nysę, ale usprawiedliwiał swoje działania, udając, że chodzi mu tylko zemstę. Wmawiał sobie, że pokrzyżowanie planów Fawkesowi to dodatkowa korzyść. Royce nie cierpiał głupców, nawet kiedy sam zachowywał się jak głupiec. Jego racjonalizacje były beznadziejne – zwyczajne wymówki, żeby zachować się lekkomyślnie – i ta świadomość go bolała.

Tak bardzo przypomina Gwen. Ta myśl wypłynęła, ale zbył ją tak jak wcześniejsze usprawiedliwienia – jeszcze jeden pretekst.

Pewnie, miała ciemne włosy i oliwkową skórę, ale nie tak ciemną jak Gwen. Nie miała też charakterystycznych caliskich rysów. Jednakże obie miały podobną, upiorną umiejętność odczytywania go, a w ich mądrości było coś niesamowitego i nadprzyrodzonego.

Prawdziwym powodem było jednak coś innego, coś więcej – coś, czego nie potrafił zrozumieć, a to go przerażało.

Wydaje się znajoma, pomyślał. Kiedy mówi, to jakby mnie znała.

Ponadto fakt, że Hadrian nie wzdragał się przez ratowaniem hrabiny ani nie zawahał wobec pomysłu udaremnienia zamachu, dowodził, że to jeden wielki błąd. Mimo to Royce przepychał się przez tłum i szedł w stronę drabiny leżącej na trawie dostatecznie blisko, gdyby coś się wydarzyło i okazała się potrzebna, ale na tyle daleko, żeby nikogo nie zachęcała do skorzystania.

Zaczynam się do niego upodabniać, pomyślał.

Skrzywił się na tę myśl i wyraz jego twarzy sprawił, że mała dziewczynka przewróciła się, próbując zejść mu z drogi. Patrzyła za nim, kiedy Royce ją minął. Dzień był ciepły, słońce świeciło jasno, ale kiedy Royce obejrzał się na dziewczynkę, ta zadygotała.

A nawet nie chodzi mi o ciebie, pomyślał. Czuł sztywne deseczki umocowane ciasno bandażem do jego prawej dłoni i do środkowego palca u lewej.

Trzy zdrowe palce i kciuk u lewej ręki wystarczą aż nadto do chwycenia Alverstone'a, który przetnie wszystko. Wyjął białe ostrze zza pasa jednego z najemników z Manzantu, który wsunął je tam zwyczajnie, jakby to była po prostu para starych rękawiczek. Gdyby tamtemu udało się ukraść ostrze, Royce przez resztę życia by go ścigał, nawet jeśli musiałby przy tej okazji przekopać cały Manzant. To ostrze to było wszystko, co mu zostało po człowieku, który je stworzył, pierwszej osobie, jaka rzuciła wyzwanie poglądom Royce'a na świat, najbliższego odpowiednika ojca i wybawcy.

Zwykle, żeby stworzyć coś naprawdę wspaniałego, musisz zacząć od zera – Royce pamiętał jego słowa. Musisz wszystko rozłożyć na części pierwsze, usunąć wszelkie zanieczyszczenia, a do tego potrzeba wielkiego żaru. Kiedy go uzyskasz, zaczyna się tworzenie. Efekty mogą wydawać się cudowne, ale sam proces... Sam proces jest zawsze skurwysyński.

Royce spróbował zacisnąć prawą rękę i się skrzywił.

Sam proces jest zawsze skurwysyński.

Nikt nie patrzył, gdy doszli z Hadrianem do drabiny.

– Chcesz ją tam podstawić? – zapytał Hadrian, kiwając głową na chorągwie, ale to było bardziej stwierdzenie niż pytanie.

Kiedy już wiesz, czego szukać, łatwo to dostrzec.

Hadrian ustawił drabinę, a Royce wdrapał się pierwszy. Posługując się tylko dwoma zewnętrznym palcami lewej ręki, wspiął się z taką łatwością, jakby wchodził po schodach. W połowie drogi zniknął pod niebiesko-białym sztandarem rodu Dulgathów.

Gdybym ja to robił, to ustawiłbym kuszę pochyloną w dół i nieco na lewo. Uzyskałbym lepszy kąt i więcej czasu na reakcję, gdyby ktoś przyszedł. Z drugiej strony, gdybym ja to robił, wciągnąłbym drabinę na koronę muru.

Nie po raz pierwszy Royce zastanawiał się, kto trzyma broń. Nie Tom Brzechwa i nie Roosevelt Hawkins. I pewnie nie skrytobójca z Diamentu.

Pokonał cichaczem ostatnie kilka szczebli i wysunął głowę nad poziom korony. Pod chorągwiami świat był przyćmiony. Długi tunel między blankami na murach z jednej strony był zadaszony wielką płócienną chorągwią. Z drugiej strony przestrzeń pomiędzy blankami pozostała otwarta i rozciągał się stamtąd widok na tereny wokół zamku. Stłumione światło słoneczne sprawiało, że szczyt murów przypominał namiot. Podszewka chorągwi działała jak witraż. Niecałe dwadzieścia kroków na lewo od niego mężczyzna leżał na brzuchu. Jedną nogę miał ugiętą, a drugą wyprostowaną wzdłuż wąskiego przejścia. Był łysy, mocno opalony i wytatuowany. Ręce trzymał na potężnej kuszy, policzek opierał na łożu, czubek broni ledwie wystawał przez szczelinę między sztandarem rodu Dulgathów i chorągwią Maranonu. Jeden koniec kuszy opierał się na stojaku, a drugi był przyciśnięty do ramienia łysego mężczyzny. Tak jak Royce się spodziewał, do blanku za plecami zabójcy przywiązano linę – jego droga ucieczki.

Nie zauważył mnie.

Rozbrzmiał dzwon. Royce sięgnął pod pelerynę i ostrożnie wyjął lewą ręką Alverstone'a, nim zakradł się na koronę muru. Kusznik był tak skupiony na celu, że niczego nie zauważył.

Zbyt skupiony.

Zabójca zmrużył oczy i wstrzymał oddech.

Dzwon! To sygnał.

Przez połamaną prawą dłoń nie mógł dobrze rzucić sztyletem. Zamiast tego więc podbiegł do zabójcy, ale nawet nurkujący jastrząb nie zdołałby dopaść ofiary szybciej niż łysy mężczyzna nacisnąłby spust. Dzieliły ich tylko dwa kroki, kiedy...

Brzdęk!

Dźwięk był głośny. Gdzieś na dziedzińcu w dole rozległo się głuche, stłumione uderzenie. A po nim poniosły się krzyki.

Royce zastanawiał się, czy kusznik zobaczył, w co trafił, zanim poderżnięto mu gardło. Zabójca nie żył, ale cena była wysoka. Ból złamanego palca przeszył Royce'a, kiedy zabił kusznika. Mokre od krwi ostrze wyślizgnęło mu się z dłoni. Alverstone uderzył o mur i spadł na dziedziniec.

– Niech to szlag trafi!

Hadrian, który dogonił Royce'a, odciągał brzeg chorągwi.

– Trafił ją? – szepnął Royce.

Hadrian odciągnął chorągiew bardziej, żeby obaj mogli wyjrzeć. Lady Dulgath siedziała zgarbiona w pięknej, niebieskiej sukni i potężny bełt wystawał jej z piersi.

Nie żyje.

Dwóch rycerzy zerwało się na równe nogi. Jeden wyciągnął miecz i rozglądał się po tłumie, szukając wroga. Wszyscy patrzyli na krzesło na prawo od króla Vincenta. Hadrian wypuścił chorągiew, która opadła z powrotem na miejsce.

– Zdołasz zejść po linie w obecnym stanie? – zapytał partnera.

Zanim Royce zdążył odpowiedzieć, tłumowi na dziedzińcu wyrwał się stłumiony chóralny okrzyk. Kilka osób wrzasnęło. „Ona żyje!" – zawołał ktoś. Ten głos zdołał się przebić przez wrzawę.

Royce odsunął brzeg chorągwi i zobaczył rzecz niemożliwą. Nysa Dulgath miała otwarte oczy. Obiema rękami wyciągnęła bełt z ciała, patrząc na niego ze zdumieniem.

Jak mogła...? Jak ktokolwiek mógł przeżyć trafienie bełtem takich rozmiarów?

Nysa upuściła bełt. Uderzył o scenę z głuchym brzękiem. Krew przesączyła się przez kiedyś piękną suknię, zamieniając błękit w czerń. Nysa zakaszlała, bąbelki krwi wylały jej się z ust i rozlały po podbródku i szyi w makabryczny sposób. Podniosła wzrok i spojrzała ponad dziedzińcem prosto na Royce'a. „Pomocy", powiedziała, bezgłośnie poruszając ustami.

Dzieliło ich ponad trzysta stóp, ale ona wiedziała, że on się tam znajduje, znowu się ukrywa, znowu obserwuje. Zawsze wiedziała, kiedy on znajdował się w pobliżu, i wiedziała, że zobaczy jej usta, ponieważ jest elfem.

Odgłos kroków na drabinie zwrócił uwagę Royce'a. Wypuścił płótno, odcinając się od widoku lady i jej błagalnego spojrzenia.

Głos Knoxa dotarł do nich przed jego właścicielem:

– Shervin! Niech cię diabli. Załaduj drugi bełt, bo będę musiał udusić tę sukę w infirmerii! – Kiedy jego głowa pojawiła się na poziomie korony muru, zamarł. – Melborn! Blackwater?

Hadrian dobył miecza i rzucił się na Knoxa, ale szeryf nie był głupcem. Złapał się końca sztandaru i skoczył, a resztę załatwił jego ciężar. Szeryf Knox opadł na dziedziniec, ściągając ze sobą niebiesko-biały sztandar Dulgathów. Wskazał Royce'a i arbalet, wykrzykując:

– Zabójca! Zabójca!

Jego ludzie rzucili się we wskazanym kierunku przez tłum.

Hadrian wciągnął drabinę. Skinął głową na sznur.

– Mogę na chwilę ich zatrzymać, ale pośpiesz się. Ruszaj!

Rycerze i strażnicy przepychali się do muru przez ciżbę. Ludzie płakali, cofając się od sceny. Król Vincent stał obok Nysy wstrząśnięty. Lady Dulgath wciąż patrzyła na Royce'a z rozpaczą w oczach.

Pomóż mi.

„Będę musiał udusić tę sukę w infirmerii!".

– Zostaję – powiedział Royce.

– Co?! – krzyknął Hadrian.

– Musimy ją stąd wydostać. Trzymaj, pomóż mi załadować bełt. – Royce próbował poradzić sobie z arbaletem.

– Wydostać? Royce, między nią a nami jest z tysiąc ludzi. Może dwa. Jak spodziewasz się... – Pokręcił głową. – Royce, łap linę!

– Nie możemy jej tu zostawić. Słyszałeś, co powiedział Knox.

– Royce, zachowujesz się głupio! Zejdź po linie. Lada chwila znajdą sobie drugą drabinę.

– Nie.

– Od kiedy jesteś bohaterem? Słuchaj, jestem cały za ratowaniem ludzi, ale nie mamy szansy jej wydostać!

– Pewnie, że mamy, ale potrzebuję twojej pomocy – odpowiedział Royce, nadal majstrując przy broni okaleczonymi rękami. – Chodź no tutaj.

Hadrian sprawiał wrażenie sceptycznego, ale podszedł do Royce'a i arbaletu. Zaczął obracać korbę najszybciej, jak się dało, odciągając cięciwę.

– W porządku, zatem jaki mamy plan?

– Zejdziesz na dziedziniec i wyniesiesz Nysę Dulgath przez bramę. Potem położysz ją na wozie, a ja zejdę po linie i spotkamy się za murami.

– Jeśli zejdę, to mnie zabiją – odpowiedział Hadrian, kiedy odwiódł już odpowiednio cięciwę.

– Nie pozwolę im na to.

– Nie pozwolisz! Jak zamierzasz...?

– Zaufaj mi!

Hadrian patrzył przez chwilę na Royce'a, raptem sekundę, a potem skinął głową. Widok Hadriana, który uznał argument „zaufaj mi" za wystarczający, by narażać życie, wywołał niesmak w Roysie. W odwrotne sytuacji nigdy by się nie zgodził. Już by stąd zniknął.

Czyżby? Zostawiłbym go tutaj na pewną śmierć?

Chciał wierzyć, że tak, ale...

– Co zamierzasz? – zapytał Hadrian, nakładając bełt.

– Zagram w szachy.

***

Dzwon rozbrzmiał.

Payne miał za zadanie pociągnąć za sznur. Pomysł był taki, że dźwięk zagłuszy odgłos strzału. Christopher przygotowywał się do odegrania zaskoczenia, ale niepotrzebnie się wysilał. Przeżył prawdziwy wstrząs, kiedy bełt trafił w Nysę.

Usłyszał trzask, jakby ktoś rozłupał drewno. I prawdę mówiąc, to właśnie uczynił Gerami. Bełt przebił się przez pierś lady Dulgath i rozłupał drewno oparcia krzesła. Christopher musiał powstrzymać uśmieszek teraz, kiedy zamach się dokonał.

To koniec! Zostanę hrabią!

Następny wstrząs nadszedł, kiedy Knox wykrzyczał nazwiska złodziei i zerwał sztandar.

Dlaczego oni nie są w więzieniu Manzant? Ta myśl walczyła z tym, co widziały jego oczy.

A potem nadszedł trzeci wstrząs.

Nysa Dulgath wyprostowała się i otworzyła oczy. Ta delikatna kobieta uniosła ręce i wyciągnęła nimi bełt z ciała. Był ciemny od krwi. Docisnęła lewą rękę do rany i wypuściła bełt z prawej. A potem przycisnęła obie ręce. Krew pociekła jej spomiędzy palców.

Jakim cudem ona jeszcze żyje?

Nie mógł być jedynym, który zadawał sobie to pytanie. Rycerze zerwali się z krzeseł, a ludzie króla się cofnęli. Żaden nie skoczył Nysie na pomoc. Nawet król, który stał na wyciagnięcie ręki od niej.

Ona umrze. Nikt nie może otrzymać takiej rany i przeżyć. To jakieś dziwactwo. Ona zaraz padnie.

Jednakże tak się nie stało. Nysa dociskała ręce do rany i wpatrywała się w mur, na który rycerze skierowali strażników. I gdy tamci szukali sposobu, żeby dostać się na mury, rozległ się głos ponad wrzawą tłumu.

– Niech nikt się nie rusza, bo król zginie!

Wszyscy zamarli.

Royce wykrzyknął rozkaz raz jeszcze, żeby na pewno wszyscy usłyszeli. Vincent zaczął się cofać.

– To dotyczy w szczególności pana, Wasza Wysokość! – dodał.

Vincent zamarł.

– Nie zawaham się przeszyć króla, więc mnie nie drażnijcie. Wszyscy mają robić dokładnie to, co każę. W przeciwnym wypadku król umrze. I nawet jeśli potem i ja zginę, wyobraźcie sobie, co was czeka za nierozważne działanie.

– Czego chcesz?! – krzyknął Vincent.

– Po pierwsze, powiedz wszystkim, żeby robili to, co im każę.

Król się zawahał.

– Rób, co ci każe, Vinny – poprosiła Bessie, łkając. Zerwała się ze swojego krzesła i biegła do króla, kiedy lady Dulgath została trafiona.

– Milcz, kobieto!

– Spójrz na lady Dulgath. Spójrz na bełt. Drugi właśnie wycelowałem w twoją pierś – powiedział Royce.

– Róbcie, co wam każe! – krzyknął król.

– Mądry człowiek. Po drugie, chcę, żebyś ty i wszyscy inni milczeli. Tylko mi wolno mówić. Nie chcę, żeby król zginął, bo ktoś mnie nie usłyszy. Po trzecie, chcę, żeby Wasza Wysokość usiadł. Przez chwilę nigdzie się pan nie będzie wybierał.

Tym razem król się nie wahał. Usiadł i położył ręce na podłokietnikach. Sprawiał wrażenie przerażonego.

– A teraz mój przyjaciel spuści drabinę. Ci, którzy stoją na dole, mają się odsunąć. Jeśli ktokolwiek za bardzo się do niego zbliży, jeśli ktokolwiek choćby na niego krzywo spojrzy... Cóż, teraz powinniście już wiedzieć, co się stanie. Dlatego przez wzgląd na swojego króla i gniew, jaki spadnie na was i waszych bliskich, jeżeli w jakiś sposób spowodujecie jego śmierć, trzymajcie się z dala od mojego przyjaciela.

Na dziedzińcu zapanowała cisza jak makiem zasiał i Christopher słyszał trzeszczenie drabiny, kiedy Hadrian Blackwater po niej schodził.

Co oni robią?

Widząc, jak tłum się rozstępuje, a Hadrian idzie ku niemu, Christopher poczuł, że jego wielki plan się rozpada.

A jeśli powiedzą to, co wiedzą? Czy król im uwierzy? Nie. Nie uwierzy, nie teraz. Zagrozili mu. Może jednak mi się uda.

Hadrian udał się prosto na środek sceny i jako jedyny dotknął lady Dulgath. Kiedy pochylił się, żeby wziąć ją na ręce, Vincent szepnął do niego:

– Zawiśniesz za to.

– Nie, nie zawiśnie! – odkrzyknął Royce i król aż podskoczył. – I powiedziałem: żadnego gadania!

Stękając z bólu, Hadrian wziął Nysę na ręce. Głowa jej się zakołysała, lady patrzyła niewidzącym wzrokiem. Jedna jej ręka opadła bezwładnie. Blackwater zniósł ją ze sceny i ruszył w stronę frontowej bramy na oczach tysięcy ludzi.

Kiedy Hadrian mijał Christophera, ten usłyszał, jak Nysa szepcze:

– Zemdleję... Zabierz... Zabierz mnie do klasztoru. Powiedz Royce'owi... żeby zabrał mnie do opactwa Brecken. Musisz powiedzieć... Musisz...

– Słyszałem. Spokojnie – odpowiedział Hadrian. – Oszczędzaj siły.

– Cała moja siła przepadła.

Wszyscy na dziedzińcu obserwowali, jak wynosi ich lady przez bramę, zostawiając szkarłatny ślad krwi, która skapywała z jej długiej niebieskiej sukni.

***

– Coście zrobili?! – Scarlett wyrwał się stłumiony okrzyk. Oczy omal nie wyskoczyły jej z głowy, gdy Hadrian położył Nysę Dulgath na wozie.

Zrobił to najdelikatniej, jak potrafił, ale ona była jak zwiędła szmatka przesiąknięta krwią. Suknia zamieniła się w gąbkę, z której skapywały ciężkie krople. Skóra Nysy była gładka i śliska.

Chociaż nie mogła ważyć więcej niż sto funtów, żebra powiedziały mu, że noszenie jej to za duży wysiłek. Teraz ból przeszywał mu nie tylko bok, ale też ramię i plecy. Głębokie oddechy nie pomagały, a potrzebował porządnie odetchnąć. Więcej niż raz. Ręce zaczęły mu drżeć z bólu, zanim odłożył Nysę na wóz.

Scarlett rzuciła się, żeby przygotować legowisko z koców na wozie. Pomogła ułożyć Nysę i zwinęła jeden koc jako poduszkę, zdejmując z niego źdźbła trawy, jakby lady Dulgath mogło to przeszkadzać.

– Podjedź wozem tam do muru – wskazał Hadrian. – Zobaczysz sznur zwieszający się z korony. Royce zaraz tam będzie. Mam nadzieję.

– Coście zrobili? – zapytała oskarżycielsko Scarlett, nadal kręcąc się przy lady Dulgath.

Czy ona myśli, że ja to zrobiłem? Dobrze, sam poprowadzę wóz.

Hadrian wszedł na szprychę wozu i wdrapał się na siedzenie woźnicy. Znowu ból jak ostre igły, bardzo długie igły, przeszył mu bok, pozbawiając go resztek oddechu. Hadrian zacisnął zęby.

Zrobiłem sobie coś, niosąc lady.

Złapał lejce, zwolnił hamulec i pognał konie cmokaniem, jakie słyszał u Scarlett, potrząsając i uderzając skórzanymi pasami.

Czując ruch wozu, Scarlett spojrzała na niego.

– Co się dzieje? Coście zrobili?

Hadrian skręcił ku murom. Podskakiwanie i szarpanie wozu sprawiło, że kręcił się na siedzeniu, nie znajdując wygodnej pozycji. Odetchnął dwa razy ostrożnie, przez zęby.

– Kiedy Royce zejdzie, pojedziemy naprawdę szybko – zapowiedział Hadrian, zdając sobie teraz sprawę, jak nędzne zawieszenie ma wóz i jak bardzo ta jazda będzie boleć.

Zerknął na Nysę. Jej blada twarz kołysała się na boki wraz z ruchem wozu. Albo nie żyła, albo straciła przytomność, tak czy inaczej, nie będzie cierpieć.

– Dokąd jedziemy?

Hadrian spojrzał na Nysę.

– Do opactwa Brecken.

– Do opactwa? Ale...

Oboje podnieśli wzrok i zobaczyli ciemną postać schodzącą po murze.

Z nogami owiniętymi wokół liny Royce zsunął się jak kropla deszczu po nitce. Podbiegł do wozu, krzycząc:

– Jazda! Jazda!

Hadrian strzelił lejcami i wóz szarpnął się do przodu, kiedy Royce na niego wskoczył. Złapał się podłokietnika przedniego siedzenia trzema zdrowymi palcami i usiadł obok Hadriana. Wóz podskakiwał i szarpał się na koleinach, podrzucając Hadriana w powietrze i ciskając nim o siedzenie z taką siłą, że musiał zaciskać powieki. Widział pod nimi małe tańczące światełka.

Kiedy dojechał do drogi, skończyło się trzęsienie ziemi. Nadal nie zabrakło potrząsania wozem i kołysania, ale nie rzucało już nimi jak dziećmi, które skaczą na płótnie w czasie wiosennego festynu.

Royce przeszedł na tył wozu.

– Co zrobiliście? – zapytała go Scarlett, przekrzykując dudnienie wozu i szum wiatru.

– Co z nią?

– Krew wypływa jej z ust!

– Co to znaczy? Hadrian, ty trochę jesteś doktorem, możesz...

– Nie jestem doktorem! Ale nawet ja wiem, że powinna była umrzeć pięć minut temu. Powinna była zginąć w tej samej chwili, w której oberwała. – Hadrian przyszykował się na ból, kiedy wóz natrafił na spadek terenu, ale okazało się, że nie było to tak straszne, jak się obawiał. – To był arbalet. W wojsku używa się takiej broni do przebijania zbroi, zabijania koni i niszczenia kół wież oblężniczych. Jeden bełt zatrzymałby szarżującego bawoła. Royce, ona nie ma prawa tego przeżyć. Pluje krwią, bo jedno z jej płuc zostało przebite, a najpewniej rozerwane na strzępy. Tonie we własnej krwi. W resztce krwi, jaka jej jeszcze została.

Royce spojrzał na Scarlett.

– Znasz kogoś, kto może jej pomóc?

– Hadrian powiedział, że zabieramy ją do opactwa. Myślę, że to najlepsze miejsce.

– Opactwo? Czemu tam?

– Mnie nie pytaj – odpowiedziała Scarlett.

– Poprosiła, żeby tam ją zawieźć – wyjaśnił Hadrian.

– W takim razie to postanowione – uznał Royce.

Scarlett pokręciła głową.

– Wóz nie wjedzie ścieżką.

Hadrian skupił się na drodze, ale kilka razy zerknął przez ramię i ujrzał żałosny widok. Nie ufając prowizorycznej poduszce,

Scarlett trzymała głowę Nysy na kolanach i nogami obejmowała jej ciało. Była bliska łez. Wiatr rozwiewał jej ogniste włosy. Royce trzymał się poręczy wozu względnie zdrową ręką, kołysząc się na boki i patrząc na Nysę z marsową twarzą.

– Ona ma rację – odezwał się Hadrian. – Dojedziemy może do połowy drogi, potem ścieżka robi się wąska i zbyt stroma, zbyt skalista.

– Możemy zmienić konie w Dolinie Brecken! – zawołała Scarlett. – Zabrać świeże, osiodłać i zostawić wóz, ale ktoś musiał zabrać ją ze sobą konno.

– Ja ją zabiorę – powiedział Royce.

Trafili na kolejny wybój i Hadrian stęknął. Gdyby nie Scarlett, głowa lady Dulgath uderzałaby w drewno. Nie poczułaby tego. Lady niczego nie czuła i był przekonany, że niczego już nie poczuje.

– Czy ktokolwiek mi powie, co się stało?! – krzyknęła Scarlett.

Była rozgniewana, sfrustrowana i przestraszona. Nadal trzymała głowę lady Dulgath, odgarniając jej włosy z twarzy.

– Dotarliśmy za późno – wyjaśnił Hadrian. – A potem Royce zagroził, że zabije króla Maranonu.

– Nie mówisz poważnie, co? – Zerknęła na Royce'a. – To musi być awans, nawet dla ciebie.

– Powiesz mi, dlaczego to robimy? – zapytał Hadrian. – Normalnie to jest właśnie tego typu rzecz, za którą byś na mnie nawrzeszczał.

Royce nie odpowiedział. Odchylił głowę do tyłu, patrząc na niebo.

– Czy ktoś jeszcze zauważył, że zaczyna padać?

Rozdział 21

Burza

Chmury.

Jako marzyciel Hadrian spędził sporo czasu, leżąc na polach i wyobrażając sobie, że niektóre z chmur to smoki albo trolle, które trzeba zabić. Widział zamki na niebie i wieże, w których damy czekają na wybawiciela. W ich puszystej bieli i kłębiącej się szarości Hadrian dostrzegał przyszłą chwałę i odkrywał cuda. Cuda, które nigdy się nie wydarzyły. Dla dorosłego Hadriana chmury oznaczały tylko deszcz.

Te jednak były inne. Wyglądały tak jak wszystkie i jak wszędzie oznaczały deszcz – wylało się go już całkiem sporo, zanim dotarli do Doliny Brecken – ale sygnalizowały także coś innego. Tyle że nikt nie wiedział co dokładnie.

„Tu nigdy nie pada za dnia". Scarlett musiała to powiedzieć przynajmniej z tuzin razy, zanim wreszcie dojechali do Domu Caldwell. Od chwili, kiedy Royce zwrócił ich uwagę na deszcz, jechała z odchyloną głową i z wyrazem zaskoczenia i strachu na twarzy.

Co to znaczy? Hadrian także zadał to pytanie więcej razy, niż mógł spamiętać. Scarlett ani razu mu nie odpowiedziała.

Pędząc przez wieś, narobili dość hałasu, żeby ci, którzy nie udali się obejrzeć hołdu, wyszli z domów. A może już wcześniej z nich wyszli i stali na gankach i werandach, wpatrując się w niebo jak Scarlett i zastanawiając się, co się dzieje.

Wagner, Gill, Asher i Clem także stali na zewnątrz. Tasha też tam była, stała za Asherem i zerkała mu ponad ramieniem.

– Lady Dulgath jest ranna! – krzyknęła Scarlett, kiedy Hadrian zatrzymał wóz.

Asher wszedł na wóz, a Royce i Hadrian z niego zeskoczyli. Royce wahał się chwilę, patrząc na wóz i nieruchomą kobietę. A potem pobiegł z Hadrianem do stajni.

Stajnie przy Domu Caldwell nie były tak luksusowe jak zamkowe, ale nadal prezentowały się piękniej do wszelkich stajni w Medfordzie. Długi pojedynczy korytarz z boksami po obu stronach był czysty i mieszkałoby się tam równie przyjemnie, jak w każdym domu przy ulicy. Dwuskrzydłowe drzwi stały otwarte na oścież, wpadający wiatr wzbił nieco kurzu z siana w powietrze, a odgłosy odległych grzmotów denerwowały konie.

– Ile czasu mamy? – zapytał Hadrian, szukając Tancerki.

– Muszą wydostać się z dziedzińca – odpowiedział Royce, szukając własnego konia. – Dotrzeć do stajni, osiodłać konie, poczekać, aż pozostali zrobią to samo. Im więcej ludzi pojedzie za nami, tym więcej czasu im to zajmie. Piętnaście do dwudziestu minut? Może więcej. Niestety ten wóz jest dość powolny.

Hadrian dostrzegł białą gwiazdkę i dwie tylne skarpetki Tancerki. Złapał wędzidło i uzdę powieszone na kołku przy boksie i otworzył z impetem furtkę.

– Zabiłeś go?

– Króla? Nie, to by tylko pogorszyło sytuację. Ktoś posłużył się naszymi prawdziwymi imionami, zapomniałeś?

Hadrian nie był w stanie dostrzec, w jaki sposób sytuacja mogłaby się pogorszyć, ale ulżyło mu trochę, gdy usłyszał te nowiny. Wobec pytania: „zabić czy nie?" Royce miał paskudny nawyk wybierania pierwszej ewentualności. Dla niego to było jak sprawdzenie trawy, zanim usiądzie się w lesie, albo zajrzenie do buta przed włożeniem go rano. Zdrowy rozsądek, tak by to nazwał. Martwi nie szukają zemsty.

– Cóż, jeden punkt na naszą korzyść. – Hadrian skończył siodłać Tancerkę i podbiegł pomóc Royce'owi, który miał kłopot z własnym koniem z powodu uszkodzonych rąk. – Zabiłbyś go? Gdyby odmówił, gdyby mnie złapali?

– W okamgnieniu.

– Nie wiem, czy to mnie wzrusza, czy przeraża.

– To już twój problem.

– Jednak co miałeś na myśli, mówiąc o szachach?

Royce przez chwilę patrzył zdziwiony, a potem uśmiechnął się znacząco.

– A, to. Zamierzałem dosłownie potrzymać króla w szachu.

– Zabawne. – Hadrian przełożył uzdę przez uszy konia, a Royce szybko wsunął wędzidło w koński pysk. – Zatem jaki jest plan?

– Nie wiem. Improwizowałem.

Hadrian zapiął sprzączkę przy szyi.

– Nie mów mi, że nadal bawimy się w „dzień na opak". Serio pytam, dlaczego to robimy?

Royce nic nie powiedział. Złapał tylko kraciastą derkę i narzucił na koński grzbiet.

Często ignorował pytania, na które nie chciał odpowiadać. Bywały czasy, kiedy...

– Naprawdę nie wiem – powiedział Royce, wygładzając fałdki i nie patrząc na Hadriana.

– Żartujesz sobie. – Hadrian zamarł z niedowierzaniem. – Czy ty... Czyś ty zakochał się w Nysie Dulgath? Co?

– To nie tak.

– A jak?

Hadrian pomógł mu założyć siodło.

– N-nie wiem. Ale coś tu...

– Coś tu jest, za co warto oddać życie?

Royce westchnął.

– W każdym razie tak to wygląda, co?

***

Kiedy wybiegli ze stajni, prowadząc wierzchowce, Hadrian zauważył, że nie ma Scarlett, a Asher nadal siedzi na wozie, klęcząc nad lady Dulgath. Zgromadził się wokół nich tłum, głównie starsi ludzie, którzy zostali w domach, gdy reszta wieśniaków wybrała się do zamku.

– Ta kobieta nie żyje – powiedział im Asher, kiedy podeszli na tyle, żeby nie musiał krzyczeć.

Royce zamarł jak uderzony.

Tłum od początku był cichy, ale teraz wszyscy zamilkli. Deszcz bębnił o dachy, trawę, wóz i ludzi, którzy stali w kręgu. Niebo opłakiwało jej śmierć. Głupia myśl, ale w tej chwili Hadrianowi nie wydawało się to takie niemądre. Dulgath było inne niż reszta świata. Różnice wykraczały poza to, co był zdolny ogarnąć umysł. Od przyjazdu tutaj Hadrian wyczuwał coś dziwnego, coś innego, coś nienaturalnego. Kiedy Asher wziął koc i zaczął naciągać go na twarz lady Dulgath, Hadriana ogarnął głęboki smutek, jakby kończyło się coś nadzwyczajnego, coś większego niż jedno życie.

Grzmot przetoczył się bliżej i błyskawica zaskrzyła się między gęstymi chmurami.

– Nie jestem martwa.

Asher odskoczył i pobladł.

Royce upuścił wodze i rzucił się w stronę wozu.

– Zabierz mnie do opactwa, Royce – poprosiła go Nysa. – Kończy mi się czas.

– Royce! – krzyknął Hadrian. – Na koń! Podam ci ją.

Royce skinął głową, złapał konia i wskoczył w siodło. Tłum rozproszył się, kiedy Hadrian podniósł Nysę. Przeszył go ból.

– Clem, Wagner... – Hadrian rozejrzał się i dostrzegł chłopaka z oberży.

Ryby są dobre, ale Gill jest najlepszy.

– Gill! Pomóż mi ją podnieść.

Z pomocą chłopca usadowili Nysę przed Royce'em, który ją przytrzymał.

Pojawiła się Scarlett. Nadjechała konno od strony swojego domu.

– Wszyscy gotowi?

– Scarlett, nie – powiedział Hadrian. – Zostań tutaj. Oni o tobie nie wiedzą. Nikt nie wie, że miałaś z tym coś wspólnego.

– Nic mnie to nie obchodzi. Ona... Zależy mi na niej dużo bardziej niż wam i nie zostanę tutaj...

– Nie ma czasu na sprzeczki! – warknął Royce.

– Jedź – powiedział mu Hadrian. – W dół do rzeki. Potem mostem do ścieżki na lewo, która prowadzi w górę. Klasztor znajduje się na szczycie. Będę tuż za tobą.

Royce skinął głową, szturchnął końskie boki i pokłusował brukowaną ulicą. Błyskawice na niebie ostrzegały, że nadciąga burza.

***

Christopher zawahał się przy boksie Nieskalanej, a potem spojrzał pięć bramek dalej na Derby, smukłą klacz lady Dulgath. Nieskalana, chociaż nie była okropnym koniem i nie gryzła, była jak wytrzymała płócienna koszula w porównaniu z pięknym dubletem z adamaszku, za jakiego można by uznać Derby. Nysa z pewnością nie pojedzie na niej tego wieczoru. Otworzył skrzynię przed boksem Nieskalanej i zaniósł swoje siodło do konia lady Dulgath.

– Dokąd pojechali?! – wykrzykiwał Vincent przed stajnią, gdzie mżyło. – Ktoś widział?

Kilkunastu mężczyzn siedziało w siodłach, a tuzin innych nadal siodłało swoje. Sam król dosiadł wierzchowca, założywszy wcześniej kirys i hełm. Sir Jacobus próbował wyperswadować monarsze wyprawę, zapewniając, że sami wszystko załatwią, ale Vincent nadal się wściekał, a deszcz nie ugasił jego gniewu.

– To ciemne typy, zabójcy wynajęci do zabicia lady Dulgath – odezwał się Christopher. – Od tygodni krążyły plotki na temat tej dwójki, zawodowców z północy, którzy przyjechali ją zabić. Najpewniej pojadą w stronę przełęczy Gath. Stamtąd spróbują uciec na północ do Rhenyddu.

– Chrissy – warknął król. Miał twarz czerwoną jak burak. Koń wyczuwał jego nastrój i obrócił się, potrząsając głową gotowy do biegu. – Siedź cicho. Muszę się zastanowić.

– Najjaśniejszy panie, myślę, że on może mieć rację – odezwał się sir Jacobus. – Kilku świadków widziało, że umieścili lady na wozie i pojechali tędy.

– Jeśli mają wóz, to będą trzymać się drogi – dodał sir Dathan.

Vincent skinął głową.

– Jeżeli mają wóz, to powinniśmy dopaść ich przed przełęczą.

Christopher wsunął stopę w strzemię i wskoczył na Derby, która szarpnęła się w bok i obróciła, wyginając szyję i próbując go ugryźć.

Dlaczego dobre konie zawsze próbują mnie ugryźć?

– Lepiej uważaj. Ostatni, który tego próbował, nie żyje – powiedział do klaczy.

Szarpnął brutalnie wędzidło i odciągnął jej mocno głowę. Koń się cofnął i dobrze, bo za nim stał Knox. Szeryf miał minę, której daleko było do triumfalnej.

– Niezłe bagno – syknął.

– Spokojnie, wszystko będzie dobrze – szepnął Christopher. – Trzymaj się blisko mnie.

– Wszyscy do mnie! – zawołał król, unosząc się w strzemionach.

A potem ruszył z kopyta.

***

Jadąc z Nysą Dulgath w ramionach, Royce znalazł ścieżkę. Był w tym równie dobry, jak w nawigowaniu w tłumie. Nigdy się nie zgubił, a w każdym razie nie na otwartym terenie.

Bo jestem elfem.

Spojrzał na Nysę, jakby to ona wypowiedziała te słowa, ale miała zamknięte oczy.

Royce nie miał pojęcia, czy elfy mają lepsze wyczucie kierunku od innych. Właściwie w ogóle niewiele wiedział na temat elfów. Powszechnie uważało się, że są mniej inteligentne, mniejsze i słabsze od ludzi. Były leniwe, unikały pracy, jak inteligentny człowiek unika łysych wierzchołków podczas burzy z piorunami. I chodziły wiecznie brudne. Wszyscy wiedzieli, że elfy nienawidzą wody. Miały ohydne szpiczaste uszy i złowieszcze, skośne oczy. Jednakże niektórzy bardziej wielkoduszni ludzie twierdzili, że elfy mają także lepszy słuch i wzrok niż ludzie. Inni zaś – głównie sklepikarze – że są przedziwnie szybkie i zręczne, potrafią ukraść człowiekowi towar prosto sprzed nosa. Ich zręczność doprowadziła do plotek, że elfy są w jakiś sposób spokrewnione z kotami. Że ich bóg przeklął rodzinę kotów, zamieniając je w ohydną rasę. W jednej kwestii wszyscy się zgadzali: za dawnych czasów w pierwszym imperium elfy były niewolnikami, a uwolnienie ich okazało się równie głupim pomysłem, jak wypuszczenie na wolność mlecznych krów albo spodziewanie się, że kurczaki same zadbają o swoje bezpieczeństwo.

Royce rzeczywiście miał wysokie kości policzkowe, był szybki, zręczny i potrafił cicho się poruszać. Widział dalej, niż byli w stanie inni ludzie, i to w prawie całkowitej ciemności. Słuch też miał lepszy od wszystkich, których znał, ale nie miał szpiczastych uszu, a jego oczy wyglądały normalnie. Nie jestem tylko elfem, uściślił Royce, sprzeczając się z głosem w swojej głowie. Może jestem jakimś mieszańcem. W dodatku nigdy się nie gubił. Może to dlatego, pomyślał.

Deszcz uderzał o liście. Rozpadało się mocniej i brzmiało to jak szum wartkiej rzeki albo nieodległego wodospadu. Ulewa pomagała stłumić odgłos kopyt, kiedy klacz brnęła wąskim szlakiem. Royce nie śmiał jej ponaglać. Ścieżka była nierówna, stroma i kamienista, ponadto coraz bardziej śliska. Gdyby klacz się potknęła, gdyby spadli, Royce w życiu nie zdołałby wsadzić Nysy z powrotem na konia, mając tak połamane palce.

Głowa Nysy zwieszała się bezwładnie. Przyciskał ją do piersi, osłaniając jej twarz przed deszczem własnym kapturem. Jej broda, usta i dolna połowa policzków były brudne od krwi. Kiedy ją przytrzymał i spojrzał jej w twarz, zdał sobie sprawę, że Nysa nie oddycha.

Dotknął jej szyi, szukając pulsu, który...

– Nadal tu jestem – odezwała się Nysa.

Otworzyła powoli i z wysiłkiem oczy, jakby to były zacinające się drewniane okna, które napuchły od wilgoci.

– Miałem wrażenie, że nie oddychasz.

Posłała mu wysilony uśmiech.

– Dziękuję ci.

Mówiła wolno, głos jej się łamał.

– Nie mów. Oszczędzaj siły.

– Sił mi starczy. – Zakaszlała i znowu splunęła krwią.

– Nie wygląda na to.

– Po prostu trudno mi mówić. Mam krew w gardle. – Znowu zakaszlała.

Ciemna, niemal czarna strużka popłynęła jej po podbródku.

Royce się obejrzał. Nigdzie ani śladu Hadriana.

Powinien już nas dogonić.

– Royce – powiedziała Nysa nieco wyraźniej. – Lubisz mnie?

Royce spojrzał na nią zaskoczony absurdalnością pytania i postanowił odpowiednio zareagować.

– Oczywiście, że nie. Zawsze narażam życie dla ludzi, których nie cierpię.

Uśmiechnęła się.

– Pytałam, czy ci się podobam.

W innym miejscu i czasie, przy kimś innym, Royce uśmiechnąłby się ironicznie.

Ona majaczy, powiedział sobie. Spraw jej tę przyjemność i przytaknij.

– Szczerze? W tej chwili? Bywało, że wyglądałaś lepiej.

Szarpnęła się i znowu zakaszlała.

– Nie rozśmieszaj mnie.

– Większość ludzie nie uważa mnie za zabawnego.

– Jestem pewna, że większość ludzie nie podziela naszego poczucia humoru.

Odchrząknęła.

Jak na kobietę z dziurą w piersi wielkości królewskiego tenenta była przedziwnie przytomna i beztroska. Większość ludzi, nawet doświadczonych wojowników, płakałaby, błagała o życie, krzyczała albo skarżyła się na ból.

– Mamy niewiele czasu, więc daruję sobie formalności. Nysa Dulgath jest ostatnia ze swojego rodu. Jeśli umrze, król wyznaczy nowego hrabiego, kogoś z zewnątrz, kogoś takiego jak Christopher Fawkes.

Jeśli ona umrze? Jeśli Nysa umrze? Ona naprawdę majaczy.

– Nie liczyłbym na Fawkesa. Wiem z dobrego źródła, że nie będzie dysponowany, żeby... Cóż, żeby robić cokolwiek – odpowiedział jej Royce.

– Gdyby jednak Nysa miała dziecko, moglibyśmy wychować ją na dobrego władcę.

Royce uniósł brew.

– My? Prosisz mnie o rękę?

Nysa spojrzała na niego, poruszyła dolną wargą, spuściła ze wstydem wzrok i wzdrygnęła się niemal przepraszająco.

– Wiem, że mam kłopoty.

– Nie żartuj.

– Och, uwierz mi, nie wiesz nawet o połowie z nich.

– Co? Żujesz z otwartymi ustami?

Znowu się uśmiechnęła.

Jaka ona dziwna. Tak bardzo dziwna. Jakim cudem w ogóle mówi? Coś mi umyka.

– Rzecz w tym, że... Nigdy nie myślałam, że znajdę kogoś, z kim mogłabym... Z kim mogłabym być. Jednak ty jesteś inny.

– Bo jestem w części elfem.

– Tak. Wiem, że uważasz to za obraźliwe, ale to nieprawda. To niesamowity komplement. Słuchaj, daję ci szansę zostania następnym hrabią Dulgath. Ta propozycja wiąże się z własnym zamkiem z widokiem na morze.

I żoną z dziurą w piersi.

– Kuszące.

– Ale? Jest tu jakieś „ale", prawda?

– Jest.

Nysa spojrzała po sobie.

– Chodzi o krew? Mogę się umyć.

Nie mógł powstrzymać uśmiechu. Rzeczywiście podzielała jego makabryczne poczucie humoru nawet w obliczu własnej śmierci. Zdobyła tym kilka punktów w jego księdze. W księdze o tylko paru stronicach. Naprawdę ją lubił, a jego podziw dla niej rósł z każdą minutą. Gdyby nie Gwen i fakt, że Nysa miała przed sobą tyle samo życia co bańka mydlana, mógłby rozważyć propozycję.

Mógłbym skłamać. Ona nie przeżyje. Co mi to szkodzi?

– Jestem z kimś – wyznał z żalem i powagą. – Wiem, co to zdrada. Nie zrobię tego nikomu.

– Chodzi o Hadriana?

– Nie. – Zarechotał. – Kobietę.

– Och. Musi być nadzwyczajna. Odrzucasz tytuł i majątek ziemski, który uczyniłby cię bogatym i szanowanym do końca życia.

– Ona jest nadzwyczajna.

Royce znowu się obejrzał. Nadal nigdzie nie było widać Hadriana.

Dlaczego tak się ociąga?

– Ach! – Nysa spojrzała z nadzieją. – Mógłbyś ją tu przywieźć. Nie miałabym nic przeciwko.

Royce uniósł brwi zaskoczony.

Nysa znowu zmarszczyła czoło.

– Ach, dzielą nas różnice kulturowe. Tam, skąd pochodzę, nie mamy małżeństw. Ludzie nie łączą się na całe życie.

– Ludzie nie pobierają się w Dulgath?

Znowu uśmiechnęła się do niego przepraszająco.

– Słuchaj, chcę ci podziękować za to, że byłeś ze mną szczery, że powiedziałeś mi prawdę. Teraz... Ja muszę ci coś wyznać. Nie sądziłam, że kiedykolwiek to komuś powiem. Widzisz, nie jestem Nysą Dulgath. Ta biedna dziewczyna zmarła dwa lata temu. Spadła z konia w czasie gonitwy z przeszkodami i złamała kark. Przybyłam zbyt późno. Zdołałam naprawić ciało, ale ona już przepadła.

– Nie jesteś Nysą Dulgath?

– Nie.

– I oczekujesz, że ci uwierzę?

– Oczywiście.

– Dlaczego?

– Bo masz rację. Nie oddycham. Wieziesz martwe ciało.

***

Niebo przecięła błyskawica. Rozległ się grzmot. Burza już prawie ich dopadła.

– Nie możesz jechać! – krzyknął do Scarlett Hadrian.

Ależ ona jest głupia!

Tak naprawdę wcale nie była. Była dzielna i Hadrian ją za to podziwiał. To jednak nie zmniejszało bólu świadomości, że zginie u jego boku.

Jazda do klasztoru była samobójstwem. Lady Dulgath bez wątpienia umrze, a oni wylądują w pułapce na szczycie góry. A po tym, co zrobił Royce, po tym, jak zagroził królowi, nie będzie dla nich litości. On i Royce zawisną, spłoną albo uklękną przed toporem, zależnie od tego, jak tu przeprowadza się egzekucję. Jednakże nikt nie wiedział o udziale Scarlett. Mogła nadal tu żyć i zabawiać gości w Domu Caldwell, spać w łóżku Wagnera. Jeżeli dać jej dość czasu, to może nawet nauczy się prząść i tkać.

Jeśli pojedzie z nimi, zostanie aresztowania jako uczestniczka zamachu na życie hrabiny i wspólniczka ludzi, którzy zagrozili królowi.

– Nie możesz mnie powstrzymać! – Scarlett zawróciła na koniu, ale Hadrian złapał jej wierzchowca za wędzidło i pociągnął do tyłu. – Puszczaj!

Hadrian chwycił ją za nadgarstek i ściągnął z konia. Pozwolił jej spaść, mając nadzieję, że stanie się wtedy trochę mniej wojownicza. To nie podziałało. Poderwała się, biorąc zamach.

Złapał ją znowu za jeden nadgarstek, potem drugi. Siłowała się, próbując go kopnąć. Obrócił ją, jakby tańczyli, odwracając twarzą od siebie, krzyżując jej ręce i przyciskając do siebie.

– Musisz zostać – powiedział.

– Puść mnie! – Próbowała kopnąć do tyłu piętą.

Wagner, Asher i pozostali patrzyli na nich. Nikt nie poruszył się i nie odezwał słowem.

– Jeśli pojedziesz z nami, król każe cię stracić.

– Nysa jest nasza, nie wasza! – wrzasnęła Scarlett, szarpiąc się. – Nic dla was nie znaczy! Nie rozumiesz!

To za długo trwało. Miał nadzieję, że Royce go nie potrzebuje, ale nie zamierzał pozwolić Scarlett narażać życia.

Gdybym tylko zdołał ją związać albo...

Pomysł zamknięcia jej w piwnicy Domu Caldwell pojawił się w jego głowie w tej samej chwili, w której usłyszał krzyki.

– Król! Król! – Ktoś, kogo Hadrian nie znał, biegł ulicą. Wskazywał za siebie i wrzeszczał jak opętany. – Nadjeżdża drogą!

Hadrian nie miał czasu.

Wypuścił Scarlett, która wykorzystała tę okazję, by kopnąć go mocno w goleń, zanim wskoczyła z powrotem na konia. Hadrian złapał Tancerkę i razem pogalopowali ku rzece i mostowi.

Niebo rozdarła błyskawica. Rozległ się grzmot. Nadeszła burza.

***

Podczas gdy wszyscy walczyli o miejsce jak najbliżej króla, Christopher wlókł się na tyłach grupy z Knoxem obok siebie. Zanim wjechali do doliny, lało już jak z cebra. Letnia ulewa wraz z narastającą ciemnością utrudniała widzenie. Do zachodu słońca brakowało jeszcze kilku godzin, ale napływały ciężkie i gęste chmury. Zanim oddział króla dotarł na wiejski rynek, niebo pociemniało już jak o zmierzchu. Wiatr siekł deszczem, który lał się płachtami. Na bruku tworzyły się kałuże. Błyskawice ukazywały świat w pozbawionych koloru rozbłyskach, a późniejsze grzmoty rozlegały się basowym, przeciągłym głosem, przez co łatwo było uwierzyć, że to nie jest zwykła burza.

Novron mi sprzyja, pomyślał Christopher. Syn Maribora wstawił się za mną, czyniąc ten dzień zapowiedzią mojego zwycięstwa.

Uznał ciemność za prywatną pelerynę, błyskawice za przebłyski własnej przenikliwości, a grzmot za werbel zapowiadający jego nieunikniony triumf. On sam był burzą, a jego bóg mu sprzyjał.

Kiedy dojechali do targu, Christopher zatrzymał Derby i uniósł rękę, dając znak Knoxowi.

– Co jest? – dopytywał się szeryf.

Wskazał grupę króla, która skręciła w prawo i jechała ku górskiej przełęczy.

– Król będzie szukał wiatru w polu – powiedział Knoxowi Christopher, walcząc z Derby, która chciała biec za pozostałymi końmi.

– Co pan wygaduje?

– Nie pojechali tamtędy. Nysa Dulgath jedzie do opactwa Brecken.

– Skąd pan to wie?

– Bo ją słyszałem. Poprosiła, żeby ją tam zabrano. – Fawkes patrzył, jak ostatni członkowie drużyny króla znikają za domami. – Nawet jeśli ktoś mógł ją usłyszeć, to nie zwrócił uwagi. Myślą, że Melborn przyjechał, żeby ją zabić. My wiemy swoje.

On i Blackwater próbują ją uratować. Ona myśli, że będzie bezpieczna w opactwie, że może się tam ukryć i dojść do siebie. Potem wróci. Melborn oczekuje pewnie nagrody. Myśli, że hrabina będzie uważała się za jego dłużniczkę i zapłaci mu fortunę, da mu tytuł albo posiadłość, czy coś innego.

– W takim razie co robimy? – zapytał Knox.

Błyskawica przecięła niebo i na chwilę oświetliła każde pasemko włosów przyklejone do jego głowy. Strugi wody spływały mu po zaroście. Jego spojrzenie było gniewne, srogie i agresywne. Oto cała natura tego człowieka. Prawda na jego temat, jaka ukazała się Christopherowi w świetle Novrona. To także był znak dla niego, bo potrzebował w tej chwili takiego człowieka. Potrzebował zwierzęcia, które pomoże mu zabijać, i Knox był takim zwierzęciem, które można wykorzystać, a potem pozbyć się go, gdy już nie będzie potrzebne.

– Pojedziemy za nimi – powiedział Christopher. – Dobijemy tę sukę. Potem powiemy, że się spóźniliśmy. Wyjaśnimy, że zabrali ją z myślą o okupie, ale zmarła po drodze. Uznają nas za bohaterów, ponieważ ich zabiliśmy. Jeśli nie dopadniemy ich przed opactwem i cokolwiek zobaczą mnisi, będziemy musieli zająć się także i nimi. Mam nadzieję, że nie ma pan nic przeciwko zabijaniu mnichów?

– Nie, gdy sprawa jest... „słuszna".

Słowa prawdziwego potwora, ale przynamniej to mój potwór, pomyślał Christopher.

– Och, możesz mi wierzyć, mój przyjacielu, że twój zysk będzie... słuszny. Zadbam o ciebie, jak należy – powiedział Fawkes, myśląc jednocześnie: „Poderżnę ci gardło, kiedy nie będziesz się tego spodziewał, i powiem królowi Vincentowi, że to ty wynająłeś tych łotrów, że odłączyłeś się od drużyny na targu i, nabrawszy podejrzeń, pojechałem za tobą".

– Mam nadzieję – odpowiedział Knox.

– W przeciwnym wypadku nie mógłbym spać spokojnie.

Rozdział 22

Długa historia opowiedziana pokrótce

Nysa Dulgath rzeczywiście nie żyła. Royce to sprawdził: nie miała pulsu, nie oddychała, jej skóra była zimna. Nie chłodna, nie lepka, ale zimna jak dzban mleka zostawiony na nocnym deszczu. Nie spanikował ani nie ogarnęło go obezwładniające pragnienie odsunięcia się od niespodziewanego trupa, którego przyciskał do siebie. To nie było pierwsze martwe ciało, jakie trzymał. Trupy go nie przerażały. Z drugiej strony gadające trupy stanowiły dla niego pewną nowinkę. Odchylił się, przytrzymując ją na wyciągnięcie rąk, i spojrzał w oczy, które patrzyły na niego. Nie przytrzymywał już jej głowy. Nie musiał. Nysa – to coś – sama trzymała ją prosto.

– Hm, nie wylądowałam na ziemi, a ty nie pogalopowałeś przed siebie – powiedział trup Nysy. – Czy to znaczy, że jesteś gotowy wysłuchać reszty mojej opowieści?

– Po pierwsze, powiedz mi, kim lub czym jesteś.

– Moje imię nie ma znaczenia. Nie będzie dla ciebie nic znaczyć. Należałam do Fhreyów. Tak nazywano nasz rodzaj w czasach przed Nyphronem. Przed pierwszym imperium. Elf to ludzkie słowo, nie nasze.

– Byłaś elfem?

– Najlepiej będzie, jeśli pozwolisz mi zacząć od początku, bo inaczej wszystko bardzo się poplącze.

Trup Nysy poczekał, patrząc na niego. Koń nadal wspinał się ścieżką.

– W porządku. – Tylko te słowa przyszły Royce'owi do głowy.

– Wyjaśnienie, kim naprawdę jestem, wymagałoby zbyt długiej opowieści jak na obecne warunki. Nie mam nic przeciwko wyjawieniu wszystkiego, ale nie mamy tyle czasu.

Już nie żyjesz, więc skąd ten pośpiech? – pomyślał Royce.

– Przede wszystkim musisz wiedzieć, że Fhreye w niczym nie przypominają tego, o czym myślisz. Jesteśmy starożytną i szlachetną rasą. I owszem, także arogancką. Kiedyś władaliśmy światem. Nawet to miejsce znajdowało się pod naszą władzą.

Royce uśmiechnął się znacząco. Nie zamierzał dać się nastraszyć albo omamić nawet przez gadającego trupa.

– To prawda. Wszędzie są dowody. Te gładkie niebieskawe kamienne ruiny na Bursztynowych Wzgórzach nad Gulą w pobliżu Colnory. To kiedyś była forteca Fhreyów zwana Alon Rhist. A słowa takie jak Avryn, Ervanon i Galewyr to słowa Fhreyów. Rhenydd też, a przynajmniej cząstka „ydd". Najstarsi z mojego rodzaju mogą żyć ponad trzy tysiące lat.

– Zatem o to właśnie tu chodzi? Jesteś na dobrą sprawę nieśmiertelna. Nie możesz umrzeć?

– Och, przeciwnie, już umarłam. Moje ciało obróciło się w proch tysiące lat temu. Jednakże złamałam Prawo Ferrola i musisz uważać, żeby nie zrobić tego samego. Nieznajomość prawa cię nie uchroni, tak samo jak odrobina ludzkiej krwi. Jesteś po części Fhreyem, a im nie wolno zabić drugiego Fhreya. Nigdy.

– Bezprawne zabicie kogokolwiek nazywane jest morderstwem i wszędzie krzywo się na nie patrzy, chyba że zajmujesz wyższą pozycję społeczną od ofiary, bo wtedy nazywa się to sprawiedliwością.

– To nie to samo. Ludzie mają prawa zakazujące zabijania innych ludzi i są to prawa ustanowione przez ludzi. Prawo zakazujące zabijania Fhreya przez drugiego Fhreya ustanowił Ferrol, nasz bóg, i to on, a nie inny Fhrey, wymierza karę za tę zbrodnię. Wola Ferrola stanowi fundament naszego społeczeństwa i od zarania czasu tylko nieliczni złamali święte prawo.

Royce nie potrafił ukryć sarkazmu w głosie:

– Karą za morderstwo w każdym społeczeństwie jest śmierć. Co więcej może uczynić Ferrol?

– Jeśli Fhrey zabije innego Fhreya, na zawsze odmawia mu się dostępu do Alysinu, Świętego Gaju, życia pośmiertnego. Możesz znać to miejsce jako Ognie, Rel, Nifrel albo nawet Eberdeen. Dla nas nie ma większej straty. To znaczy, że zostajemy wyrzutkami i nigdy więcej nie zobaczymy tych, których kochamy i którzy kochają nas.

Royce, który nigdy nie przejmował się religią, nie znał sensu tych określeń. Wiedział tylko, że można korzystać z nich w przekleństwach, na przykład: „Idź do Rel" albo: „Mam nadzieję, że spłoniesz w Ogniach". W tym drugim przypadku aż do tej chwili myślał, że chodzi o stos pogrzebowy.

– Zatem jesteś duchem?

– W pewnym sensie. – Nysa wzruszyła ramionami.

Zdając sobie sprawę, że to nie Nysa, Royce wyobraził sobie marionetkę i skrzywił się.

– Kiedy mówisz o duchu, to masz na myśli istotę ludzką, która z powodu uporu albo ignorancji odmawia pójść po swoją nagrodę. Jednak rzeczywiście istnieją pozbawione ciała duchy, które nie potrafią porozumiewać się z tym światem w jakikolwiek znaczący sposób.

– Ty najwyraźniej świetnie sobie z tym radzisz.

– W ciele owszem, jak każdy duch. Dzięki ciału jestem zdolna do wszystkiego, jak każda istota. Właściwie to mogę nawet dokonać czegoś więcej.

Więcej? Tak jak stwierdzenie „nie mamy czasu", i to zwróciło uwagę Royce'a, ale nie odezwał się słowem.

– Kłopot w tym, że ciała nie są trwałe i trudno znaleźć takie, które nie jest zajęte. Miałam szczęście w przypadku Maddie Oldcorn, trochę jak wiewiórka, która zajmuje puste ptasie gniazdo. Maddie zmarła podczas śnieżycy, ale jej ciało zachowało się prawie nienaruszone. Palce u stóp nigdy nie działały jak powinny, ale była w stanie z tym żyć.

– Zatem Nysy nie ma tam z tobą?

– Nie, odeszła, zanim przybyłam. Gdyby żyła albo nawet zatrzymała się między światami, zdołałabym ją uratować. To samo dotyczyło Maddie. Nie mogę wejść do ciała, o ile nie jest puste. Ciało z duchem jest jak świeca z płomieniem. Oryginalny duch musi zgasnąć, zanim będzie można ciało rozpalić ponownie.

Royce słyszał wiele dziwacznych historii na przestrzeni lat. W większość nie uwierzył, ale zobaczył kilka rzeczy, które dały mu do myślenia. Widział, jak czterodniowy trup prawie usiadł, beknął i położył się z powrotem. Widział, jak martwy człowiek kręcił głową, ale potem okazało się, że to szczur uwijał się w jego pustej czaszce. Osobiście był świadkiem walki na szczycie Wieży Koronnej i nie mógł zrozumieć, dlaczego potem nie było na dole żadnych ciał. To ostatnie nadal go prześladowało. Jeśli jednak naprawdę rozmawiał z mającym trzy tysiące lat martwym elfem, to ta dziwaczna rozmowa zajęła pierwsze miejsce na liście cudów.

– Kogo zabiłaś?

– To nieistotne. Byłam młoda, głupia i, och, jakże arogancka. Kiedy umarłam, zostałam sama. Twarz przyciśnięta do szyby i wyglądająca na świat, który kiedyś znałam, ale którego nie mogłam już dotknąć. Nie wiedziałam wtedy o wchodzeniu do ciał i mogłam tylko patrzeć bezradnie, jak ludzie, których znałam, podejmują straszliwe decyzje. Osoba, na której mi najbardziej zależało, była Fhreyem, który, jak ja, także złamał święte prawo. Chciałam być przy nim, gdy umierał, ale gdy raz nas rozdzielono, nie potrafiłam już go odnaleźć. Szukałam wszędzie. A potem... Cóż, po prostu kierowałam się na zachód, aż dotarłam na ten kraniec ziemi, do tego miejsca, i tu się zatrzymałam.

– Ładne miejsce.

– Tak, dopóki nie pojawili się tu ludzie. Próbowałam ich przepędzić. Nie mogę wiele zdziałać bez ciała, ale jeśli naprawdę się postaram, potrafię coś poruszyć. Opętałam nawet kilka martwych zwierząt. Raz dopadłam szopa. Mają palce, wiedziałeś? Dłoń wszystko zmienia, a te wkrótce będą zbyt sztywne, żeby z nich skorzystać. Dzięki rękom mogę... – Urwała i nie chciała na niego spojrzeć.

Powiedziała więcej, niż chciała. Niż to chciało, poprawił się. To nie jest Nysa.

Z trudem o tym pamiętał i musiał sobie przypominać, że jeśli dotknie jej skóry, będzie zimna jak lód.

– Zatem to ty byłaś duchem Dula Ghasta.

– Co za brzydki, brzydki człowiek. Miał zapadnięte oczy, wyglądał jak szkielet. Nie wiem, czemu to zrobiłam. Pewnie z samotności. Siedział na szczycie tej góry, płakał i błagał o pomoc. Widzisz, umierali z głodu. Syn i córka Dula umarli, jego żona chorowała. Mnóstwo ludzi nie przetrwałoby następnego miesiąca, więc wspiął się tutaj i błagał o pomoc. Lubię to miejsce. Ładne widoki. Siedziałam na szczycie góry i patrzyłam na zachód słońca, kiedy Dul przyszedł, płacząc i zawodząc. Już chciałam odejść, gdy usłyszałam, jak mówi: „Wiem, że tu jesteś. Wiem, że mnie słyszysz. Proszę, pomóż nam". W tamtych czasach nikt nie zwracał się do mnie od wielu wieków, a ten odrażający mały człowieczek odezwał się wprost do mnie. Chyba nie potrafię wyjaśnić, jakie to uczucie zostać w pewnym sensie dostrzeżonym po tak długim czasie. Ktoś potwierdził moje istnienie, kiedy już sama zaczęłam w nie wątpić. Nie wiedziałam, co mogę zrobić. Poszłam za nim do domu. Razem patrzyliśmy, jak jego żona umiera, a potem dokonałam mojego pierwszego cudu.

– Rozumiem, że kobieta nagle ozdrowiała.

– Tak, przynajmniej tak wszyscy myśleli. Tak naprawdę to nic jej nie było, jeśli pominąć cierpienie związane z dotkliwym głodem, bólem z powodu utraty dzieci i gorączką, która właściwie minęła, zanim w nią weszłam. W głównej mierze poddała się. Ludzie często to robią, częściej, niż myślisz.

– Zatem wiewiórka zamieszkała w ptasim gnieździe.

– Tak, a mając ludzkie ręce, prawie takie same jak moje własne, byłam w stanie... – Znowu się powstrzymała. – Byłam w stanie im pomóc.

– On wiedział?

– O, tak. Od razu wszystko mu wyjaśniłam. Wspomniałam, jaki był brzydki? Nie chciałam, żeby mnie dotykał. Nigdy nie lubiłam ludzi. Brudne, paskudne stworzenia. Dlatego nigdy nie myślałam, że znajdę kogoś, z kim mogłabym być. Ich rodzaj jest taki odrażający.

Jesteś gadającym trupem plującym krwią i uważasz, że my jesteśmy odrażający?

– Mimo to pomogłaś im.

– Miło było znowu żyć i móc robić różne rzeczy. Myślałam, że znalazłam sposób na przetrwanie, kiedy zjawił się on.

– On?

– Plotki o moich cudach zawędrowały daleko, aż do Percepliquis. Kiedy o tym usłyszał, przybył, żeby poznać odpowiedzi.

– Kto to był?

– Pewnie najniezwyklejszy człowiek, a raczej osoba, jaką kiedykolwiek poznałam, a żyłam naprawdę długo. Nazywał się Bran i kogoś szukał. Nie mnie, jak się okazało, ale myślę, że coś go tu ściągnęło i zetknęło nas ze sobą. Bran rozpoznał mnie, kiedy tylko się spotkaliśmy. Nie konkretnie mnie, nie z imienia, ale powiedział, że wie, czym jestem. Co zrobiłam. Uczono go o moim rodzaju i wiedział, czego szukać. Opowiedział mi najniezwyklejszą historię o kobiecie imieniem Brin. Początkowo podejrzewałam, że zmyśla, ale opowiadał o miejscach, w których żyłam, och, jak dawno temu, i powtarzał historie, które przekazała owa Brin. I wtedy, tak jak Dul Ghast, zaczęłam płakać. Nie sądziłam, że jeszcze potrafię, ale ta historia, historia Brin, dała mi nadzieję.

– O czym opowiada ta historia?

– O tym, że wieczność nie musi być tak długa, jak myślałam. Że nadejdzie dzień, kiedy będę miała szansę odkupić swój błąd. Że ten czas, te właśnie chwile, to moja szansa, żeby się uczyć, ćwiczyć i udoskonalać. Jednak nade wszystko dowiedziałam się, że Bran i Brin będą czuwać i mnie wspierać.

– Ci ludzie nadal żyją? To Fhreye jak ty?

– Nie, to byli ludzie i oboje zmarli tysiące lat temu. Tak dawno, że ci mnisi, którzy, właściwie czcząc Brin jak półboga, kompletnie poplątali jej historię. Do tego stopnia, że uznali ją za mężczyznę. Poprawiłabym ich, ale nie uwierzyliby mi.

– Skoro ta dwójka nie żyje, to jak mogą obserwować?

Usta Nysy wygięły się w uśmiechu.

– To całkiem inna historia i na nią też nie mamy czasu.

– Powiedziałaś to wcześniej. Skąd ten pośpiech? Dlaczego mamy mało czasu?

– Bo to ciało nie żyje. Mięśnie sztywnieją. Będę musiała wkrótce je opuścić. Musisz zawieźć mnie do opactwa.

– Po co? Co tam jest?

– W tej chwili nic, ale coś się tam pojawi.

***

Pod wpływem ulewy szlak szybko zamieniał się w górski potok. W górze rozległ się grzmot, wstrząsając drzewami. Scarlett zwolniła, kiedy ścieżka zamieniła się w ciemny tunel i wąziutką dróżkę, którą Hadrian pamiętał. Znajdowali się w połowie drogi, możliwe, że pokonali już trzy czwarte. Szukał charakterystycznych punktów, czegoś, co by pamiętał, ale podczas burzy wszystko wyglądało inaczej. Z pewnością znajdowali się blisko szczytu – drzewa były coraz niższe.

Huk deszczu zagłuszał prawie wszystko inne i Hadrian mógłby zginąć, gdyby nie Scarlett. Chociaż twierdziła, że chce od niego uciec i pojechać za Nysą Dulgath, cały czas się oglądała – ledwie zerkała przez ramię – ale to wystarczyło, żeby się upewnić, że Hadrian nadal tam jest.

Gdy wspięli się między niższe drzewa i krzewy, błyskawica rozjaśniła niebo w tej samej chwili, w której Scarlett się obejrzała. Zatrzymała konia i coś wskazała. Nie patrzyła na Hadriana, ale dalej, na coś za nim. Wytrzeszczone oczy dopowiedziały resztę. Zanim zdążyła krzyknąć ostrzegawczo, Hadrian wyciągnął półtoraka i zawrócił na Tancerce.

Lord Fawkes i szeryf Knox nadjechali ścieżką. Obaj byli przemoczeni, gładcy i błyszczący. Wyciągnęli klingi, które zajarzyły się jasnym srebrem w świetle błyskawicy. Obaj szczerzyli białe zęby w podłych uśmiechach.

– Zajmij się nim, szeryfie – warknął Fawkes, puszczając go przodem.

– Jedź dalej! – zawołał do Scarlett Hadrian.

– Ich jest dwóch! – odkrzyknęła.

– Dam sobie radę z dwoma.

– Może w zwykły dzień, ale to nie jest dobry dzień dla ciebie.

Wiedziała, że nie należy wspominać o żebrach ani nawet o ranach, ale to właśnie miała na myśli. Nie chciała go opuszczać, gdy przeciwnik miał przewagę.

– Zaufaj mi, dam sobie radę – odpowiedział jej Hadrian.

– Teraz sobie ciebie przypominam – powiedział Knox, zatykając koniec przemoczonej peleryny za pas, jak to robili niektórzy najemnicy.

W wojsku peleryny nosili tylko oficerowie. Ci, którzy odchodzili ze służby, zatrzymywali peleryny jako symbol swojego statusu, ale nadal uważali, że „tylko głupcy walczą z flagą na plecach".

Widok peleryny sprawił, że Hadrian też przypomniał sobie Knoxa. Obaj walczyli w bitwie o bród na rzece Gravin. Hadrian był wtedy aroganckim dzieciakiem, który właśnie wstąpił do trzeciego batalionu Warric. Pierwszy raz się zaciągnął. Knox był weteranem w tej samej jednostce. Hadrian nie krył się ze swoimi umiejętnościami walki i kiedy zgromadził wokół siebie żołnierzy i niemal w pojedynkę utrzymał ich pozycję w walce z hrabią Francisem Stanleyem, dowodzącym siłami Harbornu, Ethelred awansował go na kapitana.

Narobił wstydu starszym od siebie i zdobył awans. Nie przysporzył sobie w ten sposób wielu przyjaciół. Hadrian nie zapamiętał Knoxa jakoś szczególnie, ale nie był zaskoczony tym, że tamten nadal ma do niego żal.

– Wiesz, co myślę? – powiedział Knox. – Myślę, że miałeś wtedy szczęście. Nigdy nie słyszałem o żadnych wielkich bohaterskich czynach po brodzie na Gravin.

Ponieważ Hadrian miesiąc później zrezygnował z nowo zdobytej pozycji. Jako oficer miał prawo się wycofać i zrobił to. Opuścił Warric i dołączył do sił króla Armanda w Alburnie, gdzie już mniej się wychylał, dzięki czemu udało mu się utrzymać tam przez cały rok.

– I jak to powiedziała ta zdzira... – Knox wyszczerzył białe zęby do Scarlett – ...to nie jest twój dobry dzień.

Szlak był wąski, zmuszał Scarlett do zostania za plecami Hadriana. Nie groziło jej bezpośrednie niebezpieczeństwo, ale to była jedyna dobra rzecz w tej sytuacji.

Tancerka nie była bojowym koniem. Nie przygotowano jej do udziału w walce. Ponieważ musiał trzymać jedną ręką wodze, mógł walczyć tylko jednym mieczem z dwoma przeciwnikami. I bolały go żebra. Dźwiganie Nysy pogorszyło obrażenia, możliwe, że narobiło prawdziwych szkód. Jazda konna też nie pomagała. Był sztywny i obolały, cały czas cierpiał z powodu bólu, który krążył po jego ciele z denerwującą przypadkowością, czasem przeradzając się w nagłe dźgnięcia. Scarlett i Knox mieli rację – to nie był dobry dzień dla niego.

Szeryf ponaglił konia i zaszarżował, biorąc zamach. Był doświadczonym żołnierzem i wybrał ekonomiczny atak, świadczący o większym respekcie dla przeciwnika, niż zdradzały słowa. Nie oczekiwał, że zabije Hadriana w pierwszym uderzeniu, co już samo w sobie świadczyło o wojskowej przenikliwości Knoxa.

Hadrian z łatwością zablokował cios, ale siła uderzenia sprawiła, że błyskawica przecięła mu bok i wywołała skurcz, przez co nie mógł należycie skontrować. Uwięziony na koniu mógł tylko obracać tors, a właśnie tę część ciała miał połamaną. Zamiast tego postanowił więc wykorzystać część ciała, którą miał całą. Wysunął prawą stopę ze strzemienia i wymierzył brutalne kopnięcie. Trafił Knoxa w żołądek. Szeryf spadł z konia na ziemię.

Hadrian zerknął na lewo, spodziewając się ataku Fawkesa. Już przygotował ostrze, żeby zablokować cios lorda, ale żaden nie padł. Fawkes chciał dopaść Royce'a i lady Dulgath, więc wykorzystał tę okazję, przejechał przez krzaki przy ścieżce i wyminął Hadriana.

Dróżka stałaby przed nim otworem, gdyby nie Scarlett.

Kiedy Fawkes spróbował przejechać obok niej, Scarlett, uzbrojona jedynie w mały nóż, zrobiła,co mogła: skoczyła na niego. Rzuciła się z konia i chciała ściągnąć Fawkesa na ziemię. Hadrian spodziewał się, że lord przetnie ją na pół, i może by to zrobił, gdyby był leworęczny. Na szczęście trzymał miecz po niewłaściwej stronie. Uderzył więc tylko na odlew Scarlett w twarz i dziewczyna padła na ziemię.

Fawkes nie marnował sił na żadne z nich i pojechał dalej ścieżką.

Zanim Hadrian odwrócił wzrok, Knox już wstał i ruszył pod górę, żeby zajść Hadriana od tej strony, gdzie nie miał miecza. Próba walki z konia na wąskiej ścieżce i z połamanymi żebrami miała wszelkie zadatki na klęskę. Hadrian zeskoczył z Tancerki, wykorzystując ją jak tarczę.

Uderzenie o ziemię było straszliwie bolesne. Znowu rozbłysły mu światła pod powiekami. Hadrian wciągnął powietrze przez zaciśnięte zęby. Potrzebował chwili, żeby zebrać myśli. Potem odgonił Tancerkę klapsem i wyciągnął krótki miecz.

Knox był doświadczonym wojownikiem i nie był głupcem. Wiedział, jak oszczędzać siły. Hadrian dostrzegł to w jego oczach. Zauważył subtelną zmianę chwytu na rękojeści, przechylenie bioder w kierunku spadku.

Scarlett też nie była głupia, ale nie miała doświadczenia w walce bronią białą. Walki, z którymi miała do czynienia, ograniczały się do pięści i rzucanych butelek. Ponieważ Knox patrzył na Hadriana, a nie na nią, nie miała pojęcia, co zaraz się stanie. Podniosła się i ruszyła w stronę szeryfa. Pewnie myślała, że odwróci jego uwagę, może nawet dźgnie go w plecy. Nie dostrzegła zagrożenia, nie zdała sobie sprawy z popełnionego błędu, dopóki on się nie obrócił i nie wbił jej połowy klingi w żołądek. Wytrzeszczyła oczy, otworzyła usta, ale nie odezwała się słowem.

Jeśli można było mieć jeszcze jakieś wątpliwości co do inteligencji szeryfa albo jego instynktu samozachowawczego, to przekreślił je, kiedy wyszarpnął szablę i popędził w górę ścieżką, mijając Scarlett. Złapał jej konia, dosiadł go i pojechał za Fawkesem.

Scarlett padła twarzą w strumień błotnistej wody spływającej stokiem.

– Scarlett! – krzyknął Hadrian, klękając obok niej. Złapał ją za ramiona i delikatnie uniósł, obracając ku sobie.

– Nie! – krzyknęła. – Nie dotykaj mnie! Nie ruszaj mnie!

Krzywiła twarz z bólu, gdy próbowała odetchnąć. Połykała powietrze, zamiast je wciągać.

Miała błoto na twarzy, jej piękne włosy przykleiły się do mokrej skóry. Zaciskała powieki, zaciskała usta z bólu.

– Scarlett... – Nie wiedział, co powiedzieć.

Widział już podobne rzeczy na polu bitwy. Cios w brzuch to nigdy nic dobrego. Głęboka rana, taka jak jej, była niemal zawsze śmiertelna. Krew, która wypływała z jej brzucha spod dociśniętych rąk, była ciemna i gęsta.

– Jedź – zdołała powiedzieć słabym głosem Scarlett.

– Nie mogę.

– Jedź, ratuj Nysę.

– Nie mogę cię zos...

– Jeśli ją uratujesz, ona uratuje mnie. To moja jedyna szansa. Jedź już.

– Ale Nysa... – zaczął.

– Zaufaj mi. Jedźże!

– W porządku, w porządku, ale musisz się trzymać, słyszysz? – Wstał z błota, podniósł miecze i złapał Tancerkę. – Zaraz wracam. Poczekaj na mnie!

Hadrian wgramolił się na siodło, a Scarlett leżała na rozmiękłej ścieżce złożona wpół i ściskała brzuch. Z każdym oddechem pojękiwała. Ciemna smuga krwi spływała zakosami ze stoku razem z deszczówką.

– Hadrianie... – powiedziała. Zdołała spojrzeć mu w oczy. – Handlarze niewolników z Manzantu... Miałeś rację. – Wzięła kolejny wdech. – Nie zrobiłam tego dla Royce'a.

Hadrian spojrzał na nią. Deszcz spływał mu po twarzy.

– Nie poddawaj się. Słyszysz? Czekaj! Zaraz wrócę!

Rozdział 23

Klasztor nocą

Burza już odchodziła, kiedy Royce wjechał na dziedziniec klasztoru. Stary kamień mokry od deszczu migotał i rozbłyskiwał w świetle ostatnich błyskawic.

Trzech mnichów czekało przy frontowej bramie ze smutnymi twarzami i w przemoczonych habitach. Żaden nie był zdziwiony ich pojawieniem się.

– Tutaj! Tutaj! – Najstarszy z trójki pomachał do Royce'a, wskazując ciepły blask światła we wnętrzu. – W jakim jest stanie? Kiedy nadciągnęła burza, wiedzieliśmy, że stało się coś złego.

Zanim dojechali do opactwa, oczy Nysy zamknęły się, a ciało zwiotczało.

– Weźcie ją – powiedział Royce, nie ufając sobie, że zdoła ją zdjąć z konia i nie upuścić.

Jeden z młodszych mnichów wyciągnął ręce i wyjął ją z jego objęć. Royce'a ogarnęła ulga, a potem uczucie straty. Nie rozumiał połowy z tego, o czym opowiedział mu trup Nysy, a w jeszcze mniej wierzył.

Wątpił, żeby kłamała. Nie należała do takich, a brak oddechu i zimna skóra potwierdzały jej opowieść lepiej niż naoczny świadek. Royce'owi jednak trudno było uwierzyć w tego typu rzeczy. Spotkał wielu kaznodziei, kapłanów i pustelników, a każdy sprzedawał własną wersję życia i śmierci, próbując przekonać nowych rekrutów. Royce nigdy nie widział sensu inwestowania w ich opinie, skoro miał własną, zwłaszcza że jego się sprawdzała, a ich nie. Jednakże Nysa – czy kim to coś było – nie prosiła go o wiarę, wsparcie ani pieniądze. Choć to nie znaczyło, że nie miała jakiegoś celu. Po co snułaby swoją opowieść, jeśli nie miała żadnego powodu? Kiedy ją oddał i patrzył, jak mnisi niosą ją do klasztoru, wiedział, że przegapił coś istotnego.

Czego ona ode mnie chce?

– To ty jesteś tym drugim? – zapytał najstarszy mnich.

Royce potrzebował chwili, zanim zrozumiał, o co chodzi.

– Tak. Musiał pan poznać Hadriana.

Mnich skinął głową.

– Jestem opat Augustine. Dziękuję za jej przywiezienie. My zajmiemy się resztą.

Jeśli myślał, że w ten sposób pozbędzie się Royce'a, to się mylił. Narażanie życie nie było dla niego normalną rzeczą, chciał więc zrozumieć, dlaczego to zrobił. Usłyszał bajkę, ale nie wiedział, jaką sam odgrywa w niej rolę. Ona miała cel, prosząc, żeby ją tu przywiózł.

Bo jestem elfem? Może. Ale chodzi o coś więcej.

Royce wierzył w niewiele rzeczy. Opierał się na fundamencie, jakim było przekonanie, że człowiek jest skłonny do chciwości i nienawiści. Nikt nie robił niczego, co nie służyłoby jego własnym interesom. Ten aksjomat tak często okazywał się prawdziwy, że był takim samym pewnikiem jak fakt, że woda spływa w dół.

Ona czegoś chce, ale czego?

Royce zsiadł z konia i poszedł za mnichami do dużego, porośniętego bluszczem budynku. Żaden go nie powstrzymywał. Jeden nawet przytrzymał dla niego drzwi.

– Widział pan kiedyś taką pogodę? – zapytał młody człowiek.

Royce skinął głową. Burza była okropna, ale to nic niezwykłego latem.

Mnich ociągał się przy drzwiach, patrząc w niebo.

– Tylko raz widziałem burze. Kiedy stara Maddie Oldcorn umarła, mieliśmy taką ulewę.

– To ostatni raz, kiedy mieliście prawdziwą burzę?

Mnich pokręcił głową.

– Ostatni raz kiedy mieliśmy jakąkolwiek burzę. Ostatni raz, kiedy widziałem deszcz za dnia.

Zaniesiono Nysę przez duże, otwarte pomieszczenie – nawą kościelną – ku ołtarzowi. Royce zajrzał raz do katedry Mares w Medfordzie. To opactwo nie nadawałoby się przy niej nawet na wygódkę. Brakowało ławek, klęczników, posągów, marmuru i rzeźbionego mahoniu. Nie było ani śladu złota, jedynie kamienna podłoga i wysokie drewniane sklepienie. Koksowniki i stojaki ze świecami oświetlały wnętrze. Ołtarz był jedynie podwyższeniem z pulpitem, na którym można było położyć książkę.

Royce nie zauważył tu żadnych książek. Równie dobrze mogłaby to być stajnia w Medfordzie, jeśli pominąć dwie rzeczy: pokryte freskami ściany i sufit. W katedrze Mares także były freski na ścianach, wizerunki siwobrodego mężczyzny, który wkłada koronę na głowę przystojnego młodzieńca wśród kaskady światła – Maribor namaszczający Novrona.

Tutejsze obrazy były inne. Miały pęknięcia, drobniutkie szczeliny w miejscach, gdzie farba się kruszyła. Sama ściana także popękała i wielkie bruzdy przecinały wizerunki. Kolory były przygaszone i ciemne. W niektórych miejscach linie całkiem się pozacierały. Wizerunki stworzyli mniej utalentowani artyści niż ci, którzy pomalowali katedrę, były więc prymitywne, płaskie – pozbawione głębi, perspektywy.

Nigdzie nie było widać przystojnego młodzieńca ani też starca z brodą. Zamiast tego kruczowłosa kobieta siedziała na dużym krześle. Za nią, po części w cieniu, stał prosto odziany mężczyzna z potarganą czarną brodą. Na prawo od niej piękna kobieta trzymała łuk i uśmiechała się cierpko. Po drugiej stronie stał okaleczony mężczyzna wsparty na niepozornej kobiecie, która trzymała ręce w kieszeniach fartucha. Na pierwszym planie dwie inne postaci siedziały na poduszkach – dziewczynki. Jedna miała na głowie śmiesznie wyglądający kapelusz, trzymała kostur, a u jej stóp leżał zwinięty wilk. Druga miała książkę na kolanach i trzymała w palcach pióro. Snopy światła nie opromieniały im twarzy ani też z postaci nie bił nadzwyczajny blask. Daleko po prawej namalowano płaski pejzaż z bujnymi polami, które prowadziły do błyszczącego miasta. Royce nigdy nie widział takiego miejsca. Wysokie, eleganckie wieże i wspaniałe ulice ginęły w dali, gdzie stał potężny budynek ze złotą kopułą. U wejścia do miasta ustawiono dwa wielkie posągi lwów. Robotnicy stali na rusztowaniach i wznosili dodatkowe budynki.

Royce nie pojmował tego malowidła. Bardziej przypominało portrety rodzinne, jakie widywał w kupieckich domach. Co więcej, przy słabym oświetleniu nawy tylko ci o szczególnie bystrym wzroku mogli zobaczyć freski. Domyślał się, że namalowano je przy świetle pochodni albo przed zadaszeniem konstrukcji.

Mnisi, którzy nie zatrzymali się, żeby popatrzeć na malowidła, znieśli ciało Nysy po schodach. Royce już miał za nimi pójść, kiedy dostrzegł coś jeszcze na malowidle – małą i wydawało się nic nieznaczącą wioskę daleko po lewej stronie. Osada – prymitywna jak żadne inne miejsce, które Royce widział w swoim życiu – składała się ze zbiorowiska chałup otoczonych przez ziemny wał. Pośrodku stał duży dom. Całość znajdowała się w zakątku ogromnego lasu. Kontrast między wspaniałym, błyszczącym miastem a małą wioseczką sprawił, że Royce przystanął.

Kim byli ci ludzie? Dlaczego ktokolwiek miałby ich namalować? Nie wyglądają na monarchów albo arystokratów. Chciała, żebym to zobaczył? Wiedziała, że je zauważę, bo jestem elfem. Czy są z jakiegoś powodu ważne?

Bluszcz, który porastał klasztor, rósł najgęściej wokół nawy. Gałęzie wślizgnęły się nawet do wnętrza przez okna i drzwi, przez szpary w ścianach.

Royce odchylił głowę, żeby spojrzeć na inne malowidło. Znajdowało się dalej, trudniej je było wypatrzyć niż to na ścianie. Nawet Royce musiał wytężyć wzrok. Podłużne malowidło przedstawiało trzy królestwa z drzwiami, które pozwalały między nimi przechodzić. Przed pierwszym płynęła długa rzeka, nad którą stała chata. Rzeka płynęła ku wielkiej bramie. Pierwsze królestwo było wypełnione ludźmi i władał nim mężczyzna siedzący na tronie-górze. Następne było mrocznym miejscem z cieni i płomieni, którym władała wyglądająca złowieszczo królowa. Za wąskim mostem znajdowały się kolejne drzwi, które prowadziły do pięknego miejsca z kwitnącymi drzewami i zielonymi, falistymi wzgórzami. Tu nie było tronu ani zamku, stał jedynie skromny domek. Jeszcze jedne drzwi prowadziły do kolejnego królestwa – ciemnego, otoczonego murem, do którego nie dało się zajrzeć.

Royce stał z zadartą głową przez kilka minut, próbując zrozumieć ten obraz, to miejsce. Czuł, jak oczy postaci na ścianie obserwują go, w szczególności oczy czarnowłosej kobiety. Coś go w niej intrygowało, ale nie umiał tego uchwycić.

Jego uwagę przyciągnął tętent końskich kopyt na dziedzińcu.

Wreszcie! Skąd ta zwłoka?

Poczekał.

„Dobrze, że nie potrzebowałem pomocy", zamierzał powiedzieć. I wtedy lord Fawkes otworzył drzwi.

Przemoczony i potargany od wiatru jego lordowska mość wskoczył do wnętrza, odrzucając kaptur i ocierając wodę z twarzy.

– Tu jesteś! – zawołał na widok Royce'a. – A gdzie ona? – Spojrzał ku schodom. – Jest na dole?

Fawkes nie rzucił się od razu przez pomieszczenie. Spokojnie strząsnął deszcz z włosów, wyżął koszulę, zatupał.

– Nie cierpię wody w butach. Bulgoce przy każdym kroku i robią się od niej pęcherze.

– Gdzie jest Hadrian?

Fawkes podniósł wzrok, jakby nie znał tego imienia.

– Ach, twój wspólnik w zbrodni, tak. Nie żyje. Zabiłem go po drodze tutaj. Jego i dziewczynę.

– Zabiłeś Hadriana?! Ty?

– To rosły mężczyzna, wiem, ale też ranny. Byłem przy tym, jak handlarze niewolników go pobili, zapomniałeś? Poobijany, domyślam się, że miał popękane żebra. Ty zaś... – Fawkes zerknął na Royce'a. – Jak się mają? Twoje ręce, rzecz jasna. Solidnie je zdeptali. To musiało boleć.

Royce sięgnął po Alverstone'a i przypomniał sobie, że zgubił go gdzieś na dziedzińcu zamku Dulgathów.

Fawkes uśmiechnął się szeroko, odrzucając przemoczoną pelerynę. Wyciągnął miecz i wykonał dwa szerokie zamachy na próbę, obryzgując podłogę deszczówką.

– Nie masz nawet noża?

Royce wyobraził sobie, jak rzuca Alverstone'em w gardło Fawkesa, jak lord łapie się za szyję ze strachu i bólu, i znienawidził martwego kusznika za to, że przez niego stracił sztylet. Fawkes zamienił się ze zwykłego celu w przeciwnika, a potem w adwersarza, któremu warto poświęcić czas. Royce tak bardzo pragnął go zabić, że prawie zaślinił się na jego widok – Fawkes znajdował się blisko i był całkiem sam. Świat rzadko bywał aż tak hojny... I rzecz jasna, wcale nie był. Royce miał połamane dłonie, a jego sztylet znajdował się wiele mil z dala od niego. Życie jest pełne okrutnej ironii.

Royce nie uwierzył w opowieść o śmierci Hadriana. Jeżeli jednak to była prawda, to Fawkes nie wyjdzie stąd żywy, bez względu na połamane dłonie Royce'a i brak sztyletu.

Rozerwę mu gardło własnymi zębami, jeśli będę musiał.

Dwie rzeczy niepokoiły Royce'a poza rękami i brakiem sztyletu. Po pierwsze, nadal nie wiedział, czego chciała od niego Nysa. Z jakiego powodu opowiedziała mu tę zwariowaną historię. Po drugie, jeśli Hadrian nie był martwy, to dlaczego Fawkes nie atakował? Zdjął pelerynę, otrząsnął wodę z włosów, otarł twarz i najwyraźniej wystarczyły mu do szczęścia dwa zamachy na próbę. Gdyby Hadrian mógł nadjechać, to na co Fawkes by czekał? Na co on właściwie czeka?

Odpowiedź stanęła w progu chwilę później.

– Zabiłeś ją? – zapytał Knox.

Szeryf spojrzał przez korytarz na Royce'a i wyciągnął dwa ostrza. Na jednym była krew.

Krew Hadriana?

W Roysie zapłonął gniew. Złodziej zmrużył oczy, skupiając wzrok na lordzie i szeryfie.

– Jeszcze nie. Czekałem na ciebie. Zabij go. Jest nieuzbrojony i ma połamane dłonie, to powinno być proste.

– To dlaczego sam tego nie zrobiłeś?

– Nie stać mnie teraz na żaden błąd – odpowiedział Fawkes. – Myślę, że to docenisz. Ty lepiej radzisz sobie z bronią, a jemu nie można pozwolić uciec.

Ruszyli do przodu, rozchodząc się i spychając Royce'a do kąta. Obaj zamachnęli się. Royce odskoczył, pozostawiając kontrolę nad sytuacją przeciwnikowi.

– Widzisz? – powiedział Fawkes. – Jest nieszkodliwy, to robota dla rzeźnika. Ty się tym zajmij. Ja pójdę za Nysą.

Royce nie mógł nic zrobić, kiedy Fawkes zbiegł schodami z wyciągniętym mieczem.

Knox zaatakował Royce'a z płonącymi ochoczo oczami. Zamachnął się znowu i po raz kolejny złodziej uskoczył.

– Szybki jesteś – zauważył szeryf.

Od strony schodów dobiegł huk zatrzaskiwanych drzwi.

– On właśnie ją zabija, wiesz? – powiedział Knox. – Ta suka ma paskudny nawyk przeżywania. Tym razem dla pewności odetnie jej łeb. Winę zrzucimy na ciebie. – Knox przysunął się, podchodząc na ugiętych nogach i wpatrując się w Royce'a. – Znam twój typ. Wbijanie noża w plecy to twój styl. Niezbyt to honorowe.

Znowu się zamachnął, najpierw lewą szablą, a potem prawą. Royce za każdym razem znajdował się poza zasięgiem broni.

– Jesteś naprawdę szybki. To muszę ci przyznać.

Knox go spychał. Zmuszał do wycofania się do kąta, żeby ograniczyć mu możliwości ruchu. Royce próbował uskakiwać, odsuwać się od ścian, ale Knox czekał. Dwie szable w doświadczonych rękach to więcej niż cokolwiek, czego Royce mógł bezpiecznie unikać. Cofał się, aż plecami dotknął ściany z freskiem. Złapał się na tym, że stoi między dziewczyną z książką a tą z wilkiem.

Założę się, że żadna z was nie miała takiego dnia.

– Knox! Odłóż broń! – Z deszczu wbiegł Hadrian z dwoma wyciągniętymi mieczami.

– Najwyższy czas! – warknął Royce. – Zabij go i chodźmy!

Hadrian zaatakował bez słowa, zaciskając zęby i wpatrując się w szeryfa, który cofnął się, unosząc szable. Hadrian uderzył mieczem półtoraręcznym. Metal napotkał metal z głuchym brzękiem, garda zaczepiła o gardę. Knox zaatakował drugą klingą, ale szabla była wolniejsza od krótkiego miecza i zanim przebrzmiał pierwszy brzęk, Hadrian wbił dwie stopy zmatowiałego metalu pod żebra szeryfa. Wyciągnął miecz nietypowo dla siebie okrutnym, tnącym ruchem. Knox stęknął, może chciał coś powiedzieć, ale złożył się wpół, upuścił broń i złapał się za rozcięty brzuch, próbując utrzymać wnętrzności w środku. Runął z mokrym plaśnięciem.

Royce wpatrywał się w trupa zaskoczony.

– Co? Żadnych sporów?

Hadrian pokręcił głową.

– Nie tym razem. Gdzie jest Nysa?

Royce poprowadził go schodami w dół. Na ich końcu znajdowały się zamknięte drzwi. Uderzył w nie ramieniem i odbił się od nich.

– Zamknięte.

– To co? Otwórz je wytrychem! – krzyknął Hadrian.

– Nie mogę. – Royce odsunął się na bok i pokazał mu: drzwi miały klamkę, ale nie było w nich zamka. – Zaryglowano je od środka.

Hadrian wyciągnął espadon i huknął w drewno rękojeścią. Uderzył trzy razy.

– Otwórzcie się, niech was szlag!

Drzwi udały, że go nie słyszą.

***

Christopher natychmiast zaryglował drzwi. Oczywiście nie wątpił, że Knox poradzi sobie ze złodziejem, ale nie chciał, żeby ktokolwiek tam wchodził albo stamtąd wychodził. Przez większą część wiosny i lata próbował zabić Nysę Dulgath i tym razem postanowił sobie, że mu się uda.

„Przyjąłem cię, spłaciłem twoje długi, nakarmiłem, ubrałem i chroniłem. Teraz nadszedł czas rozliczenia. Masz szansę odpłacić się za moją dobroć. Zawiedź, a więcej nie będę chciał cię znać. Rozumiesz?".

Christopher doskonale rozumiał. Nadszedł dla niego czas zwycięstwa albo przegranej. Jeśli idzie o przełomowe chwile, trudniej było o klarowniejszy przykład.

Znajdował się w swoistej grocie pod klasztorem, w małej kamiennej komorze, ozdobionej tak, by podkreślić jej ważność.

Snop dziennego światła wpadał pod kątem przez otwór w górze. Światło było stłumione przez chmury na niebie, ale nadal dostatecznie jasne w poza tym ciemnym pomieszczeniu. Oświetlało tandetną szkatułę.

To wygląda obiecująco, pomyślał.

Obok niej leżała Nysa Dulgath. Ułożono ją na podłodze, jej ręce złożono na piersi, suknię wygładzono. Miała zamknięte oczy. Nie poruszała się, nie oddychała. Poza nią w komorze przebywało dwóch młodych mnichów i starzec z idiotycznie długą, siwą brodą. Wszyscy kulili się ze strachu po drugiej stronie szkatuły i ciała Nysy.

Nie, łatwiej już być nie mogło.

– Ty tu jesteś opatem? – zapytał brodacza. Nadal trzymał miecz, ale oparł go teraz o udo. – Augustine, zgadza się?

Mężczyzna skinął głową.

Szkatuła była otwarta i Christopher do niej podszedł. Żadnego złota.

Pewnie za dużo byłoby już tego szczęścia, pomyślał.

Zobaczył tylko kawałek kraciastego materiału.

– Co to za szmata?

Opat nie odpowiedział, ale obserwował każdy ruch Christophera.

– Mam szczęście, że was znalazłem. Dwóch zbirów, tych samych, którzy próbowali zabić lady Dulgath i próbowali porwać ją dla okupu, znalazło się tutaj. Grozi wam wielkie niebezpieczeństwo. Wynajął ich szeryf Knox, któremu pokojówka lady wmówiła, że Nysa jest demonem. To ewidentnie szalony człowiek, ale niebezpieczny. Domyśliłem się wszystkiego, bo mam bystry umysł. – Uśmiechnął się.

Opat i jego kohorta nie odwzajemnili uśmiechu. Christopher był pewien, że młodsi mnisi zaraz zaczną płakać.

Obejrzał się na zaryglowane drzwi i dodał ciszej:

– Zabiję zdradzieckiego szeryfa, kiedy stąd wyjdę, żeby sprawiedliwości na pewno stało się zadość.

Christopher podszedł do lady Dulgath i mnisi się cofnęli.

Jaka dzielna straż, pomyślał.

Przyjrzał się leżącej na podłodze Nysie. Gładka skóra, cudne policzki, falujące włosy i wąska talia. Nawet pobladła po śmierci i obryzgana krwią wyglądała pięknie. Zwykle nie mógł jej się przyjrzeć, nie śmiał gapić się pożądliwie na hrabinę, ale teraz nic go nie powstrzymywało.

Widok jej piersi, które w zwykłych okolicznościach ochoczo by zbadał, odrzucał go. Nie chciał spojrzeć na ranę, na to ciemne, brzydkie zagłębienie w pobliżu miejsca, gdzie złożono jej ręce. Christopher nie był wrażliwy, ale dziura w piersi była niepokojąca.

Jaka szkoda.

Westchnął.

– Wygląda na to, że niepotrzebnie tak pędziłem. Spóźniłem się. Ona już nie żyje.

– Nie, przeciwnie. – Oczy lady Dulgath otworzyły się powoli, jakby powieki ważyły wiele funtów.

Christopher cofnął się, ściskając rękojeść miecza.

– Dziękuję, że przybyłeś tak szybko – powiedziała lady Dulgath. Głos miała spokojny, rozluźniony, ale zauważył, że jest dziwnie świszczący. Brzmiał nieco głucho i jakby nie mogła złapać oddechu, co w innych okolicznościach mogło brzmieć wręcz uwodzicielsko. – Miałam nadzieję, że dotrzesz tu szybko.

– Wiedziałaś... Wiedziałaś, że przyjadę? – Christopher zerknął na Augustine'a, jakby opat miał na sumieniu jakąś winę, ale Fawkes nie miał pojęcia jaką.

– Oczywiście. – Lady Dulgath powiedziała to zadziwiająco zwyczajnie, niemal beztrosko, a w jej słowach nadal wyczuwało się dziwny poświst.

Christopherowi nie podobał się ten dźwięk, ten osobliwy szmer, jakby ktoś dmuchał, przytknąwszy usta do szyjki butelki.

– Zaprosiłam cię – powiedziała Nysa.

Christopher usłyszał za sobą brzęk drzwi i huk, jakby ktoś rzucił się na nie.

Powodzenia, Knox. Te drzwi są z grubej na sześć cali dębiny.

– Nie zaprosiłaś mnie. Popędziłem tu, myśląc, że spróbujesz uciec, znaleźć pomoc.

– Powiedziałam Hadrianowi, dokąd ma mnie zabrać, tuż obok ciebie. Wiedziałam, że usłyszysz i przybędziesz z pomocą.

Christopher się roześmiał. Spodobał mu się ten dźwięk, sposób w jaki wypełnił małe pomieszczenie i odepchnął świszczący głos, który w żadnej mierze nie przypomniał normalnego ludzkiego głosu.

– Źle mnie zrozumiałaś, milady. Nie przybyłem, żeby ci pomóc. Przyjechałem, żeby cię zabić.

– Wiem. – Ten sam okropny głos wypowiedział to słowo.

Christopher wiedział, że coś jest nie tak, że jest w niej coś kompletnie nienaturalnego. Jej głos sprawiał, że włoski stanęły mu na rękach.

– Na wypadek gdybyś się zastanawiał, dlaczego cię wybrałam, to z powodu tego, że zabiłeś Sherwooda. Podoba mi się myśl, że jego śmierć zostanie w jakimś stopniu pomszczona. Chcę wierzyć, że podjęłam swoją decyzję na chłodno i z czystymi intencjami, ale nie mogę zaprzeczyć temu, że naprawdę cię nienawidzę, Christopherze Fawkes. Zobaczyłam jego obraz, kiedy było już za późno. Nienawidzę cię za to, że pozbawiłeś mnie możliwości porozmawiania z nim na temat portretu. Bogowie jedni wiedzą, że zasłużyłeś na śmierć. Chcę tylko, żebyś wiedział, że to, co zrobiłeś Sherwoodowi, jedynie ułatwi mi moje zadanie.

– O czym ty mówisz?

– Tak się cieszę, że dotarłeś tu, kiedy jeszcze mogę poruszać palcami i przemawiać tymi ustami. Nie zjawiłam się tutaj, żeby szukać pomocy – powiedziała straszliwym, litościwym tonem. – Przybyłam tu, żeby nie mieć żadnych świadków. Powiedz mi, lordzie Fawkes, wiesz, co znaczy słowo *Miralyith*? W języku Fhreyów, w elfickim, jak wy to nazywacie, oznacza Artystę. Zabiłeś niewłaściwego.

Rozdział 24

Potrzeba zabijania

Hadrian był zdesperowany.

Royce pomrukiwał: „To nie ma sensu. To powinno zadziałać" raz za razem, jakby rozsądek połączony z powtórzeniem mógł przekonać drzwi do otwarcia. Pokazał Hadrianowi, jak wsunąć sztylet między drzwi i futrynę, żeby zahaczyć o rygiel i go przesunąć. Szczelina była dostatecznie szeroka i Hadrian poczuł, jak coś unosi się i przesuwa. Royce przyjrzał się drzwiom i nabrał pewności, że przesunęli zasuwę. Mimo to nie chciały się otworzyć.

Myśli o Scarlett wykrwawiającej się na śmierć na błotnistej ścieżce i wołającej „Obiecałeś wrócić", sprawiły, że Hadrian stracił resztki rozsądku. Rzucił się na drzwi i prawie zemdlał z bólu.

– To nie było bardzo mądre – powiedział Royce, kiedy Hadrian osunął się na podłogę i objął się rękoma.

– Musimy wejść... – Hadrian nabrał gwałtownie powietrza, ale tylko odrobinę. Napełnienie płuc odsuwało żebra i sprawiało, że cały drżał z bólu. – Scarlett umiera...

Royce kopnął nieustępliwe drzwi z frustracji, na co w ogóle nie raczyły zareagować. Nawet nie zadygotały.

– To nie ma sensu! Powinny się otworzyć. Przesunąłeś zasuwę. Już ich nie trzyma. To powinno zadziałać...

– Przestań to powtarzać! Przestań kłócić się z drzwiami i po prostu je otwórz!

– One. Nie. Chcą. Mnie. Wpuścić. – Royce znowu kopnął w drzwi. – Rygiel już nie trzyma. Sam to poczułeś. Ja to słyszałem.

– A może jest drugi?

– Nie, był tylko jeden i teraz już nie trzyma.

– Więc co blokuje drzwi?

– Niech mnie szlag, nie mam pojęcia!

– Czekaj... – Hadrian nagle poczuł się śmiertelnie głupi. – Czy one... O, na Maribora! Czy je trzeba pociągnąć do siebie?!

Royce spojrzał na niego i przez ułamek sekundy Hadrian widział cień szoku, niemal zgrozę na samą myśl. Ale zaraz zniknął.

– Nie! – warknął Royce, ale dla pewności pociągnął za klamkę.

– To co je trzyma?

Royce pokręcił głową.

– Coś je podpiera. Coś, czego nie mogę zobaczyć, zaglądając przez szpary przy futrynie.

– Coś mocnego. – Hadrian pomasował ramię i znowu zaczął normalnie oddychać, w takim stopniu normalnie, w jakim mężczyzna z połamanymi żebrami może, nie krzywiąc się z bólu. – Nie ustąpiło ani odrobinę, kiedy uderzyłem o drzwi. Jakbym rzucił się na kamienną ścianę.

Royce oparł się plecami o drzwi i osunął. Wyglądał, jakby było mu niedobrze, i Hadrian był pewien, że taki sam wyraz ma jego własna twarz. Zawiedli. Nysa Dulgath i Scarlett Dodge umarły albo wkrótce umrą.

Nie powinienem był jej zostawiać, pomyślał Hadrian. Nie powinienem był pozwolić, żeby umarła samotnie na deszczu i w błocie. Ale wtedy Royce też mógłby już nie żyć.

– Za późno – powiedział Royce z goryczą, patrząc na ręce, jakby go rozczarowały. – Fawkes zrobił już swoje. Zabił ją i opata. Byłeś tu podczas wizyty?

Hadrian skinął głową.

– Jest jakieś inne wyjście?

Hadrian spojrzał na niego.

– Myślisz, że odbijałbym się od drzwi, gdyby było?

Royce wzruszył ramionami.

– To ty zapytałeś, czy nie otwierają się na zewnątrz, zapomniałeś?

– Nie, nie ma innego wyjścia. To grób. Przynajmniej Fawkes stąd nie ucieknie – odpowiedział Hadrian. – Tym razem nie będę się sprzeciwiał. Możesz wziąć dowolną z moich broni i zabić go w taki sposób, w jaki zechcesz. Chętnie popatrzę. Ten łajdak zabił nie tylko Nysę, ale i...

Drzwi się otworzyły.

Royce, który opierał się o nie, podskoczył zaniepokojony. Nie otworzyły się na oścież, a jedynie uchyliły w odpowiedzi na niewielki nacisk jego pleców.

– Co zrobiłeś? – zapytał zdumiony Hadrian.

– Nic – odpowiedział Royce, piorunując wzrokiem szczelinę między drzwiami i futryną.

– Weź to – Hadrian wstał i podał mu miecz.

Royce chwycił go lewą ręką i pchnął drzwi stopą.

Scena wewnątrz wyglądała niemal tak samo jak kilka dni temu podczas odwiedzin Hadriana. Skośna smuga światła oświetlała szkatułę w małym kamiennym grobowcu. Różnica polegała na tym, że Nysa Dulgath leżała obok kuferka z rękami schludnie złożonymi na piersi, a lord Fawkes stał nad jej ciałem z mieczem w ręku.

Drzwi obwieściły ich wejście cichym skrzypieniem zawiasów. Dociskając lewą piętę, Fawkes obrócił się w ich kierunku jak dziecinny bączek.

– Zrób to, Royce – powiedział Hadrian. – Ta jedna robota musi zakończyć się śmiercią.

– Nie! – Opat Augustine obszedł szkatułę, wymachując rękami, żeby zwrócić ich uwagę.

Hadrian sam uniósł rękę, ostrzegając starca, żeby się zatrzymał.

– Nie zrobimy wam krzywdy. Zabijemy tylko lorda.

– Nie ma potrzeby go zabijać – powiedział Augustine.

– Potrzeby? – powtórzył Hadrian.

Fawkes knuł przeciwko lady Dulgath i ostatecznie ją zamordował, nie wspominając już o pobiciu ich i sprzedaniu jako niewolników. „Potrzeba" nie miała tu nic od rzeczy. Hadrian pomyślał o Ralphie i zaczął się zastanawiać, czy nie upodabnia się do Royce'a.

Royce się nie poruszył. Stał, trzymając miecz Hadriana, i wpatrywał się w lorda.

Fawkes odrzucił miecz, który zabrzęczał, uderzając o podłogę.

Poddaje się? – pomyślał Hadrian. Nie ma pojęcia, z kim ma do czynienia. Royce nie dba o takie rzeczy.

W ciągu trzech lat współpracy Hadrian przekonał się, że Royce nie znosi takich ludzi jak Fawkes. Jak zawsze pragmatyczny, nie zostawiał przy życiu nikogo, kto mu zaszedł za skórę. Nigdy nie uważał tego za wymówkę, po prostu argumentował, że pozostawienie wroga przy życiu to lekkomyślne zachowanie, które kiedyś zemści się na człowieku i prawdopodobnie doprowadzi do jego śmierci. W zawodzie Royce'a powściągliwość równała się niechlujności.

Hadrian miał własną teorię. Przemoc zawsze miała gdzieś swoje źródło. Najczęściej człowiek się jej uczył, dziedziczył ją po poprzednich pokoleniach albo otrzymywał w darze od najbliższych przyjaciół. Taka podłość stawała się częścią ludzkiego charakteru i przejawiała się w obelgach i nieuzasadnionym okrucieństwie. Inny rodzaj przemocy wynikał z konieczności. Bij psa dostatecznie długo, a zacznie gryźć i będzie gryzł każdego, bo tak każe mu instynkt samozachowawczy.

Hadrian znał ludzi, którzy znosili obelgi przez całe życie z racji swojego wzrostu, imienia, wyglądu czy miejsca urodzenia. Oni pierwsi rzucali się do walki i ostatni z niej wycofywali. Nie mogli odpuścić sobie nawet drobnej zniewagi i musieli udowodnić swoją wartość każdemu krytykowi. Tacy ludzie spodziewali się po innych samego najgorszego. Royce poszedł krok dalej. To nie ludzie lekceważyli go czy mu ubliżali, to cały świat był przeciwko niemu, cały świat chciał go zniszczyć. Hadrian nadal nie znał całej historii, ale wiedział dość, żeby uwierzyć, że Royce jest jak pies, który, doświadczywszy okrucieństwa, nauczył się, że trzeba być jeszcze bardziej okrutnym. Nauczył się, jak przetrwać, stosując podłość w precyzyjny sposób. Z tego powodu Hadrian uznał, że to dziwne, gdy Royce się zawahał.

– No, śmiało – ponaglił go Hadrian.

Był głęboko przekonany, że Fawkes nie zasługuje nawet na jeden więcej oddech.

Lord wpatrywał się w Royce'a w sposób, który można by uznać za odważny, gdyby miał najmniejsze pojęcie na temat historii i temperamentu złodzieja. A potem sapnął zniecierpliwiony, skrzyżował ręce i przeniósł ciężar na lewe biodro, a potem na prawe.

Na ten widok Royce opuścił miecz i oparł o udo.

– Royce? – zapytał zdumiony Hadrian.

Partner nie odpowiedział. Zerknął tylko na ciało Nysy Dulgath, a potem na Fawkesa.

– Zabijesz go czy nie? – dopytywał się Hadrian.

– Nie, nie zabiję go.

– Dobra. – Hadrian wyciągnął półtoraka. – To ja to zrobię.

– Nie! – Royce stanął mu na drodze.

– Co z tobą? Ten łajdak zabił lady Dulgath, próbował zabić nas i... I Scarlett też już pewnie nie żyje. Przez niego nie zdołamy już jej uratować, nawet gdyby istniała wcześniej jakaś szansa.

Hadrian chciał wierzyć w cudowne opowieści, że to płótno w szkatule to coś więcej niż stara szmata, że naprawdę w Dulgath nigdy nie pada za dnia. Chciał w to wierzyć, ale Scarlett...

– Scarlett Dodge jest ranna? – zapytał Fawkes, prawie jakby się tym zmartwił.

– Moje gratulacje. Zdołałeś zabić jedno z nas – odrzekł Hadrian.

– Gdzie ona jest? – zapytał z dziwną niecierpliwością Fawkes.

– Nadal leży na ścieżce, gdzie z nami walczyliście. Pewnie już nie żyje...

– Zabierz mnie do niej!

– Kiedy tylko cię zabiję.

– Mogę jej pomóc. – Fawkes odwrócił się do opata i powiedział: – Augustine, zbierz mnichów. Muszę porozmawiać z wami wszystkimi po powrocie.

– Oczywiście – odpowiedział opat i ukłonił się przed lordem.

Fawkes odwrócił się ponownie i wbił wyczekujące spojrzenie w Hadriana.

– Jeśli zależy ci na Scarlett, zabierz mnie do niej.

– Rób, co ci każe – odezwał się Royce.

– Co?!

– Mówię poważnie. Naprawdę myślę, że on może jej pomóc.

– To... – Hadrianowi zabrakło słów. Mimo to schował miecz do pochwy. Dni Na Opak dawno przestały być zabawne.

***

Burza minęła, deszcz ustał i powoli się przecierało. Przez chmury przezierało zachodzące słońce na krwistoczerwonym niebie. Scarlett się nie ruszała. Zaleźli ją zwiniętą na boku na błotnistej ścieżce. Szlam, który zebrał się wokół niej, pozlepiał jej piękne włosy. Miała brudną twarz i wszędzie była krew. Już pociemniała i zaschła z wyjątkiem okolic ust, gdzie nadal była jaskrawoczerwona. Oczy miała zamknięte i nie otworzyła ich, nawet kiedy konie zbliżyły się do niej.

Nie poruszyła się.

– Scarlett! – krzyknął Hadrian i zeskoczył z siodła, krzywiąc się z bólu.

Podbiegł do niej. Padł na ziemię obok ciała i wsunął rękę pod jej szyję. Nie zareagowała. Jedna z jej rąk zsunęła się z kolan, opadła w kałużę i tak już została. Hadrian tulił jej głowę i przyłożył dłoń do ust dziewczyny.

– Za późno – zdołał wykrztusić przez zaciśnięte zęby i spiorunował wzrokiem Fawkesa.

– Nie, jeszcze nie. – Lord zsiadł z konia. – Cofnij się, Derby – powiedział do klaczy.

Koń odsunął się, jakby rozumiał jego słowa.

– Ona nie oddycha!

– Nadal tu jest – odpowiedział Fawkes. – Mogę ją wyczuć. Nie odeszła wzdłuż rzeki. Mogę ją przywołać.

– Jakiej rzeki? – zapytał poirytowany. – Co ty wygadujesz? – Ale Fawkes przymknął oczy i zaczął nucić. – Co on robi?

Royce pokręcił głową. Przyglądał się bacznie, podczas gdy lord zaczął wydawać z siebie nowe dźwięki i wypowiadać obce słowa. Fawkes poruszał palcami, jakby trącał struny zawieszone w powietrzu.

– Royce, co tu się dzieje?

– Nie wiem.

Hadrian odgarnął włosy z twarzy Scarlett. Łzy mu wzbierały w oczach. Zaciskał usta, tuląc kobietę.

„Nie poddawaj się. Słyszysz? Czekaj! Zaraz wrócę!".

Niestety nie zdążył.

„Jeśli ją uratujesz, ona uratuje mnie".

Niestety Nysa nie żyła.

„Nie zrobiłam tego dla Royce'a"

Pierwsza łza spłynęła Hadrianowi po policzku. Pozwolił jej spaść. Żołądek mu się zaciskał, mięśnie naciskały na żebra, ale on już się tym nie przejmował.

– To wina Fawkesa. Czemu go nie zabiłeś? – zapytał partnera.

– Bo... – Royce się zakłopotał. – Bo obrócił się na pięcie.

– Co?!

– Kiedy weszliśmy, Fawkes obrócił się na pięcie. Na lewej pięcie.

– A co to ma do rzeczy?

– On nigdy nie poruszał się w taki sposób. On nie, ale pamiętam...

Scarlett szarpnęła się raptownie w objęciach Hadriana. Otworzyła usta i wciągnęła głośno powietrze, oddech zabulgotał jej w ustach. Zakaszlała i zgięła się wpół, wymiotując krwią i treścią żołądka. A potem odetchnęła nadzwyczaj głęboko, zakaszlała znowu i znów nabrała powietrza. Zacisnęła palce na dłoni Hadriana i poczuwszy go, uścisnęła. A potem przyciągnęła go do siebie i mocno objęła. Drugą rękę – tą, która opadła jej wcześniej do kałuży – zarzuciła mu na szyję.

Zamrugała kilka razy i spojrzała przytomnie na Hadriana.

– Poczekałam – zdołała szepnąć, ściskając go mocno. – To nie było łatwe, ale czekałam. Czekałam na ciebie.

Fawkes usiadł w błocie i wyglądał na zmęczonego. Więcej niż zmęczonego. Wyglądał na wyczerpanego. Ale uśmiechał się do Scarlett. Hadrian niczego z tego nie rozumiał. Nie potrafił wyjaśnić nawet samemu sobie, dlaczego ten mężczyzna wygląda tak dziwnie. Jego mina nie pasowała do twarzy Christophera Fawkesa.

Na Maribora, co tu się wyprawia?

– Musimy zabrać ją z tego błota – powiedział Royce. – Opactwo ma swoich uzdrowicieli, prawda? Augustine powinien zdołać...

– Nic mi nie jest – powiedziała Scarlett, dotykając brzucha, gdzie miała poplamioną i rozciętą sukienkę. W miejscu, w którym znajdowała się rana, skóra była teraz całkiem gładka. – Nysa mnie ocaliła.

– Nysa nie żyje – powiedział jej Fawkes.

Scarlett spojrzała na lorda zaskoczona jego widokiem. A potem zerknęła na Royce'a i Hadriana, zanim powiedziała:

– Ale... Nie rozumiem. Nysa przyszła do mnie i mnie przyciągnęła.

– To byłem ja – odpowiedział jej Fawkes.

Scarlett patrzyła na niego przez długą chwilę i wreszcie powiedziała:

– Jak Maddie Oldcorn?

Fawkes skinął głową.

– Jak Maddie Oldcorn.

– Wiesz, o czym oni mówią? – zapytał Royce'a Hadrian.

– Mówią o wiewiórkach mieszkających w ptasich gniazdach.

– Ach, jasne. Dzięki, że mi to wyjaśniłeś.

– Miałem nadzieję, że będziesz pamiętać – powiedział do Royce'a Fawkes. – Wszystkie słowa na całym świecie nie przekonałyby cię, gdybyś nie uwierzył. Chodźmy, musimy wracać, bo opat Augustine będzie się niepokoił.

– Och, a tego byśmy nie chcieli – żachnął się Hadrian.

– Spokojnie – powiedziała mu Scarlett. – Pomóż mi wstać. Ona... On uleczył mnie, ale w końcu... No wiesz, wbito mi szablę w brzuch.

Hadrian pomógł jej wstać. Zachwiała się nieco i wsparła o niego. Ciągle miał przed oczami chwilę, gdy Knox wbił jej stal w brzuch, i zdumiewało go to, że Scarlett w ogóle może stanąć.

– Nadal mamy mnóstwo rzeczy do zrobienia tego wieczoru – powiedział im Fawkes. – Król zażąda wyjaśnień.

– Na pewno ja bym chciał jakieś usłyszeć – mruknął Hadrian.

– To naprawdę niewiele pomoże. Odpowiedź nie ma sensu. – Royce sięgnął po wodze konia i zamarł. Poruszył prawą dłonią, a potem zerwał łubki i poruszył palcami. Zdjął łubki z palca lewej ręki i go pomacał.

– Mam nadzieję, że nie będziesz miał mi tego za złe – powiedział Fawkes – ale zajmę się twoimi żebrami później. To był długi dzień, a nas czeka jeszcze dłuższa noc.

Rozdział 25

Piąta rzecz

Dzięki filarom, wypolerowanej kamiennej posadzce i ozdobnym proporcom sala główna była jedyną częścią zamku Dulgathów, która zdaniem Royce'a przypominała zamek, a nie przyduży, podupadły dom z kruszącego się kamienia. Tron pomagał – stojący samotnie na podwyższeniu, z usadowionym na nim królem. Królowie wszystko zmieniają. Tego otaczała cała świta oraz zamkowa służba. To co kiedyś było wygodną rezydencją lady z prowincji, stało się przedłużeniem władzy i potęgi Jego Wysokości Vincenta Pendergasta, króla Maranonu.

Wcześniej Royce dostrzegał tylko niedoskonałości tego miejsca: walącą się wieżę, zbyt bujny bluszcz, brak stosownych umocnień. Kompletnie przeoczył jego urok. Dziwne posągi wyrzeźbione w najbardziej zaskakujących miejscach nawiązywały do historii, których nikt nie rozumiał. Pnący się bluszcz zamykał mury w ciepłych objęciach. To wszystko przydawało fantazyjnego czaru temu domowi.

Bo tym właśnie jest, zdał sobie sprawę Royce. Domem, nie fortecą.

Jak wszyscy królowie Vincent nie wyglądał na szczęśliwego. Był ewidentnie zmęczony po długim pościgu poprzedniej nocy, z którego wrócił zły i z pustymi rękami. Piorunował wzrokiem lorda Fawkesa, który przemawiał w imieniu całej grupy. Stał pośrodku, krok przed resztą. Nie zdradzał żadnych śladów zmęczenia. Nie ziewał, nie garbił się ani nic podobnego. Stał prosto, wręcz dumnie przed swoim władcą.

– Oczekujesz, że w to uwierzę? – zapytał król tonem, który ewidentnie mówił, że on tak nie uważa.

– Owszem, najjaśniejszy panie – odpowiedział mocnym, wyraźnym głosem Fawkes.

Vincent uniósł brew.

– Widziałeś, jak szeryf Knox oddzielił się od naszej grupy, i pojechałeś za nim do klasztoru?

– Tak właśnie, najjaśniejszy panie.

Royce'owi i Hadrianowi surowo przykazano stać nieruchomo i milczeć. Przede wszystkim nie wolno im było się odzywać. Oskarżono ich o zamordowanie lady Dulgath i próbę zabicia króla, z czego drugie oskarżenie było znacznie poważniejsze od pierwszego. To, że sam Vincent był świadkiem zbrodni, czyniło ich położenie w najlepszym wypadku niemożliwym do obrony. Nie zawiśli jeszcze tylko dlatego, że sami się zgłosili i mieli poparcie szanowanych ludzi. Z własnej woli wrócili na zamek, gdzie czcigodny biskup Parnell, opat Augustine i szambelan Wells poświadczyli ich niewinność. Lord Fawkes również to zrobił, ale Royce nie był przekonany, jaką wartość król przywiązuje do słów swojego kuzyna.

Przed świtem Fawkes zapewnił ich z przekonaniem, które wydawało się wręcz szaleńcze, że zdoła oczyścić ich imiona i ochronić przed krzywdą. Gdyby ktokolwiek inny złożył im taką obietnicę, Royce już pędziłby na północ co koń wyskoczy. Jednakże kości nie zrastają się w jednej chwili, martwa kobieta na błotnistej ścieżce nie wstaje bez najmniejszego zadrapania, więc nie było wątpliwości co do tego, że osoba znana jako lady Dulgath mieszka teraz w ciele Christophera Fawkesa.

Stojąc w sali głównej zamku Dulgathów, Royce poruszył prawą ręką. Nie była nawet sztywna. Palec u lewej również wygoił się tak, że nie pozostało nawet wspomnienie po jego uszkodzeniu.

Nie było to dziwne, że Hadrian też dał się przekonać, zwłaszcza kiedy ból żeber zniknął po tym, jak Fawkes miał chwilę, żeby odpocząć. Zauważył także, że dla odmiany Royce naprawdę nie ponosi żadnej winy, jakby to miało jakiekolwiek znaczenie. Jednakże chyba przede wszystkim Royce zgodził się stanąć przed królem z ciekawości. Chciał zobaczyć, jakie inne jeszcze cuda potrafi czynić Christopher Fawkes.

– A ty twierdzisz, że widziałeś, jak Chrissy walczył z szeryfem w obronie lady Dulgath, która umierała w opactwie, i jak go zabił? – zapytał Augustine'a król.

– Wykazał się nadzwyczajnym bohaterstwem, Wasza Wysokość – odpowiedział opat ze złożonymi rękami w geście uosabiającym samą pobożność.

Król uniósł brew.

– Chrissy, bohaterstwem? Nie mogę powiedzieć, żebym kiedykolwiek dostrzegł ten aspekt jego osoby.

– Jeśli tylko pozwolisz, najjaśniejszy panie – wtrącił się biskup Parnell. – Nie doceniasz tego człowieka. Zmienił się w ciągu ostatnich lat pod wpływem nauk Kościoła.

– O tak, nie wątpię – warknął Vincent i powoli zaczął kręcić głową, wpatrując się w Royce'a. – Ale na własne oczy widziałem, jak ten tu wycelował we mnie arbalet. Dlaczego to zrobiłeś?

Pamiętając zasady, Royce milczał.

– Żądam odpowiedzi, bo inaczej zetnę ci głowę tu i teraz!

Royce zerknął na Fawkesa, który skinął głową.

– Gdybym pragnął pańskiej śmierci – odpowiedział Royce – nie rozmawialibyśmy teraz. Próbowałem jedynie uratować lady Dulgath.

Król odsłonił zęby i poczerwieniał.

– On ma rację, najjaśniejszy panie – wtrącił się Fawkes. – Wystarczyłoby, żeby nacisnął spust, a byłbyś martwy. Patrzysz na człowieka, który mógł cię zabić, ale tego nie zrobił.

– Lady Dulgath nadal żyła – wyjaśniał Royce – ale Knox powiedział, że dobije ją, kiedy tylko zostanie przeniesiona do infirmerii. Wskazał mnie i wszyscy na dziedzińcu chcieli założyć stryczek na moją szyję. Nie posłuchałbyś, panie, nikt by mnie nie posłuchał, dopóki obaj z Hadrianem nie bylibyśmy martwi, a razem z nami lady. Wybrałem jedyną możliwą drogę. Wszyscy uwierzyli, że jestem zabójcą, więc wykorzystałem to, próbując uratować lady Dulgath. Prawie mi się udało.

Twarz króla złagodniała. Nadal wyglądał na rozgniewanego, może nawet bardziej niż dotąd, ale uwierzył w wyjaśnienia. Royce był świetnym kłamcą, ale prawda zabrzmiała jeszcze bardziej przekonująco.

Vincent rozparł się na wysokim krześle, które kiedyś należało do Nysy Dulgath, a wcześniej do jej ojca. Złożył dłonie czubkami palców i przeniósł wzrok na biskupa, który nadal nosił uroczysty strój z poprzedniego dnia. Biskup był najbardziej szanowaną osobą wśród zebranych w sali.

– Poświadczasz, że to szeryf Knox wynajął Shervina Geramiego?

– Mogę tylko powiedzieć, co widziałem, Wasza Wysokość, a był to Knox rozmawiający z owym Geramim wczesnym rankiem w dniu ceremonii. Po rozmowie szeryf dał mu sakiewkę. Wtedy nic sobie z tego nie robiłem. Uznałem, że Knox najmuje go na strażnika albo kogoś podobnego. Oczywiście, kiedy znaleziono łysego mężczyznę na murach obok arbaletu, stało się dla mnie jasne, że Knox płacił mu za to podłe zadanie.

– A arbalet? Czy ktoś może wyjaśnić, skąd Knox miał tę broń?

Szambelan Wells spojrzał na Fawkesa, który skinął głową.

– Myślę, że ja mogę, Wasza Wysokość. Szeryf przyszedł do mnie, prosząc konkretnie o ciężką kuszę.

– Powiedział, do czego jej potrzebuje?

– Nie, ale tak samo jak biskup nie miałem powodu kwestionować jego motywów. Knox był głównym szeryfem, który sprawował pieczę nad bezpieczeństwem Dulgath. Skoro potrzebował arbaletu, uznałem, że musi mieć dobry powód.

Przygotowali wyjaśnienia podczas nocy na Wrzosowisku Brecken. Fawkes wyjaśnił, że zamierza obarczyć całą winą Knoxa, stwierdzić, że szeryf wynajął Royce'a i Hadriana jako konsultantów, w tajemnicy planując zrzucić na nich winę. Kiedy Fawkes nabrał podejrzeń, ostrzegł złodziei. Potem Fawkes i złodzieje współpracowali, żeby pokrzyżować plany szeryfa. Augustine żywo popierał ten pomysł, a Royce uznał, że chyba rozumie dlaczego.

Opat był w pomieszczeniu, kiedy Nysa zmieniała gniazda. Widział wszystko. Prawdopodobnie znał sekret od wielu lat.

Kiedy przyszła kolej opata na opowieść, upiększył ją, ukazując Fawkesa jako zawadiackiego bohatera, który stoczył ze złym szeryfem zaciętą walkę, epicki pojedynek, który trwał „co najmniej godzinę". Z drugiej strony może właśnie tak opat wyobrażał sobie, że powinno się to rozegrać. Jego rodzaj miał skłonność do upiększonych historii, które miały wspierać ich własne cele.

– Jedna rzecz mi tylko umyka – powiedział król. – Dlaczego szeryf Knox, imigrant z Warric, którego wyznaczył na to stanowisko Beadle Dulgath, chciał śmierci lady Dulgath? Co mógł zyskać? Możesz mi to wyjaśnić, Chrissy?

Omówili historię, żeby upewnić się, że każdy z nich ma odpowiedź na wszelkie pytania, jakie król może zadać, a jednak przez całą rozmowę ani razu nie zadano tego pytania.

Dlaczego szeryf to zrobił?

Pewne niedociągnięcia w przygotowaniach były zrozumiałe, zważywszy, jak wyczerpany był Fawkes po uleczeniu Scarlett Dodge, a potem Royce'a. Jednakże to było dość istotne przeoczenie. Jak wszyscy inni zgromadzeni przed królem Royce patrzył na lorda Fawkesa wyczekująco.

Fawkes się zawahał. Przez chwilę wpatrywał się we własne stopy, a potem zerknął ostrożnie nie na króla, ale na biskupa Parnella. Wreszcie wyprostował się i patrząc prosto w twarz Vincenta, powiedział:

– Myślę, że odpowiada za to Kościół Nyphrona.

Biskupowi oczy mało nie wyskoczyły z czaszki, szambelanowi wyrwał się stłumiony okrzyk, aż musiał zasłonić usta ręką.

– To poważne oskarżenie – powiedział król, a Royce zauważył, że po raz pierwszy w jego głosie zabrakło obraźliwej nuty.

– I kompletna bzdura! – krzyknął Parnell.

– Nie mam dowodu, Wasza Wysokość – przyznał Fawkes – a mimo to jestem tego pewien.

– Wasza Wysokość... – zaczął Parnell.

Król uciszył go gestem. Cały czas wpatrywał się w Fawkesa. Powiedział:

– Wyjaśnij, jak doszedłeś do tego wniosku.

– Uważam, że Kościół próbuje przejąć kontrolę nad Maranonem. Nowo wyznaczony hrabia Woodrow Braga z Swanwick jest zdeklarowanym imperialistą, zastąpił hrabiego Purima, zaciekłego monarchistę. Manzar zawsze był szańcem Kościoła. I pewnie można by też powiedzieć o moim ojcu, że doznał nagłego przebudzenia duchowego, ponieważ też zaczął wspierać imperialistów.

– Nie ma niczego niewłaściwego w tym, że ludzie o wysokiej pozycji zaczynają się bardziej interesować Kościołem – warknął Parnell.

– Owszem – odrzekł Fawkes – ale jest to niewłaściwe, kiedy Kościół naciska i grozi arystokratom, jeżeli nie zgodzą się sprzymierzyć z nim przeciwko królowi. Rozmawiałem z lady Dulgath kilka razy od swojego przyjazdu. Wspomniała, że ojciec wielokrotnie otrzymywał groźby od Kościoła. Beadle twardo obstawał przy swoim i nie dał się zastraszyć, ale wydaje się, że ostrzej poczynano sobie z lady Dulgath. Powiedziano jej, że jeśli nie spełni życzeń Kościoła, zostanie zastąpiona. Podejrzewam, że gdyby Knox przeżył, pojawiłby się przekonujący argument, aby ustanowić go rządcą. Jak sam zauważyłeś, Wasza Wysokość, został wyznaczony przez samego Beadle'a, dlatego byłby dobrym kandydatem na jego następcę.

– Lady Dulgath powiedziała, kto jej groził? – zapytał król, zerkając przelotnie na biskupa, który piorunował wzrokiem Fawkesa tak zaciekle, że wyglądał, jakby miał zaraz eksplodować.

– Nie – odpowiedział Fawkes, nawet nie spojrzawszy w stronę Parnella. – Lady Dulgath była wcieleniem dyskrecji, Wasza Wysokość. I nie mogła mi ufać, zważywszy, że mój ojciec jest imperialistą. Próbowałem wyjaśnić jej, że zerwałem z nim więzi, ponieważ uznałem go za człowieka, który zdradził swojego króla, ale miała na to tylko moje słowa. Jak dobrze wiesz, Wasza Wysokość, w obecnych czasach same słowa nic nie znaczą.

– Rozumiem. – Król nadal wpatrywał się w Fawkesa z zafascynowanym wyrazem twarzy, jakby zobaczył magiczną sztuczkę i próbował zorientować się, co przegapił.

– To wszystko kłamstwo! – bez mała krzyknął biskup. Był czerwony i pot zrosił mu twarz.

Całkowicie spokojnym i rozsądnym tonem Fawkes odpowiedział:

– W najlepszym wypadku jedynie spekuluję. Już wyjaśniłem, że nie mam żadnego dowodu. Nikogo o nic nie oskarżam. Jego Wysokość zapytał, do jakich wniosków doszedłem, więc je przedstawiłem.

Biskup wymachiwał pięściami. Twarz miał taką, jakby musiał przegryźć się przez skały. Król robił wrażenie niczego nieświadomego, tylko wpatrywał się z fascynacją w Fawkesa.

– Kościół przyjął cię na swoje łono po twoim finansowym fiasku, prawda? – zapytał Fawkesa.

– Owszem.

– A ty okazałeś się jedynie niewdzięcznym kundlem! – wrzasnął Parnell.

– Jeśli to prawda, że Kościół wsparł cię finansowo, to dlaczego teraz stoisz przede mną i go oskarżasz? – zapytał Vincent, jakby biskupa w ogóle tam nie było.

– Jestem niezależnym człowiekiem, Wasza Wysokość. To powinno być oczywiste, kiedy opuściłem dom ojca. Jestem wierny królowi i nie sprzedam się za krew lub złoto.

– To jednak nie powstrzymało cię od nieuczciwych pożyczek, w których posługiwałeś się moim imieniem jako swoim zabezpieczeniem.

Fawkes oklapnął i Royce pomyślał, że może w końcu się potknął, ale zaraz zorientował się, że to była tylko dramatyczna pauza.

– Nie mam na to żadnego usprawiedliwienia, Wasza Wysokość. To wykroczenie, które od dawna ciążyło mi na sercu i duszy. Przyznaję się do błędów i pragnę je odpokutować, udowodnić swoją wartość czynami, a nie słowami.

Tym razem król zarechotał.

– Imponujesz mi, Christopherze. Jestem przekonany, że większość z tego, co usłyszałem, to wierutne bzdury, ale... świetna robota. Może masz większy talent do polityki niż do wyścigów konnych. – Vincent skrzyżował ręce i obrzucił przeciągłym spojrzeniem zebraną grupę. – Zważywszy na tak wielu świadków o wysokiej pozycji, nie mogę po prostu odrzucić twojego wyjaśnienia ostatnich wydarzeń. To znaczy, rzecz jasna, że jestem twoim dłużnikiem, Christopherze. Otrzymasz nagrodę. O co prosisz swojego króla?

Tym razem Fawkes się nie zawahał.

– Tym ludziom obiecano zapłatę za stawienie się w Dulgath. – Wskazał Royce'a i Hadriana. – Ponieważ przyczynili się do uratowania ci życia i wiele przy tym ryzykowali, proszę, żebyś wypłacił im należność, którą im obiecano. Zapłaciłbym sam, ale... – Fawkes udał, że sięga po sakiewkę, której nie ma.

– Tak, tak, oczywiście, ale co chcesz dla siebie? – zapytał król.

– Dla mnie? Nic, najjaśniejszy panie.

– Nic?

– Nie uważam, żeby należało nagradzać człowieka za wypełnienie obowiązku, jakim jest chronienie własnego króla.

Król się uśmiechnął. Nie szyderczo, nie kpiąco ani z rozbawieniem, ale z autentyczną aprobatą.

Udało mu się, pomyślał Royce i nie byłby pod większym wrażeniem, gdyby Fawkes zwinął koronę prosto z głowy króla.

– Mówisz, że chcesz dowieść swojej wartości uczynkami, nie słowami? – zapytał Vincent. – Dobrze więc. Wygląda na to, że mam prowincję pozbawioną władcy.

– Wasza Wysokość, nie! – wykrzyknął biskup Parnell.

Król udał, że go nie słyszy.

– Christopherze Fawkes, synu Oddswortha, niniejszym wyznaczam cię na zarządcę Dulgath na trzy lata. Jeśli pod koniec tego okresu okażesz się dobrym administratorem, nadam ci tytuł hrabiego. – Król zerknął na skrybę, który skinął głową.

Potem odwrócił się do Royce'a i Hadriana.

– No dobrze, ile jestem wam winien?

– Pięćdziesiąt złotych tenentów – powiedział Royce, zanim Hadrian zdążył otworzyć usta.

– Pięćdziesiąt? – powtórzył zaszokowany biskup Parnell.

– Tyle obiecał nam szeryf Knox – odpowiedział kapłanowi Royce. – Jako duchowny nie masz, panie, pojęcia, ile kosztuje konsultacja u wziętego zabójcy.

Parnell zagryzł usta.

– Otrzymacie zapłatę – powiedział król – ale nalegam, abyście obaj opuścili Maranon. Nie będę tolerował złodziei i zabójców w swoim królestwie bez względu na to, jakie przysługi mi wyświadczyli.

Royce chciał zapytać, czy zamierza także wygnać biskupa Parnella, ale ugryzł się w język. On i Hadrian nie wylądowali na szubienicy i otrzymają dwa razy więcej, niż im obiecano. Rada Fawkesa, żeby trzymać gęby na kłódki, okazała się jednak mądra.

***

Hadrian wyszedł z zamku i natychmiast poczuł się lepiej, kiedy oblały go słoneczne promienie. Przebywanie w sali głównej pośród tylu szat i koron przypominało mu siedzenie pod wodą – zewsząd napór. Rozsądek kazał opuścić zamek, kiedy tylko otrzymają zapłatę. Nie powinni dać szansy królowi, żeby otrząsnął się i zmienił zdanie, ale kiedy posłuchanie się zakończyło, Royce ociągał się z wyjściem, podobnie jak Fawkes.

Royce powiedział Hadrianowi, że zaraz przyjdzie. „Mam jeszcze kilka rzeczy do omówienia z lordem Fawkesem".

Hadrian nie miał nic przeciwko. Sam miał przynajmniej jedną rzecz do załatwienia i, jak Royce, wolał się tym zająć na osobności.

Na dziedzińcu nadal panował bałagan z powodu pozrywanych przez burze sztandarów i poprzewracanych krzeseł. Sztandar Dulgathów leżał na dziedzińcu tam, gdzie zerwał go Knox. Arbalet zniknął. Pewnie Vincent kazał go zdjąć zaraz po odjeździe Hadriana i Royce'a. Świadomość, że taką broń wycelowano w ciebie, była jak patrzenie w szeroko otwarte drzwi do następnego świata. Takiego doświadczenia nikt nie chciałby powtarzać, a już na pewno nie król.

Hadrian wyszedł frontową bramą, która nadal stała szeroko otwarta i przy której brakowało straży.

Nic się tu nie zmienia, pomyślał.

Podniósł wzrok na idealne niebo z idealnym słońcem i kłębuszkami obłoczków.

Nic a nic.

Scarlett czekała z końmi na dole wzgórza, kilka jardów w bok od drogi. Głaskała Tancerkę po szyi, pozwalając jej skubać trawę. Kiedy podszedł, Scarlett podniosła wzrok i go zobaczyła. Przekrzywiła głowę i odchyliła się, żeby spojrzeć zza klaczy. Uśmiechnęła się.

– Nikt tym razem cię nie goni.

Hadrian obejrzał się przez ramię.

– Nie.

– A lord Fawkes?

– Został zarządcą.

Scarlett wyglądała na zdumioną i trochę rozczarowaną.

– Nie został hrabią?

– Zostanie w swoim czasie.

Pomyślała nad tym chwilę i skinęła głową.

– Otrzymaliście zapłatę?

– Owszem.

Uśmiechnęła się, a potem spoważniała.

– Czyli będziecie wyjeżdżać?

Stanął obok Tancerki i poklepał ją po łopatkach. Nie zwróciła na niego uwagi i dalej szczypała trawę. Spojrzał ponad końskim grzbietem na Scarlett.

– Tak, ale pomyślałem sobie...

– Podejrzewam, że myślenie to niebezpieczna rzecz dla ciebie. – Uśmiechnęła się szeroko.

– Za dużo czasu spędziłaś z Royce'em. – Udał, że mówi to z urazą.

Przestała się uśmiechać.

– Powiedz, co sobie pomyślałeś?

– Jesteś dziewczyną z północy, to nie miejsce dla ciebie. Nie mogę wyobrazić sobie, byś dobrze się czuła, zabawiając pijaczyny w oberży Wagnera za byle grosz. – Złagodził nieco ton. – Jesteś bystra. Potrafisz radzić sobie w trudnych sytuacjach i jesteś niesamowicie odważna. Oberwałaś szablą w brzuch i prawie nie płakałaś.

Skrzywiła się.

– Nie płakałam, po prostu łzy stanęły mi w oczach.

– To jest płacz.

– Nie rozbeczałam się, nie szlochałam. Po prostu mnie bolało.

– Wiem, że bolało, i nie chciałem... – Hadrian westchnął. – Jak to się stało, że mój komplement zamienił się w... Słuchaj, rzecz w tym, że zastanawiałem się, czy chciałabyś pojechać z nami do Medfordu.

– I co potem? Co miałabym robić? Wstąpić do waszej małej gildii złodziejskiej? Już tego próbowałam. Nie sprawdziło się w moim przypadku.

– Może tym razem byłoby inaczej.

Zmarszczyła brwi.

– Zatem zamierzasz po prostu zostać z Wagnerem i tańczyć w jego karczmie?

– Właściwie... – Spojrzała na mury zamku. – Zeszłej nocy lord Fawkes powiedział mi, że jeśli król uczyni go hrabią, a był przekonany, że tak się stanie, to zamierza posprzątać w domu. Pozbyć się wszystkich, których uważa za nielojalnych. Na pierwszy ogień pójdzie szambelan Wells.

– I?

– Powiedział, że jeśli do tego dojdzie, to stanowisko jest moje.

Hadrian zamrugał.

– Serio?

– Nie musisz mieć aż tak zszokowanej miny.

– Przepraszam, po prostu... Rety, to dopiero nowina.

Wzruszyła ramionami zakłopotana.

– Powiedziałam mu, że nie znam się na zarządzaniu zamkiem, ale lord Fawkes powiedział, że każdy może się tego nauczyć, a niewielu ludziom można zaufać. Muszę przyznać... – Oczy jej się zaszkliły. Otarła je dłonią. Odchrząknęła i podjęła wątek. – Miło było zostać tak docenioną. Zostać za coś nagrodzoną, za coś dobrego, wiesz?

Wszystkie nadzieje Hadriana umarły jedna po drugiej. Ciąg optymistycznych marzeń, które zaczęły zakorzeniać się raptem godzinę temu, zgasł, kłując boleśnie jak tuzin przykrych igiełek. Pierś zacisnęła mu się nieco, mięśnie się napięły. Skinął głową i dalej nią kiwał, dając sobie czas na przełknięcie nowiny.

– Konieczne musisz się zgodzić. – Wziął kolejny wdech. – To niesamowita szansa.

– Prawda?

Nie mógł opędzić się od myśli, że Scarlett oczekuje, żeby przekonał ją do czegoś innego.

– W końcu jestem córką biednego farmera, która została złodziejką, potem nieudolną prządką, a teraz będę szambelanem na zamku Dulgathów. To szaleństwo.

– Myślę, że będziesz cudownym szambelanem.

Patrzyła na niego przez długą chwilę i znowu łzy stanęły jej w oczach.

– Dziękuję, że tak mówisz.

– Nie, nie, mówię serio. Naprawdę. Założę się, że będziesz też świetnie wyglądała w niebieskim kolorze.

– Ależ ty masz gadane, niech mnie drzwi ścisną.

– Możliwe, ale jakie drzwi? Nie bardzo wiem, co to znaczy.

– Ja też. Tu się tak mówi. – Znowu otarła łzy. – Słuchaj, w Dulgath nie ma szeryfa, a założę się, że jako szambelan mogłabym przekonać nowego zarządcę, żeby dał ci tę pracę. Nieźle sobie radziłeś jako konstabl.

– Byłem beznadziejnym konstablem.

– Po prostu nie pij *ale*.

Hadrian się uśmiechnął, ale kąciki ust mu opadły.

– Król... Twój król rozkazał nam opuścić Maranon.

Spojrzała na niego, jakby ją spoliczkował.

– Przecież uratowaliście mu życie!

Hadrian skinął głową.

– Okazuje się, że jest uprzedzony do złodziei i zabójców. Chyba trudno mieć o to do niego pretensję.

Scarlett odwróciła głowę. Jej ręce znowu odnalazły szyję Tancerki i gładziły ją, podczas gdy ona sama patrzyła na ziemię, jakby ta przesunęła się w niemiłym i nieoczekiwanym kierunku. Hadrian znowu poklepała klacz.

– Rozpieszczasz mi konia.

– Kiedy wyjeżdżacie? – zapytała cicho Scarlett. – Jutro jest pogrzeb lady Dulgath. Zostaniecie na nim, prawda? Zaniosą ją do klasztoru, żeby pochować obok ojca. Wszyscy Dulgathowie tam leżą.

– Myślę, że Royce będzie chciał ruszyć za kilka minut. Spędziliśmy tu sporo czasu, ale...

– Ale? – To jedno słowo zawisło między nimi. Wypowiedziane cicho jak szloch, desperackie i lękliwe.

Hadrian położył rękę na jej dłoni. Złapała ją i uściskała. W tej chwili Hadrian znienawidził Tancerkę za to, że stoi między nimi. Gdyby nie ona, mógłby... Jednakże od Scarlett Dodge dzieliło go znacznie więcej niż tylko koń. Zdał sobie sprawę, że z ich trójki Tancerka jest najmądrzejsza.

Poddał się, wypuszczając rękę Scarlett i wzruszając ramionami. Patrzenie na dziewczynę stało się za trudne, zbyt bolesne. Spuścił głowę i skupił się na białych skarpetkach Tancerki. Nie przywykł do przegrywania w bitwach i chociaż to nie była walka, czuł, że przegrał. Sytuacja była beznadziejna, a on został pokonany przez siły, na które nie miał żadnego wpływu.

Tancerka zrobiła kilka kroków w prawo.

Hadrian uniósł głowę i zobaczył rude włosy, zatrzęsienie rudych włosów. Scarlett zarzuciła mu ręce na szyję i przycisnęła się do niego całym ciałem. Przyciągnęła go ku sobie, wspinając się na palce, żeby go pocałować. Przywarła ustami do jego warg, delikatnie, a zarazem mocno, wygłodniale. Przesunęła palcami po jego karku, wplotła je we włosy. Usłyszał dźwięk, ciche westchnienie. Nie wiedział, któremu z nich się wyrwało. Scarlett rozsunęła leciutko wargi i zatrzymała się jeszcze na chwilę. A potem zabrała ręce i jej usta odsunęły się, zabierając ze sobą jego oddech.

***

Lord Fawkes zaprowadził Royce'a do sypialni Nysy Dulgath, która nic się nie zmieniła od jego ostatniej wizyty.

– To musi być dziwne – powiedział Fawkes.

– Co takiego? – zapytał Royce. W tej chwili przychodziło mu na myśl z pół tuzina rzeczy, które pasowały do tego opisu.

– Wejście tu przez drzwi. – Fawkes się uśmiechnął.

– Po co tu przyszliśmy?

– Z dwóch powodów. – Lord podszedł do stołu z kolekcją muszli i otworzył szufladę. Kiedy odwrócił się, trzymał lśniący biały sztylet. – Hadrian powiedział, że go zgubiłeś.

– Dziękuję. Nie zamierzałem opuścić prowincji, dopóki go nie znajdę.

Fawkes uniósł brew.

– Naprawdę? W takim razie oddaj go. Każę komuś go zakopać.

– Za późno – powiedział Royce, chowając sztylet. – A jaki jest drugi powód?

– Chciałam ci to pokazać – odpowiedział Fawkes, wyciągając zza wezgłowia łóżka zakryty tkaniną obraz. – Sherwood spędził dwa miesiące, malując ten portret Nysy Dulgath. Chciałam, byś go zobaczył. Ramę nieco ostatnio uszkodzono, ale złożę ją, jak należy.

Zdjął materiał.

Royce spojrzał na wizerunek młodej elficy. Jej uszy były szpiczaste, skrzące i błękitne oczy miały kształt łezki. Kości policzkowe były ostre i wysokie, ale najbardziej zdumiewające było to, że ta elficka dziewczyna była całkiem łysa oraz to, że nie przypominała znanych Royce'owi elfów. Było coś w jej twarzy, w tych przenikliwych, niebieskich oczach... Nie wstydziła się tego, kim jest. To była dumna osoba.

– To ty? – zapytał.

– Tak wyglądałam przed śmiercią. Nie wiem, jak Sherwood tego dokonał. Nie wiem, skąd wiedział. Może był więcej niż malarzem. Może nieświadomie praktykował Sztukę.

Royce nie do końca wiedział, na czym polega różnica, ale nie chciał jej przerywać.

– Sherwood potrafił dostrzegać ludzi. Naprawdę ich widział. Powiedział mi to, ale mu nie uwierzyłam. Został zabity, zanim zobaczyłam obraz. Zanim mogłam mu powiedzieć, że ma rację.

– To nieistotne. – Royce podszedł do obrazu. – Wiedział.

– Tak. – Fawkes skinął głową. Odetchnął z trudem, obrócił się na lewej pięcie i podszedł do okna, zostawiając Royce'a samego z obrazem. – Czy uważasz... Uważasz, że ten wizerunek jest brzydki?

Royce wyciągnął rękę i dotknął suchych wybrzuszeń zostawionych przez pędzel.

– Nie.

– Nie mogę przestać się zastanawiać, co Sherwood by namalował, gdyby tworzył twój portret.

Royce uznał tę myśl za więcej niż niepokojącą.

– Jestem przede wszystkim człowiekiem – odpowiedział. – Wystarczy spojrzeć na mnie, żeby się przekonać. Naprawdę nie wiem, skąd wiedziałaś.

Fawkes odwrócił się i spojrzał na niego zaskoczony.

– Tak samo jak ty wiedziałeś. Nie potrzebowałeś więcej niż sekundy. Wszedłeś gotowy zabić Christophera Fawkesa, ale tego nie zrobiłeś. Co cię powstrzymało? Skąd wiedziałeś?

Wzruszył ramionami.

– Sposób, w jaki się poruszałaś, stałaś, mówiłaś. Rozpoznałem to. Rozpoznałem ciebie.

– Jesteśmy czymś więcej niż ciałem, w którym mieszkamy. To niewiele więcej niż ubranie, a jednak osadzamy samych siebie, patrząc na nie. – Fawkes zaśmiał się gorzko. – Ja ze wszystkich ludzi powinnam rozumieć tę prawdę, a jednak... – Spojrzał na portret. – Nigdy nie dałam Sherwoodowi szansy. Dostrzegł we mnie prawdę, ale ja nie chciałam spojrzeć na niego w taki sam sposób.

Fawkes zrobił jeden krok w stronę Royce'a.

– Mógłbyś zostać.

– Twój król zaoponowałby, a to odebrałoby ci szansę na zostanie hrabią.

– Nie boję się króla.

Royce skinął głową.

– Nie, pewnie nie. Nie chcesz jednak też rozpętać wojny z powodu swojej samotności.

Fawkes się skrzywił.

– Naprawdę zaczynam nienawidzić tej twojej kobiety.

– Żegnaj, lordzie Fawkes – powiedział Royce i ruszył w stronę drzwi. Zanim jednak wyszedł, przystanął. – Tutejsza pogoda... W jakiś sposób nad nią panujesz, prawda? To dlatego zawsze tu jest słonecznie i ciepło, ale nie za gorąco.

– Do czego zmierzasz? Nie lubisz ładnej pogody?
– Za dużo dobrego też nie jest dobre.
– Żegnaj, Roysie Melbornie.

***

Mieszkańcy Doliny Brecken stanęli wzdłuż ulic wioski. Wszyscy wyszli: mężowie, żony, dzieci przyciśnięte do ud rodziców. Ubrali się w najlepsze stroje, co w przypadku wielu oznaczało jedyne ubrania. Jednakże kołnierzyki porządnie ułożono, buty wyczyszczono, włosy schludnie uczesano. Nikt nie nosił kaptura ani kapelusza i wszyscy patrzyli na Royce'a, Scarlett i Hadriana. Tłum czekał na nich.

W pierwszym odruchu Royce zareagował niepokojem. W drugim podejrzliwością. Czy ktoś zajrzał do rozpadającego się kościoła tego ranka? Zważywszy, co miejscowi czuli do pastora Payne'a, Royce w to wątpił. Dopiero kiedy smród stanie się nieznośny, ktoś tam zajrzy. Na późniejszy pogrzeb przyjdzie pewnie tylko tylu ludzi, ilu będzie potrzebnych, żeby zanieść ciało do płytkiej dziury w ziemi bez nagrobka.

Dlaczego wieśniacy wyszli na ulice i patrzyli na nich szeroko otwartymi oczami i z uśmiechami na twarzach, umykało Royce'owi. Sądząc po rozmiarach tłumu, pojawili się niemal wszyscy. Jeden z ojców wziął syna na barana, żeby chłopak lepiej widział. Nawet Scarlett była zaskoczona.

– Na Maribora! – powiedziała, kiedy zobaczyli wiejskie targowisko. Było pełne ludzi. – Jak w dniu targowym.

Wagner, Clem, Brook i Gill stali razem z innymi.

– Wag? – zapytała Scarlett, zsiadając z konia. – Co się dzieje?

Uwiązała zwierzę do słupka i stanęła obok oberżysty.

– Wiedzą, co zrobiliście – odpowiedział. – Co wszyscy zrobiliście, co staraliście się zrobić dla lady Dulgath i czego dokonaliście dla lorda Fawkesa.

– Skąd? – zapytał Royce.

– To mała osada, ludzie mówią, a możliwe, że ja też o czymś wspomniałem.

Rozpromienił się. Scarlett szturchnęła go lekko i obaj się roześmiali.

Royce spojrzał na tłum, na chłopców i dziewczynki wpatrujących się w niego z nabożną trwogą.

Jesteśmy znakomitościami, pomyślał. Zadygotał i podziękował Mariborowi za to, że król ich wygnał.

Hadrian nie zsiadł z konia. Pożegnał się już. On i Scarlett spojrzeli na siebie ostatni raz. Dziewczyna pochyliła głowę i odwróciła się, idąc ku porośniętemu bluszczem Domowi Caldwell. Hadrian popatrzył za nią. Drzwi zamknęły się za Scarlett, ale on nadal patrzył. Po chwili odwrócił się do Royce'a i zapytał:

– Gotowy?

Royce entuzjastycznie pokiwał głową.

Hadrian popędził konia, brnąc przez ciżbę, która niechętnie rozstępowała się, żeby zrobić im przejście. Royce jechał za nim.

– Dziękujemy za wszystko – powiedziała kobieta, która trzymała niezadowolonego kurczaka w zgięciu łokcia. Drugą ręką sięgnęła, żeby dotknąć nogi Royce'a.

Wzdrygnął się i kopnął konia, zmuszając guzdrały do odskoczenia. Kiedy wydostał się z tłumu, znowu lekko szturchnął wierzchowca i koń ruszył kłusem ku przełęczy. Nie zwolnił, dopóki nie zostawił za sobą wioski i okolicznych farm. Dopiero wtedy pozwolił koniowi powrócić do spokojnego tempa.

Hadrian go dogonił i jechali teraz obok siebie. Royce spodziewał się, że partner zacznie mówić. Chociaż raz mieli wiele do omówienia. Nie znaleźli chwili na spokojną rozmowę od ponad dnia, a wiele się wydarzyło w tym czasie. Jednakże, chociaż niebo było pogodne, jak to zawsze w Dulgath, Hadrian się nie odezwał. Przez większość jazdy wpatrywał się w wodze i bawił się supłem.

Farmy zniknęły za nimi i szlak zaczął się wznosić. Nawet chatki myśliwskie zniknęły, kiedy teren na lewo od ścieżki gwałtownie opadł i znaleźli się na krawędzi urwiska. Zbliżali się do przełęczy, która prowadziła z Dulgath do reszty Maranonu i jego otwartych terenów, po których wędrowały stada koni.

Niedługo po zmroku dotrą do Mehanu i wezmą pokój w jednym z zajazdów. Następnego ranka pojadą na północ i jeśli się uprą, dotrą przed zmierzchem do Ratiboru. Jadąc spokojnie, dotarliby do Aquesty, ale Royce będzie obstawał, żeby jechali dalej. Przy odrobinie szczęście dotrą do Medfordu w pięć, może nawet w cztery dni.

Royce chciał – potrzebował – zobaczyć znowu twarz Gwen. Już sama świadomość, że jadą w jej kierunku, poprawiała mu samopoczucie.

„Musi być nadzwyczajna. Odrzucasz tytuł i majątek ziemski, który uczyniłby cię bogatym i szanowanym do końca życia".

Nigdy by się do tego nie przyznał, nie Hadrianowi, a już pewnością nie Gwen, nawet sam nie lubił o tym myśleć, ale jakimś sposobem Gwen stała się jego piątą rzeczą. Żeby przetrwać, Royce potrzebował tylko czterech rzeczy: powietrza, jedzenia, wody i snu. Skwar i ziąb przeszkadzał mu mniej niż innym i mógłby mieszkać w lesie albo na polu, gdyby musiał. Jednakże te cztery rzeczy były mu niezbędne do życia.

Z niechęcią odkrył, że Gwen stała się piątą. Wytrzymałby bez niej dłużej niż bez tamtej czwórki, ale gdy mijało zbyt dużo czasu, zaczynał odczuwać skutki. „Chory" to nie było właściwe słowo. „Pusty" już lepiej pasowało, ale nawet ono nie do końca odpowiadało prawdzie. „Cienki". Skinął głową. Tak, właśnie. Czuł się przezroczysty, jakby bez niej mniej istniał.

Po prostu nigdy dotąd nie dostrzegałem, jak mało istnieję. Byłem cieniem bez osoby.

Nie widział, kiedy to się stało ani jak do tego doszło, ale z jakiegoś powodu bez niej nie czuł się kompletny. Gwen ukradła cząstkę jego osoby.

Nie, ona niczego nie zabrała. Dała mi coś, czego nigdy nie miałem, i teraz nie mogę bez tego żyć. Ta myśl była niepokojąca. Najeżył się, krzywiąc się pod kapturem.

Zaczął żałować, że Hadrian się nie odzywa, nie paple miło i bez celu o kwiatkach przy drodze albo o tym, że chmura na niebie wygląda jak dziewczyna, którą kiedyś znał, tyle że ona nosiła przedziałek po drugiej stronie głowy.

I wtedy Hadrian, jakby czytał w jego myślach, powiedział:

– No proszę, spójrz na to.

Royce obejrzał się, zakładając, że Hadrian będzie wskazywał skałę i upierał się, że przypomina rzepę. Zamiast tego zobaczył, że partner ogląda się za siebie w kierunku wioski.

Obawiając się, że wieśniacy zmienili zdanie i teraz puścili się za nimi w szaleńczy pościg, Royce obrócił się w siodle. Zdumiał się.

Z wysokości, na której się znaleźli, widzieli całą dolinę Dulgath, wioskę w dole, zamek i morze. A nad tym wszystkim widniała tęcza. Wyraźna jak witraż wynurzała się z pojedynczej szarej chmury, jakby namalowano ją dla nich.

– Co to ma znaczyć? – zapytał Hadrian.

– To znaczy, że właśnie tam pada – powiedział Royce. – Ale też świeci słońce.

Posłowie

No i proszę. Mam nadzieję, że z przyjemnością przeczytaliście „Śmierć Dulgath". Wiem, że z pewnością ja dobrze się bawiłem, ponownie spotykając się z tą parą bohaterów. Niektórzy z was pewnie wiedzą, że moja żona durzy się trochę w Hadrianie, i nie ma to jak widok jej tuż przed i potem w trakcie czytania nowej historii o Riyrii. Mógłbym pisać historie po prostu dla Robin i byłbym z tym szczęśliwy. Publikowanie ich to całkiem inna sprawa i, jak już wspomniałem w innym miejscu, to, czy pojawią się następne książki o Riyrii, zależy w ogromnej mierze od chęci innych ludzi. Gdyby para bohaterów miała się tu zasiedzieć, to mam mnóstwo innych pomysłów, którym mogę poświęcić swoją uwagę. Jeśli ludzie będą życzyli sobie dalszych przygód, to nikt nie ucieszy się z tego bardziej ode mnie... Może z wyjątkiem Robin. Zatem nie wstydźcie się, piszcie do mnie na adres michael.sullivan.dc@gmail.com. Mogę mieć dla Was nawet małe darmowe opowiadanko w ramach podziękowania za czas poświęcony na napisanie listu.

Zanim się rozstaniemy, jest jeszcze kilka kwestii, które chciałbym poruszyć. Po pierwsze, chcę dać Wam znać, że pod adresem www.michaelsullivan-author.com/maps/html znajdziecie mapy w wysokiej rozdzielczości, które możecie powiększyć i znaleźć więcej szczegółów, niż jestem w stanie zapewnić w druku albo wersjach elektronicznych książki.

Ponadto chcę zachęcić Was do umieszczania recenzji (albo chociaż ocen) na takich stronach jak Goodreads albo na stronach swojego ulubionego sprzedawcy, niech to będzie Amazon, Audible lub Barnes & Noble. Nieważne: czy będą dobre, złe czy obojętne, liczy się dla mnie Wasza szczerość. Nie jestem pewien, czy czytelnicy rozumieją, jak ważne są te recenzje. Odzew osób trzecich naprawdę pomaga niezdecydowanym stwierdzić, czy dana książka jest dla nich. Wasze komentarze nie muszą być wyczerpujące, wystarczy kilka słów na temat tego, co Wam się podobało (albo co się nie podobało), żeby pomóc innym podjąć decyzję. Nawet jeśli to oznacza, że nie sięgną po książkę – nie szkodzi. Zdaję sobie sprawę, że żadna książka nie jest dla wszystkich, i wolę, żeby czytelnik sięgnął po książkę, która mu się spodoba, niż żeby poświęcił czas na czytanie mojej i odkrył, że nie odpowiada jego gustom.

A skoro już mowa o Goodreads, zapoczątkowałem prywatną i tajną grupę, która nazywa się The Dark Room. To miejsce dla wielbicieli serii. Mogę tam odpowiadać na pytania, rozmawiać o rzeczach, które nie zostały jeszcze upublicznione, a od czasu do czasu podzielić się jakimś fragmentem tekstu tylko dla członków. Jeśli chcecie otrzymać zaproszenie, po prostu napiszcie e-mail. Wpiszcie DARK ROOM INVITE w temacie listu, żeby się wyróżniał.

Ostatnia – a może raczej przedostatnia – kwestia. Chciałbym wspomnieć, że jeśli czytacie „Śmierć Dulgath" w druku albo słuchacie w postaci audio, to możecie otrzymać wersję elektroniczną za darmo. Znowu wystarczy, że napiszecie do mnie e-mail i dacie mi znać, w jakim formacie chcecie otrzymać plik, a ja go prześlę. Miło będzie, jeśli przyślecie kopię rachunku, ale nie zamierzam robić wielkiego zamieszania wokół „dowodu zakupu". W końcu to nie jest tak, że nie zdołacie znaleźć pirackiej wersji tej książki.

Po skończeniu powieści zawsze przychodzą mi na myśl drobiazgi, o których chciałbym porozmawiać. Na przykład, dlaczego zdecydowałem się na wersję wydarzeń A zamiast B i o różnych zabawnych szczegółach, na które wpadłem, ale postanowiłem nie umieszczać ich w książce (bo do niej nie pasowały). Ogromnie uśmialiśmy się z Robin z pewnej rzeczy, która byłaby szczególnie zabawna w rozdziale 24. Na wszelki wypadek zebraliśmy te drobiazgi wraz z pewnymi kwestiami zakulisowymi w darmowej książce pod tytułem „The Making of Death of Dulgath". Nie pojawi się oficjalnie na stronie z e-bookami, ponieważ za dużo zdradziłaby z treści powieści. Z tego powodu udostępniam ją tylko ludziom, którzy skończyli już lekturę. I dobrze zgadujecie – wystarczy przysłać mi e-mail, żeby otrzymać kopię.

No dobra, słyszę muzykę, po której powinienem zejść ze sceny, będę więc kończył. Tym, którzy nie wiedzą, powiem jeszcze, że kiedyś rzuciłem pisanie na ponad dziesięć lat i nie sądziłem, że ktokolwiek poza rodziną i przyjaciółmi będzie czytać moje historie. Ta myśl była więcej niż tylko trochę przygnębiająca. Chociaż nie mogłem dłużej trzymać się z dala od pisania i powróciłem do niego, nigdy nie zamierzałem publikować. To było marzenie, które uważałem za coś leżącego poza moim zasięgiem. Dopiero co wspomniałem, jaką przyjemność sprawia mi widok mojej żony, która świetnie się bawi, czytając moje książki. Wyobraźcie sobie podobną reakcję od ludzi, których nigdy nie poznałem. Jestem gawędziarzem, ale opowiadanie historii w rozbrzmiewającym echem pustym pokoju to nieszczególna zabawa. Prawdę mówiąc, nie jest to takie złe, ale usłyszenie, jak inni polecają je swoim bliskim... To, jak mawia pewna reklama, rzecz bezcenna.

Ludzie w Internecie często dziękują mi za to, że tak chętnie kontaktuję się z czytelnikami. Niemal śmiać mi się chce, gdy to czytam. Nie widzą, że robię to z pobudek egoistycznych? Że czerpię z tych wymian równie dużo (a pewnie więcej), co oni? Internet bardzo ułatwił nam porozumiewanie się z innymi ludźmi, a już w szczególności jednoczenie się ludzi o wspólnych zainteresowaniach. Zatem na wypadek gdybym nie wyraził tego dostatecznie klarownie: chciałbym Wam podziękować i powiedzieć, żebyście nie krępowali się pisać do mnie. Naprawdę, otwieranie skrzynki odbiorczej i widok wiadomości od czytelników to najlepsza część mojego dnia.

Podziękowania

Potrzeba bardzo wielu ludzi, żeby stworzyć coś takiego jak ta książka, zwłaszcza gdy terminy gonią, jak to było w tym przypadku. Nie potrafię wyrazić swojej wdzięczności. Spodziewalibyście się, że będę to umiał, skoro żyję z pisania. Jednakże powiedzenie, że jest ogromna, to zdecydowanie za mało, a wszystkie inne słowa zawodzą. Po pierwsze, rzecz jasna, pragnę podziękować mojej żonie, Robin. Gdybyście byli sponsorami z Kickstartera albo członkami grupy czytającej wersję roboczą, to zdawalibyście sobie odrobinę sprawę, jak ciężko Robin pracuje. Nie zobaczylibyście jednak, ile wysiłku wkłada w książkę, zanim dotrze ona do kogokolwiek innego. Jej adiustacje i poprawki dotyczące samej konstrukcji fabuły uczyniły tę książkę znacznie lepszą – sam bym tego nie dokonał – i wszyscy mamy u niej ogromny dług wdzięczności.

A skoro już mowa o poprawkach, chciałbym podziękować trójce niesamowitych adiustatorów za ich niezwykły talent: Laurze Jorstad, Paulowi Witcoverowi i Lindzie Branam. Pracowałem z Paulem i Lindą już wcześniej (oboje byli redaktorami „Hollow Word"), a Linda dołączyła do zespołu po tym, jak zaimponowała Robin swoim przywiązaniem do szczegółów i jedyną w swoim rodzaju perspektywą podczas lektury wersji roboczej. Nie wiem, czy ktokolwiek poza pisarzami w pełni docenia to, jak niesamowici są redaktorzy. Tylko my widzimy, w jakiej postaci książka powstała i jak bardzo różni się w wersji ostatecznej. Zapewniam Was, że ich wkład jest ogromny.

I w ten sposób gładko przechodzimy do czytelników wersji roboczej! Była to największa grupa z tych, jakie mieliśmy do tej pory. Ponad pięćdziesiąt osób podzieliło się swoimi spostrzeżeniami, w tym oceniło poszczególne rozdziały i udzieliło odpowiedzi na pytania w kwestionariuszu. Ostatecznie mieliśmy oceny do nieco ponad tysiąca rozdziałów! Dzięki ciężkiej pracy Robin książka zyskała naprawdę dobry kształt, kiedy już ją wypuściliśmy. Mimo to nadal znalazło się miejsce na poprawki, a czytelnicy wersji roboczych nie ustawali w podsyłaniu poprawek do kluczowych scen. Nie ma tu dość miejsca, żeby przedstawić wszystkie szczegóły, ale możecie dowiedzieć się więcej z mojego e-booka „The Making of Death of Dulgath". Jest dostępny za darmo dla wszystkich, których interesują zakulisowe aspekty pracy nad tą książką. Wystarczy, że napiszecie do mnie e-mail na adres: michael.sullivan.dc@gmail.com, a otrzymacie kopię.

Po raz kolejny skorzystaliśmy z niezwykłego talentu artystycznego Marca Simonettiego przy tworzeniu okładki. Jeśli nie znacie jego prac, koniecznie je obejrzyjcie. Nie tylko stworzył niesamowite okładki do francuskiej wersji serii o Riyrii oraz „Hollow World", ale także pracował między innymi przy „Kronikach Królobójcy" Patricka Rothfussa, „Pieśni lodu i ognia" George'a R.R. Martina, serii „Z mgły zrodzony" Brandona Sandersona. Z radością ogłaszam, że Del Rey wykorzysta prace Marca do mojej nowej serii, „The First Empire". Pierwsza książka „Age of Myth" pojawi się w sprzedaży 7 czerwca 2016.

A skoro mowa o Del Rey, pragnę podziękować im za kilka rzeczy. Po pierwsze, za wspaniałomyślną zmianę harmonogramu wydawniczego. Po drugie, pragnę podziękować im za ich elastyczność, dzięki czemu udało mi się wydać tę książkę przed rozpoczęciem serii „The First Empire". Znowu możecie więcej o tym poczytać w e-booku „The Making of Death of Dulgath".

Tych, którzy nie wiedzą, informuję, że skorzystaliśmy z Kickstartera, żeby móc przygotować wydanie tej książki w twardej okładce. Początkowo ocenialiśmy koszty druku, transportu, magazynowania i opłat dla wyżej wymienionych utalentowanych ludzi na jakieś trzydzieści trzy tysiące dolarów. Postanowiliśmy z Robin wyłożyć siedem tysięcy i poprosiliśmy społeczność Kickstartera o dwadzieścia sześć na wydanie w twardej okładce. Gdyby się nie udało, książka i tak by powstała. Ku naszemu zdumieniu zebraliśmy fundusze w niecałe dwa dni i ostatecznie uzbieraliśmy siedemdziesiąt trzy tysiące, dzięki czemu ta książka stała się trzecim pod względem wielkości funduszu projektem literackim Kickstartera. To jednak nie wszystko. Potem jeszcze ludzie kupowali różne fajne dodatki (plakaty, T-shirty, kubki i temu podobne) i dołączyło do nas jeszcze więcej sponsorów. Kiedy Robin w końcu zamknęła projekt, zebraliśmy dziewięćdziesiąt tysięcy dolarów od 1876 osób. Szaleństwo, prawda?

Jedną z nagród dla sponsorów „Śmieci Dulgath" z Kickstartera jest wydrukowanie ich nazwisk, aby cały świat zobaczył ich poparcie dla demokratyzacji rynku wydawniczego. Niektórzy woleli pozostać anonimowi, więc lista nie jest kompletna, ale jestem wdzięczny wszystkim osobom, dzięki którym Kickstarter okazał się tak wielkim sukcesem. Chciałbym traktować wszystkich sponsorów tak samo, ale ogromna liczba ludzi (ponad dwieście osób) wsparła nas w stopniu, o jakim nawet nie marzyłem, że jest możliwy. Chcę ich wyróżnić nieco bardziej, więc odrobinę podzieliłem listę. I już bez dalszych wstępów oto moi niesamowici sponsorzy!

Ofiarodawcy – poziom złoty

Alastair • Pen Astridge • Jon Auerbach • Joshua Axelson • Keri & Patrick Bailey • Heather Barcomb • Jose J. Barrera • Tyke Beard • Brian Becker • Mark Becker • Cheryl Beebe-Skynar • Caleb Billman • Richard P. Bissmire • Airon Black • Dietmar Bloech • Kris Boultbee • Chad & Anna Britt • Kristi Rae Britt • Davonne Burns • Emily Burns • Jennifer Burns • Christopher Buzzard • Guy Byars • Jeffrey Carr • David Lars Chamberlain • Jaime Chan • Martin Forbes & Julia Charlow • Cpl Chris • Christy, Abby, & Jollin • Greg Clinton • Christine A. Cooney • Michelle Cooper • Macy Coward • Leland Crawford • Jackie Cuda • Elizabeth Daly • Ruth Angela Davies • Alexander Davis • Marcel de Jong • The Delicious One • William Demas • Paul Mervyn Dennison • Machikas Dimitrios • Randy, Marla, & Colin Doan

• Andrew Doherty • Alexi Dollar • Sean Dornan-Fish • Christy L. Downey • Linda du Toit • Lee Dunning • Britney N. Duston • Mike Dysput • Steven Ede • Shirley Ednave • Angela Bradley & Kevin Enax • Derek Ferguson • Don, Beth & Meghan Ferris • Holly Flumerfelt • Cathy Fox • Emily Fuller • Chris Garrett • John J. Gerber • Andrew Gilbert • Chad & Morgan Gill • Steve Gordon • Cara Gorman • Dion Graybeal • Samantha Greenland • Rita Grensing • Therese Guerette • Allen & Marce Guthier • Jason K. Hackworth • Travis Hammons • Nicholas Hart • Tammy Hayne • Leah Asher • Douglas Hoffman • Sabrina Hofmann • Sir Jamie Howe • Santiago Hoyos • Christopher A. Huddleston • Ed Hunkin • Peter Hutchinson • John Idlor • Neil Illing • Martin Jackson • Erik Jarvi • Jiazheng • Morten Johansson • Erik T. Johnson • Rebecca and Shawn Jones • Jonna in Aurora • Michelle Jordan • Frank Juranich • Gustavo Tomas Lopez Justo • John Kane • Kevin Kastelic • John M. Kelly • Michael Kelly • Jordan Kemp • Adam Kice • Laura Kimble-Buschelmann • Kim Kline • Krendal • Kristina • Kimberly Kunker • Jeff & Ari Kupferberg • Llorente Lacap • S.K. Lamont • Shawn Larsen • Shirley Lawson • Andreas Leathley • Harry Lee • Keir Lee • Lennhoff Family • J. Leone • Viky Lercher • T. Lewis • Sebastian Linusson • Ariel Yining Loh • J. Lee Lokere • Patrick J. Loller • Andrea Luhman • Mark Lusher • Rissa Lyn • Renan Machado • Maile • Tracey Maknis • Brandon Makowecki • Brenda Marshall • Richard Martin • Paul Matchen • Randy & Chris Mathis • Zachary A. Matzo • Shelly McCann • Kevin McCormick • Michael & Susan McCrum • Bobby McDaniel • Hunter McDole • Amy McKenna • Jack & Kayleigh McKinley • Laura McNaughton • Steven Mentzel • Joby Metcalfe • Stefanie R. Midlock • Corinne Milardo • Annarose Mitchell • Christina Moe • Amanda Moore • Charles Moorhead • G. Moos • Calvin Moy • Francis Muhawij • Dianne Munro • H. Murray • NDC • John Neal • Neecy • Heike Nicks • Dino Nowak • Janet L. Oblinger • Jasmine Olsen • Katherine Owen • Gina Palmer • Paul M. Parra • Allison Pauli • Tina Persch • Joleen K. Peterson • Karina Pfleider • Jennifer L. Pierce • Andrew Preece • Heather Quigg • Jay Quigley • Cindy Radvany • David Ramirez • Tricia Reid • Amber Rendmeister • Grant „WereTiger" Rietze • Charles Roque • Abhilash Sarhadi • Eric Schwartz • Ryan Seaman • Gopakumar Sethuraman

• Tina Marie Sharp • Shiro • Brian Sieglaff • Cassidy Singleton • Heber Sorenson • Margaret M. St. John • Erik W. Stegman • Theresa Stephen • Sean Stockton • Thom Stratton • StreamCyper • Julian Stribling • Carole Strohm • Jenn Strohschein • Shawn F. Sullivan • Ashli T. • Louise Tarbit • Stephanie Tettamanti • thesfshark • Chadzilla B. Thompson • David J. Thompson • Ben Trehet • Karilyn Turner • Waszer • Charles G. Weller III • Sam White • Lara Whitehead • Philip J. Whyte • Dick Wilkin • Scott M. Williams • Leilani Wills • John Gregory Wynn • Brandon Zarzyczny • Géraldine Zenhäusern • Perrin Zideos.

Ofiarodawcy

A Fan of Words • M.C. Abajian • Zuraida Abbasi • Benjamin Abbott • Zuhur Abdo • David Abraham • Dumont Abraham • Thérèse Abrams • Jennifer Acunto • Michael Adams • Adina • Jeremy Agnew • Kawika Aguilar • Matthew B. Aguirre • Robert Aitken • Baldomero Castelan Alarcon • Lee Albanese • Alfonso Albarran • Cameron Albert • Albert Shafsky House B&B • Robert S. Aldrich II • Alissa • Jeremy Allen • Kate Allen • Shawn Allen • Jacob T. Allenstein • James Alleyn • Almudena • Kenneth & Melissa Alo-ad • Heather J. Alston • Stanley Altfeld • Andrea Alvarez • Trine Lise Alvestad • Ben Ames • AmethystOrator • Rob Amunds • Gary Anastasio • Svend Andersen • Amanda Anderson • Chris Anderson • Dennis E. Anderson • Eric Anderson • Sean Anderson • David Andre • Ron Andrea • Dennis Andrews • Sue Armitage • Pam Arnold • Ash • Matthew Ashley • John Fredrik Asphaug • Chad Atchison • Isabella Phoenix & Xavier Atlas • RJ Ayres • Ariane B. • Joel DL Baass • Kerri Babbitt • Justin Bader • Shannon Badnell • Matt Baguley • Wes Baker • Edea Pitre Baldwin • Tayla Balkovic • Meghan Ball • Dan Banks • Preston Bannard • Joshua Barber • Jan-Michael Barlow • Dave Barfoot • William Paul Barnes • Deborah Barr • Paul Barrientos • Michael Basaldella • Basenji Studios, LLC • Sam Baskin • Michelle Beahm • David Bean • Craig Beaumont • Andrew Beckman • Anne Beckmann • Danielle Bednar • RJ Beem • Nathan Beittenmiller • Dana Belden • Derek Bell • Kate Bella • Jim

Bellmore • Férial Benaïssa • Cody Benke • Michael C. Bennett • Steven A. Bennett • Larry Berger • Evy Bernier • Dustin & Nicole Berry • Blake Berryhill • Taylor Besenski • Nathan Best • Oliver Beuchat • Rich Billeaud Jr. • Mick Biondi • Justin Blaske • Richard E. Blenis • Billie Bock • A.J. Bohne • Mircea Boistean • Jeremy Bokus • István Boldog-Bernád • Brian Boles • Amy Bolla • Nancy Bonanno • Seth Bonney • Bookstooge • Mark Booth • Katharina Bordet • Matt Borkowski • Carey Bostwick • Marilyn Bourdeau • Marius Bovet • Chad Bowden • Joe Bradley • Barry Bragg • Melissa J. Brandau • Tiago Bras • Gregory E. Bray • John Anthony Brennan • Zachary Brennan • Chandler Brett • Brick Letter Law • Hannah Bridge • Brijwhiz • Phil Brillant • Alexandra Rose Brilz • Jason Brinkerhoff • Becky Brock • Joe Brodecki • Rachel Broome • Christina & Terry Brown • Matthew Brown • Nick Brown • Rose Broyles • Jana Broz • Meleah Bryan • Ian Buckley • Travis Bughi • Eftichia Bukas • Rick Bundren • Tomas Burgos- Caez • Robert E. Burke • Koen Burms • Jenny Busby • Matt & Karla Bush • Kristin Butler • Kyle Butler • Nicholas Buttram • P. Byhmer • Beverly C. • Brian C. • Dustin C. • Bethany Cahours • Sara Calabrese • Daniel Callaway • Amber L. Campbell • Robert Campbell • Clinton Canady • Alicia Cardillo • Jodi Lee Carpenter • Lucinda Caughey • MJ Cavallo • Damion M. Cavicchio • Saadet Cetin • Matthew A. Chambers • Michael Chambliss • Christopher D. Chapman • Josh Chappell • Susie Chappelle • Jordan Charlton • Max & Treana Chartier • Brannigan Cheney • Reagan Chesnut • Andi Chilkie • Caroline Chiou • Andrew Chizhik • Gordon Chow • Mikaela Christiansson • Derek Christman • Olivia Christopher • Yvonne Chung • Elizabeth Chvirko • Melinda Citro • Daniel Claggett • Asa Clapp • Gary Clarke • Daniel Clasen • Claudia • Elizabeth A. Clawson • Jayce Clawson • Ben Clear • Linda Patricia Cleary • Matthew Cleveland • V anessa R. Cobb • Alison Coggins • Larry Coker • Wanda Colar • Jason S. Colby • Jenny Colby • Ann Cole • Andrew L. Collie • Marissa Collins • Mike Collins • Lee Collis • Emmanuel Colvin • Elise Cook • Fisher Cook • John D. Cook • Cool_Dude_53 • Sarah Corbeil • Sarah Cosco • Brad Costa • Larry Couch • Stephen Couch • Chris Couper • Ariel Cowger • Anya Crane • Mick Crawford • Ben Crew • Taylor Crews • Dan Cristelli • Joshua Crompton • Michelle D. Crosby

• Patti Cross • Nicholas Crow • Trevor & Justina Crow • Michael Cummings • Tyler Cummins • Jeff Cunningham • Chris Curry • Glenn Curry • Emily C.E. Curtis • Diane Cutter • Gabriella Cuzzola • Cypher21 • Dayvd D. • Helene D. • Nikolaus D. • Petter D. • Sylvia Dacus • Rachel Daeger • Keith Dale • Carrie Ann Daly • Nimrod Daniel • Katie Lynn Daniels • Patricio Danos • Isaac „Will It Work" Dansicker • DanyMess • Brian P. Dassero • Jennifer Dath • Chas Daugherty • David • Yaron Davidson • Alicia Marie Davis • Josh Davis • Michael Davis • Richard E. Davis • DavK • Joseph Davy • Karl Dawson • Julia de la Chevallerie • Elodie de Peretti • Joseph Dean • Elizabeth Rose Deaux • Ben DeJesus • Paul Delahunty • Scott Dell'Osso • Anna Demchy • Andrea Dengler • Danielle Denhardt • Rhonda Deniston • Ollie Denning • Chris Dent • Simon Dick • The Diefendorf Family • Crystal Dinh • Lewis Dix • Alexander Doganov • Zoe Dollar • Becky Dornoff • Jeremy Dorsey • Anthony Dosado • Rick Dotson • Ken Doyle • Mary Kate Doyle • D-Rock • Steph Duda • Mhorag Duff • Nathan Duke • Adam & Michelle Dunaway • Magnus Duncan • K.A. Dunk • Benjamin J. Dunn • David Dunn • Herman Duyker • Sebastian Dzierzek • Allison Bistline East • Brian Eckfeld • Erin Edenfield • Paul T. Edmunds • JLKM Eggleston • Todd V. Ehrenfels • Gary L. Ehret • Ashleah Elias • Bryan Elliott • Bryan Elstad • James Elwood • Matt Enberg • Daniel Ericsson • Joel Espina • Peter Evenson • Eric Evilsizor • Richard Eyres • Drake F. • fabfelis • Magdalena Fabrykowska-Mlotek • Victoria Fair • Shawn R. Fairweather • Anderson Family • Jason Fann • Lauren Faris • Nifer Fasman • Christopher M. Fay • Michael Fazio • Michael Fedrowitz • Carol Feeney • Alex Fell • Conner Ferguson • Joel Ferrando • Edward Ferry • Michael Ferslev • Guillaume Fillière • Richie Finn • Tony Fiorentino • Brian Fisher • John Fisher • Brooke Fishman • Margot Elizabeth Fivash • Ailsa Floyd • Kris & Dave Fly • Kenneth Kiffer Fong • Matt Forbeck • Gordon & Liza Forbes • Raymond W. Ford • Katherine Forrest • Monica Elida Forssell • Scott D. Forsyth • Jerome Foster • Scott Foster • Jessica Fox • Elizabeth Francois • Karen Francois • Mary Francois • David Frank • Scott Frederick • Brandon Frere • Phil & Sarah Freund • Frode • Eric Frost • Michael Frost • Fsd333 • Megan E. Funk • Danielle Furr • Yurii „Saodhar" Furtat • Victoriano Fuster

• G & Y • Janina G. • Patrick G. • Denis Gagnon • Jerry Gaiser • Debra Gakeler • Eric Gallant • Brian Gaudet • Cody Gaudet • Ruben Gavilan • Kristen Nicole Gaydos • GCK • Bryan Geddes • Cara Milne Gee • Ivy Arshalouis Geer • Travis Gehling • Wilson Geiger • Courtney Getty • Chand Svare Ghei (chasvag.com) • Alexander Gifford • Jordi Gil • Cris Gilbert • Cullen „Towelman" Gilchrist • Greg Giles • Stephen Giordano • Adam Girardo • John Glen • Ray Leonard L. Go • Kriti Godey • Carman Godfrey • Kyle Goehner • Jozeph Goldenberg • Gonzo • Sonia Goursat • Carmen Brenner & Alex Graf • Robin Graf • David „Dai" Green • Gail Green • Nate Greenwood • Joshua Grey • Christopher Griffin • Lars Grimm • Brian A. Grismore • Nick Groenke • Gronk • Donald Guerette • Yolanda Gülcemal • Joshua Gulke • Andreas Gustafsson • Alex Guyot • Michael Guzzo • Jessie H. • Phillip H. • Evan Hage • Matthew Hageman • Justin Hagler • Matt Hahn • Daniel Haight • Halcyon • Jace Hall • Keith Hall • Nicole Hall • Teresa Hall • Hamdiggity • Karen Eich Hammer • Megh Hannon • Michael Hannon • Allycia Hansen • Clay Hanson • Jordan Harding • Steve Hardy • Ann J.M.S. Harlan • Danyel Harnden • Malcolm Harper • Philip Harris • V ictoria R. Harris • Chad Harrison • Kyle William Harrison • Tim Harron • Anita Harsjoeen • Jacquie Hart • John G. Hartness • Justin Hase • Martin Hassett • David A. Hastings • Chris Haught • Jennifer & Brett Hawton • Melissa L. Hayden • Kenneth Hayes • The Haymakers • Greg Hays • Dan Heffron • Quad Heinicken • Sara Hemenway • Dean Henderson • Kevin Henderson • Yvonne E. Henderson • Meike Herpers • Nathan Hertz • Chadrick Hess • LJ Heydorn • Jordan Hibbits • Catherine Hickey • Sebastian Hidalgo • Sakari Hietanen • David Highsmith • John Hilde • Nick Hiltwein • V . Ho • Stephen Hobbs • Sally Hodges • Adam Hoffman • Carlissa Hoffman • Rob Holland • C. Holmes • Cheryl Holsonbake • Donnie Holsworth • Kara Holtzman • Brendan Hong • Jonathan Hopkins • Hopkins • Alysa Hornick • Thomas Houseman • Mary Anne Howard • Daphne Howell • Mathew Howell • Dawei Huang • Leo Huang • Michael Hudson • Jon Hughes • C. Marry Hultman • Matt Hurlburt • Mandy Huston • Joshua Huth • Ray Huth • Adrian Huzum • Dave Hyam • Jason Hymas • Ryan Igarashi • Benjamin Ihms • Nelson Embrey III • Marcus Ilgner • Mike

Ingram • Askur Ingvaldsson • Jens Inhetpanhuis • Mandy Ioerger • Iris • Ciro Izarra • Melissa J. • Shanna J. • Gary Jacobson • Chris Janes • Sally Novak Janin • Chad Jarvis • JayFK • Browncoat Jayson • Andrew Jeffree • Daryl Jenkins • Jason Jennings • JMO • Kyle Jodrey • Tim Johns • Fred W. Johnson • H. Lynnea Johnson • Holden Johnson • Holly Johnson • Justin J. Johnson • Lynn Johnson • Maura Johnson • Rob Johnson • Adam Johnston • Emily Johnston • David Jones • Alfred Jonsson • Loretta Joslin • Simon Julian • Lizzie Jutila • Adrijan K. • Cyrus & Mira K. • Keith Kahan • Keith Kahla • Kaitlin • Greg Kajko • Tracy Kaplan • Kolby Kappes • Evan & Lily Karalash • Eli Karasik • Aviv Karni • Rob Karp • Kasmiur • Missy Katano • Jeremy Kear • Laura Kehoe • Alan M. Kelleher • Nathan Kellen • Melissa Kelley • Stephen Kellie • Tabatha Kelliher • Matt Kelly • Hobie Kelting • Wade Kemper • Kent • Bill Kerney • Keys • Liz Kiewiet • Jason Kikola • Daren T. Killam • Luke Killam • Hannah Kim • Geoffrey King • Jay King • Shawn T. King • Sky King • Doug Kirkland • Rini Kirkpatrick • Cory Kitchens • James R. Kitney • Annika Kleine • Christian Klemm • Lisa Knipe • Matthew Koenen • Heiko Koenig • Jesse James Kofi • Andrew Konicki • Rob & Morgan Kostelnik • Filip „Denadareth" Koza • Emilia Kozlowska • Natasha Krautheim • Heather Kreft • Ray Krenek • Jeff Kriehn • Tanja Krone • Katrin Kropf • Caroline Kruger • Erik Krumholz • Ethan Kruse • KT • Tony Kuehn • Nick Kuhn • Ahmet „sweetmartin" Kurt • Ania Kwiecien • Mélanie LaBarre • Pat Lahar • Joann H. Lam • Max Lampinen • David Lamulle • Brad Landress • Jeremy Lange • Janice Langhorne • Jenny Langley • Emily LaPlante • Nick LaPolla • Bjarte Larsen • Steve Larsen • Nicolas F. Laszkiewicz • T.G. Lawrence • Heather K. Leasor • Ben Leathley • Ryan Leduc • Nathan Lee • Björn Lefevre • Erynn Lehtonen • Michael Lenzo • Paul Leonard • Andrew Leong • Doug Less • Jay Leung • Henri Levantall • Alex Lewis • Miranda Li • Melissa Liedtke • Bob Lienemann • Richard H. Lindhorst • Ken Lipinski • Adam Lipper • Darin & Dana Liston • Nate Little • Liz • Llamaentity • Brent Locey • Kim Long • Marc D. Long • Brent Longstaff • Julia Looney • Garrison Loope • Asher Lopez • Lordgoldneyesoo • Sean Louvel • Anthony Lowe • Kayla Lowes • Fred Lucci • Eric Luczaj • Liam Ludford • Zach & Tiera Lueth • Suzanne Lundeen • John Lupo

• Duncan Lynch • Paul Lynch • Celia Lyons • Alain M. • Karen M. • D.W.S. MacKenzie • Jacob Magnusson • Mike Mahaffey • Lauren Maillet • Malnati • Travis Malone • Jamie Manley • Kenneth Mann • Joost Mans • Carrie Mansfield • Felix Maranzino • Jonathan Margulies • Neil Marr • Epper Marshall • Ivan Martens • Tobias Martens • Brett Martin • Dan Martin • Gail Z. Martin • John Martin • Isaac Martinez • Alan Mask • James G. Massa • Marcus Massiah • Rob Matheny • Marc T. Matoba • Chris Matosky • James Matson • Jeff Matsuya • Megan „M5" Matta • Tyson J. Mauermann • Elisabeth Maurer • Carolyn Maxey • Rick & Stephanie Maxwell-Terkeurst • Glenn May • David F. McCloskey • Michael McCunney • Allison McDonald • Linda McDonald • Mike McDonald • Kristen McDowell • Chris & Janel McGrath • Dominic McIntire • Ewan McIntyre • Kevin McKenzie • Pat McKernan • Scott D. McKinnie • Laurie J. McLean • Matthew McNally • Chris Meadows • Rob Meagher • Jed Mecham • Lisa Meehan • Ludwig Meert • Erika Meghan • Stephanie Meier • Erik Meissner • Melanie • Kate Mergener • Brandon Merrick • Adam Meservey • Charles R. Messenger • Darryl Miao • Miriam Michalak • Erin Midtsem • Kristy Mika • John Miles • Felicia M. Militti • Debbie Miller • Eric Miller • J. Lance Miller • Michael D. Miller • Sean Miller • Elizabeth Milne • Ian Milne • Christopher Miranda • William Miskovetz • Lisa Mitchell • Aleem Mohamed • M. Mohanna • Cassie Mohney • Russell Moll • Joe Molnar • Jess Monica • Mirko Montalbano • Kyndra Monterastelli • Keshnee Moodley • moonspender • R. L. Moreau • Kim Morgan • Victor Morgan • Valerie Morley • Vladimir Morozov • Patrick Morrison • Dawn McQueen Mortimer • Donna Mould • Alysia Murphy • Ken Murrah • Louise Murray • Stephen Musselman • Rhel ná DecVandé • Emilie Nangle • Kartik Narayanan • Gerard Narendran • Stephen Nash • Kapi Neely • Kelvin Neely • Patrick Neff • Rachel Neff • John Nellis • Kate Nelson • Kenneth Neeser • Sharon Netherton • Sandy Nickell • Steven Nicoll • Peter J. Nierenberger • Tyler Nixon • Patrick Noffke • Jerry Nowell • Mark O'Brien • Mandy O'Flanagan • Devin T. O'Hara • Dan Oliveira • Kyle O'Mara • Tim O'Neill • Linda Opella • Troy Osgood • Kirsten Otting • Aymeric P. • Kaitlyn P. • Joshua Palmatier • David T. Palmer • Dawson Panter • Daryl Parat • Gareth Park •

Lynn & Jason Parker • Adam Parkinson • Dino Paskvan • Dr. Chirag A Patel • Russell Patrick • Roman Pauer • PaulCToF • Robert Pavel • Katie Pawlik • Micah Payson-Lewis • Joel Pearson • James Elliott Peeler • Pendalath • Amanda Pender • S. Pendleton • Patrick Perault • Scott Perry • Joseph Pestuglicci • Evan Petersen • Holger Petersenn • Max Pfeffer • Wolfram Pfeifer • Bonnie Phlieger • Kristina Pick • Dwight Pickering • Chris Pickle • Donna Pierson • Roddy Pimentel • Joseph Pisano • Cindy Pleasant • Pierson Pollock • Andrew L. Polvino • James Poppe • Al Porter • Bryce Potter • R.E. Powell • Paul & Evie Powers • Hattie Prenger • Chad Price • Jo Price • Michele Price • Marissa Priest • Angie Pugh • Mike Pugliese • Kristian Puskas • Luis Quinones • David Quist • Jana R. • Becca Rabin • Michael Rabin • Adrian Race • Christomir Rackov • Jessica Radrigan • Aengus Rae • Ragnarok Publications • Or Raifman • Brian Ralph • Hilde S. Ramberg • Michael Ramm • Evaristo Ramos Jr. • Chris Randall • Joe Rapier • Craig Rapp • Daniel Alec Ratica • DB Rattan • Dominic Ray • Chad Ream • Kelly Record • John Redepenning • Whitney & Adam Redmon • John Charles Rehn • Cody Reichenau • Don Reiter • Renée Relin • Mathew Reuther • Crystal Rhinehart • Gray Rhymer • Michael P. Riccoboni • Morgen Rich • Richard • RichardZ • Priyadarshi Rishiraj • Wes Rist • Joel Roath • Geoffrey Roberts • Gary Robertson • Scott Robertson • Rodeo • Lorenzo J. Rodriguez • Jeff Rogers • Eduardo Rojas • Dave Romero • Allison Rosa • Andrew Rose • Esther Rose • Joel Rosen • Zach Rosenberg • Todd L. Ross • Jason Rossiter • Andrew Rowe • Adrian Rudloff • JP Russell • William Russell • Adriane Hughes Ruzak • Christine Ryan • Joe Ryan • Casey S. • Gloria S. • Amelia Sainz • Betule Sairafi! • Stephen J. Salerno • Rebecca Salisbury • Shayne Sampson • Samson • Jason Sandau • Jon & Maureen Sandbom • Joseph J. Santelio • Amy Sarfinchan • Sasha • Courtney Schafer • Robert Schiemann • Joshua P. Schier • Marc Schifer • James Schmidt (mightythorjrs blog) • Jery Schober • Gertjan Scholten • Wil Schrader • Chris Schroeder • David R. Schur • Jeremy Scofield • Chris Scott • SDMaxwell • Sam Seah • Andrew Seal • Dan Secor • Keith Sell • Amy Sept • Seraphium • Warren Shackleton • Tory Shade • Sanaa Shaikh • Shane • Shanna • Shard73 • Mike & Emily Sharr • Denny Shea • Oliver R. Shead • Chase Shelby • Catherine Shenoy • Paul

Sheppard • David Sherman Jr. • Stephenie Sheung • Shawn Shoemaker • Rachel Shook • Patti Short • Melissa Shumake • Bill Sides • Dave Siemback • Barbara Silcox • Silence in the Library Publishing • Daniel Simmons • Randy Simmons • Lainie Simpson • Sue Sims • David Simser • Max Singh • Sarah Sjoberg • Michael Skolnik • Anne Slama • Eric Slaney • Mykie Slattery • Sky Sloderbeck • Jake Small • Donnie Smith • Doug Smith • Emily Smith • Jeff Smith • Jordon Smith • Justin P. Smith • Mark Aaron Smith • Sarah Anne Smith • Scott Smith • Alicia Smyth • Amit Snand • Bruce Snell • Jenni Snow • Daniel Soler • Miroslav Sommer • Joshua Paul Sommers • Mathew Sonier • Jacquelyn South • Jen Spangrud • Wes Spence • Paul Spicer • Thomas W. Spinrad • Matthew Spooner • Andrew Sprow • John Squire • Dorothée Stadler • Shannon Staff • Megan Stamates • Nolan Stamm • Deanna Stanley • Garren Stanley • StantheMighty • Sarah Stein • Tom Steinberger • Liz Steinworth • Byron Stephan • James B. Stepp Jr. • Natalie A. Sterling • Douglas Stetson • Krystal Stevenson • Walter M. Steverson • Dan Stewart • Debra Stewart • Joshua Stingl • Melicent Stossel • Tim Stotter • Dan & Denise Stratton • Noah Kent Sturdevant • Sreevidya Subramanian • Kevin Sullivan • Nicholas Jared Sullivan • Scott Sullivan • Ben Summers • Sara Sunderland • Samantha Suvak • Magnar Sveen • Rebecca Swanger • Kyle Swank • Richard Swann • Jay Swanson • Laurie Swensen • Jenny Swerbensky • Saad Syed • Richard Symonds • Matt Sywenky • Carol Szpara • Mike Szucs • Giancarlo T. • Raghu T. • Sara T. • Ann-Karin T. L. • Alex Tabor • Kristin Taggart • R. Patrick Taggesell • Tahseen • Katarina Takahashi • Thomas J. Talamini • Riki Tanone • Marc Tassin • Andrea Tatjana • Andromeda Taylor • Houston Taylor • Ayman Teaman • Craig Tenhoff • Ann-Kjersti Tennes • terpkristin • Eric Terrell • Danielle Terry • Quinn Thacker • Allison M. Thaemlitz • thedave • Chris Theibault • Thile • Justin Thomas • Tyler Thomas • Thomas the Bear • Aiken Thompson • Brian Thompson • Max Thompson • Tony A. Thompson • V icky Thompson • Eric Thorn • Kaitlin Thorsen • Jason Tilling • Karen Tinnesand • Gina Tisell • Toby • Will Todd • Aser Tolentino • Susie Toman • Annamarie Tontz • Rebecca Tordoff • Matt Tornetta • Faith Townsend • Jeffrey Trainer • Patti Trant • Shawna J. Traver • Erica Trevino • Wayne Tripp • Lori Trisler • Daniel Troska • Uli Troyo

• Christo Tsilifis • Paul Turkstra • Alex Turner • Nathan Turner • tycens • Mitchell Tyler • Mikko Tyrväinen • ub3r_n3rd • Sam Ukudni • V amsi • Miguel Van de Casteele • Wendy van Ipkens • John Van Vliet • Gary Vandegrift • Vanity • Jeffrey Vanneste • Vbroskas • Velvetrose • Ve'R • Philip Vernersson • James R. Vernon • Simon Viccars • Noah Vick • V ikingstad • Alma Vilić • Bruce Villas • vinced57 • Rosie Vincent • Bryce Vollmer • Rhea Votipka • Bjorn Vrancken • Kayla Wagner • Randal Wagner • Holly L. Walsh • David Wannemueller • Phil Ward • Alan Warenski • Simon Warshal • Andrew Warwick • Kenta Washington • Michael Wasserman • Nick Watkins • Angie Watson • William T. Watson • Wayne • Cindi Weatherington • Brian Webb • Kevyn Weiner • Seth Weissman • Jason Vortex Wells • Sharon Kazren Wells • Keith West • Z. Scott West • Robert Westgate • Bryan White • Leah White • Noah J. Whitley • Adam E. Whitmore • Penny Wildman • Karen Wilkins • Poul Williams • Michael Allen Williamson • Rachel Kaleonani Williamson • Jack Willis • Keith W. Willis • Stuart Wilson • Matthew Winton • The Witzels • Wognum • Wesley Womack • Tiffany R. Woo • WooPigFoodie • Michael Workman • wraith808 • Joel Wright • Wyldedoggue • Stacey Wyman • CW Yantis • YCSWYD • V .A. Yeung • Benjamin Charles York • Tony Zahler • Rob Zak • Leonardo Zaraya • Zareepa • Alex Ziebart • Paul Timotheus Zimmert • Toby Zitsman • Anete Zoo • Joseph Zurat.

Spis treści

NIBYNOC

Jay Kristoff

Córka powieszonego zdrajcy, Mia Corvere, ledwie uchodzi z życiem po nieudanej rebelii jej ojca. Samotna i pozbawiona przyjaciół ukrywa się w mieście wzniesionym z kości martwego boga. Ścigają ją senat i dawni towarzysze jej ojca. Jednakże jej dar rozmawiania z cieniami doprowadza ją do drzwi emerytowanego zabójcy i otwiera przed nią przyszłość, jakiej nigdy sobie nie wyobrażała.

Szesnastoletnia Mia zgłębia teraz tajniki fachu u najbardziej niebezpiecznych zabójców w całej Republice – w Czerwonym Kościele. W salach Kościoła czeka ją wiele zdrad i prób, a porażka oznacza śmierć. Jeśli jednak przetrwa inicjację, zostanie przyjęta w poczet wybrańców Pani od Błogosławionego Morderstwa i znajdzie się o krok bliżej tego, czego naprawdę pragnie.

BOŻOGROBIE

Jay Kristoff

Mia Corvere, niszczycielka cesarstw, znalazła sobie miejsce pośród Ostrzy Naszej Pani od Błogosławionego Morderstwa, ale wielu członków Duchowieństwa Czerwonego Kościoła uważa, że na to nie zasłużyła.

Jej pozycja jest niepewna, a w dodatku nadal daleko jej do pomszczenia brutalnej śmierci członków rodziny. Po śmiercionośnej potyczce z dawnym wrogiem Mia zaczyna nabierać podejrzeń co do motywów, jakie kierują samym Czerwonym Kościołem.

Kiedy staje się wiadome, że finał wielkich igrzysk w Bożogrobiu zaszczycą swoją obecnością konsul Scaeva i kardynał Duomo, Mia postanawia przeciwstawić się Kościołowi i sprzedaje się do niewoli, żeby mieć szansę dopełnić obietnicy, którą złożyła w dniu, kiedy straciła wszystko.

Na piaskach areny znajduje nowych sprzymierzeńców, zaciętych rywali i jeszcze więcej pytań na temat swoich dziwnych związków z cieniami. Jednakże w miarę jak ujawnianą są spiski i sekrety, w murach kolegium rośnie liczba ofiar. Mia będzie zmuszona wybierać między lojalnością a zemstą.

OGIEŃ PRZEBUDZENIA

Anthony Ryan

Na rozległych terytoriach kontrolowanych przez Żelazny Syndykat Handlowy najcenniejszym towarem jest smocza krew. Spuszczana z trzymanych w niewoli lub odławianych w dziczy Czerwonych, Zielonych, Niebieskich i Czarnych, po przedestylowaniu służy do wytwarzania eliksirów dających niewiarygodną moc. Tych, którzy potrafią z niej korzystać, nazywa się Błogosławionymi.

Mało kto zna jednak prawdę: smocze rody słabną, a gdy wygasną całkowicie, wojna z sąsiednim Cesarstwem Corvuskim będzie nieunikniona. Ostatnią nadzieją Syndykatu są pogłoski o istnieniu innej rasy smoków, znacznie potężniejszej od pozostałych. Nieliczni wybrańcy losu udają się na jej poszukiwania.

Claydon Torcreek – drobny złodziejaszek i niezarejestrowany Błogosławiony – po wcieleniu do służby w Protektoracie zostaje wysłany w głąb dzikich, niezbadanych krain w poszukiwaniu stworzenia rodem z legend. Lizanne Lethridge – kobieta-szpieg i znakomita zabójczyni – podczas misji na terytorium wroga musi stawić czoło wielkiemu zagrożeniu. Podporucznik Corrick Hilemore służy na krążowniku Syndykatu, który w pogoni za okrutnymi rozbójnikami na odległych rubieżach napotyka inne, znacznie gorsze niebezpieczeństwo. Kiedy żywoty ludzi i państw spotykają się i przeplatają, a to, co znane, zderza się z nieznanym, wszyscy troje muszą dołożyć wszelkich starań, żeby powstrzymać nadciągającą wojnę, która w przeciwnym razie ich pochłonie.

LEGION PŁOMIENIA

Anthony Ryan

„Legion płomienia" to drugi tom cyklu *Draconis Memoria*, epickiej fantasy o wartkiej, obfitującej w magiczne przygody fabule osnutej wokół okrutnej wojny, w której wykuwają się zręby nowego cesarstwa.

Claydon Torcreek uszedł cało z rojącej się od smoków dżungli, wymknął się wrogim tubylczym plemionom i uniknął zimnego tchnienia zdrady, a mimo to jego kłopoty dopiero się zaczęły.

Legendarny biały smok, którego istnienie do niedawna władano między bajki, obudził się z długiego snu powodowany żarliwym pragnieniem spopielenia świata ludzi. Jedno miasto padło już ofiarą jego potężnych legionów, a następne wkrótce pójdą w jego ślady – chyba że Clay zdoła odkryć prastary sekret pogrzebany w lodach dalekiego południa. Aby tego dokonać, będzie musiał po raz kolejny zmierzyć się z niewyobrażalnym zagrożeniem. Różnica jest taka, że tym razem w jego rękach spoczywa los nie tylko ojczystego kraju, lecz całego świata.